ここは何処《どこ》、明日への旅路

小嵐九八郎

Koarashi Kuhachiro

アーツアンドクラフツ

目次

装丁◉林 二朗
写真◉井上喜代司

日本音楽著作権協会（出）
許諾第二一〇〇九五一—一〇一

ここは何処《どこ》、明日への旅路

第1章　出《しゅつ》所《しょ》の憂え——次は何か

1

一九八二年、湿った夏だ。

さいなら。

背丈は低いけど、越後平野の隅っこで、優しく、毎日毎日、顔を見せてくれた、角田《かくた》山。

その山や田んぼや野を越えてやってきてくれた、ほんのり微かに淡い海の匂い。

歯がぼろぼろで、仕事ものろいけど、運動会のパン食い競争では、おお、やったあ、パンの中の餡《あん》こ欲しさに一番になったシャブ中の六十一歳の通称〝よた爺い〟。新入りの時、他の懲役囚から苛《いじ》めに遭《あ》ったら、凄《すご》んで守ってくれたマル暴の知花《ちばな》。右翼で、応援団の鉢巻きの日の丸を赤一色にした俺にぶちきれたけど、真夏の労働の増加とかを一緒に官《かん》へと抗議して小さいとしても共闘した大野。法《はっ》度《と》の煙草の件を大目に見て上司に報告しなかった定年間際の担当看守高橋ナニガシ。

若くはない男は、昼の懲役作業を除き、夕方からと日曜は独居暮らしなので独り言が癖となり、ぶつぶつと自分の胸へと呟《つぶや》く。

監獄からの釈放の嬉しさは格別だな、二十代半ばの東大闘争への助っ人で逮捕《ぱく》られて東京拘置所で一年一ヵ月ぶりに保釈になった時も然《しか》りだった。

決定的に違うのは、一九六九年一月の東大安田講堂決戦の直前に結婚し、息子一人を残して妻が死に、出迎えが有り得ぬことだ。新聞で——何せ、懲役の作業の休憩時間に回し読みしかできない、それも『読売』で、一人が五分しか読めないそれ——一昨年一九八〇年、三月の初っ端だったか「使用済み核燃料処理会社として日本原燃サービスができて十年後の運転開始をめざす」旨の記事を読んだ夜、妻の父、つまり義父から「ヨウコシス　コウツウジ　コニテ　キョウノアサ8ジ　ハン　ヤスイシンスケ」と電報が入ったのだ。そうなのだ、妻の陽子は、朝早く、ここの新潟刑務所へと急ぐ途中、自転車に乗って駅へ向かっていたら横からきたトラックにぶつかり、死んでしまっている。

半分の軽さと半分の重たさを感じながら官《かん》がよこしたゴム草履の底を鳴らし、懐かしい煙草の香りが漏れる看守の仕事部屋を過ぎ、釈放者用の大畳の部屋へと連れて行かれる。

えっ、本人に渡さない不許可手紙などの通信類だけで、ボストンバッグ二つ分か。持ち帰れるか。

それに、今は蒸し暑い梅雨なのに、私物の洋服や下着は、逮捕された五年前の夏物の古着というより今や襤褸《ぼろ》服だ。妻の陽子が死んだので差し入れは許可にならないので……仕方ないのか。でも、寒がり屋なので厚手の駱駝《らくだ》色の股引きと、同じくやや重いブレザーの上下……。〝晴れ〟の釈放なのに不格好だ。

――久し振りの皮靴は、重い。

彼の有名なる東大正門ほどに厳めしい門を出ると、やあ、懐《なつ》かしい、まだ頑張ってるんだな、細かい注意癖を後輩に忘れない東大に五年前にいた同志の久田、かなり威張り癖があって後輩をいびるけど東C《トンシー》の牢名主みたいな本屋敷《もとやしき》、そうか地下へ潜るとか非公然とかでなくまだ表《おもて》をやってるんだろう明治の万《よろず》、三人が出迎えにきてくれた。いや、組織外に顔を曝《さら》したり現われたりはしない地下組織建設などまだなんだろうね、我が派の態勢は。

でも、三人だけか。この五年、最初の一年半の未決の時は面会は自由で組織内の情報も曖昧《あいまい》ながら入ったけど、あかおち、うん、刑が確定してからは四親等まではオーケーだがあとはノーで、ほぼ組織のことは分らぬ。たぶん、きつくなり、細っているのだろう。

うん?

三人は、釈放されたばっかりのこちらより、道路の向こう、それもかなり背が高く幹《みき》が太い木の影や回りにいる四人の方を見て、睨《にら》み付けている。

四人は、これまた鼻の奥が少し痺《しび》れてしまう、若い同盟員への説教癖があってもう不惑に手の届く田所《たどころ》、在日《ざいにち》に対する差別には敏感だったが女への、おっと他人に文句は付けられぬ、女性への差別の丸出しの御人好しの篠《しの》、ゲージツ的な自派への囲い込みと他党派解体が得意で戦略なしで機動隊を前にして東大決戦でも逃げたと聞くしK派との攻防には昼寝を決め込んでいた矢頭丸《やとうまる》、へえ、新人を獲得したのか、二十ぐらいのちゃんとしたサラリーマンの七三の髪形をして若い男もいる。

「おーい、地曳《じびき》ーっ、元気かあ」

若い党員への説教癖はあるが、それなりに学園や職場の運動をやってきている同年輩の田所が、道路の向こうから両手を拡声器替わりにして叫んだ。本名ずばりの呼び方と、構えが引き気味なのが気になる。

「っるせえ、日和見《ひよりみ》で、マルともやらねえで、差別に鈍《どん》なやつらめえ。党内グループを作りやがって」

刑務所の門前のこちら側から、古参党員の久田が半ば脅しめいた嗄《しゃが》れた怒鳴り声を張り上げた。そうか、我が党、うんや党というのはいくら何でも誇大な表現か、かつての何千人とあった最大動員も今や六百人か七百人だろう。我が党派は、ええい、党で良い、我が党はフラクション、派閥を作ってはいけなかったのか。スターリンの組織と違わない……ような。因みに「マル」とは、他党派解体イコール戦略とするK派、正式にはKM派のことだ。

おいっ、公安警察が見てるはずのその前で罵《ののし》りあいかと、背伸びしながら回りをきょろきょろ見渡すが、制服と私服を含め警察らしきはいない。昨今は一九六〇年代から七〇年代にかけてとは異なり、公安警察は手抜きをするようになったのか。違う……どうでも良い細かな活動家が出獄しようがしまいが影響力はないと〝正しく〟見通しているのだ。そもそも、党派の勢いが〝怖い〟ものでなくなっている……らしい。

でも、怒鳴り合い、野次《やじ》り合いだけでゲバ、つまり乱闘にならないのだから、党派内は論争や対立がシビアになっていても分裂には至ってないらしい。分裂して欲しくない、これだけは真剣な願いだ。

2

――男は本名・地曳努《じびきつとむ》だ。この時代の男としては普通の背丈で一六五センチ、少し痩せていて、一九四七年生まれの三十五歳なのに、目ん玉や丸い顔のあちこちに坊やのような未成熟の印象を残している。が、老人ぽい顎の梅干しの大きさや額の広さというか若禿の進行か歳を食ってる印象も併せ持っている。つまり、父《と》っちゃん坊《ぼう》やの顔つきである。性格も、ほぼ同じだ。国家権力とか警察と聞くとあんまり効果のない石ころを投げたくなる幼さをなお捨てきれずに持ち続け、しかし、一九六〇年代後半のヴェトナム反戦闘争や日大・東大闘争の炎のように燃える時代が簡単には再来しないだろうという身構えや、衣食住の住はともかく衣食についてはおのれだけでなく義父と義妹に預けている息子を含めてしっかりしないと駄目という分別を持っている。

時代は、遙《はる》か四十年ぐらい前、一九八二年。天皇の〝御世〟を示す元号では、昭和五十七年。世界は、未だソ連が確かに存在していて、アメリカと対峙《たいじ》していたので、二年前のモスクワ・オリンピックは日本を含むアメリカ側はボイコットしている。中国では六年前、一九七六年に建国の父で凄まじい革命家の毛沢東が死に、一九七九年にアメリカと国交正常化を成した。アジアでは、ヴェトナムがアメリカの介入を跳ね退け独立というか革命を為し、カンボジアも然り。しかし、カンボジアは革命以後、何十万とも百万単位ともされる知識人を初めとした人人を粛清、処刑。このことが後に判明し世界を震わせた――とりわけ、自称他称共産主義者を、新旧左翼を。

日本は、未だ、自民党と社会党の馴れ合いの時、この時代を歴史学者すらどう規定して良いのかその後も長く惑っているはずだが、社会党は労働運動のほぼ全産業・地域のセンターの役割を果たしていた総評《そうひょう》の支えと、図図しくもアフガニスタンに軍事介入するなど何とはなしに確《しか》とあったソ連、ずるずると国による資本主義化と愛国民族へと向かいそうとしても社会主義と称し評される中国の有《あ》り様《よう》によって、辛《かろ》うじて生き残っていた。総評の了解の元に、社会党・公明党は共産党を除外した連合政権構想で合意していた。

文化の一つか、小説の世界では、三年前の一九七九年に、3P《さんぴー》を書いた青野聰が芥川賞を取って知識人に脂汗《あぶらあせ》を掻かせ、同じ年の同じ期に阿刀田高の短編で直木賞の『ナポレオン狂』の芸術そのものの逆転の不気味さが人人を驚かせた。『狂』が堂堂と生彩を放っていた。一緒に貰った人に田中小実《こみ》昌《まさ》という作家がいて、こちらの方は『ミミのこと』と『浪曲師朝日丸の話』で、前者は唖者で聾者の女との恋愛で、そろそろ〝差別〟が全社会的に問題になる頃、それを包んで越える哀し過ぎる短編だった。

文化の一つといい得るか、後に振り返ると死の寸前の一九八二年、『マッチ擦るつかのま海に霧ふかし身捨つるほどの祖国はありや』、『かくれんぼの鬼とかれざるまま老いて誰をさがしにくる村祭』などをかつて歌った歌人、演出家、あれこれを為した寺山修司が、詩人谷川俊太郎とビデオレターを交換している。

文化の一ジャンルか、政治・社会の最早《もはや》既に梢《こずえ》の枝先一つの舞台になったか、学生運動、革命運動は、六〇年代後半の嵐みたいな時を受けての一九七〇年代では内ゲバの血の海での格闘とのたうち回り、三里塚の農民の闘いとの結び付きや差別への格闘、もろもろの領域への波及へと粘ってきた。けれども、一九八〇年代は、目標の設定はできてもなかなか行為へとならず、手探りというか、迷いの時にあったようだ。

ただ、どの党派の構成メンバーも、一九六〇年代後半の、少数派から闘いを必死にやってかなりの多数派になって〝抉《こ》じ開《あ》けた〟快哉《かいさい》の気分、逮捕や起訴や入獄によって、大学を追われたり馘首《くび》になったり就職がうまくできなかったり、その他もろもろの〝傷〟を持っているので案外にしぶとく、へこたれない。太平洋戦争中に赤紙で軍隊に召集され、戦死してしまった兵士の無念さとは比較できないとしても、そして、敗戦となって外国や日本の任地から戻ってきた兵士ほどではないけれど、六〇年代後半を闘いで経た者はあれこれ沢山過ぎる〝傷〟をなお疼《うず》かせていた。

地曳務《じびきつとむ》は、神奈川県の西の外れ、のんびりした真鶴《まなづる》で生まれ、小田原の高校に通い、現役で横浜駅から私鉄に乗って二つ三つ目の駅から歩いて一〇分の私大に入った。もっとも、この時世の特色というか普通のことだったが、大学は九ヵ月ほど通ったが授業に出たのは三十日もない。受けようにもストライキか、雀荘か、文学系のサークルか、図書館か、ものにならないのにダン・パーつまりダンスパーティーへと熱を出していた。

地曳務がデモに行った最初は、大学一年の冬、一九六八年一月の授業の初めの日に原因がある。語学のクラスに、どうもこの大学の学生ではないらしい五分刈の大工みたいな感じの男がこの大学の自治会の役員に連れられてというか案内されてやってきて、

「学友諸君、アメリカの原子力空母のエンタープライズが長崎の佐世保にやってきます。太平洋を越

えて遠く、ヴェトナム人民を爆弾で殺すためにでんね。現地・佐世保へ行って、断、断、断固、寄港を阻止せんとあかんのです」

と、アジったのだった、アメリカの原子力空母がヴェトナムの人人を殺し傷つけることだけで、原子力の怖さ危なさは口に出さなかったけど。

地曳努とて、写真家が、ヴェトナムの人人の泥沼を這いずっても、何がなんでも、南ヴェトナムの支配者とアメリカの連合に勝とうとするいじらしく逞しい姿を写したやつを見ていた。そう、沢田教一という人のそれを。とりわけ、母親を中心として子供達が米軍とヴェトナム政府軍から川を溺れそうになりながら逃れるそれを。

だから心が揺らいだ、ちょっぴり。

それに、アジテイションはどう考えても関西訛が入っていてピンとこないというよりは下手糞そのものなのに、流行らない濃い青色一色のブレザーからも湯気を立て、これは予《あらかじ》め湯をぶっかけてきたのじゃなかろうかとも疑わせ、でも、ぎょろ目が覗く黒い顔から汗を長距離ランナーのように噴き出たせて必死な形相なのだった。

決め手は、九州はまだ行ったことがなく、佐世保は戦争前から軍港で、だから、一九四五年のアメリカ軍の空襲で壊滅的になったのは知っていたけれど、佐世保行きの帰りは長崎に寄ることができることだった。アメリカの原爆で壊滅以上の悲惨な灰燼《かいじん》へとなってしまったけど、意外や爆心地から離れた長崎の幾つかのところには、なお、なお、江戸時代から唯一の開港の匂いは残っていると聞く。長崎の、うんと昔からの異国情緒が淡くなってしまったとしても、地曳の甚《はなは》だ好きな流行歌は、みんなに「古過ぎる」と笑われていたけれど、敗戦二年目の藤山一郎の歌う、原爆で妻を喪ってしまった哀切さを、場合によっては原水爆禁止のもろもろのスローガンより迫力のある詩に、そうである、サトウハチローが思いを託した『長崎の鐘』、それに敗戦四年目にレコードになった美空ひばりの初期の少女の歌声に小節《こぶし》を効かせた『悲しき口笛』の二つで、その中の一番に胸を塞がれて感動するのは『長崎の鐘』なのだった。この流行歌、うん、反核歌でもあるな、二番の「召されて妻は　天国へ別れてひとり　旅立ちぬう、う……」は原爆で殺された妻への割り切れない挽歌でもあって……。

　よっし、行こう。

うろ覚えだが、夜行の『雲仙・西海』とかの急行列車に乗り、着いたのが博多、福岡の九州大学。そこで、青いヘルメットを渡され、おのれ地曳は、いや、我が大学の学生運動を取り仕切るのは社青同、その中でも過激な分派の解放派と知った。三派全学連の三つの主な派閥の一つだとは知っていた。

　感激することが三つあった。一つは、博多の繁華街で、活動家に半ば命じられるまま、画板《がばん》に署名簿、それに鉛筆を細い糸でぶら下げ、カンパの紙袋も吊るしてぶらぶらさせていると、おいっ、えっ、有《あ》りか、九州男児、いや、主婦風、おバアさま風もいた、一万円札を布袋に「頑張るしかないなかけんね」、「胆《きも》を据えてやるばって」、「よかよかア若者ごたる」と入れて行くのだった。

　二つは、佐世保の市民球場とかで集会があり、自分は要するに三派、中核派、社学同、社青同解放派の一人としていると自覚をし直している時、それにしては角材が渡されない、いいのかなアと感じて、五〇メートル離れた共産党、その若者の組織の民青が、おーや、角材を持って集会に参加している。そうか、三派に対して「暴力学生、トロツキスト」と嫌う民青なのに、自らも角材を持つなんてちゃんとしてるなと感心したら、おや、鉢巻きのオッサン、ネクタイがひん曲がってるサラリーマン風が群がり、せっかく角材を持った民青なのに、これを取り囲んで奪っていく。あ、そうか。この角材は三派を追い出す、三派と闘うための角材かと地曳は学生運動及び政治に疎《うと》く、やっと気づいた。だから、オッサン、サラリーマン風は、民青の角材を取り上げたのだと。その角材とやがて搬入された角材で三派は〝武装〟できた。

三つは、闘いの初日、基地のある向こうと、それに繋がる橋と、住宅地がこっちにあり、佐世保橋と呼んでいたか、ここを境にして機動隊との攻防戦に入った時のことだ。ふうむ、中核派、革命的共産主義者同盟全国委員会の学生組織であるマルクス主義学生同盟中核派がどうやら正式名らしいが、党派としての根性があり、指揮者と一丸で突っ込む、えっ、おいっ、確固たる指示と確信のせいか、鉄の棘《とげ》が目立つ遙か右手向こうの基地のバラ線と壁を越えて侵入、おっと、突撃しようとしているのもいる。社学同の赤ヘルは、うーん、もしかしたら主軸は佐世保にきていなくて東京か関西か、全体の五割どころか七割、合わせて五十人弱がへっぴり腰で、機動隊の猛烈としても放水とガス弾に指揮者ごと散ってしまう。自分をここへ引き連れてきた社青同解放派は？　全体をきっちり見渡せないけれど、先頭から五十人は角材を水平に持って機動隊とその盾にどっしり突き進む。残り十五人は、低い姿勢でスクラムを組んで行く。あ、いいなあ、指揮系統と、たぶん外れて、自らは遊撃隊と思ってるのか、正規と映る隊列から外れて、右に二十人、左に十人と身勝手のように進み、石を投げ、機動隊の盾よりその上の隊員の顔を狙ってチャンバラみたいなのをやる。

地曳努《じびきつとむ》が、この党派に入ろうと思い立ったのはこの時だ。後に「先進国同時革命」などの戦略を知ってかなり動転したが、理論など知らずに……。規律と伸び伸び仕放題が同居している党派と思い込んだのだ。その日の夜、泊まった佐賀大で、しかし、夜中に追い出される中で、早大の帯田《おびた》と名乗る活動家が「俺らは、レーニンの『上からの組織化、労働者にはインテリの理論や前衛からの外部注入』とかとは別で、ポーランドの女の革命家ローザの『労働者の中にはちゃんと革命性がある』のここを拠《よ》り所《どころ》にしてんだよ」とじゃが芋を極端に拡大した歪《いびつ》な顔で嬉しそうに告げた。

それで。

帰りに長崎に寄って、あわ良くば童貞を失うことも期したが一軒目のバーでぼったくられて、軍資金も尽き、神奈川県の西の真鶴の田舎にかえった。

しかし、社青同解放派に入る決心をして、自治会のメンバーに伝えたら「おいっ、大丈夫か、風邪の熱じゃねえよな」と手の平を額に付けられ、「まずは、しかし、〝反戦・反ファッショ・反産学共同路線〟の行動委員会に入らねえと」と言われ、北里とかいうゴリガンスキーが次に会いにきて「解放派はちっこいながら一応は党で、党費も取られるし、そう、青年政治同盟に入れ、社青同に」と「よお、同志、熱く命懸けでやろうや」と綱領とか規約は告げず、実におおらか、嬉し気に両肩を抱いた。月並みだけどジーンときた。

三里塚の農民の闘いや、へえ、ヴェトナム反戦だけでなく、いや、それよりもうねりが高く具《つぶ》さな大学闘争が東大、日大を先頭にして起き、その助っ人というか支援というか連帯というかで忙しくなった。

そうこうするうちに……。

後に振り返ると、共産主義者同盟、通称ブントが指導した六〇年安保のピークが一九六〇年六月の国会前の機動隊との激しい攻防で命を落とす樺美智子《かんばみちこ》さんの件だったとすれば、七〇年安保闘争の最盛期は、この年、一九六八年の三派別別の、中核派の新宿を舞台にした闘い、ブントの防衛庁への突撃、解放派の国会突入の闘いがピークだったかも知れない。ま、社会主義やコミュニズムの組織に入ると、なぜかセクトを突っ張ってしまう悲しく切なくみっともない性《さが》となるけど、メディアの情報でノンセクトの人人によると「人人の集まる場所」「目に見えて敵の機動隊のいるところ」の狙いで中核派の新宿の闘争が最も大きかった。証《あかし》に騒乱罪がかけられた。

　だが、しかし。

　この頃から、例の、機動隊などの権力と闘うのは無駄で無意味、他党派解体の組織戦術が即《そく》戦略のＫ派との党派闘争が厳しさを増し、地曳の属して新しい解放派の一つの拠点の早大から仲間が個別のテロや緻密な戒厳令の前で引き上げ、東Ｃ《トンシー》、つまり東大教養学部での両派のゲバルトとなった。もっとも、解放派は早大を決戦場にすべきを東Ｃにしたのが、既に痛かった。それでも、三回、こちら百五十人から二百人、Ｋ派二百人から二百五十人が大衝突をして、どうもＫ派は、こちらのしっかりしたゴリ、党派のキャラクターを表してののんびりと飯《めし》を食いに行く仲間を個個に襲ってくると地曳は分かり、全体の指令者だろう海原一人《かいばらかずと》という大いなるゴリガンスキーで、太っ腹で、そろそろ三十になりなんとする人と、京都訛り、おっと、明治維新まで標準語の京都弁だ、それらしきを話す高草《たかくさ》という軍事の論と実践に詳しい先輩二人に、考えを直に伝えた。

　大した考えではない。

小学校五、六年の時、なぜか戦争ごっこが流行り、二十人対二十人で竹刀《しない》と、竹刀がない者は木の枝の先を丸めたりたんぽで包んだりした一メートル半の木の刀で集団戦を繰り返し、そのうち、熱中しだして、相手が集合する前に二人、三人を取っ掴えて脅し、戦争ごっこに参加させない手を考えたことがあった。K派は、機動隊と正面からぶつかるなど〝無意味〟と考えている左翼の枠外の組織、組織戦術に命をかけて電話の盗聴、スパイの潜《もぐ》らせをやり、本来同じ陣営のはずの組織の潰しにかかる。それは限られた駒場の東大教養学部の地でもやっている。

だから、地曳は党派では若造なので羞恥の心と畏《おそ》れで言った。

「あの、あのう。K派は、一人二人のレポ、見張り役などを張り巡らせています。こちらも、汚れた戦闘服でなく、東大生らしい学生服やスーツを着せて顔を知られてない地方大学生で奴らの倍、人数は四人六人にして同時間帯に一気に潰し、場合によって武器をエスカレートさせ……やつらの中でレポや見張り役の志願者を当分出させないように、少なくともたこ殴りで」

と。こちらはもう入院患者が五人も出ている。本音は倍返しだが……。

これが効いたのかどうか分らぬが、一週間して、K派の半分は早大に帰った。

ここで、半分残ったK派を叩き潰す必要があったし、そもそも、決戦の場は早大にすべきだった……悔いは、なお残る……けど。

それで。

横浜にある自分の大学へと引き上げる間際に、東C《トンシー》の、あと四ヵ月して三年生になると本郷に進むはずの福山《ふくやま》に呼ばれ「駒場寮の北寮二階の哲研《てつけん》の部屋へ」と言われ、行くと、このゲバルト騒ぎや、やがての内ゲバの前兆を物語っていたのか二十畳の部屋が森閑《しんかん》としていて、一人、海原一人が、いや、敬意を表する必要がある、海原一人氏が腕組みをして隅っこで座っていた。

「やあ、地曳、く、くん。あの、あ、あのな、学園闘争に火が付いて炎は燃え上がるばかり。ヴェトナム戦争反対への怒りもかなり。全共闘は、コミューンみたいに正式な自治会を超えてでも、労働者の中にも反戦青年委員会が既成の組合幹部を吹っ飛ばし、ぜ、ぜん、全国へ……の時代だよな」

う、へーい、組織のど偉い幹部から、ゲル、つまり金のカンパ要請か、いや、この人は凄まじく左の極《きょく》、粋《すい》、華《はな》と聞くから、総理大臣か警視総監へのテロの指示かと地曳は身構え、しかし、でも、でも、有り得ると、束《つか》の間《ま》、肝を据えようと深呼吸をして天を睨《にら》んだ。

「あ、はい」

「それで、我我も、そろそろ、いや、実際に、非公然、非合法の活動スタイルを模索《もさく》し、準備しないといけないと考えるんだ」

地曳より、この海原氏の方が緊張している。なのに、最初に切り出した言葉の吃音《きつおん》気味の響きは消えている。はあーん、この人なりに、吃音にはかなり対策を苦しみ、悩み、克服したのではとうっすら分かりかけた。

「それでな、大学の細胞会議や地区の会議であれこれあると思うし、そんなところを無視しろとは決して言わないけど……この先、半年、一年、二年は燃え上がる一方の情勢だよな」

全身の軀、肉体から底力《そこぢから》に満ちた声を、でも、低く、ぼそり、ぼそり、海原は口に出した。

「とりわけ、東大闘争の決戦は当局が引かないし、国家と自民党の圧《お》す力もあるし……あと、五、六ヵ月が勝負で頂点のはず」

競馬や競輪の予想屋とは別なので当たらなくても仕方がないが、いや、革命家はもっときちんと情勢の行方は読むべきとも贅沢な願望を抱いてしまったが、東大、日大の決戦の中の東大の方は「五、六ヵ月後」と海原氏は読んでいたのだ。実際は、次の年、一九六九年一月が東大の安田講堂の攻防戦のピークで、二ヵ月後だったのだ……けれど。

「それまで、地曳くん。当たり前、公然・合法の集会やデモに行かないと、おぬしの気分は晴れない、行かないと回りが不信の眼で見る」

十一月下旬の木枯しが吹いていた頃、なのに、海原氏は、ハンカチではなく古びているが洗い晒した手拭いで額と顎の脇の汗を拭いた。

「あ、そう……ですよね」

「しかし、この、五、六ヵ月、オモテでの活躍は耐えに耐え、東大や日大の決戦、おぬしの横浜の大学の決戦もウラでやり抜き、可能な限り、ひっそり、ひっそり……目立たぬように活動してくれんか」

「え、……え、あの『オモテ』と『ウラ』って何……ですかね」

この頃に活動家になったとか、党派に入ったとかの人間がほとんど然《しか》りで、地曳も例外でなく、デモ、ゲバルト、その合間にアルバイトで忙しく、理論的な勉強とか闘争の歴史などをする暇はなかった。だから「オモテ」「ウラ」と言われても、話でしか知らないダイカン法反対、原子力潜水艦寄港阻止、日韓条約反対の闘いを経た大いなるゴリガンスキーを前にして不謹慎だけれど、春本のみで学ぶ裸の女性と交わる時の体位か、ぐらいしか思い浮かばなかった。

「ああ、地曳くん」

「地曳と呼んで下さい、呼び捨てで」

「え、あ……そうか。ま、でも、地曳くん。うん、組織名を自分に付けるといいな。俺も本名は別にあるけど」

海原一人氏は、立ち上がった。その立ち上がる時の爪先、膝、腿に、どう表現して良いのか、力強い、というのを越えた、そう、膂力《りょりょく》、という熟語を大学入試直前に覚えたが、それにふさわしい印象と思った。海原氏は、一七七センチぐらいでかなり大きい方だが、どちらかというと痩せぎみなのにこの感じをよこす。

「んでな、地曳くん」

「あ、俺、組織名はもう考えていて、高倉健次か、大鶴浩次に、大学内ではリーチしてんです」

地曳が組織名の候補を告げると、海原氏は意志の固そうな両顎の出っ張りを、もっと、ぎ、ぎ、ぎっと歯軋りをさせ強張らせた。

「あのな、俺の説明が悪かった。組織名というより、警察や警察とつるんでるK派に発覚しないような変、仮名《かめい》を……だ。任俠《にんきょう》映画のヒーローの俳優の名だと、バレ易い、『こりゃ、三派の活動家か』となるほどなアと思うことを海原氏は言った。と同時に、地曳は、海原氏が「ヤクザ映画」とか「暴力団映画」とか呼ばずに「任俠映画」と告げたことにかなりの心強さを覚えた。

「ま、組織名は高倉……で、当分は。えーと、それで、ロシア革命でも、ローザ・ルクセンブルクが虐殺されたドイツ革命でも、むろん、毛沢東の指導した中国革命でも、キューバでも、うん、ゲバラは殺されちまったがカストロに頑張って欲しいわな、えーと、ヴェトナムも……たぶん、二番目ぐらいに苦労したはずのことについてだ」

「はい」

「いかんな、俺は、あれもこれもで色気があり過ぎ、話の的《まと》を外してしまう。許せ。地曳」

「あ、はい」

「んで、革命に至る前には、ロシアのボルシェビキ、その選抜されたか志願したかの何百人か、何千人か、一万人か、やがてのソ連共産党員は、帝政やケレンスキーの政府・行政・警察に対しての街頭デモや集会などには出ず、いざ武装蜂起の時のために素性も顔も知られずに敵の軍の秘密、警察の秘密を調査した。格好、いいわな」

「はい、そう……で」

そもそも、「非公然」、「非合法」などという用語を、地曳はこの時世に、一ヵ月少し前に、ほとんど観客のいない国会議事堂にゲバ棒を持って突撃したり、東C《トンシー》つまり東大教養学部に助っ人、そのうち、主人公でなければならないし、なって、二メートルの先の尖った竹竿、鉄パイプ、その他で懸命にやったけれど、漠然《ばくぜん》と意味が解っても、正確には解らない。今は立ちはだかってくるが、日本では先駆者で切実にしんどく大変だったろう共産党は、ここの「非公然」「非合法」を、命がけで訓練し、生命線にしていただろうとは解る。何せ、治安維持法は、地曳の大学入試の勉強だと「一九二八年、田中義一内閣、〝国体変革〟の罪には死刑適用」だった、志《こころざし》で死刑にされては堪らない。

「んでな、というわけで、敵の警察、K派には顔や姿を見せず……場合によっては火炎瓶の大量生産や、ちょっと先、いや、かなり先には銃とか、うん、あれあれとあれ……を作ったり」

「ええーっ、えっ、あ、はいっ」

海原の告げる「あれあれとあれ」の前の方の「あれあれ」は機関銃とかマシン・ガンのことか、後の方の「あれ」は、うへーい、爆弾ではないのか。この件で取っ捕まるとひどく刑が重いと同じ大学の文学系サークルのブントのシンパから教わった。何でも『犯罪告知義務』っつうのがあって「爆弾があるーっ」と騒ぐとか、お巡りに「爆弾がそこに」とか教えないと五年以下の懲役か禁錮だそうで、重いっ。

「いや、地曳、高倉。そういう戦術のレベル・アップを考えてるわけではない。知ってる通り、俺たちは、中核やブントと違って労働者の比率が多いし、浅いけれど歴史からして労働者の影響力がでかい。労働者がデモでヘルメットを被るまで、先達は大変そのものだった。六〇年安保とほぼ同時に並行した三井三池のホッパー決戦でのヘルメット姿を、ニュース映画や週刊誌のグラビアで知っていても」

「え、あ、はい。いくらなんでも爆弾は早いわけで」

「しいーっ。あのな……高倉」

その時は一九六八年十一月の終わり、海原一人氏は、大学は中退でなく卒業していて、それも東大、でも文学部哲学科で就職はしていなくて党派の出るか出ないかの給料で革命家たらんとして二、三年ぐらいだったはず、年の頃は二十七、八だったか。海原は、なのに五年ぐらい付き合いのある友達のように地曳の右肩に手を軽く乗せ、右耳の穴へと、アジをすると吃音《きつおん》気味ながら我等《われら》を発奮させるかなりでかくパワフルな口を近づけた。

「爆弾はな……Ｂｏｍｂ、だろう。だから、当分、ＡＢＣのＢで二番目。ゆえに『二番目のもの』と……」

「わかりました、海原さん」

「はあ」

「あのな、高倉。ウラ、非公然、非合法のジャンルでの討論やあれこれでは、俺はツガルだ」

あれこれ覚えるのも大変だなあと地曳は少し暗くなる。でも、こういうのも訓練すれば何とかなるのかも。もっとも、入試の訓練の果ての最優秀生が東大生か京大生、目の前の海原氏や現役の三人ぐらいしか面白い男はいないわけで……。

「原則の話が決まった。なら、高倉、お陽《ひ》さまはまだ高いけど、渋谷の道玄坂あたりへ行って、おぬしが入党してから再びの、うん、新しい契《ちぎ》りの酒をやろう」

海原氏が立ち上がった。

駒場の門を出る前に、大き目の銀杏の木から人が三人出てきて「冷やり」だったがこちら側のレポ、見張り役で、いけねーっ、地曳が任務を解除し忘れていた日大生と、日本女子大とどこに所属しているか不明の学生だった。海原氏は「一緒に行こう。安心しろ、ゲルはある。半月も禁酒をすると金が貯まるんだ」と三人も誘った。そのうち一人の女子大生が、おや、いけるな、ま、東大生に転んでも神奈川県の田舎と映る大学生に転ばないだろうけれど、両目がひどくゆったりのんびりして、良い女だぜ、と地曳は感じ入った。

——それでも、かなり如何《いかが》わしい道玄坂の飲み屋で、それも止まり木でなく、二人用の小さなテーブルを挟んで、海原氏は確認していく。因みに、レポ役をしていて誘われた三人には海原氏と地曳の話は筒抜けか、八畳ほどの狭い店の入口の止まり木に陣取っていた。

「いいか、高倉。おぬしの直属の指揮官は、あの、K派とのゲバでも全体だけでなく個別の軍事作戦を練った高草《たかくさ》だ。六〇年安保を、ブント、共産主義者同盟で潜《くぐ》っている。我我の党派は存在しなかった頃だ。その高草が、誰かを媒介して、おぬしに連絡に行く」

海原氏が「高草」と口に出すと、地曳にはぴんとくる。京大をとっくに中退してる党派のかなりの官僚、おっと指導部らしい。三十歳を過ぎて、なお、現場、とりわけ武力衝突の現場にはゲバ棒か、鉄パイプか、石塊《いしくれ》を持って活き活きとやってくる。今そこにある闘いの石塊の飛び交う音、ゲバ棒の風切る音、鉄パイプの軋む音、なにより血に燃える人なのだろう……か。それでも、「一九六〇年六月十五日、機動隊と大衝突寸前の右斜め隊列にいた、彼女やあ、樺美智子さんを俺は忘れんわ。聞いとるか、餓鬼どもオ」と喚《わめ》く高草だ。すでに三十路に入っているのにフットワークが若若しい。

「おぬしが急におぬしの大学の現場から消えたら、おぬしは消耗した、活動家として駄目になったと回りは判断する。だから、キャップの、うーん、いざとなると腰抜けで逃げることしか考えない神谷《かみたに》には黙っているが、根性のある北里《きたさと》だけには伝えておく」

もう学生の組織からは〝卒業〟して、労働者のそれを担っていると聞く海原一人氏は、なお学生についてきちんと把握していると地曳は感心する。ま、組織が、まだ小さいという証《あかし》でも……あろうけど。

「それとな、やっぱり、警察に注意せんとな。討ち入り前の大石のように」

「大石？」

「うん、大石良雄だ、内蔵助《くらのすけ》だ、忠臣蔵の」

「は……あ」

「今んところはどじで有名な神奈川県警だから誤魔化しが効くだろうが、やがて……つまり、お巡りが尾行しているとか、いかにもお巡りが張り込んでいる時には、敢えて、そうだ、飲み屋へ行って、うん、スナックあたりで声高らかに歌でも歌って。うん、K派もお巡りと似ているから、同じ構えでな」

海原氏は、町役場に勤める地曳の父親の安月給を知らないのか楽天的なことを言う。スナックの料金は高い、だったら……え、えーい、聞いちまえ。

「あのですね、キャバレーとかでもオウ・ケイですかね。本当はトルコ風呂がいいけど……高くつくだろうし」

「あのな……あのな、あのう……だよ」

党派の教祖の次の位置にいると言われるゴリガンスキーの海原氏は前のめりになって、吃音《きつおん》気味となる。

「〝性の商品化〟といろいろ論議の的となってて、男は槍玉《やりだま》に挙げられているけどな……それは人類史が始まって以来のテーマ。これからも一所懸命に討論すればいい。でもな、問題は、あのだ」

「はい、海原……さん」

「一と昔前の遊郭、赤線、青線、今のトルコで働くしかない女が、確かに、いる、ということだ。俺達男には、いわんや、親の臑齧《すねかじ》りで大学に進んだ者には解らない苦しみ、辛《つら》さ、切なさを抱えている……はず」

「そう……でしょうね」

第二次大戦後だって、地曳は、東北の大凶作で「娘を売るしかなくて」という新聞のみだしを小学生の頃に読んでいる。

「だから、売春をするほかはない女、女性を決して蔑《さげす》んだりしてはいけねえ」

「は……い」

「それと、男の性の吐け口のテーマは違っている……けどな。しかし、しかし、売春する女性のいる場所へ、商いをするところへ『行っちゃいかん』と言ったらどでかい差別そのもん。いや、差別というより人として言ってはならん、売春で働く人の尊厳《そんげん》のテーマだ。おいっ、だろう？」

つまり、海原氏は「トルコ風呂、オウ・ケイ。売春宿の出入り、よっし」と言っているのではないか。

ありか。

党派のどのつく偉い人への揶揄《やゆ》、党派の正統の理論へのごく軽い笑いも含んだ、でも、しかし、かなり切実な地曳の海原氏への質問だった。

そして、……。

この海原一人氏の答えに、地曳は、社会主義とか共産主義の前に、イデオロギーや思想の以前に感激した。活動家として持《も》ち堪《こた》えられるか、長続きするか、自分でも自信はないけれど……人として、人間として、この海原氏を信用する初めだった。

「海原さん、あのう、俺、女、女性はまだ知らなくて童貞ってやつです」

「ま、そんなもんだろ、現役で大学に入って、まだ半年とちょっと。ん？　待て、待てえ。高草さんも俺も、おぬしの『おいっ、』『おやーっ』、『おお』の感嘆詞ばっかりの敵、K派のパクリ、敵のレポをレポとさせない這いずってもやるの遣り方、集団戦の指揮者の脇の下での地曳の、いや、済まん、高倉の動きを見て『軍人に、我が派、初めての軍人に』と一致したんだ」

「へえ、光栄で」

「だからな、東大の決戦、たぶん、四月の入学式あたりからと推測してるから、あと四ヵ月ぐらいで、そう、女性の、あの、あの、あのだっ、軀を直《じか》に知ってくれ」

いくら何でも八畳もない店で、そうでなくても声にすら膂力《りょりょく》がある、東Cでこちらのレポ役をやっていた三人が振り向く。

「うん、女性の心も、知るんだ、高倉。つまり、恋愛をしろ」

「あの、先輩、声がでかくて……回りに聞こえちまう」

「えっ、あっ、そう……だな。まずいな」

海原氏が、レポ役だった三人を見ると、三人とも困った顔つきをする。うん、ちょっぴり、東Cの外へと出る前から気になっていた日本女子大関係らしい女子学生が一人いる。でも、普通に考えたらK派との大、大、大ゲバルトにくるのだからもう大学三年生か四年生、いや、四年生は就職のことがあって女子大生ばかりでないが男子学生の八割方は消えるから、三年生ぐらいだろう、ここは飲み屋なのに、サークルの小部屋にいるように両手を握り、テーブルの上に垂直にしている。美人じゃないけど、目ん玉のひたむきのしっかりさ、正面を向く素朴さが良い、ほんと。

「海原さん、そのう、舌を嚙みそうな非公然、非合法の活動だけど、入門書とかテキストってないんですかね」

「ない。戦前、戦中の共産党のいろんな文書にあるけどな、時代が二十年、三十年前、ちょっとなあ」

「は……あ」

「でもな、共産党のかつての活動家の苦闘、汗、必死さを、俺達は学ばんとな。俺らは、若造《わかぞう》だ、まだ、六、七年の」

我我と国家権力とその先の警察とは、あっち、向こうが、敵、一〇〇パーセント。黒さで表現すれば、真っ黒け。

我我と、大党派解体イコール戦略のK派は、黒さが七〇パーセントから八五パーセントへ。何しろ、戦闘中、戦闘後のへとへとになったこちらを背後から襲って「勝利」とする。ゆえに、警察に捕まるのは三派の二十分の一、いいや、百分の一もいないはず。

共産党は、我我、地曳達を「トロツキスト」と呼んで、いや、今の時代は共産党以外の全ての共産主義者をこう呼ぶけれど、大きな運動の時に人が沢山集まる局面では、選挙をとても意識している。これは、しかし、議会政党になっちまったから、しゃあないのだろう。「共闘は駄目っ、排除を、トロツキストは」と叫ぶ、強硬に。陸《ろく》に勉強していない地曳だが「トロツキスト」と大声で罵られて困惑するが、トロツキーは、浅い勉強では、やっぱり、エリート、党側の優秀活動家からの方針の労働者への注入、それに、かなり戦術に陰謀めいたものを覚える。でも、でも、死はメキシコにて、スターリンの暗殺隊派遣によってだ。その死は一九四〇年、今は一九六八年だから、ほぼ三十年前のことで、日本でのトロツキーの影響はあんまりないと地曳には映る。新左翼の主軸のほぼ三派と、この一年ぐらいで三派の党派性を嫌って奔放自由、でも責任とか義務というのとほど遠いノンセクト・ラジカルの諸君達は、トロツキーなんかあんまりどころかほとんど知らないはず。三派、つまり中核派とおのれのいる社青同解放派、第二次共産主義者同盟《ブント》の子会社の社学同の三つの派の教祖は、昔ながらの左翼と同じのはずで、理論としてのマルクス、実践者、組織者としてレーニン、おっと、ここだけは社青同解放派がポーランド出身で女性でドイツ革命にて虐殺されたローザ・ルクセンブルクをひどく評価している。クールに自分らの畏怖する人を言っては良くないが、ローザは、労働者の革命へのやる気を信じ切っていて御人好《おひとよ》し。しかし、地曳は、前衛や党からの労働者への〝正しい〟考えの注入の理論より、この御人好しのローザの組織論が、資本主義の発達した国国での革命では大切だし、力を持つと、信じている。いんや、後発の資本主義の国国でも、だ。

「おい、高倉……」

「あ、済みませーん」

「おぬしは、人と人と話している時に、思いがどこかへと旅に出ちまう……癖があるのか」

「本当に、ごめんなさい、海原さん。一年に一度か二度、すんごく緊張してる時に……不意に、唐突に……思いが脇へ脇へ、どこかへと」

しゃあない、大先達に失礼をしちまってと、人生三度目だけど、テーブルの表面に額《ひたい》をぴったり付けて、詫びを入れた。

「おいっ、おいーっ、おぬしは律義だなあ。俺の話に集中できんかったのは、おぬしの正しい反応だ。思いをあれこれへと放って、抑圧を抜いてるんだ、おぬしは、高倉は。それに、俺の話が魅《ひ》く力がないからだ」

「は……あ？」

「ま、誰にも言わないで欲しいが、俺は、仁義をきっちり守る男、いや、女も、好きだ」

「それ、内緒なんですか、海原さん」

「だってな、俺らは儒教の学習塾でなくて、周りは過激と眉を顰《ひそ》める社会主義の探検隊、あ、いや集まりだものな」

広い額、千メートル先の土鳩《どばと》さえ両眼で木の枝から転ばしそうな双眸、がっしりした顎の三つを崩し、あ、それ、大幹部に似合わなくて良くない、右腕で顔全体を隠して自らを嗤《わら》う仕草をした——でも、地曳は「仁義」の言葉、この自らを笑いの素材とするこの海原一人氏に、深く、信を置き始めた。

「んで、高倉……さん」

「いえ、高倉で。呼び捨てに」

「いや、もう始まっている。『さん』『くん』『氏』は相手との関係がバレるよな。側《そば》に官憲がいたら、上下関係も」

「ふーむ、それもそうで」

なるほど、店の出入り口に近い止まり木の三人が、我我のレポではなく警察やK派の人間というのはこれからは屡屡《しばしば》有り得る。

「いずれにしても、高倉、あ、高倉さん。我我は、表《おもて》の活動がとっても、重く、凄く、大切としてもここに全身を賭け過ぎた。裏《うら》を、一九一〇年代のロシアのニコライ二世時代のボルシェビキの地下活動の汗、一九二〇年代中国の国共合作前後からの組織のオープン化とやがてのそれの大失敗……謙虚に学ばんとな」

「は……あ。そうですね」

歴史は、大学入試のために、大化の改新が起きた年とか、イエス・キリストの出生は定かには分からないからずれると思うのだが西暦ゼロ年頃、ルターの宗教改革の年とか、何か暗記ばかりで、要《かなめ》は取り逃し、面倒臭かった。

「それに、彼ら、民青、共産党がいかに我我を弾《はじ》き出《だ》し、罵りの言葉を並べても、日本共産党が潜《くぐ》った、党の結成、再建の一九二〇年代、そして、一九四五年の敗戦までの辛酸《しんさん》を学ばねえとな。警察のスパイ、捕縛されての小林多喜二じゃないけれど、おい、な、殴られて死ぬって大変な打撃がなかったら有り得ねえのに……殺されちまう拷問、あらゆる非道そのものに、何とか彼らは頑張ってきた……しかも、悲しいな、負けが多いんだよ」

地曳の首都圏の横浜にあるのにのんびりした大学と言われてるところに、民青は少数派、でも、口汚く怒鳴り合い、時に小突き合うわけで、海原氏の話はそれらの小競り合いを遥かに越える中身で、嬉しいような、でも、戸惑うような。

「とどのつまり、我が党派の中の、非公然と非合法の組織の出発が、おぬしの決意と営為《えいい》にまず始まる」

「は……あ」

「一ヵ月半か二ヵ月したら、高草さんが直におぬしと。それまで、まず、『やるーっ』の決意を、じわり、そして広く、深く、固めて」

「は……い」

「恋愛は早めに決意を。家族、父ちゃん母ちゃんとの決別をしっかり、しかし、でも、優しく。アジトを作る準備を。今までの友達を大切にして保ち続ける……車《くるま》、アジトに名義人は大切になるらしい」

「はいっ」

理論も、行為も、生き方の潔癖さも組織の中ではNo.1と噂される海原氏に、あれーっ、こんなに汗に塗《まみ》れてと感じたが、両手を両手で握られ、地曳努は「熱い心で、やるっ」と強く思った。

3

一九八二年、梅雨の中途半端さがすぐ待つ酷暑を予感させる中、刑務所から釈放されたばかりの地曳努は、出迎えにきてくれた二つのグループの、どうやら優位に少しは立っていそうなグループと一緒に、歩いて、越後の稲を孕《はら》んだ緑の凄むどでかい平野を走る広い道に出た。

迎えの車が、あちらからきてUターンした。組織の古株の本屋敷《もとやしき》が乗っている。

「一時間ちょっとかな。いいんですね、トオヤマさん、新潟市内までで」

運転手が本名・久田に聞く。

「うん、やっとくれ」

東大本郷に進学するかどうか、東大教養学部に残って頑張り続け、〝東大卒〟の栄誉でもありこの社会に屈服し阿《おもね》ることでもあり、当の東大生は悩むと聞いているが、あれから五年、久田はどうなっているのか。いずれにしても、厳しい時に入っているはず。組織が、二つに割れ、分裂しそうな気配もあるわけで、既成の労働組合が書記とかオルグで雇ってくれる……か。

「おい、新潟市内はな、聞いてんのか久田、金の持ってる奴が楽しめる古町《ふるまち》しかねえんだ。あとは、大いなる信濃川の河口の、どっしりして、譲《ゆず》らず、そう、歴史とかできごとなんぞ緩《ゆる》い速さに任せてちゃらちゃらと笑う流れ……を見れば済む、終わり。これから、一気に、越後湯沢へ行こう、おいっ、久田」

東大教養学部に残って活動家をやり続けているのなら東C・駒場の八年生で立派過ぎて論評のしようもないが、悪意はないのだろう、後輩への忠告が入試みたいに訓練されての癖《くせ》なのだろう、久田より党派歴の長い本屋敷が顎を上へ下へとして組織決定のように命じる。

「あのですな、本屋敷、えっと、センジキさん……えーと、あ、その前に、ヨシノ、ドライバーのスギヤマ、荷物をきちんと整頓しろ。いつ、マルがきても、脱落・日和見の会長派がきても」

怖いとは思わぬが、細かいとは思う、久田が、車の中の道路に置いてあるバッグの位置、傾きを直すように命じる。おい……おい……おーいっ。

「俺はな、久田。越後湯沢でよ、駅前の坂の下の町の有志が協力して掘り当てたきんたまのたまで快くなる温泉、山並みを見て入れるのがいい、地曳には是非、のんびり漬かってほしいけど、ま、無理すんな、『駒子の湯』があるんだ。越後湯沢へ直行っ、いいな、久田っ」

相変わらず説教癖のある本屋敷が朗らかそのもの、世の中に矛盾などないように告げた。

地曳だって、温泉巡りには嬉しく、くらりとする。

刑務所では五日に一度、その一度すら「垢《あか》を掻かれては困るんだあ」と両手ととりわけ人差し指と中指二本を胸より上へと差し出すことを命じられ、ゆっくりできなかった。

4

それで、地曳努は、一九八二年の梅雨空の中での、越後湯沢への車の急ぎの中で、十三年半か、一九六八年の十一月の終わりを思いだす。一九六八年とは、ヴェトナムへの爆弾を無数に放ったアメリカの原子力空母が日本に寄った時。在日韓国人の金嬉老《きんきろう》がクラブで暴力団二人を射殺し、ダイナマイトを持って寸又峡《すまたきよう》に籠《こも》った時。この件は、マスコミでの言葉、文字は見つけるのは難しかったが、新左翼は、かなり、深刻に考えた。金嬉老が在日ゆえに味わった差別なんつう言葉と形容は浅く、それからの脱出、解放……はあるのかと……。やがて、しかし、不問に……。

そう、一九六八年、十一月が終わる頃。

渋谷の道玄坂の坂の上の方、東C《トンシー》のある駒場に近い方の酒場で、たぶん理論的教祖の佐佐氏の次のはずの海原一人氏から「もしかしたら、我が派の最初の非公然・非合法の出発をする人」、「大胆、恐れを知らず、小さい争い、大きな闘いを進める軍人」とよいしょされ、かなり、嬉しくなり、しかし、残りの人生を考えると、うーん、もっと、慎重に構《かま》えた方がとも考えたが、やっぱり、労働者や人民が血みどろになって闘い取るのが革命で、自らも然《しか》りが命運、一割五分ほどの躊躇《ためら》いがあったけれど、海原一人氏への畏怖もあり、頭を縦に振って答えた。

それで、その直後、忘れもしない、その夜遅くだった。

海原一人氏は坂を小走りに下り、タクシーで消えた。

おいっ、と思うが、大きな闘争やゲバルトの後は「よく、屡屡《しばしば》、そうなる」とは聞いていて、でも、地曳にはなかったけれど、レポの三人のうちの男子学生と女子学生が二人並んで坂を上りだし、そして腕を絡め合い、ホテル街の仄暗いところへと消えて行った。

うまいことやりやがって。否《いな》、そんなふうに思っては駄目だ、持てぬ男の焼き餅に過ぎねえ、良かったな。

あれ、そう、日本女子大と何らかの繋がりがあるはずの女の子が、いんや女性が、さっきまで背筋をしゃきっとさせていたのに俯き加減で突っ立っている。

これって、千載一遇のチャンスかも……。

しかし、東女《とんじょ》、東京女子大生と東大生が引っ付き、本女《ぽんじょ》、日本女子大生周辺が早大の男と大学が近くにあるせいで仲良くなるというのは定説、もう既に早大生とできているのかもと地曳は引き気味になる。でも、東女と東大生のカップルは知っているが、本女と早大のは一つの例しか聞いていない。そう、そもそも早稲田の男は小清水徹を除けば一《いち》を十や二十に仕立て〝マル機〟、つまり機動隊との戦闘や、七戦中二勝五敗なのにK派とのゲバの〝武勲《ぶくん》〟について法螺を吹く好い加減な活動家が多いのだ、あまりに。

「あのさ、あのですね、本女《ぽんじょ》……だったかな」

うん、海原氏からのオルグを受けて緊張していてアルコールはほとんど飲んでいない、この後の短い時をどこかで飲むだけ、駄目なら喫茶店でコーヒーをとの思いで切り出した。

「違うんです。高校のソフト・ボール部の上級生が日本女子大なんで、誘われて、何も分からずこの三ヵ月半……あたしは、専門学校、百合丘《ゆりがおか》ってところの二年です。ごめんなさい」

女の子は謝る必要はないのに背筋を伸ばして詫び、ひたすら前を向いて海原氏とおのれ地曳の話を聞いていたのには、それなりの理由があったと気付く。

「名前は、本名です、ヤスイです。太陽のヨウ、陽子です。あ、夜も遅いし、それでは」

思い詰めたような、何か必死さのある黒い瞳と映るばかりの、ヤスイは安井だろう、安井陽子は、しかし、しかし、背中を見せてしまった。

でも、である。背中は、その下に、ヒップ、うーむ、違っているな、臀部《でんぶ》、これも検察官や警察官による調書みたいで違う、腰、これとて労働する要のところでイメージが違う、そうか、詩人やちゃんとした小説家はこういうところの表現で悩むのだろうか、うん、要するに存在感のある尻があった。褐色の薄いコートの下から急に盛り上がり、しかも、裂け目というか割れ目の盛り上がる二つの斜面だ。

　だから……。

「送って行くよ。山手線はまだ動いているはずだけど」

「タクシーにして下さい」なんて言われたら、ラーメン一杯三百五十円だけど、財布には八百円と少ししかないしどうしようとも思ったけど、両目の思いを煮詰めたような黒さに、厳しさとしどけなさの二つを含むと思える腰や尻の形の良さに、地曳は告げた。

「良《い》いんですかあ、池袋の先ですよ」

「えっ……なるほど遠い……けど」

　ええーい、山手線に急いで乗って、池袋から遠足気分で歩けば済むこと……。

「だったら、お願いしますね」

「任せといて」

　こう、地曳は胸を叩いたが、タクシー代、ホテル代を含んで、ゲル、金というのは実に大事、大切、重大と今さらながら気付いた。

　——安井陽子は池袋にある専門学校の二年生で年の明ける春四月は中堅建築会社の電話交換手となる予定であり、でも、かつて高校卒業後に一年半は電電公社に勤め、半年は大学受験に挑戦して失敗したと教えられ、だから、地曳より年上、しかも三歳上と知らされた。

　陽子の住まいは実家と思ったら、よっしゃ、約《つま》しく質実なアパートの二階だった。六畳に、狭いシャワー付きのトイレ、一畳ほどの台所だけだった。しかし、仮り住まいの東《トンシー》Cの学生寮や横浜の大学の自治会室とか寮に較べると高級ホテルみたいと思った。

対機動隊との大いなる闘いの後か、背後から襲って他の組織を潰すのが趣味ではなくて戦略のK派とのゲバルトの後の、空しいような高揚のなかでの、噂の通りの男と女の結合かとロマンを失うような気分に陥ったのは束《つか》の間《ま》、陽子がシャワーを浴びて紺の地に紅《くれない》の鬼灯《ほおずき》の実る浴衣姿で現れると地曳は我慢がならず、素人の女は口説いたことがなく「ええ、ままよ」と陽子の全身にむしゃぶりついた。

――地曳は、実家のある神奈川の西の外れの真鶴《まなづる》、本来の拠点である横浜の大学、当面の住まいである東大駒場の寮などには戻らず、安井陽子のアパートに籠もり、党派の仲間が言う通り「革命と恋愛は一対《いっつい》で重要」と、表《おもて》、合法の会議はサボり、陽子を求めた。

地曳が必死に求める度に、陽子もまた日日、一度ごと、一度ごと、ひどく嬉しい反応というか成長をみせてくれた。そうか、イデオロギーとか思想とかは詳しくないけれど、男と女の愛と恋心と性を中心に見直す必要があるとすら思えた。

――六日目、げっそり窶《やつ》れたことを意識して、良いのだ、その分《ぶん》、人類の歴史の本質を見たと、五日後、やや慌てて、アルバイト先のビルの窓ガラスの清掃の会社に詫びの挨拶を公衆電話から入れ、この日の午後からと次の出勤の日程を決めた。安井陽子と私鉄の西武新宿線の駅から、少しだけ警官とK派の尾行を気にして乗り、池袋の通路で、地曳が、海原一人氏とは別の角度で畏怖するあの小清水徹の早大における一番弟子らしい帯田仁《おびたひとし》とばったり、改札口で出会った。

「おっ、地曳。やるなア、おぬし、彼女と一緒に大学か。どこへ行く？　東Ｃ？　日大？　明治？　駒沢？　本郷？　立教？」

この頃は、仲間の学生が驚くように、「オルグなんてしないし、押しかけもしないのに、どんどんいろんな大学で全共闘どころか俺らの組織が名乗りを上げるんだよな」となっていて、帯田は一つ一つ出す。

「はあ、これから俺、大崎でバイトなんです。あ、紹介しとく、この人、池袋のタイピストとか秘書とかの専門学校に行ってる安井さん」

他大学の男には早めに「俺の恋人」と宣言しておいた方が横から手を出されずに済むと地曳は考えて、切り出した。

「また追い越されたな、俺は。おい、東大も、そのうち私大の天王山の日大の決戦も待ち構えている、時を惜しんで頑張り抜いてくれよな」

ごついじゃが芋《いも》顔を崩し、帯田がこっちの方が嬉しくなるような笑顔をよこした。

地曳は、そもそも、この帯田仁には好感を持っている。他の早大生みたいに身の丈に余る法螺を吹かない。二、三、四列あたりで渋とく粘るし、引かない。しかし、何より、小清水徹の早大での一番の弟子というか子分というのが好ましい根拠だ。

「小清水さんとは、六、七日前に会ったけど、頭の包帯は取れたのかな、帯田……さん」

やっぱり闘争や組織の二、三年先達なので、少し躊躇《ためら》ってから、地曳は「さん」を付けた。小清水の頭の包帯はゲバ棒とはいえK派のテロに遭って負った傷ゆえだ。

「うん、大丈夫だ、取れたはず。これから、小清水さん、そうヒジカタ同志と会うんだ……おぬしもくるか、地曳」

「いや、彼女も……いるから」

「いたって良いだろうが。ありゃ、きたヒジカタさんが」

小清水の組織名はヒジカタなのか、新撰組の副長で、最期は函館五稜郭で戦死の土方歳三からもらったのか。小清水を尊敬しているから組織名は覚えねばならないが、組織名というのが地曳にとってはかなり苦手だ。頭の構造がどこかで鈍いのか。

「やあ、帯田、それに神大《じんだい》の地曳くん」

陽《ひ》に焼けたのでなく地黒の小清水徹が改札口の手前で足を止め、地曳の腕を、こういう力の抜いた技も使えるのか、外見は相撲部かレスリング部の選手みたいなのに、春の微風みたいにして引いて、Uターンした。

「東Cでは感謝や。早稲田の俺らがだらしなく負けたのに、おぬしを中心に踏ん張ってくれて」

「えっ、そんなあ」

内心は踏ん張ったことを認めてくれて「う、ひょうっ」となったが我慢する地曳を、小清水は駅構内から外への方へと誘って進む。ここの駅は、それにしても分かりにくい。西武線があるのに東口なのだ。東北人が上京してうろうろするであろう上野の駅と双璧だ。

「小清水さん、あのう、この女《ひと》、俺の恋人、彼女です、俺達のシンパです。安井陽子……です」

安井陽子は困ったような表情をしているし、どうしても機動隊とK派との闘いに話は進むだろうからもっと困惑するだろうと戸惑いながら地曳は言う。

「おーいっ、そりゃ、ぎょうさん目出度い、良《え》えこっちゃ。堂堂と『恋人、彼女』と胸を仰角《ぎょうかく》にして、きっちり告げるのやから」

包帯は外しているが、ええっ、額のぎざぎざの傷が二ヵ所、髪の毛が生えずに縦長の禿《はげ》となっているのが頭のてっぺんと両脇の三ヵ所を持つ小清水が、ビルを支えているのかぶっとい、三人がかりで抱えるしかない四角い柱へと地曳だけでなく安井陽子まで引っ張っていく。

「あのや、あのだ、そう、これからが大事やて」

ぶっといコンクリートの柱の陰《かげ》に回り、俄《にわか》のフラクション、つまり細胞会議のつもりか、でも、別の角度から見ればこちらは陰でなく表面で、目立つ。秘密のテーマの会議をやるわけじゃないし、問題ないと思うけど。

「えーと、わいは、正式な結婚の契りをしてまだ八ヵ月。小《プチ》ブルジョワ的、おっと、そうは言《ゆ》うてもな、えーと、籍を入れて七ヵ月や。なのに、偉そうにして許してくんなはれ、安井はん、地曳くん」

敬虔《けいけん》なキリスト教の黒人プロレスラーが、いきなり、やや不真面目な仏教徒になったように、小清水は直立しながらも左右の肩を揺すりながら告げる。

「あのな、地曳くん、ほんまに、必死に、こん安井さんゆう女《ひと》を好きなんやろ」

「はい、軀で深く、小清水さん。むろん、心でも、いや、精神でもっと深く」

我ながら、小清水と帯田の手前、いや、安井陽子の前で、ええかっこしいをしてしまうがなまじ嘘ではない。

「安井さんは？」

小清水は、さすがに心の中へずかずかはよろしくないと知っているわけで、声をひどく低くした。

「は？　あ、はい。軀、いえ、そのう、そのう、まるで分からないんですけど、ゲバルトの偏差値、いえ、才能があって、精神的にはとても頼れる男の人と……思い込もうと、いえ、いえ、信じています」

そりゃ、陽子だって、この六日間の、浴衣姿から始まった二人の汗と、女と男の欲とだけが煮詰まっていることを「整理整頓しろ」と言われても困るわけで……。

「ほなら、地曳くん、安井さん、結婚したら良《え》え、早う」

決して誤まてる方針ではないけれど、小清水は地曳が「あと一人か二人の女を知りたい」との志、おっと助兵衛心を見抜いていない――違う、見抜いているからこそだろうな。

「どうやろか、安井さん」

「ええ、もちろん、そう思ってます」

「よっしゃ。地曳くんは、どないやねん」

こういう強引さで一《いち》の子分と目《もく》されている帯田仁も組織に加盟させたのか、小清水さんは、と地曳は感心するが、帯田は幸せそうに闘争をしているし……よくよく考えて見れば異性に持てたことはなかったおのれ地曳のこれまでの青春、ここは早い決心を、重い信念でするべきだろうと相成った。

「はい、速やかに結婚したいと」

よっし、我ながら、嬉し気な良い返事ができた。

「そう、男は兵士、それも勇敢で優しい兵士。女は大地《だいち》、広く深い思いやりのある大地」

うーん、さすが、我が派のゲバルトの指揮というよりは突撃力で首都圏ナンバー・ワン、すこぶる気分の高まる譬《たと》えだ、「男は兵士。女は大地」など。

でもな、待てよ。おのれ、俺、地曳は大いに「そうだあ！」とは思うけど、論理《ろんり》だけに絞ると「男だけが闘い、女はそれを支えて助ける存在」となるのでなかろうか。つまり、おんなへの差別的な言葉……。

地曳は、組織に入って浅いし、そもそもマルクスだ、レーニンだ、などとは無縁に、九州は佐世保へと、ヴェトナムの人人への爆撃、つまり大量の殺しのための原子力空母寄港反対のために立ち上がったわけで、そこでの闘いの激しさと我が派の怯《ひる》まない闘いぶりと市民の支援に感激して組織に入ったので、階級とか、先進国同時革命とかはぴんとこない。むしろ、日本国憲法で明記してある、そして、常識ではあってもなかなか実行されていない、「人種、信条、性別、社会的身分、門地《もんち》」による差別は駄目、怪《け》しからんの方が先に立っている。

その上で、安井陽子と二人っきりの時は、陽子が茶を出すのは当たり前、狭い一畳の二間もない三《た》和土《たき》におのれの靴を外へと揃えてもらうのも当たり前、むろん飯を作ってもらうのもごく普通のこと……。反省が必要かもな……。

「おい、地曳くん。丸顔、梟《ふくろう》みたいな真ん丸の両眼をもっと丸くして、何を考えておるのや。決意をしとるのなら、この場で誓いの証《あかし》を……な、そうしようや。見届け人、立会人、証人は、わい、俺、小清水徹。それに、帯田仁。良《え》えやろ？　安井さん、地曳くん。組織、党派の突撃隊長、いいや、それだけでのうて、うん、そう……」

ここで一旦、小清水は声を止めた。

「うむ、ゲリラ戦、軍事戦の担い手になる同志にふさわしく」

ぐっと、声を落として小清水は、ぼそぼそと、しかし、一語一語、聞こえるように告げた。どうやら、よりゴリガンスキーの海原一人氏とあれこれの話はしているらしいと分かる。

「あら、嬉しい。わたしも、この六日間でこの人がとっても大切で、掛替《かけが》えのない人と知って……支えます」

安井陽子が先手を打つというのか、きりっと言い放った。でも「この六日間……」は、あのだよ、あのう。せめて屢屢《しばしば》先輩の活動家が法螺を吹くように「一ヵ月」とか格好を付けて欲しいのに……。

「俺は、むろん、そのつもりです。妻への裏切りなど決してしてないつもりです」

こうなったら、実の自分より高邁《こうまい》な姿のおのれをと、地曳は背筋を伸ばすだけ伸ばし、言い切った。

「んなら、おい、地曳くん、安井さん。決心と、誓いと、祝いを」

帯田仁が、野球とかラグビーの選手が互いに活《かつ》を入れ合うために半腰になって円陣を組むみたいに、ぶっとい柱に向かって腰を落とした。この帯田は、二年半前の早大の学費と学館闘争をきっかけに組織に入ったらしいが、本当の本当は、ヤクザ映画に嵌まり、とりわけ鶴田浩二と高倉健の演技に陶酔《とうすい》し、その二人の役者を小清水徹に見立て、組織に入ったとも聞く。

「あのう、ヒジカタ同志も、頼んます」

やけに、帯田が張り切る。

安井陽子は、おや、さまになっている、そうか、高校はソフト・ボール部、ぶっとい柱に向いて腰を屈め、上体を伸ばした。

「それでは。二人の永遠《とわ》の仲良しを願い、祈り、誓い合い、地曳くーん、安井さーん、お目でとうっ」

半腰の姿から、帯田は右手を突き上げ、でかい声を出した。

「あ、はいーっ」

安井陽子が、やはり右手を真っ直ぐに空、いや、天井へと突き上げた。

「うん、夫婦《めおと》と闘い二つを、頼むわ」

柱の正反対の向こうから、小清水が顔の動きは分からないが唸るような声を出した。

「やりまーす」

かなり、軽い言葉しか出ない地曳だった。というのは「何だ?」「またか」「全共闘じゃなくて、どこかの運動部だな」とか言い合い、どーんと見物人が回りを囲んだからだ。羞恥心の果てへと、いきなり、地曳は連れて行かれた。

もっとも。

後から振り返ると、一九六〇年代の終わりは、新宿はフーテン族やフォーク・ソングや反戦歌で賑《にぎ》わったし、それは東京だけでなく全国へと広がったわけで、珍しいことではなかったはず、こういう祭りごと、祝いごと、抗《あらが》いなどは。

というわけで。

その年、一九六八年の十二月、地曳と陽子は区役所に二人で行き、婚姻届を出した。

5

ところが。

年が明けて一九六九年一月中旬。

海原一人氏からは連絡がこなかった。労働者の闘いがあって、それに学生運動のいろいろが重なり超が三つほどつく多忙だったはず。

軍事とか、落ち着いて考えるとかなり怖い非合法、非公然の先駆のトップに立っているであろう、大先達の高草氏からも何の連絡がこない。

そう、海原氏は言っていた、去年、一九六八年十一月の終わりに「東大の決戦は、四月の半ばに近い入学式あたりだろう」と。

ならば。

それまで、伸び伸び、やり放題を。

そんで。

何だ、横浜駅から、健康に良いとことこ、、、歩いたら三十五分ほどで大学に着いた。

そして、蒸《む》れた靴下とパンツの臭いの充満する自治会室に直行したら、やっと、いんや、必然的にか、神奈川県どころか全国にもきっちり張り合える活動家の北里高士《きたさとたかし》がいて、そういや、組織に入るまでの訓練が不足していた、北里から、ガリ版刷りの鉄筆の使い方、立て看板の作り方と目立って格好良い文字を教わり、クラス討論へと行かされ「日大・東大決戦を我らのものとしよう。学生を労働力商品として扱い、競争と分断を強いる大学当局にバリ・ストで対決せよ」と、半分よりちょっぴり上の思いをアジった。

そんなことをしているうちに……。

四、五日経った。

北里が「おいっ、東大の闘いが俄《にわか》に急になってきたらしい。んで、助っ人、動員の要請がきた。急いで、神宮《じんぐう》あたりに行ってくれんか」と、早朝、六時前に、大学構内の寮の部屋で寝ていた地曳を揺り動かし、起こし、「うん、秩父宮ラグビー場だ」と告げた。「あのな、地曳。東大の全共闘派の助手とか、新聞記者の全共闘シンパ、うん、六〇年安保世代だよな、それで、その人達が教えてくれたのだけど、どうやら、東大の入試をやりたくて、急に東大当局、東大出身の自民党の議員、政府の一部、それに共産党までの意思統一が纏まりだして『東大入試を成功させよう』との集会があるらしい」と付け加え、「我我もまた、まだ、東大全共闘とか他党派との一致もできてないけど、潰すっきゃねえ」と前屈みに酒臭い息を吹き付けた。

よっし、海原一人氏も「決戦は四月の入試あたり」と言っていたし、ここは、公然と、うん、格好良く、入籍したばかりの陽子にも見映えするように、きっちり、やり切ろう。

――それで、神奈川県のいろんな大学生と川崎駅のホームで七人ほどが合流し、中央線の鈍行《どんこう》しか止まらない信濃町で降りた。もう十人ほど多いと「済みませーん、安保反対なんだけど金がなくて」と改札口で頭をちょこっと下げると駅員の九割五分は「うん、頑張れな」と無賃下車を見逃してくれるのだが、八人ぐらいだと私《わたくし》の旅と思われ駄目だろう。精算所で手間取った。中には、ゲル・ピンつまり無一文が一人いて、駅に入る時は「母ちゃんが危篤」と嘘を付いて電車に乗ってきている。

国鉄の信濃町の構内から出ると、東京以外の私大生、国公立大生も同じであろう、無案内で苦手な神宮外苑あたりで、国立競技場とか神宮球場とか過ぎた。もっとも、活動家としては先輩の早稲田の帯田仁の去年の暮れの話だと「早慶戦は神宮球場でやるけど行ったのは一度だけ。でも、何か、無駄な広場、球場、そもそもの空間と虚《うつ》ろな建物だもんな。俺の住まいは大学の地下以外は川崎で、プロロレタリアラート、いけねえな、舌が回らねえ、労働者階級の街。神宮は肌に合わねえよ」と「ぺっぺっ」と唾《つば》は出さずに言葉で口に出した。

裸の銀杏並木は、でも、飾《かざ》り気《け》なしで悪くないと歩いていたら、進む右手に、野次《やじ》の声、どよめき、官憲のマイクの甲高く忠告する声とあり、右に折れ、テニスコートの脇を通って、あったあ、これが秩父宮ラグビー場だ。

しかし。

そこでは、東大当局の教職員と、バリケード解除派の最も本質的なエリート東大生と共産党の青年組織の民青の一体が、青いヘルメットの地曳らをラグビー場から追い出す姿があった。むろん、機動隊は東大当局とバリケード解除派と民青の守り役で推進派、ありゃ、地曳の味方の学生は、ヘルメットを剝がされ脱がされ、足蹴にされ、ど突かれ、押され、こりゃ、よくねえ。

やるぜえ。

地曳は、押され、引き気味の、青ヘルの脇を掻《か》い潜《くぐ》り、機動隊の先頭の二、三人は懲《こ》らしめねえと義《ぎ》が立たんと、眥《まなじり》を決して急いだ。我が派の学生の、熱く、必死な、ゆえに予想したより強い腕《かいな》の下を潜り……。

うん、幸運にも、雨がくるのではと折り畳み式の傘を尻ポケットに仕舞ってきた。この固い木の取っ手つまり柄《え》で、機動隊の二人、三人の顎を。いいや、鳩尾《みぞおち》の方が効《き》くか、が、が、がっつーんと。

ぐにゅーん。

「逮捕、逮捕っ。手首を放すな」

機動隊の偉いやつらしいが叫ぶと、青ヘルメットとの間に二メートルぐらいの隙《すき》ができ、今だあ。

折り畳みの傘の柄が、機動隊の一人の鳩尾でなく、残念、太腿に当たった。

いいや、二人目には、きんか、顎を確実に。

あーあ。

「そいつ、逮捕《ぱく》れえ。公妨《こうぼう》、傷害だあっ」

叫ぶような強張《こわば》る声の機動隊だった。が、なぜか、幾分《いくぶん》は楽し気、いやや、遊び心のゆとりがあった。

確かに、声の底に、声の底の右や右の脇のようなところにも。去年の一月のアメリカの原子力空母の佐世保の時の、機動隊の緊張しきった声とは違う余裕がある。いいや、あれは、田舎、いいや失礼、うう、地方の官憲のそれ。でも、去年の一〇・二一反戦デーの国会周辺の機動隊の、もしかしたら叩きのめされて半身不随とか殺されるのではと感じる緊迫の声とは違う。

あっ、学生の闘いの高揚の頂《いただき》はもう終わっているとの、敵、機動隊の本音の気分の調べが声に孕まれているのか。


――しかし。


いけねえ、いけねえよな、逮捕され、その数日後に、東大の最大の決戦である安田城攻防戦があった。戦前は小林多喜二が警察に拷問を受けて殺された築地警察署に留置され、二十三日目に起訴され、東条英機ら敗者日本の大幹部が絞首刑になった巣鴨《すがも》の東京拘置所に送られてしまった。

組織全体は№.2と聞くけど、自らの肉体と、ギリシャ哲学からヘーゲルを含んで現代思想をきちんと格闘しながら学んでいるという点で「早く、実質だけでなく形式でもトップへ」と思われてるらしい海原一人氏は「音無しくしていてくれ。次の時に、うんと活躍してもらいたい」と直に告げていたから怒ってるだろう。がっかりもしてるだろう。党派と党派の集団のゲバルトの案を練り、ま、外れは八割で多かったけど、六〇年安保を共産主義者同盟《ブント》で経た口惜《くちお》しさと反省があっての軍事をやる高草さんも、然り。

でも、おい、耳たぶ、というより、耳の外側全体がぐちゃぐちゃに爛《ただ》れだして、これ、聞いたことはねえけど〝耳ガン〟じゃないのか。

——外耳《がいじ》のぐちゃぐちゃらは「寒いから、霜焼《しもや》けに過ぎねえ」と三度の食事を鉄の扉の下の方の口から入れてくれる配食夫の懲役から教わって安心した。

良いことは続くもので、新妻の陽子が面会にきて「妊娠二ヵ月なんだってさ、ねえねえ、外に出たら、保釈なったら組織の許可を得てからでも良いから、ちゃんとした仕事に就《つ》いてよね。うちのお父ちゃんにも、もう頼んでるけどさ」と告げた。

えっ、でも、「ちゃんとした仕事についてよね」は、そりゃない。せっかく、楽しさ、他人からの信頼という人生の初めての嬉しさを貰ったのに。もっと、学生運動とその延長を徹底してやりてえもの。ま、しかし。

保釈になって娑婆《しゃば》に出たら、じっくり説得しよう。

でもなあ、何だかんだ言っても、社会主義者、共産主義者の最大の目標は「労働者階級の解放」だから、労働者になって汗水を垂らすのが必要なのかも。

それに子供ができるわけで、陽子だけに子供に掛かる金とか、おのれ地曳努の活動費を負担させるのはどんなものか。

真面目に考えねえとな。

6

一九八二年六月の新潟刑務所から出所して直後の、出迎えの仲間の車の中で、やっぱり、外の世界、生《なま》の生き方、人と人との関《かかわ》り、社会、政治、風俗はかなり変わってきた、いわんや、七〇年代に入って、組織の人間も減りに減り続け、闘いの課題は三里塚の農民の不屈そのものの厳しい抗《あらが》い、どう考えても犯人の捏造としてしか考えられない狭山差別裁判の糾弾の闘いとあり続けていた……が、と、地曳努の脳裡《のうり》と、何より心の中にあるのか感性は、やっぱり、頭の中か、あれこれ、時系列も怪しく、行き交う。

――それで、昔、地曳はかなり前の思いにどうしても行ってしまう。初めての逮捕、起訴、拘留された一九六九年一月以降だ。

恥ずかしいけれど、生まれて初めて、マルクスの『共産党宣言』とか『ドイツ・イデオロギー』とか『経済学・哲学草稿』とかを、渋渋《しぶしぶ》、いや、ノルマ、左翼の務《つと》めと労働の最低基準量の義務を果たす努力をした。けれども、やっぱり、面白くない。だから、一九六九年一月から東拘《とうこう》、東京拘置所に未決で入り、次の年の一九七〇年三月に、仲間では一番終わりに保釈される頃には、専《もっぱ》ら、世界と日本の小説ばかり貪り読んだ。

だけど、一九六九年の六・一五、つまり、六〇年安保のピークで樺美智子《かんばみちこ》さんの殺された同じ日に逮捕されて同じ東拘にいた海原一人氏から手紙が三度もきて、励まされた。海原一人の手紙の内容は、まるで左翼、マルクス・レーニンの世界と縁遠いことを記していたが、お終《しま》いが、ぎりっと、気持ちがおおらかになったり、引き締まるのだ。「一見、無駄と映る読書を。美術史とか、風俗史とか、流行歌の歴史とか」とあった。また、「マルクス以外も学んだ方が良いかも。『新約聖書』の『ルカ書』

などいわゆる三共観福音書とか、『荘子』とか、『歎異抄』とかを」との提案というか考えもあった。「ゆっくり、ゆっくり、のんびりだ。その上で、考え、行いは確かに、素速く」が、地曳の保釈前の便りだった。

小清水徹の一の子分の帯田は、東拘が新左翼で満員で中野刑務所から、ぅーん、残念、無念、おのれ地曳もやりたかった、東大の安田城の決戦で取っ捕まったやつ、帯田は「おい、労働者階級ってえのは、俺には、解らん。学ばねえとな。それに、女が欲しい、たまらんぜ」との手紙をよこした。

小清水徹自身からも拘置所よりきた、手紙には「おぬしの、これからの、荒野か焼け畑か、それを緑に変える活躍に、とても、うんと、ぎょうさん期するものがあります」とあった。

――それで、一九七〇年三月、保釈され、一年二ヵ月振りに外へ出た。

横浜周辺に大学はあるが、東京の池袋の巣鴨《すがも》には遠いので、出迎えは少ないだろうと思ったが、ちゃんと二十五人の仲間とシンパが、拘置所の門で待ってくれていた。嬉しかった。でも、大学では退学処分にされていた。

その上で。

娑婆《しゃば》の現実は、かなりシビアと知らされた。

陽子と、池袋の外れのラブ・ホテルで抱き合った時はまだ幸せ気分だった。「おまえ、浮気しなかっただろうな」、「変なこと言わないでよ。あんたを思って、あれ、ふぅん、ん、あれ、してたわ」なんつうて、囁き、語り、燃えて……。

んで、池袋で義理の父と義理の妹から生後四ヵ月の自身の子供を渡され西武線の、池袋から二つ目あたりの、しっかりシャワー室のあるアパートへ行き、うへーい、我が子、我が息子を初めてまじまじと見た――というのは、当時の拘置所は未成年は被告に会わせないと例の役人根性で突っ張り、陽子は気配りに酔うみたいに躾《しつけ》られ、溺《おぼ》れるぐらい、遠慮していたのだ、父親のおのれ地曳努と、うん、息子、真左彦《まさひこ》との面会を。

んとに、父親などに成り切れない駄目親父、餓鬼父ちゃん、幼い父だ、再び陽子と思いと欲情を交えてから気付くと息子の真左彦が裸のおのれ地曳と母親の下半身がすっぽんぽんの姿を、隣の小さな布団から半身を起こし、不思議そうに、いや、風車《かざぐるま》やオルゴールの曲を聞く楽しさみたいにしてもいたけれど、見つめている。

おお。

ええーっ。

ああ。

いいなあ。

やったぜよ。

国語は小学校以来苦手なので品詞の分類はできないけれど、あらゆる感嘆の言葉が溢れてきた、足の十本の指先から、足裏から、速い川の流れみたいに男根の元《もと》と鳩尾《みぞおち》を過ぎ、そして、いきなり、頭の芯から髪の先まで突っ走る。本当、だった。

団栗眼《どんぐりまなこ》になる危うさはあるけれど、澄んで、いろいろ全てを吸いたいような、あどけない両目はどうだ。おっぱいが欲しいのか、両唇をむにゅむにゅと動かして可愛らしい口許、確かに俺の子供だ、両顎が野球の球や地球儀みてえに整って丸い。ん？　人が善くて、どちらかと言えば、権力・民青・K派以外の人間の願いや思いは聞き入れてしまい、悪く評すれば八方美人のおのれ地曳より……丸い人間になる兆《きざし》がある……ような。

そんなこたあは、躾《しつけ》、教育によって変わるっ。いや、おのれ達は、理論を持ち先を見通す前衛から、外部から、無知な人民へ外部から理論を注入するのが正しいとするレーニンとは異なる。労働者の中に、予《あらかじ》め、荒荒しい革命性があると突っ張ったポーランド生まれの女性革命家で闘いの中で殺されたローザ・ルクセンブルクを愛している。躾とか教育とかは、えーと、えーと、控えるべきか。

それにしても、可愛いーっ。

地曳は、思わず、真左彦の頰っぺたに唇を寄せ、その唇を、息子だ、息子、我が子だぜえ、ちっこい唇に当て、少しだけ吸う。

「ん、ぎゃあ、ぎゃあ、ぎゃあ」

これほどけたたましい、かつ、真剣そうに訴える泣き声というのはあるのか……。

——そして、二十日経った。妻の陽子の心情と肉と、ある日天から生後四ヵ月の子が唐突に、しかし、ひどく安全に降ってきたような嬉しい真左彦の有《あ》り様《よう》は、地曳にずれどころか、運動会の綱引きのような気分をよこし始めた。

そう、家族の取り替え難い温かさや安心のできる場と、闘いをもっとやりたい、やり続けるべきだという熱《ねっ》と義務感が、右と左で、引っ張り合いをするのだ。

しかも、闘いの方が分《ぶ》が悪い。おのれ地曳が逮捕《ぱく》られた秩父宮ラグビー場の直後に、いきなり東大安田講堂での決戦が待ち構えていたのだった。あらゆる社会、政治、闘争も予定調和的には進まないわけで、あの畏怖する海原一人氏だって読み違いをしてごく普通。でも、やっぱり、地曳は「しまった」と思った。そして、保釈になって塀の外へ出てきたら、学生運動の嵐の頂点は既に、早や、もう、終わっているとはっきり分った。

自分の属していた横浜の私大は、ちょっぴり遅れて学園の闘争が開始されたので炎はまだ熾火《おきび》としてあって喜んだが、要の東大、私大の王者である日大では明明白に闘いの炎は消し炭《けずみ》となりかけていた。機動隊と大学職員による秩序の〝再建〟もあるけれどそれよりは学生自身のパワーの喪失にあるようだ。口先だけとはいえ勢いのあった早大は民青を除けばK派によって三派を始め他党派は出入りができず、〝戒厳令〟が敷かれたみたいでゲージッ的な支配となっている。社会主義革命、労働者革命にとっては最も重い砦《とりで》、エネルギー源、要《かなめ》の核の労働者が元通り、総評というでかい全国組織の元に帰り、社会党、共産党の影響の下に収まりつつある。

しかし、家族の安心できる絆《きずな》に分《ぶ》が悪いけど、闘いの方が厳しいからこそ、その道義性とか、「やらねばいけねえ」の義務の心も強いものを持ってくる。

あのキリスト教の始祖のイエスさえ「わたしのもとにやってくるとしても、自らの父、母、妻、子、兄弟、姉妹のさらに自分の命を憎まないなら弟子になれない」旨を言っている。

ここは、そのう……。

やるしかねえ。

——陽子の父親、つまり義父が、どういう感覚なのか、いや、社会党も共産党も新左翼も同じと思う世代ゆえか、「社会党の県議の秘書の仕事がある」と言ってきたが、むろん、断った。もっとも、地曳の党派の古い党員の何人かは正式な社会党の党員であると聞いているけれど、社会党は新左翼や労働組合の中の反戦青年委員会を排除してきたこの数年だったけど、合法の活動は大切と考えたとしても魅く力が零《ゼロ》どころか負《マイナス》だ。

——国鉄とか郵便局の労働者になってイロハのイから学ぼうとしたが、どこも採用してくれなかった。市役所も三つ、清掃労働者になろうとして不採用。あれーっ、もしかしたら危ない若者のリストでも、作られているのか。

——とどのつまり、無難というか、あまりに左翼の勉強をしてこなかったので少しは勉強のきっかけになるだろうと、渋谷の中心街から少し離れた書店に勤めることにした——労働者の権利を守る労働組合とか社会党・共産党が力を持っていたから、試用期間は一ヵ月、そしてすぐに正採用、私大退学処分でもだ。因みに月給は、地方公務員が三万六千円ぐらいの時に、三万一千円だった。ああ、妻の陽子が月給袋を受け取る時の月光菩薩みたいな顔つき、喜び、嬉しさ、ちょっぴりの憂い……と。

――んで。

もちろん、や、や、やる気満満《まんまん》で、学生の地域のブロック割りの会議には出ていた。東大の本郷、早大の亡命政権のある明大、日大の不屈派、立大のごくごく少数の学生といて「これから、これから」と朗らかなのが三割いた。心強かった。

しかし、かなり心を打ち明けられる早大の帯田仁は東大の安田城の攻防で拘置所替わりの中野刑務所になおいて、うーん、だ。

早大の、K派に頭をかち割られてなお進撃したという評判と事実の小清水徹もまた、去年、一九六九年の一〇・二一で取っ捕まり巣鴨の拘置所で保釈はまだかなり先のことらしい。当たり前と言うか、勿体ないと言うか。

ああ、良かった。畏怖する海原一人氏は、学生から労働戦線を含めての全体の指導部に移ったそうで、そこにはロートルで、社会党の中に漬《つ》かってべったりの幹部もいて、かなり苦しんでいるらしいとの、会議が終わってから赤提灯での酒の場での東大は本郷の水下《みずした》の話で、眉を垂れてぼそぼそ、ひっそりと告げたので、真実味があった。

一年三ヵ月ぐらい前の、K派との攻防戦で学生だけでなく労働者をも代表して軍事的なコーチをしにきていた高草は「考えるところがある」と暇《たま》に会議に出るらしいが引き気味とのこと。

しかし。

地曳努は、海原一人氏の「非公然・非合法の力を、任務を」が忘れられない。いつ、また、再び、声を直に掛けてくれるのか。

その時、ふと……思った。

おのれ地曳は、畏怖したり好きな仲間を以《もっ》て、党、党派としていて、全体がスローガンとかで何となく抽象化している……と。

これじゃ、良くねえ……ようだ。

党派、党全体が凄く好ましく、命を懸けてもOKとなり、その中で、とりわけ凄い活動家がいると思わなくちゃ。

しかし……難しい。


――自らのいた横浜の私大には時折、顔を出す。

一応は一年ほど獄中にいたので後輩のみならず、活動の先輩も一定の敬意を表してよこす。でも、地曳の単ゲバ、つまり単純ゲバルト至上主義を知っているらしく、それに陸陸《ろくろく》マルクスもレーニンもローザも勉強していないのも知っているらしく、地曳が三、四十分、いろいろ兄貴風《かぜ》を吹かして、機動隊とぶつかる時の構え、K派とのゲバの場合の攻めどころと話しているうちに、ぽつりぽつりと自治会室から消え、残ったのは二年先輩の北里ともう一人だけ。

しかし、北里は良い男だ、「とってもご苦労さまだった、一年間の監獄暮らしを。奥さん、いや、えーと、おつれあいもいるのに。大学は追い出されて、これから、労働戦線とかに移るとかの話だよな。ゆっくり軀を休め、労働者全体の利益と、それを牽引《けんいん》する僕らの力になってくれると」と同じか下の姿勢で告げたのだ。

でも、ここで、地曳は、純粋学生運動から、労働者の汗水をたらした上での、根っこで力のあるところへ、職場占拠もストライキもやり、国家の基礎の生産力を担う場所や渦を含めて、できるだけ早く、頑張らねばと考えた。

——それで、池袋から先のアパートに帰ると、陽子の爪先立っての頰擦《ほおず》りと、はいはいがやっとの真左彦が出迎えてくれる。

うんと、心地良いのだ、これが。

第2章　戸惑いながら

1

一九七二年、二月。

記憶に間違いがなければ、沖縄の施政権が日本に返還された年だ。

だが——同じその年、その前に、ひどく寒い二月に、共産主義者同盟《ブント》の一つの派閥の赤軍派と、中国の大革命家の毛沢東を信奉する派が合体し、というよりは思想が社会主義へすぐにの一段階革命の新左翼と、毛沢東の二段階の民族民主主義革命が水と油の野合をして、この連合赤軍の営為の中で仲間を殺しに殺し、でも、それの発覚はことの終わった後で、ことは、あの噴火《ふんか》を多かれ少かれ綿綿《めんめん》として止めない浅間山の近くの山荘で、連合赤軍と堂堂と名乗った部隊と警察の間で起きた。

戦後の闘争史では初めて戦う側が銃を持った衝撃と、地曳に与えた「先を越されたあっ」との思いは強過ぎて、地曳は、テレビの画面に目ん玉が磨《す》り減《へ》るみたいにしがみついた。

しかし、また、そのどんぱちのすぐ後に、銃を持つまでの学生を主とする闘う側の内部処刑の数の多さばかりでなく、その死へと至らせるリンチの道義のないこじつけと酷《むご》さ、中には子供を孕《はら》んでいる女の活動家や、血を分けた兄弟を……。

この連合赤軍側の片方、毛沢東派の京浜安保共闘とかいう組織は、連合する前にスパイの〝匂い〟、〝可能性〟だけで仲間を殺している。

この時、というより、確固たる屍の存在を新聞各紙が伝える活字を幾度も読むしかなかった折、地曳は、やっと、もう隊列を離れた暢気《のんき》だけどアナーキーな熱を持つ膨大なノンセクト・ラジカルの学生達が、党派に属する学生達の未練たっぷりの退き方と違って、あっけなく、さっぱりと消えて行った根拠について見え隠れしてきた。情勢が、三年前の一九六九年一月下旬の東大の安田城の攻防戦の後から急速に思う通りにならず、政府と自民党と大学当局の筋書きになっていくことへの希望の無さはあるのだろうが、もしかしたら、もしかしたら……。

そう、コミュニズム、格好を付けてフランス語のコムニスムと発音するのは東大の文学部の奴《やつ》と上智の数少ない仲間と慶応の無理しながら背伸びして戦う学生の使うやり方、つまり、共産主義ってえのは、革命を幸せにも成就する前に、党派、党の異論を排し、あるいは違う考えを退けて潰すために、直に内部の人間を殺してきたのじゃねえのか。その匂いをノンセクト・ラジカルは嗅いでいたのではないか。

いいや、党派の人間も。

そりゃ、もっともっと全共闘のバリケードから街頭デモ、そして労働者への大いなる波及を予測し、権力に迫れる、うまくすれば危うくさせることができるはずと考えていたのに、東大の安田決戦で終わったのを見てからの反省、これからの方針、総括にてんやわんやになる中で大いなる飛躍前、大決起前、うまくやれば蜂起前に「消されてしまう」と直感したの……かも。

単ゲバ、無理論、直情と評されてきたおのれ地曳は、革命を志す党派の内側の傾き、論理、実際についてあまりに無知。

あっ。

よっし、明日から仕事は、もっともっと適度《てきど》にして、レーニンの導くボルシェビキによる革命の前のこと、毛沢東の中国革命の前のことごとを、本屋に並ぶ本から勉強しよう。

歴史の事実として革命以前は、なお勉強不足だけれど、革命以後は、確かに、とんでもねえのはかすかすに知っている、ソ連のレーニンの次の正式な指導者のスターリンは、革命以前のかつてのボルシェビキ仲間の党員の九割より多く殺しつつ粛清している。中国だって、文化大革命は「ブルジョワの走資《そうし》派《は》を潰せ」と、もっともだとも、え、今更、資本家に靡《なび》く階層と元締《もとじ》めがいるのかと思わせるが、聞こえは良く、なるほどとしても、かなりの夥しい人人が殺されているとの話も耳にする。

その上で、しかし、小さな領土の国としても、キューバは、ゲバラは世界革命へとシビアな決意と実際で敵によって処刑されたけど、カストロが何とかやっている。ヴェトナムでは、超大国のアメリカと堂堂と闘っていて、一歩も退《ひ》かぬ将軍ボー・グエン・ザップはかつて非合法の共産党員で、抗日、反仏のゲリラをやっての軍人だ。その前の、ホー・チ・ミンは去年死んだけどザップの先輩格、日本の支配が降伏によって終わると総蜂起、軍事作戦に長《た》けていて七年間のフランス軍との戦いでヴェトナムの独立を賭け、勝った人だ。

そう、戦闘や軍を直に導く人さえいれば、革命の前、後も大丈夫……なはず。たぶん、命懸けで騙を張っているから、唯物論の要らしい「存在は、意識を規定する」で、他人の心を解ってきた……はず。

だから。

俺らの組織は、大いなる決起や、幸せにも武装蜂起前に、仲間を殺すことは有り得ねえと、地曳は、連合赤軍のどんぱち前の内部の殺しに、一旦、蓋《ふた》をしてしまった、きつく。

――世の中では連合赤軍の浅間山荘のどんぱちよりはその後に明らかになった内部処刑に感情は走り、新左翼はくしゅーんとするしかない時がずうっと続くけれど、自らの党派も地曳も、まずまず反省と教訓を得たと忘れ去ろうと努力していた時だ。

東大の、厳《いか》めしい門と建物と妙に格好良い銀杏並木の間を仕方なしに単位を取るために授業に出ているとの装いで、しかし一方、自虐よりは本音で自分の正当化を図るとも映る組織名は須藤という東大生から、メモを渡され、拡《か》げると、彼の海原一人氏からの連絡の文だった。

海原氏も、自分より古い世代の党員とのあれこれがあるのであろう、一九六九年六月十五日の闘いで捕まり、さすが、その際、機動隊の隊長の顎を下からのアッパー・カットで殴りかかったそうで、やっと、今年一九七二年の正月に保釈になっている。

そして、海原氏からのメモ用紙が、へんにざわついて厚いのに気づくと、うーむ、東大生も卒業できたら普通はちゃんとしたところに就職できて出世街道を順調に歩けるわけで、須藤は連絡文を渡したまま突っ立っていながら、メモ用紙をことさら親指と人差し指で挟みつけ、こちょこちょ擦《こす》る。うん、「大事な伝言のメモ用紙なんだぞ」と言いたいのだろう。あ、ううん、この紙は、水溶紙《すいようし》なのだ、初めて見た。「そう、このメモ用紙は、今日中に、いや頭の中に刻んだら、三四郎《さんしろう》池でも良いけれど、必ず水につけて溶かしてくれよな」と、上からの眼差しで告げた。確かに活動歴は、おのれ地曳より二、三年は古い——でも、東京から見たら横浜は地方で、しかも、入試が易しい私大の学生へのうちに孕んだ舐めた目付きと顎の抉《しゃく》り方だ。これが同じ東京の早稲田や明治や法政の学生なら「おいっ、ざけんじゃねえぞ」とか「その態度、少しは改めたらどうでえ」とか「俺らの税金でぬくぬくやってるてめえらあ」とか口を尖らすと想像されるけど、うーん、どうか。

だからこそ、海原一人氏は、やっぱり、ここいらを見抜いて分析し、立派と思う。他者の説得と同調による共感の引き付け方は、闘いでの一兵卒と互いに同じく経験したところから次の論を持ち、張り、突き付けるやり方なのだ。

早く、会いたい。

——水溶紙のメモを、自宅の便所の溜まって止まっている水に落とし、あわあわとだが形を崩して淀んで消えるのを確かめ、便器のコックを捻《ひね》り、ごおっとの音と共に流れていくのを見つめながら、これからの闘争は、プロレタリア革命は遠いとしても、よしんば失敗しても、後続のうんと若い人、少年達に血、汗、経験によって残せるものがあるはずと思いが募《つの》った。迸《ほとばし》り、ゆっくり止まる水を暫《しばら》く見つめていた。

「あんた、下痢《げり》いーっ？　便所が長いので心配するわ。そもそも、あたし、おしっこを我慢できないの、早く出てよおっ」との妻の陽子の声と、風邪でも引いていたのか息子の真左彦の泣き声が一緒に便所のドアを越えて聞こえてきた。

あれっ、非公然・非合法の証《あかし》とした匂いを放つ水溶紙の根っこからの消滅作業と、平和そのものの妻の不満気な声と、一人息子の泣きの正反対が……同居してらあ。

あまりに偉大で比較するのは恥じ入るしかないが、レーニンはどうだったのだろうか。その前の女性革命家のローザは？　永続革命とか世界革命とか、理論としてもやや無理のあることを突っ張って逃亡したメキシコでスターリンの殺し屋に殺されたトロツキーは、どうだったのか。その殺しを命令したスターリンは？　中国革命をやり遂げた毛沢東は、革命と家族の関わりにどうだったのか。一知半解の知識では、息子を朝鮮戦争で失っている。でも、噂の中の噂では、女好きで大変ちゅうの大変との話も。キューバ革命を成した後のチェ・ゲバラは？　愛する女性をキューバに残しての世界革命への実践そのものの歩みだったけど……。

いんや、ど偉い人のことは解らねえ。

革命を欲《ほっ》する普通のちっこい人間のことが問題で、たぶん、より大切なテーマなのだ。


――同じ年、一九七二年四月初《しょ》っ端《ぱな》。

新宿駅から少し離れた西武線で、高田馬場を通った。早大が近く、あ、K派の拠点の傍《そば》と冷やりとしたが、五つ目ぐらいの駅で降り、指定された喫茶店に入ると、既に、海原一人《かいばらかずと》氏は腕組みして待っていた。

　変わらず、きりっとした緊迫の気分を醸《かも》し出し、でも、一人の人間なのに同じ量でゆったり、のんびりの雰囲気をも漂わせている。

「おっ、暮らしのための仕事があるはずなのに、済まんなあ」

　侠客映画、つまりヤクザ映画は学生運動の凋《しぼ》みと同じくして流行《はや》らなくなりつつあるけれど、その映画の全盛時代の健さん、高倉健みたいな標的を狙うぎりーんとした光と人懐《ひとなつ》っこく誰とでも麻雀を打ちそうな柔らかな光を同じく住まわしている。

「おぬし、高倉、あ、いや、済まーん、保釈になってからの組織名は丘村《おかむら》だったよな」

「はい」

　東大を出た海原氏でも組織名は間違える。おのれ地曳は、もっとだ。だから、対警察や対Ｋ派のために必要な組織名なのだけれど、本名を心の中では呼び、声に出す時は「おぬし」、「あなた」、「きみ」にしようか……なお好い加減な活動家の地曳は考えだす。

「丘村、詫びないとな。東Ｃ《トンシー》での対Ｋ派戦の直後に『非公然・非合法の道は革命の大道の二つ。担ってくれ』と頼んだのに、あの後、東大の安田決戦がすぐにきてタイミングを誤ってしまった」

「ま、どんな凄い革命家だって運動のピークとか後退の時期を月単位とか半年単位で推理できないから、仕方ありませんよ。そもそも、革命の大道は革命党派よりプロレタリア、人民がいて、この動きが決定的なんでしょうから」

　地曳は海原一人氏があんまり責任を考えないように言った。実際、闘いの波を党派が計画しても、かつて当たったことは早大の帯田仁の話だと「一九六七年の十《じっ》・八《ぱち》だけ」とのこと。「それだって、前の日の三派の中の中核派が俺らの学生の幹部をゲバ棒でこてこてにして、そのゲバ棒が次の日に生きた」とも。

「おいっ、丘村、おぬし、大きくなったな」

ああ、この人は、見栄《みえ》など蒸発させていると地曳は畏怖を重ねたり、「でもな」とも思うけど、ストローを頬をへっこませてチューチューと音鳴りをさせアイス・コーヒー入りのグラスの底の一滴まで吸い込んだ。

「海原《かいばら》さん、俺、背丈はもう伸びてませんよ」

「おい、当たり前……いや、名回答だわな。俺は保釈になってから、組織名はカサノなんだ。んで、もう一つ謝《あやま》らなきゃいけないことがある。三年半前東大の安田攻防戦の前に『一緒に、新しい任務の非公然・非合法の活動に挑んで、開拓しよう』と言ったのに、俺もまた逮捕《ぱく》られちまって」

ここが、やっぱりこの海原氏の謙虚とゆうか、政治指導部に有り勝ちな高慢さがまるでない。

「しゃあないのじゃないですかね。俺らの党派は若い。中核とK派・革マル派がまだ分かれていない時の革共同は一九五六年のソ連に反撃するハンガリーの動乱以降にはできて、共産主義者同盟《ブント》だって六〇年安保以前に結成していたのに、俺らは六〇年安保の後の二、三年後に活動の開始。だから、経験が浅いからいろいろあるはずですよ」

地曳は獄中で学んで知ったことを「当たり前の組織人の常識」みたいにして口に出してしまう。

「ま、あらゆる革命組織、労組《ろうそ》の結成から成長まで、住民組織も、内側で揉めながら、でも大事、要《かなめ》、大切なところを絞り出して、やがて……だと思う、丘村」

だだっ広《ぴろ》い額に皺の二本を作り、海原氏はやや苦い顔付きをした。

「そう……ですよね。とりわけ俺らは、社民、社会党に未練を感じて、なお、しがみ付いたり、労働組合が全てとはしていないけれど六割は主戦場としちゃうロートル、古参の幹部が多いから」

想像だけれど現実であるに違いないことを地曳は口にする。ま、仕方ないとも思う。高校生だったけど、一九六七年十月八日の三派全学連の、羽田での首相の訪米阻止の闘争でゲバ棒を登場させ、中核派の山崎博昭《やまざきひろあき》さんの死があったけれどゲバ棒は大学構内でも普通、一九六八年の新宿や防衛庁や国会周辺では火炎瓶も炸裂して、我が派の古参幹部は「仕方ない」とその道義性に押されはしたものの、組織全体が武器水準のエスカレートにはなお躊躇《ためら》いの気持ち捨てられないはず。

「解ってるな、丘村。しかし、あんまり、仲間や外の人には言うな」

「むろん、です」

ああ、やっぱり党派のゴリガンスキーだなと地曳が思うことを海原氏は告げた。

「あ、いや、済まん、ついつい官僚主義的な組織防衛だけに目の行った言い方をして」

もう、アイス・コーヒーは無くなっているのに、海原氏はグラスの底の水をストローで頻《しき》りに吸う。

「でもな、我我が革命に成功した暁《あかつき》とか、失敗してほぼ全員が処刑とか獄中に入った後には、やっぱり、人人には論争や揉めごとの中身を、権力側からでなく、内側、担う側、主体から明らかにしなければならん義務はあるよな。やがて、闘いに参じて次の時代を背負う人のための……薬……として」

「だったら、今の内部の揉めごとじみたことは？　いや、推測だけれど、揉めごとは」

「うーん、こんぐらいの論議は三ヵ月後ぐらいには明らかにしても良いな。つまり、内部の論争や対立は、極端に言うと同時並行的に外側の労働者、人人に知ってもらい晒《さら》されて、内部の人間が自らの立場が分かる。ロシア革命の直後、あくまでレーニン、トロツキーの生きていた直後には、党の機関紙で論争していたよ」

「そう」

「しかし、今の今、どうしても、権力とその能動的機関の警察に実情が発覚しちまう、K派にも。辛《つら》いところだな、論争も揉めごとも労働者や人人に明らかになって、もっと内部も見方《みかた》が広く深くなるのに」

理想と、現実の組織を守るの二つの引き裂かれはこの海原氏だけでなくおのれ地曳にもやってくるだろうという重いことを打ち明けて海原氏は、似合わない、吐息を長く引きずった。

「丘村、俺は労働経験、組合運動もしなかった人間。やっぱり、先達の気持ち、声には心を傾けないとな」

「はい……でしょうね」

「それで強く言うと、やっぱり、組織にとって一番あっちゃいけないのは……分裂だ。一番に避《さ》けなきゃならん。権力の弾圧の最も凄いのがやってきて党員十人が死刑なら百のマイナス、K派に殺《や》られて力《ちから》が削がれるのは五十のマイナス、ま、数値で表すのはどうもだけどな、分裂は五百のマイナス、負《ふ》だ」

「はあ」

簡単な答えをする地曳だが、確かにその通りと考える。

「おいっ、飲みに行こうか。先一昨日《おとつい》、レントゲン技師のかみさんの月給日だったんだ。ゲルは持ってる」

嬉しいことに海原氏は元気がかなりあって、ここの喫茶店の伝票を摑み、軽い足取りでレジへと向かう。

外へ出るなり、心配になり、地曳は聞いた。

「あのう、党派からの専従費は出てるんでしょ？」

と。

「まだ若い組織、出てないよ。でもな、元の党員とかシンパから、月に均《なら》すと一万五千円ぐらいかな」

「えっ」

タクシーが目の前の道路を、そこ退けとばかり走っていくのを見て、地曳は立ち止まる。このタクシーの初乗りの二キロが百七十円だ。えーと床屋代が八百三十円、二級の日本酒が六百六十円ぐらい、日教組に属している中学の教師の初任給が四万三千円弱と聞いている——やっていけるのか。

「海原さん、自己犠牲、忍耐と忍耐、我慢と我慢の組織にはどこか無理が来て歪《ひず》みが出ますよ。金の誘惑にも、場合によっては……脆《もろ》くなる……かも」

おのれ地曳のこれからを考え、立ち止まったまま、強く言ってしまった。

「おい、行こう、行こう、なるほど、そういう傾きは出てくるけど、それは、各地方組織、各県の組織をきっちり作ることと、非公然・非合法の任務を担うなら、稼ぐ道を探し、拡げないとな」

凄い人、革命に圧倒的なパワーを持つ人とは実におおらか、違う、楽天的と地曳は知った。

——藍色の﨟纈《ろうけつ》染めに白く抜いた「青山《せいざん》」という自らの党派のヘルメットを暗示するみたいな名の店に海原氏は勢いを持った靴底のごとっ、がたっ、ごどんの音と共に入って行った。

二人が向かい合う卓《たく》に座るなり、品書きを見て海原氏は、気の利く店で店員だ、すぐにきたので酒の種類と肴《さかな》の指定をする。

出てきたあれこれに、かなりびっくりした。

酒は、高いに決まっている、一度だけ保釈された十日後に早大の先達の小清水に御馳走されて飲んだ新潟は長岡の酒の「吉乃川《よしのがわ》」で、なお記憶に残っている、甘ったるいテレビで大宣伝の関西の酒とはまるで別、きりりとして辛く、でも、淡くも良い香りがして、こくがあると表現するしかない酒だ。それを、海原氏は、勿体ない、コップの冷や酒で、たった五分ぐらいで飲み干した。

「ま、こんな贅沢《ぜいたく》はしていけないな。次は、江戸の時代は下り酒だったろう伊丹《いたみ》の『男山《おとこやま》』を冷やでやるか」

と、何しろ、ぐびぐびと飲む。

酒の肴も、菠薐草《ほうれんそう》のお浸《ひた》しとか、生キャベツのサラダは健康に良いのだから安心するが、蛋白質の取り方も、いや、好みもかなりの、そのう、それで、鰯《いわし》の焼き魚を四人前注文した。

「あのですね、専従費も出ていないで、カンパだけで食ってるのなら、俺、ここは持ちますから、どんどん食って、飲んで下さい」

「あのな、地曳、済まん、えーと丘村だよな、今は頑固さが百歳の老人以上で悪代官だらけのソ連だって、始めの始めは初初しくて金にはひでえ苦しみと悩みがあったはず。それでも、レーニンは、どちらかというと国民学校視学官の父親という上層階級の家の子供、中国革命のなお踏ん張ってる毛沢東は下層中農の子とは言われてるけど飢えには困らない両親の元で育ってるわけで……それでも、みんな、みーんな苦しんだはず、金、つまり、活動資金、自分の生活費、妻子のあれこれと」

「へえ、そうなんですか」

「だけど、そこのしんどさと必死に格闘し、潜《くぐ》り抜けてこそ、人の集まり、その決意、中身の熱さが作られていくみたい……だ」

「そ……う、ですか」

「スターリンを決して擁護《ようご》するわけじゃないけどな、丘村、奴《やつ》は靴職人の息子、貧乏を知ってたから党資金集めには必死になって、銀行強盗も成功させてるらしい」

瞬《また》く間に、一応は「これ、食って良《い》いか」との問いはしたけれど、鰯《いわし》の焼き魚を三皿平らげ、添えてある大根卸《おろ》しもきっちり食い、「ふうっ」と吐息をつきながら、魚や肉を焼く煙と煙草の煙の中へと、海原氏は長く長く息を吐きだした。活動費、あれこれの党員の〝デバリ費〟、つまり、ゲバルトの準備のためのアジトの部屋代、それを支える学生の食費とか生活費、警察を始めとする権力への〝襲撃〟の代金、K派への反撃のそれ、近頃は一メートルか二メートルの木材を口に含んだ水で補強するゲバ棒ではなく、鉄パイプの用意のための金、ま、火炎瓶の元の濃硫酸と濾過紙《ろかし》とかに塗る何らかの触媒《しょくばい》とかガソリン代なども前提として必要となるわけで。

「そう……なんでしょうね」

ちょっと思っただけで、とても、きつい、大切、要と、地曳は解りかけてくる、金は。そうなのだ、良く良く考えてみると、今の今、この世は資本主義、金の凄み、紙っぺらを信仰させる力、労働者の暮らしの厳しさを知らしめたり緩《ゆる》める力、女性の操《みさお》をも買える力……。

「ま、こういうしみったれの話が日常となるのが、たぶん、非公然・非合法の課題。そのくせ、最も本質的テーマだよな、丘村」

「え……はい」

地曳は、海原氏が、そして一九七〇年代のこれから、あの熱さに滾る一九六〇年代後半の、三派全学連、ノンセクト・ラジカル、その果ての銃撃戦、近近に起こりそうな爆弾のことをも含め、アジテイションではなく、和《やわら》いだ、飲み屋での切実な話と解ってくる。

「あっ、おっつ、カラオケがある店だな。地曳、ごめーん、丘村、歌っていいか」

「もちろーん」

地曳が答えた。

——歌う。海原一人氏は。
どこかで、音程があまりにずれ、しかし、中心のここっ、で、調子外れでなく……小節《こぶし》は効かせないが、心地良い響きがある
——。

「追われぇ　追われこの身を、を　故里《ふるさと》でえ、え　かばってくうれたあ　可愛いい娘《こ》っ
かけてやりたや優言葉《やさ》あ、あ
今の俺らじゃ　ままならぬう……う」
おいっ、海原氏は、東大じゃなくて早大の小清水や帯田より古参の活動家としても、健《けん》さんの、そう、高倉健の歌う歌に、つまりヤクザ、いんや、侠客の映画とその心情に共振していたのか。
時代、第二次大戦前と大戦中の流行歌、詩、俳句、短歌、絵画、音楽といろいろ切《せつ》ないのがあって、地曳は、例えば、看護婦だった女の人が食えず、家族を探し出せず、とうとう東京は一番華やかな有楽町のガード下で売春をするしかなかった悲しさ、抑えた怨みのその流行歌を、小学校四年生の時、担当の先生から同級生五人と自宅へ招かれて蓄音機で聴いたことがある。その先生の解説を待つ前に、地曳の胸は押《お》し拉《ひし》がれた。だから、流行歌は詩も曲も歌手も一緒となった凄いゲージッと思い込んでいる。
おいーっ。また、海原氏は、歌う。
しかも、何と、その歌だ、『星の流れに』だ。
「星の流れにーっ　身を占ってえ
何処をねぐらのお　今日の宿お
荒《すさ》む心でいるのじゃないがあ
……」
確か菊池章子が歌い、詩は清水みのる、曲は……忘れちまった。

これって、敗戦すぐ後の、都心のガード下で軀《からだ》を売るしかなかった女の人の……。海原氏は、おのれ地曳より八歳ぐらい年上のはず、だったら戦前の昭和、おっといけねえ、天皇御世《みよ》の元号なんて全世界に通用しない日本の臣民の用語、えーと一九四〇年頃の生まれ、この『星の流れに』を、七歳ぐらいの時にラジオか蓄音機で聴いて、心を揺さ振られたのか……だろう。

「泣ぁけてぇ涙もお　凋《か》れ果てたあ、あ

こんな女にぃ誰がしたあ、あ、あ」

海原氏が、歌い終わった。

そうか、この歌の切実さは、天皇も政治家も、政治家を脅すほどの軍人たちも、庶民も張り切って望んだ戦争への、低音ながら、決して退《ひ》かない、全青春、全人生を賭けての怨み節なのだ。

たぶん、海原一人氏の思いの芯《しん》……。

芯は、ちゃんと全てみんなは、当たり前、解らないけれど、この人、海原氏とは共振できるとひどく嬉しい思いになった。

「あのな、丘村。専従費ゼロで、自分で稼ぐか、シンパか、かつての仲間からのカンパで凌《しの》ぐしかないんだよ。しかも、たぶん、組織の中では一番厳しい任務、役割だ。四ヵ月でその準備を頼む。もう、妻子がいるのに、大丈夫かな、非公然・非合法の活動は」

「何とかやってみます」

「そ、そ、そうか。俺は、一九六八年十一月のおぬしのK派をゲリラ的にぶっ潰す闘い、正面対決でも前へと行くだけでなく、決して退《しりぞ》かない姿に、なお、感激してる……」

海原氏は、むろん、地曳への気配りはあるだろうが、よいしょばかりではないと自負することを口に出す。

「あ、この頃は引き気味だけど、変わらず高草が責任者だ。その次は、九州の私大の大砂《おおすな》だ、組織名は、ツキジ。学生組織の議長も、時折、顔を出す。今のところ、計六人だ」

今度は、海原氏は、耳許へと息を吹き掛けるように言った。

――地曳は、海原氏と別れた後、おのれの息子と同じぐらいの二つか、三つの子供を挟んで若い夫婦が外灯の下を歩く姿と擦れ違った。

そして……。

人類の歴史の中で、世の中の変革を志す人達は、家族との日日の暮らし、その飯《めし》の入手、衣服などの諸諸の入手のことと、自らの激しい思いや理想との板挟みにずいぶんくるしんだろうなと考えた。

そう……。

鹿爪《しかつめ》らしく拘置所で読んだ一神教の初めであるユダヤ教の律法の根の律法、そして神から十戒を授かったというモーセは、奴隷の民としてあったエジプトからの脱出を導いた時に……。

「汝の敵を愛せ」と、うーむ、人類史がこれを自らのものにし得たら凄いけど、イエスの教団の各各は、食い物と衣類と信仰の間で、かなりの苦しみを味わったはず……。

繰り返し思ってしまう、しかも、その大本《おおもと》のイエスは「もし、だれかがわたしのもとに来るとしても、父《ちち》、母《はは》、妻《つま》、子供《こども》、兄弟《きょうだい》、姉妹《しまい》を、更《さら》に自分《じぶん》の命《いのち》であろうとも、これを憎《にく》まないなら、わたしの弟子《でし》とはありえない」と新約聖書では述べている。

日日の暮らしの楽しさと切実さ、対、信念、いわんやプロレタリア革命、それも、先進国同時革命など……至難の壁とさえ映ってくる。

でも、やろう。

妻の陽子は、闘うおのれ地曳に惚れてくれた。息子の真左彦もやがて父の姿に……。

闘うこちら側には、尊敬以上の心を抱く、専従費ゼロなどとは関わりなく海原一人氏がいる。

同じ大学には、二年先輩の北里がなお踏ん張っている。早大には、ちゃんと結婚式を池袋の駅でやってくれた、K派とのゲバに不退転の小清水徹が、あっさりして執着心が淡いけど人の善い帯田仁がいる。いや、おのれ地曳と異なり、黙っていたら社会に出ても豊かに暮らせる東C《トンシー》のマルクス以外も勉強している久田《ひさだ》も信頼できる善い男だ。

この腕《かいな》の中で、苦しんでも生きたい。

いけない、なお未《いま》だ、党、党派が幾人かの信頼できる同志で存在している。党、党派全体の戦略や全体の絆《きずな》ではなく……。

良いのか。良い……のだろう……。

2

それから、世の中が進んでいくか否かは分からぬが、時だけは間違いなく、正確に、情けなどないように、進んでいく。

――地曳が、生きている海原一人と飲んだのが一九七二年の春先だ。

それから、時間は人人の汗と感動と無念と、場合によっては虚《むな》しさへの落ち込みと共に進む。

その年の五月に、沖縄の施政権はアメリカから返還された。九月には、田中角栄総理大臣が訪中し、日中の国交回復が成った。

一九七三年。韓国の金大中元大統領候補が日本で、韓国のある機関によって拉致《らち》され、韓国に連れ去られた。〝狂〟乱物価、異常なるインフレで、人人はトイレット・ペイパーの買い溜めまでやった。

一九七四年。八月、黒ヘルグループらしきに、三菱重工本社が爆弾の攻撃を受けた。

一九七五年。三月、新左翼の中核派の大いなるトップの本多延嘉氏がK派に殺された。四月、ヴェトナムのサイゴン政府が、ヴェトナム解放戦線と北ヴェトナムによって陥落、サイゴンから、ヘリコプターで逃げる米兵が、逃亡したいヴェトナム人民がしがみつくのを蹴飛ばす写真がどこかに出る。同年五月、何だ、K派は、中核派のトップを斧《おの》か鉞《まさかり》で頭を含めて叩き、切り裂いたと推し測れる殺しの直後、「一挙的にたたきつぶす権利を限定つきで一時保留する」などと宣言していたが、嘘だったのか、社青同解放派、革労協の、つまり、おのれ地曳の入っている組織の元九大生の石井進一を、伊豆での合宿の勉強会で殺した。

やり返さなかったら、もっと、やられる。

やるしかねえ。

党派闘争、世間《せけん》的に言えば「内ゲバの一時保留」とか中止のK派の宣言は嘘より悪い、こちらへの騙《だま》し。

すぐに、海原氏から連絡が入り、会った。

「石井君と同じ値《あたい》の報復は必要。それ以上は、現段階ではしない」と彼は告げた。「ええっ？」とおのれ地曳は聞き返した。「党派闘争だけで、ど、ど、泥沼、血の海に溺れる。要は、やっぱり、国家、その暴力装置の警察と軍、自衛隊なんだ。ここ、だ、だい、大事だな」と海原氏は口惜《くや》し気に吃音《きつおん》気味に説いた。

しかし、その上で、非公然・非合法の軍事組織はキャップの高草《たかくさ》や暇《たま》に出てくる学生のトップを除いて十五人に増えていたが、きっちりと、報復戦を計画し、敵の動き、ターゲットの確定、襲撃の方法と日時、場所、闘争の経路と練った。標的の所持するノート、財布、メモ類は一切、奪わないことにした。単純な殺人と、強盗殺人ではもし発覚して逮捕された時の刑期が違う。

地曳は、この直前から組織名は北方《きたかた》としていたけれど、真っ先に進む役割と、最初に鉄パイプを敵の足に、腕に、頭部に打ち降ろす役を担った。

——成功した。

しかし……。

敵の足の踝《くるぶし》や膝では、それなりに骨の硬さがあって手応えはあったが、かい、い、かこーんと鳴った骨の次の頭部の肉の柔らかさに、ぎょっとして……。鉄パイプを握る手首に、この柔らかさ、脳の中の肉、認知の力、記憶する力、次に進む力、そう、反省して悔いる力……を消してしまう発条《ばね》があったことに、少なからず、いや、かなりの……後ろめたさを覚えた。夥《おびただ》しい血が敵の上半身を赤色で隠すほどで、ずいぶんと心情を……おかしくさせた。でも、仕方ねえよ。やり返さなかったら、ずるずるとやられっ放しになって舐《な》められ、ついには、おのれの属する組織の実際は労働者党員の力もあって学生上がりの海原一人氏は、全体としてのナンバー・2と聞くが、殺されてしまう。いや、その前に、自分達の組織は臆病《おくびょう》の病に陥り、対K派どころか、対権力で腰抜けとなっちまう。忘れよ。背中から襲うのが戦略となり、俺達や中核派やブントの百分の一も警察に逮捕《ぱく》られないK派なのだ……と思いつつ、感じつつ……やはり。

だけれども。

何だかんだと言って、今までの内ゲバではこちらの「結果としての死」はあるし、あちらの「結果としての死」に目標は煮つまっていたわけで、「やり切った」の高揚の気持ちと一緒に「一人の人間を打ちのめし、死へといかせる行いのしんどさ、一人の人間の営為と思想の転換を鎖《とざ》す殺し」の後ろ髪を引くどんより気分が軀の中の肝臓あたりから刺し込んできた——以後、この気分には、同志と飯を食いながら、幾人かで身許をひた隠しにしながらのアルバイトをしてる時の仕事帰りの酒の一杯飲みでの同志との会話、会議、会議、会議の終わった後の酒の酌《く》み交《か》わしの中で、やはり〝武勲〟とゆうのは先の大戦だけでなく、源氏と平氏の壇ノ浦の闘いの後、応仁の乱の戦の度ごと、戦国時代の桶狭間の戦い、関ヶ原の戦い、戊辰戦争と男、兵士達が綿綿《めんめん》と自慢気に語りに語り継いできたはず。それぞれのその時、恐怖とか負けた場合のみっともなさの予測とかは口に出さずに自らの勇敢性を語っただろうが、人の命を消し去り抹殺する気分はどうしたのか。たぶん……隠し続けてきた気がする——。そもそも、テロリズムというよりは合戦、戦争であって、敵の無制限の消しに近いのだ。

そして、その戦《いくさ》の勝利者は道義性を口に出したとしても、信じていたのか。

うむ、ここかも。敵のK派は、権力とは闘わず組織建設が戦略ゆえ、旧三派の、とりわけ中核派と解放派を背中から襲い、潰すのが目的。

にも関らず。

残った、夏の雷雲の下にあるどんよりした灰色そのものの雲みたいなものが。

これではならじ。

そう、おのれ地曳が先頭でやったと自負する仲間の中に、東北の私大を中退した、うん、こいつだけは姓の頭文字のEとしておこう、寡黙《かもく》で、然《さ》りとて九州の国立大中退で学生代表の宮本みたいにしんねりむっつりではなく軽さを仲間と共に装える男だ。

然《しか》り、だった、このEは。ターゲットを目がけて地曳が伸び縮みできる鉄パイプで、周囲と後続の部隊に目配りして訓練した音を立てぬ急ぎの摺《す》り足《あし》で、ターゲットが電信柱を背に煙草の火を付けた時、少し遠回りのコースで地曳に追い付いてきたのがE、ええーい、全くの仮名にしよう、うん、かつての早大の小清水、いや小清水氏としなけりゃいけねえわ。あの一時の組織名にしちまおう、勝手に、土方《ひじかた》と、その土方だった。おのれ地曳の伸縮式の鉄パイプの一撃、二撃、三撃を土方は電信柱とターゲットと地曳の三つのうちの一つの実行者の地曳を隠すように両手を拡げ、地曳の五撃のすぐ後、決め撃ちをターゲットの左首へと突くようにして与え、加えたのだ。

この土方の引き方についても、古い言葉で恥ずかしいけれど〝美事《みごと》〟だった。

初めての敵の頭への打撃と、その頭の中身のなよなよした柔らかさに、束の間、おのれ地曳がたじろいでいると、「こりゃまずいべえ」と東北人なら心の中で思うのか「A隊、予定変更、ガード下の道で三三五五、B隊も予定変更、北さんを守って北方角へ、そこで北さんをタクシーに。C隊、二百メートル離れて現場を然り気なく見て、別別に帰るだべい」

と、実にしっかり告げたのである。

Eは、ええーい、面倒だが仕方あるまい土方で通そう、顎こそ将棋の飛車角みたいに角ばっているが、両目は人懐《ひとなつ》っこくて空豆《そらまめ》みたい。

もっとも、これらは、やがて、全国で何万、何百万の監視カメラが置かれる時代には通用しなくなる……ことだ。むろん、我我の新左翼ばかりでなく、ごく普通に暮らす人人にも。

おのれ地曳は、次の日の新聞で、敵の標的の死を確認した。「やったんだな」との心というか、次へと続く、もしかしたら無限に続くことへの心の二つの別のベクトルに、やはり、黒ではない、灰色ではない、チャコール・グレイの気分を抱えた。

五日後、どうも好きになれない〝総括〟の熟語で、これは一九七二年の連合赤軍の浅間山荘の銃撃戦の直前の、リンチによって同志の累累《るいるい》たる屍《かばね》の出た時に流行った言葉ゆえにだけれど、E、土方《ひじかた》はおのれ地曳の好い加減な「情報担当、実行部隊、レポ、運搬部隊と、互いに未熟ながら、ちゃんとやり切ったよな。これから、もっと厳しくなるけれど、やろうや」とのお茶《ちゃ》を濁した言葉に朗らかに頷いた。

そしたら。

「あのな、あのだよ。丘村さん、失礼、北方さんの反省と自己確認は、これしかねえだ。だけど、そして、その通り。一つだけ加えれば、K派は、部落解放闘争、差別への糾弾のごく当たり前、正義の闘いを『反差別は階級闘争と敵対する、おかしい』と主張してたのを覚えているだよな。とんでもねえ考えでしゃ。たぶん、やがて、身体に負《ふ》や傷持つ人人、精神に傷がある人の闘いも舐めて、ゆくゆく圧殺する。んだから対K派戦に、今こそ、これから決起せねばやずがね」

両眉を、丸い目ん玉、のどかな顔に吊り上げ、E、土方は言った。

同じ年齢ぐらいだけど、非公然・非合法の先端は、この男に任せるしかない、と地曳は思い、考えた。

一九七六年。ロッキード事件で、前首相の田中角栄が逮捕される。同じ頃、三派全学連やノンセクト・ラジカルの諸君や市民グループの闘いと願いが実現した、ヴェトナム社会主義共和国成立。八月の暑い盛り、元早大の小清水徹氏は大阪で活動していたが、上京し、「わいは、ヴェトナム反戦で一年二ヵ月の東拘《とうこう》入りをしたけど、ま、爆撃されっ放しの国土から、あれこれ意見の対立があるのはごく当たり前、せやけど、今度は平和なヴェトナムを訪れたいわの。ま、嬉しいでえ」と大工刈り頭と浅黒い顔に白い目ん玉で付き合ってくれた。

一九七七年。

おのれ地曳にとっては、決定的な岐路《きろ》となる年だった。

正月の三箇日は、警察やK派がとりわけ尾行や追尾を細かく熱心にやりそうなので、それが気になり、かみさんの陽子と、一人息子の真左彦と、一月半ばに、浜名湖の宿で会った。陽子はこの頃は病院の老人や障害者のリハビリをする仕事をしていて、地曳に、きちんと活動費を入れてくれていた。

「おいーっ、浮気をしなかったろうな」

陽子と会うのは一年に多くて六回、もっとも、畏怖する海原氏は「年に一回」と聞いていて、いろいろ考えていたけど。

「する暇《ひま》なんてないでしょう？　あんたこそ、どうなのお」

せっかくの上唇ぽってりで可愛らしい陽子が眉を逆「ハ」にして訊《き》いてくる。おいっ、あのな、六歳になった息子の真左彦まで、ほんと、澄んで綺麗な目ん玉をしている、母親の陽子と同じ感情になるのか、実に心配気に地曳を見上げる、座卓に腰かけて「小学校入学から三年生にかけての算数のこつ」「これで、小学生にも書ける恋文」などの地曳が俄に作ったレジメを捲りながら、眼《まなこ》の芯を右上にして、疑わしそうに父たる地曳を見上げた。

「あるわきゃねえだろう。軍人の部隊だ、全員が男」

事実を、地曳は言う。

「そう、だわね、たぶん。だけどさ、遅れてると思わない？　だって、女の組織構成員もいて『敵を潰せ』と大声で言い張ってるのに、女の兵士、戦闘員がいないってさ」

おいーっ、その考え、正しい。日本国憲法でも、男女平等は言っている。でも、しかし、しかし、女が鉄パイプを握って敵の足に、腕に、頭に打ち降ろせるのか。打撃になり得るか。

あの、鉄パイプを敵の標的に、しっかと、振り降ろせる、おのれ地曳の手首のしなやかさと力強さが、陽子にあると言うのか。

いいや、妻の陽子は、濃くはないけれど、淡くはないおのれ地曳達のシンパ……のはず。

——ところがだった。

その一九七七年、二月十一日。

そして、次の日のひどく早い朝、六時過ぎ。

六畳と台所と便所のアジトのドアが、蝶が飛んで同じ蝶に触れ合うみたいな優し気な音なのに、鮭《さけ》の頭の骨と骨の擦り合う音も孕《はら》んでるような変な感じでノックされた。

ドアに付いている渦《うず》状の小さなレンズからあちらを見ると、同じ軍事組織のE、土方《ひじかた》だった。

土方を部屋に招き入れた。

凍てが続いているのに土方は、東北出身らしい色の白さだが、額の左右から抉《えぐ》れたみたいな禿《はげ》の肌に、そして押し潰されたような形の鼻の頭に汗の球を浮かべている。

「どうした、E」

招き入れ、地曳は、座卓の上の、なかなかロマンを失わずに初初しいエロスを描く富島健夫の文庫本を裏返しにした。序《つい》でに、暴力革命をやろうってのに抒情詩は恥ずかしいと『啄木歌集』も退《ど》けて座卓の下に放った。

「俺、今日から、組織名は……セリザワ」

土方は、富島健夫と『啄木歌集』を軀を折って手にして、地曳の耳許に、ひっそり、「富島健夫より、川上宗薫の方が大人の濃密愛が詰まっとるど。石川啄木より、寺山修司が良《え》。同じ東北人でも岩手より北の青森の出身だもしゃ」

と、呟《つぶや》いた。地曳には、いや、関西や九州出身の仲間も「青森は本州の端《はじ》でわかるけど、岩手、山形、秋田の区別がいつもあやふや」と口にしているけど、同じだ。もっとも、東北の仲間は「九州の宮崎、大分、熊本の区別がどうも」と言う。

「んで、セリザワ……って、新撰組の芹沢鴨《かも》から貰ったのか」

土方《ひじかた》は、おのれ地曳が勝手に付けた頭の中だけの仮名だから、ま、どうでも良いが、芹沢は近藤勇と土方歳三のクーデターで斬殺され、縁起の悪い組織名だ。ま、近藤勇は鳥羽・伏見の戦いで負け、甲斐《かい》で交戦して、やがて処刑。土方歳三も、函館《はこだて》五稜郭にて戦死だけれど。

「んだ……ども、俺《おら》ハは、今日から、組織を引っ張り、何が何でも復讐を成し遂げるまでや。たった一人でも、やるども。どげん弾圧、貧乏、飢え、この組織から冷ややかにされて馘首《くび》になっても、やるどお」

なお、E、芹沢は、地曳の耳から口を離さず、湿り切った唾《つば》さえ吹きかける。

「なぜ……だ」

K派の一人を最初に葬った後から、おのれ地曳は、軍事組織のCAP《キャップ》ではあるけれど、実質はこのE、芹沢に任せていたし、おのれより遙かに、思い込みや熱さが違うのに、殺しとか無期懲役や死刑を覚悟の個性ある隊員を纏《まと》め得てきた。そもそも、新左翼、近頃の用語は過激派で、我が派を含めて通じるのか、通じて欲しい、「隗《かい》より始めよ」が、こいつ、芹沢の口に出さぬ心情と実際だ。うんと、うんと昔の中国では違った意味だったけど、今は「ことをやるには、まず自ら自身が着手せよ」だろう、それを実行してるのがこの男だ。

「あのだじゃ、ラジオのニュースぐらいは聞いて欲しいども。昨日、午後、我らの輝く、じっぱりでかく、赤い誠を持った、あん人、海原さんが、殺されてしまったども。K派に、鉄パイプで、滅多打《めったう》ち……されてにゃ」

「お、おっ、おおーい、北方さんっ。殺されたってかあ?」

「んだなす、地曳さん。屍の頭はぐちゃぐちゃで、屍の頭だけでなく頬っぺた、鼻からの血で包帯は黒さ九、赤さ一の血の跡だったとのことではあ」

耳から口を離すなり、芹沢は、ぺったんこと、六、七歳の子供が幽霊《ゆうれい》の話を聞いて怖くなったように、他愛なく、尻餅《しりもち》を付いた。いや、おのれ地曳もまた驚きよりは落胆で腰から崩れた。腰骨の芯《しん》の力が俄《にわ》かに、抜けた。

「北方さん、がっかりしている暇はねえべし。K派は、我が派の、創始者の佐佐富起男《ささふきお》さんの『党派闘争、とりわけK派とは、まあまあ』。海原一人氏の『K派は、権力との闘いに命懸けの組織と構成員を、機動隊より汚らしく襲う反革命』との対立を見抜いていたべ。んだから、海原氏を殺してますでな」

もう少し、北の土着語を東京土着語に直さないと権力に特定される危うさがある。でも、確かに「そう」……の匂いは濃い、とても。

いや。

そんなことではなく、海原一人氏が殺されたのだ、殺されちまった。

やや吃音《きつおん》気味に、先進国世界同時革命を説き、労働者階級の自発的な戦闘への力を大切にすると喋り、組織構成員の一人一人と全部は無理としても壁や苦しみを聞き、五十人、七十人、百人ぐらいの党員が併せ持つ、軀と心の膂力《りょりょく》をたっぷり持つ、あの、海原一人氏が……と。

聞いておけば良かった。

一応は、一九六八年一月の、アメリカの原子力空母の佐世保入港から活動家になり、もう九年の古参の活動家のおのれ地曳。だからして、聞くのが恥ずかしかった。

が。「日本を始めとして高度経済成長とかで繁栄。こういう経済の中で、革命が起きますか」が一つ。「あれこれ問題があるけれど、国会もそれなりに機能しているところに、コミューン、ソビエトって打ち立てられるのですか」が二つ。「日本の人口が一億、しかし、我が派のデモに近頃参加するのが多くて三千七百人。ちいーっと侘しすぎませんか」が三つ。

何より「愛と革命」は一つなのか、少しテーマが狭くなるが「単純に働くことは愛と革命を損《そこ》なうのでは」……など、沢山ある。

良《い》い。

当分、命も、心も、海原氏の復讐戦に賭けるしかない。

ん？　それで済むのか。対権力への闘いは手薄にならないのか。対《たい》K派に重心がかかったら、市民は「あほらしいーっ」となって見放すのではないか。

敵のK派の構成員の肉と気持ちは、もしかしたら一滴は国家権力への憎しみがあるのでは……一滴でなく、半滴か……真実中の真実は、匂いだけ……かも。

そもそも、対国家、その当面の大敵の公安警察と機動隊へのエネルギーが殺《そ》がれはしないか――殺《そ》がれる。

しかし、しかし。やるっきゃねえ。

——その同じ年、五月。

アジトを、労働者階級の町との評判の横浜は鶴見の工場の群がる近くに作り、三ヵ月たった。付近に市場があり、魚屋で、鯵《あじ》の新しいのは目が透んでいて黒いとか、鮭《さけ》や鰤《ぶり》や鯛《たい》の肉を刮《こそ》ぎ落とした頭と鰓《えら》の骨のあらが安くて出汁《だし》に役立つし、案外に身が残っていると魅力を知り始めた。実家の小田原の更に西の真鶴《まなづる》では、新鮮な魚の肉しか食えなかった。魚は、網や釣り糸で捕ったばかりがおいしいのではないと知った。ちょっぴり、生から死へと時をかけた方が身にうまみが湧く。しかし、魚屋の四十代のおっさんに、店に行く度、店を通り過ぎる度「若旦那、さっきまで跳《は》ねてた鰯《いわし》が入ったよおっ。指で裂いても新しいから食えらあ。勤めは、東芝？　日本鋼管？　嫁さんなら紹介するよお」となって、やっぱり、何となくやばい。せっかく仲良しになれそうなのに素性がばれたら……お終《しま》い。

そう、海原氏が殺されてからのこの三ヵ月の苦しみが水泡に帰したら良くない。

——この三ヵ月。

非公然・非合法の戦闘部隊は、CAP《キャップ》を地曳はE、芹沢に、正式に代わってもらい、それに伴い、海原一人氏の欠落によって党派内の軋轢《あつれき》が噴き出してくるかもと、ややなあなあ派の地曳が党派の幹部会の会合に出席するにして、急拵《きゅうごしら》えだが戦闘員をかなり増やした。命令による増員ではなく、志願によってだった。党派の存亡がかかっている時と場合なので、予想を越えての熱さで志願者が出てきた。地曳は、ゆえに、非公然・非合法の裏から、公然・合法への活動へと二割から三割ぐらいを移した。

報復の、その第一発をE、芹沢以下が決め、一挙に四人を葬った。かなり度肝を抜かれる凄まじいやり方だった。

この報を知った時、う、うーんと地曳は嬉しくなった。ま、少し経って百の五は……気になったとしても。

だけれど。

政治を取り仕切る佐佐富起男議長以下、次の会合に出た時、数人を除いて〝青菜《あおな》に塩《しお》〟の表情、労働戦線を代表する幹部はこれ以上ない暗鬱な顔つきで黙りこくっていた。

――ここに至って、地曳は、死した海原一人氏が一番恐れていた〝内部分裂〟の危なさの現実性に急に気づいた。

防がないとやばい。

しかし、最も確固たる人である海原氏が殺《や》られたのに、きちんとした報復をも嫌《いや》がり、避け、駄目とするこれまでの指導部の多数のままなら、組織は舐められ、もっと殺《や》られ、潰されていく……のは目に見えている。

でも、敵の、車に封じ込められての余りなる無残な四人の死も……なるほど「良く、やってくれた」と同時にささくれを確《しか》とよこす……。これを果てしなく繰り返すのか……。

地曳は、引き裂かれだした、三方角に。

背中から襲ってきて権力や機動隊並みのK派との党派闘争を更にやり続けるのか。古参幹部と妥協しても、党派内の〝和〟を何とか保ち分裂を防ぐのか。あらゆる責任のある役割から降りて、資金稼ぎのみをやるのか、場合によっては組織から抜けて。

——その虚ろな地曳の心の底を見つめたように、土方、E、つまり芹沢の連絡役と会い、三日後、直に、E、芹沢と千葉の外れの港町で会った。

E、芹沢は、ガード役ではなく粉飾役だろう、女性二人を連れていた。やっぱり、遅れたのだろうけれど、女の党員を戦闘組織に入れなかった差別にE、芹沢は気付いたのか——もっとも、地曳自身は、女が鉄パイプを握って機動隊やK派を殺傷するには、なお、蟠《わだかま》る感情を残している。

地曳とササジマという女性と、別別の時間に、E、即ち芹沢とコイケという女性が宿に入り、夕食後に地曳とE、芹沢の二人は同じ部屋で話し、飲んだ。

「俺《おら》は、燃えとるどもしや。あ、いや、燃えてる、えーと、一川《いちかわ》さん。これからが正念場」

E、芹沢は地曳の、また変わった新しい組織名を呼び、少しだけ飛び出している両眼と、押し潰されたような鼻をゆっくりひくひく動かした。この半年に余る報復戦の陣頭指揮と実践によって、かなりタフ、いいや、タフでは弱い表現だ、心身に座禅の大名人の達磨《だるま》と獰猛《どうもう》な野獣の豹《ひょう》を同居させたごとき体《てい》となってきた。

「うん、そうだろうな」

「そうです、これから、これから、一川さん。あの、指導部二十人弱で、対《たい》K戦をヤル気なのは労働戦線の二人と学生代表の二人と一川さんだけですよ。会議ではもちっと声を大きく……頼むだあね」

地曳と同じ世代のE、芹沢も三十歳ぐらい、東北弁を関東弁に直すのは苦労したはずだが、お終いの語尾を除いて目立たないここいらの言葉へと工夫しだしている。

「いや、元早稲田の小清水さんが上京した。ぎりりヤル構えで勇気を貰ったぜ」

そうだ、目立たぬようにか大工刈りの頭から七三に分けた髪形をしていた、それでも、かつてK派に頭をかち割られた傷跡の禿《はげ》が見え隠れしていた小清水に、先先週、地曳の土地勘のある小田原《おだわら》で会っている。小清水は「ここは我らの汗水、血の積み重ねた地平を守り、凌《しの》ぐ時や。海原氏は我らの百人力《りき》、せめて対抗から攻めへのところまで、互いにやるしかねえわ。労働者階級の自立の精神のためにも、そうやて」と飲みながら言い、励まし、あれと思う間にあっさりと別れて行った。

「それは頼もしい限りだべ、んや、限りです。けれど、あの人は早稲田でK派に集中的に狙われ、こてんこてんにされて頭をかち割られ……それへの怨みと熱情はとっても凄え……けんど、どうしてもコンプレックスが残っているはずで、クール、静かに、客観的に全体を見渡しての戦闘、軍事は……どんしても似合わねべ」

ラストの言語に青森のそれを隠せず、E、芹沢は答えた。それは、違う――しかし、戦闘の現《げん》の現《げん》に情熱をひたむきにかける人間には、そう、と映るのかも。

「あと、一川さん。海原氏が殺《や》られた前の、家族との連絡のパイプ、当日の防衛役の動きとか、もう少し熱心に調べてくれねえと」

「あ、そうだよな」

「それと、S《エス》が潜入してるとかはあるかもしれんけどもにゃ、やっぱり、海原氏の死への責任をきちんと取ってもらわねえと」

なるほどのことを、E、芹沢は、声を、ぐっと落として告げた。SとはK派の潜入分子、権力のそれ、スパイの頭文字だ。

「ま、Sばかりに気を取られ過ぎて、嗅ぎ分けばかり、疑い、疑ってると、学生代表の近頃の宮本の傾向に……なるども。スターリンのやり方と酷似になるど。ゆとりと余裕で、でも、いざの時には厳しく、厳しく」

なかなかに、E、芹沢は、今と未来の組織の内側を見つめていると、そもそも好きではあったけれどおのれ地曳はこの男を更に好きになった。

次の日の帰り際、E、芹沢は、地曳が便所で大きい方をした後に、前で待っていた。

「一川さん、我が派でK派から狙われる五番目と、じっぱり、いや、しっかり自覚しないといけねえど。これ、役立ててくんろ」

やっぱり、青森の言葉に戻り、E、芹沢はどこにでもある紙袋の中から、拳銃にしては長いが猟銃にしては短い全身二〇センチぐらいの銃を取り出した。

「俺《おら》が言うことではねえが、胆っ玉を据えて、敵がきたら最初の奴《やつ》に一発、次にきた奴に二発目を。筒の内側の螺旋《らせん》の刻《きざ》みをまだ工夫できてねえ。だけど、三発は出るで。躊躇《ためら》わずに引き金を……でな、ですよ。二メートル先の人間は、まず、吹っ飛ぶべしゃ」

これだけ言うと、E、芹沢は消えた。

燃える心と「待て」の後ろ髪と、もっともっと組織の今だけでなくこの後の有り様《ありよう》、世界、国内の政治、文化、風俗についても喋《しゃべ》り合いたいとの気分を、深く、残して。

3

そんで、同じ年の六月。

かみさんと会って、とってもの緊張の時の男と女って、深あーい、意味、意義、人類史の情けがあると知った次の次の日。

「スダミッグさーん。電報ですよお。ドアを開けてくださいねえ」

朝の七時五〇分頃、優し気な若い男の声がして起こされた。因みに「スダミッグ」とは実の父親の妹の長男の名で、内容は告げずに会って御馳走したいけれど、地曳が無断で拝借したアパートの名義人だ。この一九七七年頃は、未だ〝私文書偽造〟で逮捕されることはあんまりなくてうるさくなかった。でも……おのれ地曳は親不孝者だった。

魚眼レンズみたいなドアから向こうの気配を窺うと、このアパート、つまりアジトの不動産屋が一人立っている。ドアを開け放つと、アパートの共通廊下の右の方から、時代劇の映画の忍者のように、やがて、どどっとヤクザ者のように六、七人の男が入ってきた。

いけねーっと思ったけど、遅かったし、尾行をきちんと巻くとかについて甘かった。がさいれ、家宅捜査で、横浜なのに、つまり神奈川県警の管轄の範囲なのに、東京の警視庁の刑事達だった。

初めは、『官能小説』とか『ピチピチ・ギャルの挑発』とかの要するにエロ雑誌の山に若い刑事が「おめえ、本当に左翼かア」と疑義と不満をぶつくさを越えた喚《わめ》き声で口を尖らせ、よぼよぼの刑事が「人類っつうのは右も左もこういうもんで、こうして続くんだよ、あん」と答え、押し入れの中の鉄パイプの七本の束《たば》を見て「凶器準備集合罪には……たった一人だから、引っ掛けられねえな」とがっかり顔となったけれど、やっぱりそこはプロフェショナル、西武池袋線の駅近くの自宅でかみさんの糠味《ぬかみ》噌《そ》の素《もと》で漬けているその縦《たて》に長い琺瑯《ほうろう》のバケツの中に、それも、背丈が三〇センチもある中へと手を突っ込み「あったあ！　班長殿、これ、これ、何だろ？」とビニール袋で四重に包んでいる三連発式の改造銃を取り出した。

――とどのつまり、この件で、火薬類取締法ナントカ、銃刀法ナントカで起訴され、東京は荒川の向こうの東拘《とうこう》に入れられ、そのうちかつての一九六九年の東大安田講堂での決戦を前にしての、今考えるとやや恥ずかしい早出しじゃんけんごとき逮捕《ぱく》られ方だったけどその件の刑が確定し、東拘で余《よ》罪受刑《ざいじゅけい》というので独房で毎日毎日、デパートや商店や化粧品屋の紙袋作製、つまり、懲役だった。糊《のり》と、鏝《こて》の役割をする紙への木造りの重しのくふうだけの超単純の仕事をして、これが懲役囚の平均のノルマをあっちには分かっていて、手抜き、サボタージュはとてもしにくい。

そうこうするうちに、銃の件での裁判も決着し、新潟の、西方角に山の二つが見える田んぼと原っぱの中の刑務所に移送され、服役することになった。

――新潟刑務所では、東拘の余罪受刑よりも過酷にして単純な仕事だった。石油ストーブが地震がきた時に、自動で火が消える装置を作る作業の一つ、刃が工具のドライバーに似た器具でビスを嵌めることだった。これ、辛かった。あまりに同じく易しい繰り返しの仕事ゆえ……。

辛《つら》いことがあると、人というのは甘いことを求めるらしい。官《かん》の目を上手に掻《か》い潜《くぐ》って、分厚いハードカバーでイギリス人だが作者不詳の『我が秘密の生涯』、現代思想だけでなく真面目文学の批評の旗手らしい柄谷行人の『マルクス　その可能性の中心』、芥川賞作家の小説なら看守も見逃すだろう近藤啓太郎の『魔の翳り』などと妻の陽子も騙しては済まないけれど差し入れしてもらった。

そう、単純作業の果てなので、ベルト・コンベアから流れてくる部品へのビス入れの間に、頭の中で五七五、つまり、俳句を作ることで紛《まぎ》らかした。「妻よつま毛糸を紡《つむ》ぐ手の行方《ゆくえ》」などを作り、おのれ地曳は俳句の名人ではないかと思い込んだりもした。そのうち、俳句では短く、七つと七つの言葉を足して、心情の哭《な》きを言いたくなって、短歌を作るようになってしまった。五七調は、とりわけ五七五七七は日本人、いいや、日本語の根っこにある黄金律らしいのだが、このことには気付かずに娑婆《しゃば》に出たら、革命家兼歌人になろう、なんつう、自意識の異様な高揚に見舞われてしまうのだった。あーあ、なのである。みっともねえ、恥じ入る。

それと。

懲役同士のサベツ、差別、互いの比較による自らの優位性の確立と、他者の貶《おと》し込めへの凄い情熱には圧倒された。その底の一番は、対女性犯。強姦、痴漢、覗き。懲役で、女に持てたやつなど滅多にいないから、こうなったのだろう。獄中で、相手から離婚を突きつけられて泣くのは多いけれど。対女性犯は、ほとんど雑居房で暮らすのだが、いびられ、苛《いじ》められ、便所掃除と肩揉み足揉みなど扱《こ》き使《つか》われる。原因は、単純と推測できる。やっかまれる。ここにきた懲役の〝犯罪〟理由は工場の担当看守が然《さ》り気《げ》なく漏らす。

底の二番は、窃盗犯。つまり、泥棒。

上から三番は、シャブ犯、覚醒剤の関係で取っ捕まった者。シャブは、売る方は儲けて、買う方は金がないとできない。銭と金が匂いをかなり持つ。つまりプロレタリアートはほとんどいなくて、プチ・ブルジョアって階層が多い……多い……こと。

上から二番目は詐欺師。「〝詐欺〟なんて汚らしい表現で批判するけどね、元元《もともと》、お互《たが》いに、おいしい話だという心、阿吽《あうん》で成り立つのよ。助兵衛ごころ同士での夢の抱き合いなのさ」とさらり本人達は言う。やはり、「軽井沢に二千坪《ぱい》の別荘がある。遊びにくるかい」とか、「吉永小百合はね、僕の三番目の愛人。やらせてあげるよ、釈放になったらおいで」と地曳も誘われた。おい、おい、おいーっ。まっ、地方の刑務所だからの話だろうな。

一番上は、ヤクザ。それも、熱海を本部にして首都圏を縄張りにするところ、ごく少数だが関西の神戸を根城にした全国制覇が間近らしいところ、地元の新潟のお人《ひと》善しばかりの組と、やっぱり野暮《やぼ》ったくかなりとんちんかんの地元の的屋《てきや》のちっこい組と、あれこれある。

でも、そのう、なのだ。

ヤクザの上に、右翼と、左翼の資質の怪しいおのれ地曳がいた。いて、しまった。ソフトボールの工場同士の対戦とか、運動会のことになると、工場の担当看守が、自らの名誉、場合によっては出世もあるのか、地曳のいる第四工場を優勝させたくて、右翼を運動部長、おのれ地曳を団長にしてしまったのだ。ま、確かに、ヤクザにこの手のことを任せると、血を見ることになりかねないわけで。

しかし。

その上で。

差別ってえテーマは、深過ぎると地曳は気付いた。その構造の上に、自分は、運動会の準備と託《かこ》つけて工場に隣接している二十畳の、一応「工場兼倉庫」の部屋で、外部の業者がわざと残した煙草の吸い殻を、マッチやライターはないので、竹の箸《はし》を便所の木の床《ゆか》へと激しく激しく回転させ擦り合わせ、ぼわっと出る炎を布団の綿屑《わたくず》に移し火を熾《おこ》すこととか、運動会の看板作りを学生運動の杵柄《きねづか》で二十畳の部屋で作って懲役の作業をサボるとか……。

そう、最も人間の剝き出しの性《しょう》の出る場所が刑務所で、おのれは……おかしかった。しかし、しかし、どうしようもなく……。

えーと、同じ工場の右翼は、早大出身で、かなり前、十四、五年前、我が派の看板をぶっ壊し、見つかり、え、へーい、小清水徹氏と、帯田仁に、なんと、二十発以上、ぶん殴られたと懐かし気にも悔し気にも、運動会の練習の時に、ぼそり、告げた。

おお、さすが、小清水氏、帯田、格好良《い》いぞお、と地曳は嬉しくなった。

未だ、小清水氏は組織に残っているのか。K派との格闘は更に厳しくなっているはずだけど。

おーい、帯田仁、地球史以来の大地もそこで実るじゃが芋《いも》や南京豆やブロッコリーなどの食い物も考えれば人類の根っこという気もするけど、だからこそ、三里塚の農民の魂はピュアだし不屈の闘魂も畏怖そのものだけど、帰ってこいって組織へ。なあーに、佐佐議長に掛け合って、自己批判文は三行半で済ますから。

独り言を胸に呟いて、地曳は、今はそんな力の十分の一、うんや、百分の一もないと自らを知って……ついつい、高倉健の『網走番外地』の四番「今の俺らじゃ、ままならーぬう」と低い低い声で歌ってしまう。いや、四年半前だって、そんな力はなかった。

4

それで、地曳努《じびきつとむ》の頭の中、心の中、目の中へと入ってくるあれこれは、前へ前へと戻りながら、今の今へと帰ってくる——既に、屍は見ていないが妻の陽子の死を知ってその時——釈放の一九八二年六月。

つまり、刑務所から出た途端、同じ党内で二つのグループの対立が確《しか》とあって、かなりシビアらしいこと。分裂には至ってないけれど、権力やK派に聞かれても良いというおおっぴらな罵り合いとなってしまっている。梅雨の中途半端さがすぐ待つ酷暑を予感させる中、刑務所から釈放されたばかりの地曳は、出迎えにきてくれた二つのグループの、どうやら優位に少しは立っていそうな本名・久田達のグループと一緒に、歩いて、おいしい越後の稲を孕《はら》んだ緑の凄《すご》むどでかい平野を平行に走る広い道に出た。

5

出所祝いで着いたところは越後湯沢の、しゃあないのだろう、党と呼ぶのは恥ずかしい、党派だろう、それにふさわしく、懐《ふところ》も淋しいのだろう、温泉街なのに温泉の付いていない、でも、狭い共同浴室のある小さなビジネス・ホテルだった。六月下旬でスキー客もいないからもう少し増しなところへと、駄目活動家と自覚している地曳は思ってしまった。

でも、駅の北側の山並みの見える坂の中腹に、東C《トンシー》の牢名主か老名主か本屋敷の言う通り、かなり昔に町の有志で温泉を掘り出した銭湯みたいに気軽に入れるところがあり、湯も滾滾《こんこん》と贅沢なような無駄なように溢れていて、四年半振りにゆったり気分になれた。ああ、妻の陽子と入れたら……と引っ掛かったけれど、早過ぎる死としても、人にとって死は日日の付き物で友、それも親友。海原一人氏の死は防げ得たとしても……。

——川端康成の、海原氏に言わせると「駒子をプロレタリアとすると、日本文学の近現代の最高傑作の三つのうちの一つ」としてある『雪国』の実の主人公である芸者・駒子は行きそうだが、客観主義者の無為の物書きの主人公・島村は行きそうもない、焼き鳥の匂いと煙に満ちた赤提灯だった。因《ちな》みに、生きていた海原氏の挙げた他の二つの傑作は、井上光晴の『地の群れ』で「差別される者の中にも二重、三重と差別しちまう心がある苦しさ、不条理、哀しさだ」と言い、もう一つは黒メガネをかけて女の口説き方を得得《とくとく》と週刊誌やラジオで書き喋る野坂昭如とかの『エロ事師たち』で「性に関心ある人民に尽くせば尽くすほど男が縮むというアンビバレンツと、性の尽きざる魅く力に棲む荒野のニヒリズムがある」と言っていた。

酒も、うーん、見直したと感じるべきか、こりゃ、よく何年も我慢した、おのれ地曳は忍耐強い男であったのだな、うんまい、うま過ぎる、舌が嬉しさと歓びで騒ぐ……。

「あ、酔わないうちに用件を伝えておく」

古参なのになお大学に居残って闘う、学籍があれば東C《トンシー》八年生の本屋敷が机より椅子四脚分の方が遙かに大きいその椅子に座り直し、地曳の正面で言う。

二学年下はずうっと変わらないから仕方ないのか、本屋敷に顎《あご》の言語で「少し、離れろ」を命じられた久田は忖度《そんたく》し、低い姿勢で椅子ごと通路側へ寄る。

地曳も、ここは大事と、心構えをする。

何しろ、党派のシンパでしかなかった妻の陽子の死の後は、ほとんど新左翼のあれこれの情報は入らなくなった。

地曳は、当然、予想する。かつて、海原一人氏、早大の小清水氏、同じく帯田、同じ大学の先輩の逮捕状がもう六年前ぐらいには出ていた北里が、新人や後輩のオルグとか、切羽詰まった時に話す順序を。

それは、普通、世界と日本の政治・社会の分析、次に労働者階級の〝今〟と敵の資本家階級の〝今〟、それから、新左翼の敵のK派と、あちらもこちらも快く思っていない共産党、こちらが勝手に同盟軍と信じている中核派やブント諸派、今や息も絶え絶えだがノンセクト・ラジカル、市民諸派。そして、最後に我が派の現状と方針。最後に任務……。

「地曳、いや、組織名を早く作れ。昔のじゃ駄目だぞ。そんで、十日以内に、あいつ、えーと三角委員会の政治担当のあいつが、宮本、えーと、今はミナミさんと会って任務は聞いてくれ、以上だよ」

何となく東大生が大役人向きというのが理解できる。用件から、まず始めてきぱきと指示する。「三角委員会」とは、たぶん、軍事委員会のことだろう。

それより、どうも、出所したばかりの仲間に、話がまず任務の指示とゆう細かさは……やばいのではないのか。

「うん、地曳、あっち派の党員は五十三人、こっちにきてるのは七十五人。逆転したんだよ」

「ふーん。あのだよ、あっちって、K派じゃなくて、佐佐さん派、議長派のこと？　こっちって、軍事をやってる芹沢とか大砂のこと？　宮本のことかな」

「そう、大砂はパンクして出て行ったから宮本を主軸にして」

久田は本屋敷の話の中身の薄さ細かさを取り返すように、声を潜《ひそ》めて言う。

地曳は、短い時で、五年の空白の時の、組織の進み方を直感として解ってしまう。

組織構成員の序列、上下関係は、かつてのなあなあ、曖昧さの中での経験や歴史でより古い人間への敬意から、レーニン的組織論、優れた理論的革命的意識の前衛から〝下部〟党員、プロレタリア人民への外部から注入、もっと突き詰めればスターリンの党、労働者・人民への君臨にじわり似てきている。かなり人が善かった久田は、より古い活動家で指導部の本屋敷とは同志というより部下になってしまった……。ぐでぐでと闘いの終わった後後文句を言う宮本も「宮本さん」になっちまった。しかも、あっち派とこっち派の意見の食い違いとか、亀裂の原因や中身を言わず、人数差のみを言う。

「よおっし、俺は、もう一度、温泉に浸かってくるわ。明日は、朝八時四五分発の列車で東京に向かってくれ」

本屋敷が消えた。口笛の、高倉健の、侠客が刑務所での娑婆の女を恋う歌の『網走番外地』が、かなりの救いだった。細かい話しかしなかったけれど、地曳の獄中暮らしと、妻を失なったことへの思いがある……。でも、組織は組織、中堅の官僚、おっと、幹部の細かさは悲しい。

しゃっきり立って久田は見送った。

どこかしらあほ臭くなり、いや、五年の不在のうちの上下の関係の我が派とは別の違和な気分、細かなことしか問題にしない仲間の感覚に滅入り、地曳は本屋敷を見送りもしなかった。

さすがに気づいたか、久田が吐息をつきつき、語りだした。

「俺らは分裂寸前なんだよ、地曳。出発点は、おぬしも外にいた時の、海原氏の虐殺の件から。K派への報復と潰しを〝やる派〟〝やる気がない派〟の別れだよ。その雰囲気は知ってるよな、〝やる派〟のほぼ先頭の宮本さん、芹沢、地曳の三人プラス労働者の加持《かじ》さんら二人だもんな」

「俺が逮捕《ぱく》られる前も幹部会では四対十五ぐらいで少数派だったけど……やっぱり」

「うん、それで、おぬしが逮捕《ぱく》られて半年後頃から、内部で、同じ党内で、差別事件が頻発《ひんぱつ》したんだよ」

「本当か。例えば？」

「狭山差別裁判であんまりに不当な判決と獄入りをするしかなくなった石川一雄氏のことを訴えるビラで『仮りに石川さんが有罪だとしても』なんて書いていた」

「そりゃ、ひでえ。石川さんは真っ白だもんよ。ちゃんと勉強して調べりゃ、すぐに分かるぜ」

「うん、そして、あのね、地曳、党の男が被差別部落の女、女性と仲良くしていて、いざ結婚となると、何と〝血〟の問題で別れを告げるとか」

「あ、い、ありか、それ」

「うん、健常者の党員が女性の、足が不自由な女性の……尻を触るとか」

「えっ、そりゃ、そのう。二人は、結ばれたのかな、久田」

「男は、別の女、トルコ風呂の女と、あ、いや……結婚して逃げちまって」

「う、う、うーん」

差別のテーマの深さと、広さと、しかし、難しいと映ることをも地曳は突きつけられ、ついつい荒い息を吐いてしまう。

「それで、佐佐議長以下の脱け落ち派とは折り合いが付かず、たぶん、次の八月の幹部会か、年内には分裂するはず、地曳。覚悟しとくれ」

「あのなあ」

「刑務所から出たばっかりで、急には政治センスを取り戻せないとは思うけど」

考えはいろいろ同じ党派内にあってごく普通、しかし、久田も一九六七年の十《じっ》・八《ぱち》の、機動隊へゲバ棒を向けて対決した衝撃からこちらの党派に入ったと聞いてる人間、長い間、仲間と苦楽を共にしてきているわけで、それにしても、ややロの滑《すべ》りが鈍い。

「その差別した側の俺らの党派の奴《やつ》は、どうしてんだ、久田」

「そりゃ、ま、差別された側の糾弾の正当性と道義性によって……本社、会社の事務所に置いて糾弾を受けさせたり、当人の任務によってはアジトに看視付きで、ちゃんと自己批判ができるまで、パッキング、いや拉致《らち》、おっと、部屋に寝泊りさせ……」

「同じ党員、党派の仲間をか？　久田」

「地曳、差別の戦略的テーマは重大中の重大なん……だよ」

「でもだよ、差別は決して許されないとしても、とっちめて、糾弾して、反省させれば済むことじゃねえの。拉致《らち》なんて、そう、監禁になんぞ。俺らは、スターリンの下の役人じゃねえぞ」

地曳は、Ｋ派のように、差別への糾弾や闘いをせせら笑うのは「許せねえ」なのだが、仲間を、同志をかと、かなり、ごーんと、冷えてくる。マルクスは階級闘争を全ての力としているが、差別問題についてあれこれ言っていないような……。浅薄な勉強では、一八四八年の歴史的な『共産党宣言』では、アメリカの黒人奴隷がかなり増え続けていたはずだが触れていない。イスラームなどキリスト教以外の宗教を信じる人人へも相当の、差別があっただろうが、それも記されていない。

いいや、そもそも百年以上前の、我が派のみならず社会主義とか共産主義を名乗る党派の大いなる教祖のマルクスが、一八七一年の初めての労働者階級の決起・蜂起のパリ・コミューンの時に、英国のロンドンでぬくぬく過ごしていたと法大、法政大のアナーキスト、黒ヘル諸君の一人から銃刀法の件で東京地検に送られた時に教えられたけど、実際、その通りだと知り、くしゅーん――を思い出す。

いや、今は、その問題より、明日からの生き方、暮らし方のテーマが横たわっている。考えるな、原理、原則、大いなるはずだが教祖の言葉など。

「あのな、地曳。差別問題については、五年前とは丸で別。考え、いや、思想の転換をしないと」

「そ、そ、そうか」

「んで、地曳。女性差別も、ますます、闘いの、糾弾の対象となってるんだ」

えっ、そのテーマは、既に、もう、三派全学連と全共闘のノンセクト・ラジカルの頂点の後の一九七〇年代初めに現れてきていた。まあ、びっくらこいた、国家や悪質な資本家と同じぐらいの扱いとして男を弾劾の標的とするウーマン・リブの運動が急速なる盛り上がりで地曳はおろおろしてしまったことがある。再びか、またか。いんや、我が派が遅れていたのか。

「地曳、簡単に組織の女に手を出すんじゃないぜ。結婚する前は、キャバレー、お触《さわ》りバー、トルコへしょっちゅう行ってたろ？　もう、駄目なんだよ」

おいおい、久田はこう言うが、学生代表からもっと力を増してきたらしい宮本なんて、地曳が噂で聞いた七人の女性党員とシンパに手を出し、そのうち二人の女性党員から泣き言か嬉し言葉を直《じか》に聞かされている——そもそもおのれ地曳は、キャバレー、お触りバーへは行ったが、直に肌に触ったのは死んだ陽子とが最初だった。

「地曳、おぬしがポルノ雑誌、猥褻《わいせつ》写真集が好きなのは実際のこと。気を付けねえと。女性の弱さを狙った小説、羞恥心を無視した写真集など、女性差別そのものなんだぞ」

「え、えっ……」

地曳は、徳利が転がっているテーブルに打っ伏したくなる——しかし、しかし、猥褻を敵、反道徳として取り締まりを強めているのは国家とその先端の警察なのではないか。

女に羞《はじら》いがあってこそ、その裸は、男が見つめる時に素晴らしい人間的営為と信じ切っていたわけで……。死んじまった妻の陽子が、息子の真左彦の眠ったのを確かめ、地曳の「な、裸を見せてくれ」の願いを、「厭あね、あたしのお腹《なか》は出てきてるのよ」と蛍光灯のランプを暗い橙《だいだい》色へと切り換え、「ねっ、どんな格好が良いの」と聞き、でも、スリップとパンツを着たままで拒むふうも見せ「俯《うつぶ》せて、尻だけ高くして、うん、パンツはずり下げてくれよ」と頼み、「厭だわねえ、恥ずかしいことを求めてさ。でも、二ヵ月振りだものね」と、むずかるようだが、焦《じ》らすようでもあり、そう、この羞恥心は、人類が文化的な要素を身に着けだしてからの男女の真っ当な心と……地曳は考えてしまうのだ。古いのか。

そういえば「三角委員会」とは軍事委員会の隠語というか符牒だろうが、おのれ地曳の次にキャップとなり、たぶん、新聞記事だけでもK派を十五人は葬ってぶっとくなったわけで頭を垂れるしかないE、芹沢は、性の文学については職業的な文芸評論家並みだった。どう今は考えているのか。

「対K派とやらない、ま、対権力へも及び腰、その上、差別主義の果てにいく議長、佐佐とは断固と訣別して、しっかりした、きちんとした、決めた時間、場所、約束、いんや、党の綱領を厳しく守り……俺らとやろう。佐佐派とは会わなくて良い。拒否だ、地曳」

「ま、そのつもりだけど、かみさんが死んで息子のこともある……それに、五年の留守のこともあり、あんまり好きではなかった佐佐さん側の考えも聞く。あ、これ、譲《ゆず》れねえよ、あのな、おいっ、久田」

「そ、そうか……そうだよな」

「そうだろうに決まっている」

親しみを込めて菱形の両目の久田に告げたつもりだが、久田の方はそうとは考えないらしく、急に、低い姿勢になってきた。敵の党派の一人に対してはきっちり〝落とし前〟を着けたことのある内側でもごく少数しか知らぬ地曳の営為の話を久田は知っている……らしい。

「んで、久田。労働者の党員はどうなってるんだろう、何人対何人？　ここ、重いぜえ」

バスケット・ボールのゴールに投げ入れた点数みたいにして地曳は聞いてしまう。でも、しかし、かなり、重くて、切なくて、要《かなめ》の問いだ。なぜなら——地曳も、久田も、死んだ海原氏も、どうしているのか早大の小清水氏も、東北というより奥羽出身のEこと芹沢も、根っこ、根底、大地は「労働者階級の解放」なのだ。〝質〟だけではなく〝量〟が必須だから……。

「ええーと、あっち、実情は右派そのものなのに、佐佐派、抜け落ち派でなお粘っている労働者は動員数は三百人と少し、党員は七十五人ぐらい。こっちは、今のところ、えーと、うーんと……」

高校の数学も当たり前以上にできたはずの久田が、地曳が刑務所を出た直後は聞いた数とは違うことを言い、おいっ、両手の指を折って数えだす。実に、不吉な予感……だ。

丸顔なのに厳しい菱形の両目の久田は、両手の指を右手の指から順順に数えながら、両手二回と片手で終わった。

「八十五人ってところ、我が方は……」

「あのな、俺らは、旧三派全学連の時から労働者が多いのが自負と自慢の重い点だぜ。幾ら何でも、佐佐議長派のと同じぐらいじゃ」

「でもな、地曳。こっちの労働者の一人は、あっちの一人の五人分のパワーがある。これからだよ、これから。実際、学生の方は、内部差別の糾弾でぐーんと増えたもんよ」

そうなのだろうけど。

――しかし、差別のテーマの重く、さまざまにこんぐらかること。生まれて大人になる過程で差別など一切しなかったなどという聖人君子はいるはずもない。逆に、ほとんどの人が、濃かれ薄かれ差別は受けてきたはず。現に大学に格差があり……それは単純に決めつけられないが、党派内でも頭脳派は東大……のような、だから閉じ込めて糾弾するよりは、自他の差別性、差別されてきた共通の痛み、怒り、口惜しさを見つける方が……。

いいや、そんなのんびりしたことを仲間だからこそ、障がい者や被差別部落民は言ってられない……のだろう。その上で……。

「おいな、久田。俺達の綱領の最もの原則はな」

「そりゃ、第一インターナショナルから貰ったはずの『労働者階級の解放は、労働者階級自身の事業であり、ねばならぬ』だろう」

やはり賢い東大生、おのれ地曳よりすぐにすらすら〝正解〟を答えた。

「そう、それを知った上でか、久田。いろいろあるんだ……な」

「う……ん、まあな、そう、いろいろ」

「あとな、殺された百人力だった海原一人氏は、俺に『権力とK派との対決の前で、分裂は一番の負《ふ》、マイナス、打撃となる。避けないといかん』と厳しく言っていた、遺言のように。分裂は避けねえとよ」

「そ、そ、そうか……そうだろうな。あの人、海原氏は、後輩の東Cのゲバルター、単純ゲバルトの五野井《ごのい》や白岩《しろいわ》がパンクしたり、司法試験に合格して『さよなら』あたりから、早稲田、日大より、もっと周辺の私大の一人でもゲバルトをやり切る仲間に目を掛けて……」

あのね、「周辺の私大」ってそれ差別じゃねえのかと、地曳は言い返したくもなる。でも……なあ。

「うん、久田、あんまり帰りが遅くなると宿の主《あるじ》から怪しまれる。少し考える時間と、息子の養育のこと、生活のことで一ヵ月ぐらいの余裕をくれ」

「そりゃ、仕方ないよな。長いこと獄中にいると出所の時に辛いらしい……気を付けてな、地曳。あ、カラオケがある。やってこうや」

久田は、話しているうちに、じわりじわり五年前の久田に戻っていく感じがする。なぜだろう。うん……「こっち」の労働者の少なさを改めて考えたのだろう、「分裂」の余りの大打撃も……。そうか？

——地曳は、高倉健の『網走番外地』を歌おうと初めは思ったが、妻の陽子が死んで、「かけてやりたや　優言葉《やさ》あ、あ」はあまりに虚しい。星野哲郎の作詞、北島三郎の喉と口の「……こんな小さな盃《さかづき》だけどォ、男いのちをかけてのむゥ」を歌った。しまった、女性差別の歌かと思ったが、久田は文句も付けず頷き、「よおっし」と小さいが拍手をした。

えっ、こんなのがカラオケで選曲できるのか、地曳が小学生の時、漁師の家のいかず後家の三十半ばの隣の家の可愛がってくれたお姉さんが——待て〝いかず後家〟も女性差別の用語か、言葉から差別を直していくのは仕方ないが、日本語はアメリカ語によって痩せ、次にこれによってかと〝危ない〟気持ちも湧く——そのお姉さんが頻りに歌っていた童謡の確か野口雨情の作詞、というより詩だな、それと中山晋平の曲の『雨降《あめふ》りお月《つき》さん』だ。へえ、この久田がなあ、童謡か。

「雨降《あめふ》りお月《つき》さん、ん、ん、雲《くも》の蔭《かげ》え、え　お嫁《よめ》にゆくときゃ　誰《だれ》とおゆうくう、う」

歌の合間に、久田の握るマイクから、久田の「う……ふ……ふぅ」の吐息とも哀し気な震え声とも判別できない音が聞こえてくる。

「一人《ひとり》でえ　傘《からかさ》あ　さしてゆくう、う」

東大の入試には体育とか音楽の実技はないに決まっているが、この男の知性と組織への忠実性というか誠実さとは似合わない、優し気で少しボーイ・ソプラノ的な高い響きがあり、思いがたっぷり籠っていて、実に心地良い。

「……雨降《あめふ》りお月《つき》さん、ん、ん、　雲《くも》の蔭《かげ》え、え　お馬《うま》にいぃ　ゆられてえ、え　濡《ぬ》れてゆくう、う……うう」

地曳が久し振りの童謡らしい童謡の詩の素朴に迫る力と、哀しみたっぷりの歌に聞き惚れているうちに、二番の終《しま》いを久田は杜鵑《ほととぎす》の囀《さえず》りの嘴《くちばし》のようにした口を閉じて歌い終えてしまった。

あっ。

もしかしたら……。

そう「嫁」なんて、家のテーマを孕んでの何となく差別性の匂う言葉すら……敢《あ》えて。

「久田、あのさ、おぬし、彼女『咲《さき》さん』とみんなにも慕われていた彼女、恋人の彼女と……別れたのか」

「そう、別れた。というより、離別された。振られた」

「何でまた？　みんなも幸せ気分になっていたのに、同じ組織の男と女がと」

　誇張ではなく、四年半前の仲間の感情と考えを地曳は言う。

「あの人は、あの女は、あいつは……差別への内部糾弾にびびり、反対し、対K派との、有り得ないし、かえって舐められてずたずたにされるのを予測できずに一時休戦とか言い張り……七ヵ月、説得しても、かえって頑《かたくな》になり、アパートから出て行った」

「アパート？」

「済まんな、もう、裏《うら》、非公然の方の任務が半分だったけど。その自己批判書は、きっちり書いて、宮本さんの了解も得た」

「そうか」

　しかし、やっぱり、この久田は、反・佐佐議長派、「権力闘争は当たり前。K派との壮烈な闘いも引き受ける。内部差別も決して許さぬ内部糾弾推進派」に、愛する女性と訣別してもやり抜く決意と、地曳は知った。ここまで、やるのだ……。

　だったら、おのれ地曳も。

　しかし、しかし、しかし、分裂……。

　歴史が、ソ連のハンガリー市民への大弾圧あたりからできた中核派とK派が一緒だった革共同よりずっと若く、六〇年安保を牽引《けんいん》した共産主義者同盟《ブント》よりも浅い経験しかない自分達が……初めて大きな分裂をする、それも、闘いのピークやピークの前と縁《えん》がない時に……。
腹を括《くく》るしかないのか。
久田よ、『雨降りお月』の歌、胸が震えたぜ。ありが……とう。

第3章 子の面倒見か、妻探しか……それとも

1

同じ一九八二年の梅雨入り宣言は未だないけれど湿った朝、刑務所の暮らしで早起きの癖が出て六時には起床してしまい、越後湯沢の近所の小高い丘に登り、もう梅雨前なのに、まだ木の先の先に食べられそうな楤木《たら》の芽、そして、かなり逞しくなってしまっているのに上から一五センチは柔らかそうな蕨《わらび》を、料理は地曳の真鶴《まなづる》に住む母以上だった陽子のやり方で仏壇に供えようと摘んだ。コムニスト、共産主義者は霊など信じてはならぬ……はずだけど、どうしても。

塀の外、そう娑婆《しゃば》、出所には意味がある。やがて信濃川に合流する魚野川《うおのがわ》の青みが深い流れの快さの感激に出会った。〝監獄土産《みやげ》〟など、懲罰房の屈辱の革製の水に濡れた後ろ手錠の記憶と、オナニーより貧しい自己満足の俳句と短歌作りしかないが、魚野川の河原に蕗《ふき》が繁っている。これも採った。蕗を千切《ちぎ》る地曳の指先に、そういえば都会育ちなので逆に山菜が好きだった陽子の好む素朴そのものの草の微かに草《くさ》っぽい甘い匂いが残った。電車を三本遅らせて、温泉に入った。

――東京に着いて、両親が住む、神奈川県の外れに電話した。

実父の悟が電話に出て「出所できて良かったな。お前の妹が結婚して、今、同居している。過激派が子供を連れてきたら……困るだろうな。落ち着いたら、一度は帰ってこい」と告げられた。

――それならビジネス・ホテルでと、懐の金を心配しながら四日を過ごした。五日目、なに京浜東北線の大森と蒲田あたりで大田区と名付けられたという大田区の、私鉄の下丸子《しもまるこ》の駅で降りて、目的の義父と息子の住む家へと急いだ。

夏至がもうすぐなのに、既に、長い昼の空には藍色がやってきている。

そうか、今日は土曜、密集してはいない飲み屋へと駅方向に歩くと、駅からは夫婦連れ、子供連れの父親らしきのがやってくる。

義父の安井伸一のこれからやってくる渋くて、言葉少なで、でも迫ってくるはずの「無責任な夫、父親め」の目つきが地曳に重い。

でもだ。息子の真左彦がいる。どのくらい背丈は伸びたか。獄中への手紙は三回だけだったが、そして、字は下手糞だったとしても、丁寧さ、親馬鹿から評すれば誠があった。おのれ地曳と同じく「算数は苦手」、この四月から中学生で「数学って人生に必要なんですか」と危ういことを手紙で聞いてきた。ここは父親たるおのれ、しっかりせねばと「もし大学まで進むのなら、麻雀《マージャン》は友達作りの必須の遊び、点数の計算は大切だ。社会に出ても、経済、社会などの人口や景気や生活の豊かさ貧しさを知り、考えを作るのに必要データの分析などに役立つのだ」と、冷や汗を掻きつつ、背伸びをして返事を出した。

労働者階級の匂いのしない中流家庭の一つと映る家の低い門を潜《くぐ》った。家の中から木管楽器だろう、へえ、誰が吹いているのか、讃美歌の『神とともにいまして』が流れてくる。地曳が小学校二年の時、洒落《しゃれ》た御菓子が出るというので、三ヵ月通った教会で覚えた歌だ。キリスト教に無縁でも、良い詩と曲だった。玄関のチャイムを押した。

「うえーい、父さんだ、父さんだ、親父《おやじ》だよーん。元気そうじゃないの」

嬉しいのか、からかってるのか、反抗期に差し掛かっているだろうし舐《な》めているのか、何か、ある日、空から神や仏が褒美《ほうび》として授けてくれたような準大人の子供が、右手に拳《こぶし》を作り、左手にオーボエを握り、上下に両腕を引っ切り無しに振る。いや、おのれは唯物論者で、無神論者のはず、神や仏がいては……そのうだけど。

「真左彦、手紙だと、部活は相撲部だってな。首の骨を折らないことが大事だ」

地曳にだって分かるださい真っ黄色のトレーナーの上下の息子に、一番の心配事を言ってしまう。

「大丈夫。レスリングの練習用の首で軀を支えるブリッジの訓練はしてるもん」

「そうか」

息子の真左彦を見て、そういえば、刑務所に入る前までは、親戚の子供、友達の子を久し振りに見ると、その成長に目を瞠《みは》ることがいつもだった、そんな感じを実の息子にも感じてしまう。

そうなのだ、亡き陽子が一九六九年の東大決戦の早とちりを地曳がして実は足馴らしの前哨戦の時には妊娠していて、地曳が保釈になった時に真左彦は生まれて数ヵ月の、口をくちゅくちゅさせるだけの赤ん坊。やがて、時を置かず、父親たる地曳は裏の活動、非公然・非合法の歩みへと行くわけで、息子の真左彦と過ごしたのは実質一年弱ほど……。

今から、間に合うのか。

闘いと組織を選ぶ気持ちに傾いているから……間に合わない。

自己都合と、自己弁護と、責任逃れか。イエスの言葉が、無神論者なのに、また言い訳のように出てくる。もっとも、無神論者で、唯物論者の未熟で情けない者の眼で見つめると、キリスト教の始祖のイエスは、律法で人人を雁字搦《がんじがら》めにするユダヤ教の地平から決然と命懸けで一人でも蜂起し、半日以上かかる死への道の十字架で処刑された人……。そして、愛している者の順番に〝憎め〟と告げている。でも、こんなことあ、仲間、同じ組織の人間には言えねえよな、「宗教は民衆のアヘン」がマルクスの考えだもん。

「それでな、真左彦、中間《ちゅうかん》試験の結果は、どうだったあ」

改めて息子の顔を見ると、おのれ地曳をクールに写真で見るのと似ていて、ハンサムではない。女に持てない鷲鼻に、単純と評すれば聞こえが良いけれど要するに小学校低学年のまま成長したような子供っぽい真ん丸の目……だ。

黒い玉石の三和土《たたき》から敷居を跨ぎながら見ると、おいっ、十三歳、中学一年で、もう一七〇センチもあるのか息子は。

いけねえ。

いや、ごく、当たり前。

線香の立ち昇る煙と一緒に義理の父の伸一、義理の妹の道子が並び、真左彦の後ろに突っ立っていた。

――仏壇の前で、地曳が陽子と引っ付いた、いや、結ばれた時には、既に死んでいた義母と並ぶ陽子の黒枠の写真を地曳は見て、「ちーん」と鉦《かね》を叩く。えっ、おいっ、写真の陽子が目を大きくした……まさかな。今更ながら、好い加減な唯物論者と改めて自分を知り直し、でも、陽子の写真のおおらかで丸い両目は駄目男を支えてくれた優しさというか心の大きさを示して和《やわ》らぐ、内に籠めた、微かな輝きがある……ような。

ごめんよ……陽子。

もっと、裸同士で、深く交わりたかったよ。

残された息子の面倒見も、俺、自信は無くてさ。

両掌を合わせ、地曳は、ぶつくさ語りかけてしまう。

線香の匂いがかなりきつくて、悲しさが変に増してしまうみたいで地曳が仏壇から離れようとすると、背後にいた義父が、口数《くちかず》が少ないので、むしろ、口や目ん玉や顔の形でものを言うのが性《さが》と思ってきたが、語りかけてきた。

「地曳くん。人の歴史の『おぎゃあ』の初めの初めから、死ぬってことは頭に、心に、背中に背負《しょ》ってるわけで……でも、次の世代を何とか、もっとと……死んじまった陽子の願いもそうだったはず」

「あ、はい」

「真左彦くん、真左彦の、これからの実に難しい思春期、これから六年ぐらいだな、きっちりと面倒を見る、責任を取る、過激派以外の大切な誠ある精神を伝える……は、やらんとな」

「あ、はい。それは、そうで」

これは、正直な地曳の気持ちだ。だったら、革命運動は、真左彦が高校を卒業するまで……長いし、いや、長過ぎる五年間、いや、それ以上、サボタージュするか。いや、サボではないな、休み、休暇か。でも、そういう闘いの仕方って、ありなのか。ない……わな。

息子の真左彦を、地曳は、まじまじ見る。

中学一年で、髭もうっすらだがやがてすぐに濃くなる気配なのに、真左彦は、義父の両膝に、どん、どんどどっとリズムを付けて座り込み、義父に「真左ちゃん、爺ちゃんの膝が痛むよ」と言われ、次に、義妹の道子の背中に回り両肩に凭《もた》れ掛かる。地曳は、真左彦の人懐《ひとなつ》っこさの良さを思うが、逆に母親陽子の欠落の哀しさの方が大きくなってくる。

いろんな、つまらぬ課題、でかい課題が押し寄せてきてしまう。

マルクスに子供はいたのか。レーニンには、いたのか。ゲバラは、愛する女性を残し、世界へとゲリラ闘争へと突っ走り、銃撃戦の果て、処刑されたが……。そんな、余りに偉大な革命家の家族と闘いのテーマは……自分の勉強の糧《かて》にはならないだろう。コムニストが、ちーっと哲学のスケールがでか過ぎるせいか相手にしない、しかし、刑務所で読んで史的唯物論とかの枠などで括《くく》れない荘子、「人は宇宙の泡ゆえ、人の知性など高高知れている」、「不用の用」の不用の重さ、「死生は一本の縄の捩《よじ》り合い」などと説いたように映ったが、家については？　妻について、表向き楽しみの「装いをしながら、実はくるおしく嘆いた」と聞くけれど。孔子は、当たり前、「修身斉家治国平天下」の主張だからして、女房、おっと、かみさんとか子供達とはきちんと付き合った……のだろうな。

あ、今は、余りにちっこ過ぎるおのれ地曳の問題だ。

たった三十分ぐらいの時なのに、地曳はへとへとに参り、疲れ、でも、次の方針など出てこない。闘いに舵《かじ》を切りっ放しとしても、「出るようになった」との東C《トンシー》八年生ぐらいの、もしかしたら東大中退の久田の話だけど専従費は月にせいぜい一万二千円。自治労、おっと、地方公務員の初任給が、たぶん、十万四、五千円ぐらいか。一万二千円では日日の米代、魚や野菜や調味料の代金、そもそも衣類の出費、その前にアパートを借りてもその金を絞っても出せない……。古いか、古いだろうか、ここいらの革命と暮らしの桎梏《しっこく》を小説にした井上光晴の『書かれざる一章』の切実さを思ってしまう。

「地曳くん、真左彦は、そのうだ、実に、可愛い。数学以外、国語、理科、社会、ま、英語はすれすれだけど、立派なもんだ。当分、六年……あ、いや、高校を卒業するまで、住み処、食費などの銭金の面倒を見たい。いや、面倒を見る。しかしだ、しかしだあよ……うむ、分かってますな、父親の役割をしっかり、せんとな」

口数の少ない義父の伸一なのだから、この言葉は、魚釣りのミチ糸とかハリスに括《くく》る錘《おもり》と比較しては何だが、どすんと海底に餌のゴカイか活きた小エビなどと共に辿り着く錘より、遥かに重い。

「刑務所から出てきたばっかりなのに、父ちゃんの話はきついわよね。ま、ゆっくりした方が当分は良いのじゃないかしら」と義妹の道子は、陽子と少ししか年が離れていなくて、しかも陽子に似たあっさり朗らかの可愛らしさ、今は、えーと三十歳だったか、独身だけど、助け船を出してくれた。
――「今日からここで当分暮らしたくて、頼みます」、「無駄かも知れませんが、二週間後には職業安定所へ行って職を探します」、「真左彦、父さんは、社会科の中の歴史については知ってんだ」とか、亡き妻の陽子の仏壇の写真の前で、義父、息子の真左彦、義妹の道子の手前、嘘半分のことを話していた。

そしたら、この四年半でチャイムも進化するものか、退化するのか、日本の古い歌の『五木の子守唄』のメロディが鳴り、でかでかではないが、どんどんの音鳴りで、四人の三十代半ば前の女の人達が「真左彦ちゃん、大きくなってえ」、「お母さんが交通事故に遭って二年半かしらね。お元気そぅね」、「あーら、真左彦ちゃんのお父さんもいるのオ。刑務所じゃなかったっけえ」、「お父さん、ぅうん、お爺さん、それに真左彦ちゃんの叔母さん」と、花束やら線香やら手に持ち入ってきた。

えっ、おいっ、四人の中の一人の、どこで盗んだか、売り物の花としては茎がぼさぼさして毛羽立《けば》っているくちなしの花を持つ女は、なんか、魅力的だ。目ん玉がちょっぴり勝気に輝いて鬼百合が咲く寸前の感じで、そのくせ亡き陽子に似たおおどかさがある。ま、美人ではないが……やっと、地曳も女の魅力の不思議さに気付いてきたわけで、雰囲気や心情が美醜より大事と解りつつあると自ら知る。思えば謎《なぞ》そのもの、証明が難しいことだ。刑務所の中で女を生《なま》に見たのは死ぬ前の面会にきてくれた陽子だけ。いや、官《かん》が依頼した六十代と思われる女の教誨師《きょうかい》の説教を実は新左翼の誰かと遭遇するかもと出かけた時にも会っている。それ以外は、ヌードは墨塗《すみぬ》りで駄目。着衣のグラビアの女だけなのだ。あ、いや、陽子の死の知らせの後に、刑務所の工場の修理があって、工場で作業中に懲役の一人が「女だア」と叫んでほぼ全員が窓に走ってしがみ付いた時にも出会った。が、手拭いの頬被《ほおかぶ》りの下は全員、九人が、五十代半ば以上だった。老いた女の人も、うーん、それなりに魅力があるとは知ったが、再婚は無理という気分もして……。ま、年齢が離れ過ぎていて、そのう。

――義理の妹の道子が、陽子のかつての四人の友達に甲斐甲斐しく、ビール、ワイン、焼酎と出し、実に手早く、なめこおろし、うっすら焦《こ》がした鶏肉のスペアリブ、料理の達人ほどに細かくキャベツを千切《せんぎ》りにして大蒜《にんにく》の味が利《き》いているフレンチ・ソースなど出した。

ふーん。

妻の妹のこの道子と再婚する道はあるなと地曳は思い付く。息子の真左彦だって、とても懐《なつ》いている。義父の伸一も言うように「思春期から青年期にかけてのこの六年は大事」だし。でもな。いくら刑務所で性的欲望を堪《こら》えに堪えてきたとしても、それで女に対してその欲が一気に七日絶食して心身を鍛える人の八日目の元気さに酷似しているとしても……これは良くない。恋人もいるのだろうし、道子さんに失礼だ……と、しおらしく地曳は考える。

「あのね、死んだあなたのお母さんとわたし達五人で、高校三年の同級生だったんだけど、三年半前、十二月二十五日、クリスマスの日に『青春を反省し、これからの三十代を元気で歩こうねっ』て、楽しかったなあ。伊豆の熱川温泉の宿でね」

四人のうち一人が、亡き妻の陽子が好きだった、北原白秋の作詩の『砂山《すなやま》』を鼻歌にした。音階はずれているが、地曳には嬉しい。

「そうなのよ、大学とか短大とか就職とか進路は別別だけど、高校は一緒。なのに、次に、男、おっと男性に巡り会うのは大切ちゅうの大切でさ。五人の中で、ちゃーんとものにできたのは陽子だけだったのよ。あとは、結婚したけど半年、一年で別れたりして。陽子は不幸な死だったけど、人生の終わりは幸せそのものの……死」

口紅がちと濃すぎるけど、なかなかためになることを一人が言う。あ、いや……この評価は、おのれ地曳の自意識が入り過ぎておる。むしろ「だったら、少しは良かった」と思うべきだ。

「そうよ、真左彦ちゃん、陽子をものした、えーと、そう、そっ、地曳さんは、犯罪者が悪いことをして刑務所に入るのと同じのことをして……あら、あ、ふふっ、合計五年ぐらいも入っていたらしいけどね、そういう父親って大切、稀有《けう》、珍しくて……頼り、信頼できるわよ。何せ、あなたのお父さんは、お母さんの話によると、もっと悪いヤクザとか強盗とか泥棒とかを子分にして、刑務所のソフト・ボール大会とか運動会の応援団長をしちゃったお父さんなんだから。まだ、お母さんになれないわたしも尊敬する男の人ですよ」

あ、そう、くちなしの花を持ってきたこの女の人は独身か。いや、一度は結婚したけど子を産んでいない人か。でも、いきなりの誉め言葉としても、息子の真左彦の前では良いことを喋ってくれる。しかし、「でもな」とも考える。地曳は太目の女が好きだ。幼稚園の時か、戦勝国のアメリカの女優のマリリン・モンローが日本にきて、その豊満な肉体に降参以上のものを感じた。たぶん、今となったら、幻だろうが「全てデモクラシー」のイデオロギーだったのではないか。けれど、この女の人は、うーん、身長は一五五センチぐらいに、ちと太め過ぎの五十五キログラム以上の体重で……よいしょされても幸せ感覚は一割か二割減る。うんや……。

「やあ、それぞれに御仕事とかあるのに、良くきて下さいました。死んだ陽子が仏壇からひょいと現れるようです。そうだ、酒が好きだった陽子のためにもどんどん飲んでやって下さい」

義父ゆえに厳《いか》めしい感じをよこしっ放しの伸一が、柄《がら》でもなく、両手を重ねて揉み手をする。

なお、義父は言う、「真左《まさ》ちゃん、真左《まさ》くん、御客さまに御酌をしなさい。序《つい》でに、オウ・ケイだよ、ビールなら飲んでも。大人になっても酒に弱いと、酔っぱらって残業してもミスばかりするから」と。

おい、やべえ、と地曳は思う。まだ中一の真左彦なのだ。

けれども、地曳自身も酒は、ビールより濃い日本酒を「飲め」と小学校を卒業したその日に父親から命じられた。その時に聞いたら、父親は「俺は、五歳の五月五日の節句の時に、満五歳じゃねえぞ、数《かぞ》え五つだぞ、『飲め。飲めねえ人は、命の快さ、命を手加減してずるする喜び、だらしねえ嬉しさを解らん者に落ちぶれる』ってな。そいで飲んだら、うんめえこと」と告げた。けれども、時代が違い過ぎる。今時は、大学生や高校生の反抗、反乱など一切許さぬ風潮が始まり、世論も、学校の先生も、中学生の飲酒は許さぬだけでなく、料簡《りょうけん》の狭さで往復びんたを張ってよこすだろう。あーあ……時代は退歩してんじゃねえのか。マルクスは「歴史は進歩する」と譲らなかったはずだけど。

「あのう、そのですね、陽子、陽子さんのお父さん」

「そう、いくら何でも早過ぎるような」

「わたしも……だって、アルコールは、しなやかな頭脳を硬直させ、麻痺《まひ》させますから」

陽子への悼みのためにきてくれた四人のうちの三人が口を急《せ》き立つように動かす。そりゃ……そうで。

「父さん、好い加減にしなさいね。飲酒は、法律で二十歳以上になってるんだから」

そうである、ま、そうだ、しかし……しかし……。義妹の道子が両眉をげじげじ虫が逃げるように撥《は》ねる。

「あんねえ、僕、僕、せっかくの母さんの死の悲しさを和らげるんだから、御酒を飲みたいなあ、母さんのためにも」

おめえ、真左彦、おまえには言う資格がねえんだよ。にしても……さっきまで一人称を「俺」にしていたのに、今は「僕」、なんつう甘えを装った巧みな訴え方か。こりゃ、大変な詐欺師になるか、すけこましになる素質を持っている。

気い付けねえと。

やっぱり、権力やK派との闘いは、一旦、長期の休みにして息子と付き合うしかないのか。だろう……か。だろう……な。

「あのね、許されるべきじゃないのォ。大切な人を失った時、うーんと嬉しい時、それは大人も子供も少年も同じで大事なこと。毎日毎日の飲酒じゃないのだし。ほら、少しぐらい前までは正月元旦に、家族、親子、兄弟、姉妹で御屠蘇《とそ》を回し飲みしたじゃないの」

へえっ、場に少し逆らう、しかし、説き伏せる力のあることを、うん、陽子のかつての四人の友達の一人、鬼百合の咲く寸前の厳しい眼差しの、くちなしの花を逮捕《ぱく》ったと推測される女が口に出した。

「あ、そうだ。陽子を思い出して、あの世でも頑張って欲しいと集まってくださった方方、御名前をそれぞれに」

いいぞ、義父《とう》さんと地曳は嬉しくなる。

「そんじゃ、わたしから。オオサトキミエです」

オオサトという女の人が立ち上がり、義妹の道子が仏壇に置いた広口の花瓶に紫陽花《あじさい》を挿《さ》した。紫陽花は水上《みずあ》げが良くないからすぐに萎《しお》れちまうのに……パスだ。でも、ちゃんと陽子の黒枠の写真に合掌してくれた。

「スヤマタカコです」

へえ、立つと、尻の形が反っていて胴回りも括《くび》れてスタイルの良い女の人が次に赤いガーベラの花を入れた。ガーベラの毒毒しい赤さがなあ。同じ赤でも共産主義や社会主義のシンボルの赤旗の赤のようにしっくり落ち着いてわずかに黒さが滲《にじ》んでるのはすきだけど……。パス。

「死んだ陽子とプロレスごっこを高三でやって、五勝零敗のミヤタフミでーす」

陽子だって軀の芯はしっかりした上に発条《ばね》があって、いつかブリーフ一つとショーツ一枚で相撲を取ったら小手投げで負けそうになったことが地曳にはある。だから、なるほど、ミヤタという女の人は七〇キロはありそうで、ワンピースの上から見ても胸、胴、尻の区別が分からないほど……夫婦喧嘩をしたら危ない。確かに日本は〝経済大国〟になった。パ、パ、パスッ。

うーん、こうやって女の人を採点しているおのれ地曳は、典型的な女性サベツ主義者じゃないのか。今の我が派では実力で糾弾されそう……。もっとも、男と女が恋をするのは相手の魅力に参るわけで、原始時代も将来も変わらない気がするけど、そりゃ、男も女も置かれている政治や社会の歴史的な条件、流行り廃れにはかなり規定されるとしても……。

「こうすると花の持ちが良いって聞いたもので」

失敬したに違いないいくちなしの花のぼさぼさした茎を、仏壇の蠟燭《ろうそく》と線香用の百円ライターで炙《あぶ》ってから活け、早く名乗って下せえよ、四人中の四人目の女の人が合掌し、ぶつくさ口の中で物を言う。けっこう、長い。

「ヒトミアヤカです。ヒトミは、人を見る、アヤカは遊びの綾取《あやと》りの綾に、香《かお》りの香です」

そう、人見綾香ね。しかし、名前は水商売風だわな。いや、夜の街の女性のためにも喜びで迎えねば。鬼百合の咲く寸前みたいな両目は怖いけど、表情にゆとりがあり、生き生きとしている。一方で、今日は沈鬱な顔付が大正解なのにと地曳は考えもするが……。

「えーと、改めて、ありがとうございます、死んだ陽子を思ってくれまして」

背筋を少し緩《ゆる》めたまま、あんまり鯱張《しゃちほこば》らずに、義父の伸一は手酌で茶碗に冷や酒を注ぎ飲む。

「わたしは、みなさんが陽子の通夜、葬式に出て下さった時に、分かったかも知れませんが、陽子の父の安井伸一です。わたしの右にいるのが、うんや、みなさんから見れば左になるのか、私の次女、陽子の妹の道子です」

やっぱり古い人間、義父の伸一は儀式的な物言い、紹介をする。

あれ、義妹の道子は、これから訪ねてきてくれた四人と、一人でプロレスごっこをするみたいにして顎を引いて四人を一人ずつ見る。とりわけ「少年に、目出度い時の飲酒オウ・ケイ」で、鬼百合の咲く寸前の目付きの譬《たと》えが良過ぎたか、要するに両目はちっこいゆえにきついい印象の人見という女の人を睨むみたいにして見る。

「それで、わたしの左にいるのが、陽子の子供の真左彦です。あれ、右かあ」

義父の伸一は、真面《まとも》な戸惑いを口にする。そうなのだ、右とか左とかの判断は難しい。自らが中心か、他者が中心か、だけではない。野球のライト、レフトも慣れないと観客は誤る。政治の世界は、もっと。政治を革命的にやろうとする内部は、もっと、もっと、もっと、もっと。

「つまり孫の真左彦は、母親を、とっても慕《した》っていたし、いるので、惑い、迷い、格闘しています。でも、素直だし、育てがいがあるなあと正直に思ってます」

どう考えてもこましゃくれた我が息子の真左彦を、義父は「素直」と断定する。

「それで、みなさんの回りの真ん中にいるのが、娘の陽子の元の旦那、元の亭主、あ、いや、元の夫の地曳くん、地曳さん、地曳努です。んぐ、んぐ、ん、んっ」

世間一般では〝駄目な義理の息子〟になるわけで、義父の伸一は酒と抓《つま》みと吐く息の誤嚥《ごえん》か、噎《む》せて背中を丸めた。

「あ、はあっ、はっぐふっ。済みません。死んだ娘の亭主、おっと、旦那、いや、あのですね、連《つ》れ合《あ》い、配偶者ですな、つい最近、御存じと思いますが越後《えちご》の監獄から出てきまして、よろしく、お頼み申し上げます」

義父の伸一は、五十四、五としてもかなり解っている人ではないのか。

というのは、新潟刑務所から釈放になって越後湯沢へと行く時に運転役をやってくれたスギヤマが
「地曳さん、差別用語には気を付けねえと。例えば『家内《かない》とか女房』は、家の中の女、厨房《ちゅうぼう》が専《もっぱ》らで

アウトで『かみさん、連れ合い』に。『亭主とか旦那』なんて夫婦の差別そのもんの表現ですわ」と告げていた。義父の伸一は、取り残された我が派の人間より、つまり、おのれ地曳よりずっと先取りしてる……。

あ、いや、やっぱり、そうじゃなくて、「亭主」と呼ばれるような一家の飯の種を稼いではいないし責任を負っていない、「旦那」と呼ばれるような敬《うやま》いの対象じゃないからだろう。極左、左ではないごく、普通の感覚ゆえにのはず。

「ぐふっ。つまり、この、地曳努くんは、思想的には十二分は反省していなくて、しかし、迷いもあるらしく……とりわけ、真左ちゃん、あっ、真左彦の養育については誠実に向かおうとしていて」

案外に、義父の伸一は全体を見渡している。

「それに、地曳くんは、陽子との婚姻中に、一度も浮気、おっと、外《ほか》の女の人に心を一時的にも移すことなく……立派そのもの」

義父は、プライバシーにまで踏み込んでおのれ地曳を誉めるけど、陽子と結婚してからほとんど未決で拘置所、保釈になって裏の活動、既決で刑務所、そんな暇とチャンスはなかった。もっとも、生きていた海原一人氏と、今なおシビアなところで踏ん張っていると聞く小清水徹氏が怖かったせいもある。

「地曳、地曳くんが、その気になって真剣に孫の真左彦と真向《まむ》から志が見えてきたので……来月は無理としても、三ヵ月後には、この家の裏の十坪の庭、敷地に、小さいとしても離れの独立した家をと計画しています」

へえ、ここにいればアパート代が無料《ただ》になると嬉しいことを義父の伸一は告げた。いや、甘い……か。

しかし、闘いを継続しようとしたらアジトを作るしかないわけで……無意味だ。ここいらをかなり読んでいて義父は話をしている。つまり、闘争から退《ひ》かせる誘い道……だ。

だけれども、女四人を集めて再婚の道も準備してくれているわけで、孫のためといっても、やっぱり……泣けてくる思いだ。心も広い、もう三十歳を過ぎてる娘の道子とも比較させている……。

陽子の妹の道子は、陽子の雰囲気を、気持ちの優しさや気配りの繊細さを持っているし、自らの考えに反する時は撥《は》ね付《つ》ける怖さも持っている……息子の真左彦も懐《なつ》いている……。けれども、女としての魅力が、あのう、そのう……もう一つ。

ごめーん、亡き妻の陽子、どうしても人類史の発展と維持のエネルギー源としての神のくれた、おっと、神じゃなくて宇宙的な、何かしらの、何かしらである凄まじい力がくれた、性への欲望が五年で溜まっちまっている。

それに、息子の真左彦の今と将来のこともある。長い離《はな》れ離《ばな》れがあったけど、今こそ、きちんと躾《しつけ》、いんや教育、うう、これもレーニンの組織論の『外部注入論』と同じでちぃーっと抵抗がある、そうだな、「父と子の共同の楽しみと苦労する道」ぐらいとしても、やっぱり、ここで育児の放棄の借金を少しでも返そう……か。

でも、待て。

諸説があるけど、十万年ほどか二十五万年前からの現人類歴史の中での人間の知性というか、理性というか、その目醒めは、西洋のそれが勝《まさ》っているとだれかが刑務所での浅はかな読書から、不勉強のおのれ地曳には思えてしまう——無論、東洋には、あくまで人間である釈迦、仏陀、仏さまの「諸行無常」的で「慈《いつく》しむ」が大切な教えもあるし、荘子の「人間存在は宇宙の泡」で「生と死は一条のよじり合う縄」的な発想もあったし、『コーラン』の「アッラーへの絶対的帰依」や「乞食へ捧《ささ》げよ」の労働者階級への富める人人の任務を既に七世紀に告げているとしても——やっぱり、西暦三〇年頃のイエスの処刑から始まったキリスト教をでかい第一として、手工業生産から蒸気力を使っての工場での生産の始まった産業革命を第二、そしてその工場で奴隷みたいに扱われ扱《しご》かれてきた労働者階級を引っ繰り返したロシアの赤色革命を第三として、この三つは大ごとと考える。

もっとも、地曳が刑務所で学んだのは土曜は半どんでその残りの時間の就寝まで、日曜は一日いっぱい、外《ほか》は、懲役の仕事を終えて独房で夕方の六時半頃から、しかも、これらの歴史学やマルクスやレーニンはかなり理屈っぽく、飽きてしまい、外国や日本の小説の方が面白いので、好い加減そのものだった。

でも、やっぱり、資本家に屈服を強いられ、賃銀を搾《しぼ》られ、社外工とか非正規の社員との分断で苦しめられている。労働者による革命、せめて反乱、少なくても不屈で渋とくでかい抵抗は重くて重いと思ってしまう。

その上で、待っているのは、日本の人口の一億何千万人と、その中の精精三千五百人の動員力の谷間の問題で、その上「K派と党派闘争をしっかりやり抜くのか、やらないと断言しないけど日和見なのか」と「差別する者は党員であろうが寝泊まりを管理して実力で糾弾するのか、ま、のんびり諭《さと》すのか」で分裂の様相を見せていることだ。

——とどのつまり。

予定より長く二、三ヵ月、様子を見ようと考えた。

但し、監獄から出てきた人間は「待てよ、待て、待て、もっと状況を窺《うかが》ってから」という偏《かたよ》りがある。地曳も、かつて、東大闘争の安田城攻防前のラグビー場の件で保釈された時がそうだった。新潟刑務所の同じ工場の対女性犯も然り、「出所した三ヵ月は女を見ねえように、本当ずら、務めただあも。四ヵ月目に切れて、また、混《こ》んだ電車の中で」とか、静岡県熱海に大親分がいて本拠があるという前科三犯のヤクザは「釈放《ぱい》になって半年は役に立たねえ男となる。組《くみ》の外、組の中ががらり変わってるもんな。やっと十ヵ月頃から、元に戻れて、短刀《どす》も拳銃《ちゃか》も握れるようになるんだよ」と。

そう、差別に甘く、K派ともヤル気があんまりないが、奈辺は一応は我が派の創設者の佐佐ときちんと討論しておこう。

それに、組織内の力関係はかなり変わってしまったらしいとしても、対K派の課題に厳しく、差別を決して許さぬという〝左派〟のボスとなった宮本、それにとりわけ軍人としての根性の座っているE、五年前の組織名の芹沢とも。そう、刑務所に迎えにきてくれた東大の何年生か中退か、久田とも。会えるかどうか、健在なら政治も非合法の〝裏〟をやっているだろう小清水氏とも。そうだ、同じ大学の先達の北里とは、必らず会わないと。

それで、人見綾香が了承するのなら、一度は外で会ってみよう。決して、性欲に飢えているとしても、絶対に一度目から三度目までは〝裸〟の付き合いは止《や》めておくしか……ないようだが。

おいっ。

夜中の十一時半に、経《きょう》を読む声が届いてくる。まさか……。

経ではなく、息子の真左彦の英語の教科書を読む声だ。変に真面目なところがある……。

もしかしたら、ちいっと、危ない。

2

同じ年、一九八二年、七月初旬。

暑さと湿りが、空気と軀中の肉の至るところで覇《は》を競っていて、困る。まだ梅雨明け宣言はないのに。

新潟刑務所の工場は鉄板屋根で、北陸なのに真夏は四〇度ぐらいと思わせて参ったけれど、娑婆《しゃば》の東京は働かなくても暑過ぎる。

地曳は、なお、ぐったら、ぐったら、している。十二、三年前の専ら学生運動だけの時には、すぐに決心して左へ左へと走ったのに。

アジトを作って暮らさないと、とは思うけど、本名を隠して名義人を探す煩わしさとか、不動産屋との交渉とかのあれこれ、そもそもゲル、金が乏《とぼ》しい。未決囚では当たり前に貰えないが、既決囚での働きの三年半分ぐらいの報酬が月に四百円がやっとで合計一万五千円ちょっとを釈放の時に渡されたが、ちゃんとしたホテルのツインが今は一万五千円以上、何の役にも立たぬ。あ、いや、息子の真左彦に、父親として格好を付け、安いとしても文庫本の『荘子』、『旧約聖書』、『新約聖書』、『般若心経』、『歎異抄』、『新エロイーズ』、『告白』、『赤と黒』、『こゝろ』、『三四郎』、『沈黙』、『火垂るの墓』、『個人的な体験』などなど買ってお終《しま》いだった。無論、これらの文庫の六割半しか、おのれ地曳は読んでいない。息子の真左彦は、当分、一冊も読まないだろうが、仕方がないのだ、父親は〝立派〟の印象を、長い間の欠落を埋めるために必要である……はず。

しかし。

——死んじまった陽子が、おのれ地曳の政治や社会への感覚を失《な》くさないようにと残してくれた新聞の切り抜きを読みだした。ダンボール箱にいっぱい重ねられている。「あおん」と急に胸が塞《ふさ》ぎ、気分は辛《つら》くなる。本当に自分は思いやりに欠けていた男、夫、駄目活動家だと考えてしまう。六年前の一九七七年に組織の要《かなめ》だった海原一人《かいばらかずと》氏が殺されてからK派との党派闘争、世間では内ゲバと呼ぶが、加速と激しさを加え、おろおろする妻の陽子に「政治と社会へのセンスが鈍い。ブル新、おっと普通の新聞を批判的にきちんと読んでくれ」と自分達の孤立に苛立《いらだ》ち、つい、声を荒げたことがある。

K派を潰し切るのは難しいとしても、きちんと反撃して対峙《たいじ》しなかったら、闘う側の背中を叩いて潰《つぶ》す組織のあり方だけが戦略のK派みたいなのが、これ以後の革命運動や左翼の中から生まれてしまう。いや、あらゆる住民闘争、市民の闘い、新しい宗教においてすら——とのおのれ地曳の思いの方が、もしかしたら、ごく普通の労働者や人人に通用しないのかも。そもそも、K派との党派闘争で、対国家と闘う力が削《そ》がれ……肝腎《かんじん》なところを攻め切れていない。元気なのは、農民が大地から貰って不屈の魂を持つ三里塚の闘いと、部落解放闘争だけと、刑務所内の普通の新聞では思った。

そう。

もしかしたら、死んだ妻の陽子の方が激しくなる一方の〝内ゲバ〟を危ぶんだように、たぶん陽子だけでなく「K派は狡賢く、国家とその先鋒《せんぽう》的機関の機動隊と闘わない」とかつての全共闘派のノンセクト・ラジカルの学生の九割五分は感じていただろうが。普通の労働者や人人は「また内ゲバか。新左翼・過激派は内側へばかり刃を向けて、駄目」と信じ、断じてしまわないか——否、もうその気配はかなりたっぷりだと、刑務所内の普通の新聞の基調で分かった。それに懲役の何人もが、当たり前、日本赤軍と他の新左翼の区別はできないわけで、「お前さん達は、飛行機を乗っ取って仲間や無関係の長期の務めをする奴らを釈放させて凄え立派。なのに、何で仲間を殺すのに熱《ねつ》が入るんか」と口を尖らせていた。いんや、俯きかげんでがっかりする表情の懲役の男も……。

陽子に詫びながら、無論、そうするとせっせと活動費を都合したり、K派に狙われないか警察に捕まらないかとおのれ地曳をひどく心配したり、たまに会って嬉し気に洋服を脱がせるままになる陽子の姿が現れたりしてしまう。

地曳が逮捕《たいぱく》された、一九七七年半ば頃から陽子による死の直前の一九八〇年春先までの新聞のスクラップを捲る。残りは、図書館で新聞を借りて詳しく読もう。

——陽子が切り抜いてくれた新聞のスクラップの読みと図書館通いは、五日間で済むと考えたが、十日間でも終わらない。

あ、いけねえ。

これ、拘禁《こうきん》症状なのかも。ぐったらぐったらして、新聞記事とそれを貫く時代の特長を結びつけることができねえ。

しかし、銃刀法違反の当初の未決囚と、やがて学生時代の刑の確定がありながらも銃刀法の裁判が並行していたので完全独居だったが、三年半は既決で工場に出て懲役同士とあれこれやり合っていたし、看守でも細かく責《せ》めてくる奴とは喧嘩していて、一人になるのは夜間と土曜の半日と休祭日のみ、それに懲罰房に入れられた時だけ。拘禁症状が出てくるとは思えない。

もしかしたら、WHO、世界保健機関ナントカでは病名に規定していないだろうけれど、〝浦島太郎伝説病〟なのかも。乙姫《おとひめ》さまと楽しく遊んだ後にくる病、勿論、おのれ地曳の場合は、逆だ。守る規則と命令が主な世界から、自分で自分のやることを決められる世界への戻り……。「自分で決められる」は自由で良いが、長い間のほぼ指示だけの日常からぶつかると、とっても疲れる——ここ、重い。

そういえば、出所してから、自らが決めたスケジュールは、陽子の仏前への合掌と、在監中の新聞記事を読むことだけ。

後は、ずるずると義父の伸一の家での居候《いそうろう》、息子の真左彦の中学への登校の時の「頑張って吸収してこい。でも、ゆっくりな」の掛け声、帰ってきた時の「お帰りーい。今日は、何を勉強したのかな、父さんに教えてくれ。友達とはうまくいったか。部活の相撲部ではどうだったかな」と一〇分から一五分間の話し合いだ。

ま、本当に狭いとしてもこの家の裏に地曳と真左彦と新しい妻のための小さな家を建ててくれるとの義父の話だが、いまのところその気配はなく、雑草を抜いて、表面二〇センチだけだが土を耕やし、一丁前に三里塚の農民気分で、もう季節がずれて遅いけど、真左彦のためにと、西瓜《すいか》と玉蜀黍《とうもろこし》の苗を植えた。

東大何年生か、たぶん久田だろうが「電話を三回、同じ男の人からありましたよ」と義妹は言うが、地曳は敢えて自らの意思で動こうと、本屋と国会議事堂見物に出かけていて留守、話せなかった。

人類について「自由を」とか「個人の主体性を」とか「思う存分、伸び伸び、しなやかに」と大思想家達が唱えてきたが、これって案外に難しい……。


――それでも、二週間で、陽子の揃えてくれたスクラップと図書館で読んだブル新での学びはほぼ終えた。でも、依然として何が大事なできごとかの重さ軽さが摑めるようで、摑めない。

被害〝妄想〟的な傾きが出てきているのか。受刑者、もっといえば社会の底で排除されている者がどうなのかにかなりの関心が行ってしまう。一方で、K派を、我が派と中核派がどう叩きのめしたかにも尋常でない注目をしてしまう。

もっと全日本に、目を。

それより、全世界へと視野をとは思う……のだけれど。

――纏めて、新聞の切り抜き、つまり、スクラップを読んだり、古新聞を読んだりすることは、どうも一つ一つのできごとや事件には「そうか」「そうだったっけ」「改めて大変な現象だな」とは思うけれど、歴史の流れを読もうとして案外にできない。もっとも、監獄でも、情報は急《せ》かされながら休憩時間に四分《ぶん》の新聞と、独居房での主にNHKのラジオのニュースだけで、そもそも個個の件についての意味の浅さや深さが解りにくい。たぶん、事件、できごとなどについては、娑婆では親しい人とか個性に食い違いがあっても組織の仲間同士で、あるいは新左翼とは無縁の銭湯のおっさん、お兄さん達の話し合いで、何とか判断できるから……もっと個個の事件と歴史の推移が解るのか――いや、解ったつもりになるのか。

ええーと。

おのれ地曳が銃刀法違反で逮捕《ぱく》られた一九七七年の後半については……。

――九月下旬、日本赤軍が日航のパリ発東京行の飛行機のハイジャックを決行した。この件は、取っ捕まる前、「やるなあ、おぬし達」と覚えている。日本赤軍は仲間七人と、〃一般〃刑事犯二人の釈放を求め、身代金六百万ドル、当時の値打ちで約十六億円を要求した。あの頃は、羽田と伊丹《いたみ》の片道の飛行機代が一万円前後だから一万六千回乗れる額だ。その二年前の日本赤軍のクアラルンプールの件では、日本赤軍の仲間の七人の釈放要求だったが、今回のは、そう、〃一般〃刑事犯が含められていて、検察は、総理大臣の釈放決定に〃ムッ〃としたと新聞にはコメントしてある。

同じ一九七七年十二月、「国鉄再建の基本方針」を閣議了承とあり、「労使関係の正常化などを前提」とある。今、今、気付く、やや、いんや、かなり労働者の運動に疎いおのれ地曳とて――つまり、これは、日本の労働運動の主軸の国労《こくろう》を、つまり、国鉄労働者の日本一しっかりしているところを潰す出発点ではないのかと。国鉄は、もしかしたら、民営化になる……のかも。手足を捥取《もぎと》られ、労働組合も分割されて力を失うかも。これは、構えて闘うしかないだろう。エネルギー革命があったとしても炭鉱労働者の決戦だった三井三池闘争と並ぶ、戦後労働運動のどでかい節目《ふしめ》だ。

——一九七八年は、何もない。

いや、鳥取県で「教員の主任手当支給」が決まっている。これじゃ、教師の組合でそれなりに頑張って戦争での教訓の「再びは、教え子を戦場にやらない」精神は遠くなる。要するに〝偉い〟校長に従ってきちんとやると給料が上がるわけで。

あ、成田空港が開港したのもこの年だった。

ワープロが東芝から次の年に売り出される予定で、一台、六百三十万円……。高価で、手が出せない。

ふうん、この年か、靖国神社がA級戦犯などの東条英機ら十四名を合祀《ごうし》したのは。

ん？

ＩＬＯ、国際労働機関の報告書によると「農民老齢化傾向は日本が最大」だと。若者が農業離れしているのか。もしかしたら政府や国は知っていて教えないのか、そもそも日本の人口が減るということを……。地曳が何となく好きだった元早大生の帯田仁は「三里塚の農民の志とパワーと魂を地方へ」の思いで、北海道へだったか、それとも新潟だったか、農場を求めてどうしているのか。活気の良い活動家としてはあっさりしていて、ヤクザ映画に嵌まって組織を離脱したけど。

――一九七九年。

この年は、でかいことは起きてねえような。

違った。

三月。アメリカのペンシルベニア州のスリーマイル島の原子力発電所で、かなり大きな放射能事故が起きた。詳細が分からないのが悔しい。しかし、人類が発見した最大の〝叡知《えいち》〟の核の力に望みをかけて酔うのは、実は怖い。そう、海原一人氏が殺される直前には、半ば闘いに酔ってるとしても「おいっ、人類って、荘子《そうし》の記した中身の一つの中軸みたいに『宇宙の欠けら』って考えもあるのだな」と冷や酒三合をどくどくと飲んでからの会議の前に告げられたことがある。核、原子力は人類に効率化、凄い力をくれるだろうが、その反動は多分数万倍。コントロールできれば良いが、できるはずもないだろう。どの電力会社も「安全、安全、大安全」、「危ない可能性はない、ない、ない」とアジテイションに似た詩で洗脳するみたいな言葉を繰り返して何億、何十億の金を使って宣伝し、人人を暗示にかけているのだけど。

五月。労働者が六万五千余の事業所を対象とした調査結果では「年功序列型賃金の体系は崩壊」だと。だったら、次の賃金体系は、本工、正規労働者対臨時工・非正規の労働者・社外工の賃金・待遇の格差で埋めて、やるのか？　であろう……な。うんや、まさか。

六月。

あの年、一九七九年の六月だったのか。

元号法が公布されたのだった。監獄では、当局や、事務方《かた》へ、願箋《がんせん》に欲《ほっ》することを書いて、「差し入れの書物の自分の房への入れの許可」、「本の購買の許可」などをやっていて、当たり前、天皇の御世の元号でなく西暦で記していて通用していたけど、この日から「昭和」で書かないと、受付を拒まれた。凄いわな、日本にしか通用しない天皇制の秩序は滲み渡って隅隅まで秩序の元締めでやってくる、鎖された一人の独房の男に。

七月。

ヴェトナム難民を乗せたフランス船籍のタンカーが鹿島港に着いた。ヴェトナム民族解放戦線と北ヴェトナムが米軍に勝利したのは七年前、うーん、なおいろいろあるのだろうな。米軍や、その操《あやつ》り人形の南ヴェトナム政府に協力した者もいるし、現政府に反感を持つ人もいるだろうし……。

十二月。

前の年、アフガニスタンで親ソ派の軍事クーデターが起きたが、それをまた旧王制派の地主、イスラム教徒、旧王制指導者が反発してクーデターを起こし、ソ連軍の後押しで今度は十二月にクーデター、ソ連軍は首都カブールを制圧した——狙いはソ連の前の帝政ロシア以来の一九世紀初めあたりからの〝南下政策〟、アフガニスタンへの場合はインド洋への進出という地政学的な戦略なのか、アフガニスタンの不安定はソ連の南部の安全を脅かすと考えたせいか。ソ連を守るためには「何でもありだあっ」のスターリン以来のやり方なのか。十年や十五年ぐらいは戦闘が続く予兆をよこす。

——一九八〇年。

そうだった、この年の二月、新潟刑務所の運動時間に久し振りにだだっ広い雪の刑庭に出て雪ダルマを作っても良いという粋《いき》な計《はか》らいが許され、新聞を閲覧する時間が一分《ぷん》もなくて印象が生ぬるかったが、韓国の戒厳軍が、デモの学生や市民が活躍したり占拠する光州市に突入、学生ら二百九十五人を逮捕している。日本のアメリカに守られての安寧と儲け儲け経済とは対照的な、切羽詰まった彼《か》の国の学生と市民の戦闘力だ。

八月。

ほお。人口問題審議会が厚相に「近年の出生率低下は一時的なもので、深刻な人口減はない」旨の分析の報告書を提出した。でも――おのれ地曳は、娑婆に出てきて二、三日で感じたのだけれど、男が、どうも助兵衛への貪欲さを失いつつあるのではと、電車や、街角《まちかど》の本屋や図書館で感じてしまっている。人類史にとっては神聖な助兵衛な本に若い男が近寄らないのだ。それだけでなく、自分の息子である真左彦の狭い三畳の部屋へと「まだ中学生の餓鬼んちょ、どれどれ」と、古過ぎるか昔ながらのはたきと箒《ほうき》を手に入れて掃除して、序《つい》でに「どんな本を教科書以外に読んでおるのか」と、父親としての義務と権利とばかり、丁寧以上に見分《けんぶん》した。へえ、大学生並みに立派だけどすかすかの書棚には、読んでねえんだろう、社会の教師は今時珍しい仏教徒か、まさか、真左彦自身が選んだのではないだろう、『ブッダの言葉（スッタニパータ）』の文庫、これは地曳が買ってあげた『般若心経――空《くう》の偉大さ』のソフトカバーの本、『法華経の真実』のハード・カバーの本が並んでいる。書棚の底に風呂敷が掛けてあって「あったあっ。良かったぜえ」となるけれど『ランジェリーの蠱惑』、『清冽と卑猥の勝負――ヌード写真選集』とあった。

この、国家の人口問題審議会なるものが、そもそも怪しい。どうせ、頭脳が優れ過ぎの東大か京大のセンセイがやってるのだろうけど、こういう人間こそ「視野を、人類の始祖あたりの十五万年から二十五万年ほど前を見ない。医学についても『抗生物質万歳』でカウンターの対抗する菌を考えない。原子力については、電力会社から研究資金とかの銭に縛られていて、まるで先が見えないのに知ったかを権威で語る学者達」と東大何年生かの久田が自らをいたぶるように話していた。

だから、人口減は、一時のテーマとは思えない。女が「結婚したいっ」という魅力的でパワフルな男が減りだしているのではないか。性欲に満ち溢れた男が減ってきているのではないか。うんや、男の賃銀が少なくなって結婚する余裕がなくなってきているのかも……。うーむ、我ながら学者より浅い推理だわな。だって、世界の人口は、日本より貧しい国の方が多いのに増え続けていて、アフリカでは食糧問題もかなり深刻なのだし。

九月。

韓国普通軍法会議、金大中氏に死刑判決。こりゃ、良くねえ、絶対に。

同じ九月。

労働戦線統一推進会が発足した。総評の全日通《ぜんにっつう》同盟と全繊《ぜんせん》、中立労連の電機などの民間の主な六つの単産が参加。ここいらから、労働運動が資本家となれ合ってとどのつまり言いなりになり、国の方向に従順になっていくのだろうか。いや、そのうちもう一つ、でかい決戦がくるはず……。海原一人氏が殺される前におのれ地曳のいる組織を離れた帯田仁は、かつて総評の神奈川県の地域連合みたいなところで働いていた。話を聞きたい……けど。

――一九八一年。

一月。

アメリカ大統領に、俳優で、ハリウッド映画俳優組合委員長もやったレーガンが就任。対ソ強硬派だ。しかし、アメリカの人材を供出する裾野は広いと、これは立派過ぎて吐息をついてしまう。日本だったら高倉健か菅原文太が総理大臣になるわけで。

三月。

大阪府警によって、ノーパン喫茶の「トップレス」が摘発された。乳房を曝《さら》したままや超薄手の下着をしたウエイトレスが目玉の看板で集客し、公然猥褻罪に引っ掛かったらしい。

五月。

ライシャワー元駐日アメリカ大使が核持ち込みに関して「日米の口頭での了解が存在し、核兵器積載のアメリカ艦船は日本に寄港している」と発言したとのこと。おいーっ、こりゃ、ソ連に狙い撃ちにされたらどうすんのか。

六月。

小さい記事だが、厚生省の点検と調査によると「ベビーホテル」が急増していて、それは無認可で、もう、五百二十三施設あるとのこと。母親が、会社員・公務員・医者・教師・自営業・水商売が六六パーセント。原因は、核家族化が進み、爺さん婆さんに子を預けられないことが主らしい。地曳は、先の「人口減はない」のまるで日本社会を分析できてない偉い学者の考えが、ここでも、砂山の一角が崩れていくような虚構の体系と思い知ってくる。働く女性は、増加し続けるだろう。なのに、ベビーホテルよりもしっかりした所を、国も自治体も作れていない、作る気持ちが当面はない……。やばい。

十月。

それも十月十六日。おいーっ、今なお、炭鉱で人が大勢死ぬか。北海道夕張炭鉱で、ガスが突出、九十三人死亡。翌翌日、「通気を遮断」とある。炭鉱労働者は、六〇年安保前後では民間で一番に激しく、熱く、粘り強く闘ったけど、炭鉱事故の闇の中の息のできない死の直前はいかほどの時間と絶望と苦しみだったか。

——一九八二年六月の出所までだ。

一月。

黒柳徹子の『窓ぎわのトットちゃん』、前年の三月に出版、そして前年の暮れには四百三十万部も売れてまだ勢いがあるという。雑誌も創刊ラッシュで、去年一年で二百五十七誌だとのこと。

三月。

三回目の日米貿易小委員会が開幕。日本がなお輸入制限をしている牛肉・オレンジなどについてアメリカが厳しい要求をしたとのこと。いろいろ、通商で日本が標的にされてきている印象だが、労働者や人人の暮らし向きとは別に、日本は〝経済大国〟になったらしい。

三月の末。

警察庁、「校内暴力を懸念する学校側の求めで、全国一五二八の中学校と高校の卒業式に警官が出動した」と発表。中学生や高校生が一方的に教師を「じゃあな、威張り腐って、やり放題に俺達を苛《いじ》めたセンコーども」と卒業式に思いと怨みを返したのだろうと地曳は考える。どうも、いかに右翼の集中攻撃を浴びたとしても「再び、教え子を戦場に送るな」の日教組の信念は薄らぐばかり、むしろ、成績を餌《えさ》に縛り、校長と教頭の下での学校の秩序を守ることが主となり、言うことを聞かない生徒には脅しの言葉と暴力で、かなり薄暗い教育現場になっているようだ。十五年前は大学すら、警察が構内に入ると、道に迷ったお巡りでも吊し上げに遭ったり、たこ殴りにされたのに、今は、ま、校長と教頭の音頭《おんど》取りとしても教師が警察を呼ぶなど……ああ。

そう、「荒れる中学・高校」、「激化する校内暴力」の主犯は生徒、被害者は教師としてマスコミ、警察は主張して情報を垂れ流しにしているわけだ。この後の反動が、生徒には、実に、実に厳しく、しんどいだろう。教師側が、細かいことで一人一人の生徒を縛り付け、揚句に心まで制圧しようと出てくるはず。我が息子の真左彦、踏ん張ってくれ。

図書館で、この五年間の空白を埋め、ノートに取り、これは大切な事件についてはコピーを取った。へえー、乾いた紙の匂いの他《ほか》に、人としての生臭さと、ちょっぴり汗の饐《す》えた匂いがと思ったら、衣服が褐色がかったり、シャツの胸許が裂けていたり、夏の今時なのに厚手のとっくりセーターを着込んでいたり、てかてか光って垢だろうと分かりかける紺色のジャンパーを着ている人が、十五人ほど、別別に、しかし、群れているとも映って本を読んでいる。

この人達って、野宿者だ。共産主義の〝至聖《しせい》〟のマルクスが『共産党宣言』にておいてすら「ルンペン・プロレタリアート」と舐《な》めて、相手にしなかった人達だ。

でも。

違う。

やっぱり、断固として違う。

泊まる宿のない人と、しっかと分かる人は、それなりに懸命に、新聞、週刊誌、月刊誌、単行本と読んでいるのだが、その脇を通る図書館員、普通の市民、あっ、中学生もいるか、鼻を抓《つま》んで、でも、いい、じろりと匂いの素を睨《にら》み過ぎて行く。

ここ――かも。いや、解らぬ。

それで、情報のあまりに少ない五年間を考える。〝罪〟を犯した人間でも、塀の外に出る時には社会のいろんなことを知っておかないとやばいわけで、頭の中が七つ、八つ、九つの欠けらに分解されそうな感じがする。

それより。

どうしても、この監獄にいた五年、いや、前後を含めての十年ぐらいの、つまり、一九七〇年代から一九八〇年代の当初の時代が「何であったのか」が、曖昧《あいまい》で、不確かで、引き付けられない。つまり、解らないのだ。

世界については、不勉強、無知、情報のあまりの少なさの駄目を背負っていうと、アメリカとソ連は七分三分の勢力比。おのれ地曳が属する組織では「先進国同時革命」が戦略で、ま、結党時、いや、社会党の一分派として、二十年前の考え方だった。うーむ、遠いなア。いずれにしても、実りのない米ソ対立は、延延《えんえん》と二一世紀以降も続きそう……続くのか……ま、ソ連や中国はそもそも一人一人の素顔が見えなくて重さ自体がないように映るけれど。

あ、おのれ地曳自身が、軽い……存在に、思想に、組織に、家族において……軽過ぎるのかも。

——長雨が抜けて、青空を暇《ひま》そうにゆったり動く白い雲の方が重いみたいだ。

第4章　迷い道……から

1

元に戻って、なお一九八二年の夏。

当たり前、扇風機すら珍しく冷房機などない刑務所よりは楽《らく》だが、暑いこと。産業革命から人類が石炭や石油の化石エネルギーを使い過ぎ、地球が火照って喘いでいるのかもとすら、疑いたくなる。

地曳が出所して、ほぼ一ヵ月半、八月中旬だ。

十日ほど前から、やや遅いが、息子の真左彦とおのれ地曳の朝食と夕食は作るようになった、但し、二日に二食だ。義妹の道子の料理は赤提灯の女将《おかみ》ぐらいに上手なのだが、真左彦が成長期と考えているらしく肉料理が多過ぎるのだ。魚も脂《あぶら》が多くて、養殖で抗生物質も与えていると聞くはまちの出番がかなりある。野菜が足りない。米《こめ》とパンが多過ぎる。むろん、地曳はそれらには一切口出しは畏《おそ》れ多いし、そもそも息子の面倒を見てくれているわけで、しない。しかし、せっかく、五年前にアジト暮らしで覚えた地曳の料理は、息子に通用しなくて、義妹の道子のそれを息子は飯の一粒も残さないのに、地曳のは、キャベツの千切りとか玉葱《たまねぎ》の刻んだのとか、小松菜の茹《ゆ》でたのとかを半分残す。

ここまで、躾《しつけ》も遊びも食事すら、地曳は今までほとんど関《かか》わりなく責任を持ってこなかった息子の真左彦が義妹の道子に懐《なつ》いているのなら……「野菜をもっと多く」と言い易いし、道子を後妻にしようかとも、地曳は、おのれの作った食事を息子が残す度に考えてしまう。

そうだ、義父の伸一が準備してくれた、死んだ陽子の追悼の会に出てきた四人の女の一人、ちっこい目だからこそ鬼百合の咲く寸前の奴の印象、太目だけどくちなしの花を、推定では、失敬してきたはずの人見綾香は、それなりに魅く力を持っていた。だけれど、こちらは、これからの組織論、いや、やっぱり自らの判断によるけれど、やっぱり、人としての任務として、いろんな学生に「決起せよっ」とアジり、人殺しを含むことを煽ってオルグした身、「やるっきゃねえ」が七分、人見綾香が心を、軀を、思想はまるで同じは気持ち悪いけどせめてのシンパシィを感じてくれるだろうか。難しい。

その思想というか、イデオロギーというか、組織については、いろいろ気配りしてくれてるのだろうが、緩《ゆる》い歩みで、置き去りにされた気分だ——もしかしたら、五年の監獄生活で病的に「疑り深くなる」症状か。分裂寸前という両派が、すぐにおのれ地曳のオルグ、組織化に入ったら「地曳の奴《やつ》あ、五年前のK派への打撃のことで軽いとしても信頼が少しはあり、引っ掻き回すんじゃねえか」と煙ったがっているのか。いや、それは、自らを買い被り過ぎだ。「あの監獄ぼけ。かつて、十四年前、会議で泊まった宿の部屋の隣が女風呂で、風呂桶《おけ》二つを土台にして覗こうとして素っ転んだ女性差別主義者」と相手にあんまりしたくないのか。おのれ地曳の自己弁護としては、死んだ陽子と知り合う前だったし、ウーマン・リブの思潮も生まれていなくて……とあるけれど、時効はないだろうし、手前勝手で通用しまい。

——でも、十日前ぐらいから少し動きが出てきた。

K派は黙っていまいとその尾行を気にしながら床屋に行って帰ってくると、義妹の道子が「ヤマノイと名乗る人が訪ねてきて、手紙と一升瓶を置いて行ったわ」と陽子に似た丸いおおらかな両目で、しかも地曳を責める時にひどく似た、生きることの必死さを含んだ漆黒の瞳を翳らせた。ほんの束の間、道子を強引に抱き締めたいと思ったが、すぐに「ばっきゃろうっ、性欲だけで何ちゅうことだ、俺は」と静かになれた。しかし、次の日には「あれは性欲が三、陽子恋しさが五、道子の魅力が二だったな」と自分を宥めたが——。道子は「組織の人じゃないかしら。鳥打ち帽を頭に斜めに載せて、遊び人風で、カムフラージュしてるみたいだったのよ」と続けた。

酒は吉乃川《よしのがわ》で、「地曳努様」と洒落て和紙の封筒の表に宛名はあるが、裏には差出人の名は記されていない。封筒は、少し嵩張《かさば》っている。

四畳半の部屋に戻って手紙を読むと、『新潟刑務所で面倒を見てもらった山野井淳です。出所、お目出とうございます。新潟刑務所では担当看守に抓《つま》まれて懲罰房送りになるところを、応援団長の地曳さんに二度も助けられて感謝しています。なにより弱小のヤクザの組にいた私を、関西のでかい組、関東の勢いのある組から守ってくれて、何と御礼を申し上げていいのか。昼食で計三回、地曳さんに集まったすき焼きのお裾分けもしてもらい、舌と胃袋はなお忘れていません。

組とは話し合いで正式に縁を切りました。

六ヵ月前から、長岡で、待っていてくれた女房と女房のおふくろさんとで小料理屋をやっていて、まゆツバでなく、順調にやっています。使ってる人間も三人います。

もし良かったら連絡下さい。出所祝いをやらせて下さい。TELは〇二五八・××・××××。住所は長岡市今朝白町五ノ〇〇ノ〇〇。

義兄いの健康を祈ります。

焦らずに。』とある。

「義兄い」とは、「あにい」と読むのであろうが、面映ゆい。

おいっ、ピン札で五万円が入っている。今の今、金には困っているわけで助かる。大工の賃金が一日一万七千円ぐらいだから、汗水垂らし三日間働いたほどの金だ。ラブ・ホテルでなくちゃんとしたホテルがツインで二万円ほどと聞くから、二泊もできる。

そもそも、出所当日を除けばきちんと祝い金をくれるなど、おのれ地曳の組織の人間よりも律儀だなあと、かなり嬉しくなった。


——直《じか》に久田ではないが、その連絡役の党派の女が、八日前の、夕食時にやってきた。二十代後半ぐらいで、わざと水商売風にして、超ミニ・スカート姿だ。口紅を唇の一・五倍ぐらい塗り、アイシャドウは熊の目の印象すらよこす。

水溶紙の目が粗《あら》く、紙の繊維質が奇妙に落ち着いている上に、鉛筆で書いてあるメモだった。『佐派とは討論しなくて良い。予定より早くおぬしの復帰を考えている。九月十五日、PM三時・サテン、㈠新橋「アマンド」（T・〇三・×××・××××）、㈡有楽町「トルー」（T・〇三・×××・××××）、㈢浜松町「サン・ポール」（T・〇三・×××・××××）の順で入ってくれ。呼び出し名は、タカダ。㊅』とあった。確かに、出所時の越後湯沢の宿泊名簿に久田が記した、朴訥《ぼくとつ》と言うと誉め過ぎか、小学校低学年の気取らぬ文字だ。一瞬、「久田は偽《にせ》東大生か」と疑うほどに稚拙にして分かり易い文字で、かなり、安心した。

しかし、だよ、『佐佐派とは討論しなくて良い』って何なのだ。そりゃ、ちっこいとしても党内では既におのれ地曳を超えている位置にいるとしても、監獄にいて外の政治、社会、文化、風俗を知ることができなかった組織の人間に対するあんまりに冷えて無理解な構えだ。「獄中人間への差別だア」とは叫ばないけど。

小中学校の担当教師とか学年主任の教師の命令調に似ているのも、やっぱり、気になる。そうか、仕方ないのか、K派に海原一人氏が殺《や》られてから、組織防衛、軍事組織建設に懸命となって、ピラミッド型に……。ローザ・ルクセンブルクの「労働者階級に革命的な意識は予《あらかじ》めある」の考えが組織論の軸としてあったのが、現実の厳しさゆえに崩れつつある……のか。

振り返れば、おのれ地曳も、海原氏の無残な死への報復で、くわっ、くわっ、となり、軍事組織建設に逸《はや》り、旧日本軍ほどではないとしても官僚組織的な〝上位下達〟の突撃体制を作り始めた。確かに、K派との対抗には有効だったけれど——組織の魂《たましい》が、どこかで曲がっていってしまった……ような。

それでも、むろん、久田には会わねばならぬ。しかし、会う前から話は中身は分かる……馴れ合ってばかりだろう……どうするか。やんわり、断ろう。

――かなりベクトルが違うけど、十代半ばみたいに心が弾むことも起きた。

六日前、電話は玄関から入って右側の六畳の応接間とそれを挟む義父と義妹のそれぞれの部屋の共通した入口にあるのだけれど、義妹の道子が良く言い表せば心配顔、悪く言うと少し険《けん》のある顔で「電話ですよ」と外出する寸前の地曳を呼び止めた。しかし「少しの険《けん》」は亡き妻の穏やかなおおらかな両目の内側にぎっしり黒曜石《こくようせき》を詰めたような目ん玉でたまに不満を訴えるように映り、悪くは……ない。

「あたくし、スヤマタカコです。地曳さんが刑務所から出てきたばかりの時に、死んだ陽子、陽子さんを偲《しの》ぶ会に、陽子さんのお父様から呼ばれたスヤマです。中学の教師です」

「あ、はい。あの折は、ありがとうございました」

スヤマの印象はあんまりないけれど須山貴子と書いたか、陽子の死の後も悼んでくれたのは有りがたいわけで、受話器を手にして、地曳は、こくん、こくん、こくんと頭を垂れる。

いけねえ、女からの電話だから、義妹の道子が両目の芯に抑え気味としても、そして真っ黒としても春先の薔薇《ばら》の棘の硬くなる前の柔らかさを孕んでいると気付く。ここは、クール、クールに、感情を抑え。

「聞いてますか、地曳さん」

「むろーん」

「だから、高校教師の人見綾香さんと三人で会って、地曳さんの息子さんへの応対とか、躾とか、教育とか……アドバイスしたいんですけど」

「そりゃあ、ひどく、嬉しいことです。息子の真左彦も連れて行きます」

「えっ……だけど、本人が問題となることに、本人がいては……大人が正直に話し合えませんから」

「ふうむ、それもそうですな」

地曳は会う日時・場所を須山貴子から教わり、義妹の道子の目と耳を気にして早目に電話を切った。

2

気のせいか、何となく夏の火照りが長く思えるけど、義父の伸一が種を蒔いたか、義妹の道子か、どうやら道端か線路脇の野生の朝顔の種を採って植えたらしいのが玄関脇に満開で、あまり季節にずれはない。

明後日は、息子の躾やら教育問題、将来について、やや心が弾むのだが、亡き妻の高校時代の優しい心を持っているはずの須山貴子と、人見綾香の二人と会う日だ。なかんずく、人見という女は、美型とは評しがたいけれど、鬼百合の咲く寸前の双眸を持っていて何やら切羽詰まっている一生懸命の印象をよこすし、太目の軀は、もしも、結ばれたら撫で甲斐がありそう……と地曳は当面のあれこれを忘れかけそうになる。

当面のあれこれは、出所して二ヵ月少しで監獄ぼけが少し元に戻ってきて、少しずつ鮮明になってきている。

一つ。党派に居続けて「やるのか、一旦、息子のことで休むのか」――もっとも「休む」は、かなり大事《おおごと》だ。実質としてサボタージュ、日和見となる可能性がでかい。だけど、息子の真左彦も思春期から青年期だし父親のおのれはもっと世界をきっちり見つめ直す時が必要だ。

二つ。一つのうちの分かれ道として「K派への報復の闘いをやり切る。差別への糾弾を内部でも、内部だからこそ厳しくやる」の左派と映るところに属するのか、それとも、派の創始者の佐佐氏の主張しているらしい、「K派との党派闘争は、そろそろ緩《ゆる》やかに。差別は許してはいけないけど、今までの階級闘争史の中でも曖昧《あいまい》、しかも、仲間を実力で糾弾するのは如何《いかが》なものか」に賛同するのか。ま、佐佐氏が中心の派の印象は久田とかの出所の時の印象に過ぎないのだけど。何せ、五年間、我が派の機関紙は差し入れ「不許可」だったから正確には解らない。でも、五年前には既にそういう雰囲気はあったわけで。ただ、ここは、慎重に、たっぷり考え上げた上で判断しないと――K派に鉄パイプで滅多撃ちにされた死んだ海原一人《かいばらかずと》氏の復讐《ふくしゅう》、古い言葉だわな、しかし、組織というより個人として大切な思い――でも、彼《か》の人は「分裂が一番に組織にとって痛打、避けないとな、じっくり討論して、同じ地平の考えを探し求めて」だったから、うーむ。

三つ。組織に残るとしても、生活費はどう入手するのか。残っても、どこかでアルバイトをするしかないだろう。そう、最初に、海原一人氏の報復を為したのは、非合法・非公然の軍事組織の何人かは、おのれ地曳と知っているはず。むろん、E、つまり芹沢の突撃力と実績も、いくら「過去を話してはいけない」の非合法・非公然の活動スタイルがあったとしても。でも、E、芹沢達は党派から出る金だけでは軍事部隊を維持できないはず。軍人がアルバイトに出るしかなくなり……そこから足が付く可能性は大。もしかしたら、資金稼ぎだけに純粋に的《まと》を絞って金儲けに精力を傾けたらどうか——でも「敵をやっつける」と「金儲け」がどこかで必ず分離して、おかしくなりそう……いいや、必要な経費と割り切るべきか。

それらも重いが、今は、自らの生活費、息子・真左彦の養育費やもろもろが差し迫ってること。

でもだ——先おとつい、神奈川県のほぼ外れの真鶴の実家に電話を入れ、それとなく雰囲気を探ったら、そろそろ土用波の荒い潮が岬に来る頃で電話に海鳴りが混じり、母親の豊《とよ》が「お前ね、この際、ちゃんと決心して、過激派と縁を切りな。それだったら、この家に戻っても良いことを考えるけどね。お前の妹の里美にも二歳の子供がいるからね。旦那は、小田原の写真会社の工場の臨時工、里美は湯河原の温泉の女中で、暮らしは明日も分からないんだよ」と〝女中〟は差別用語とされて消えてゆく定めで淋しいが、妹夫婦の生活は厳しいと分かった。おのれ地曳は帰れない。

ところが。

明日、須山貴子と人見綾香に会うという夕方、匂いを嗅ぐのか、ではなくて、電話は義妹の部屋から丸見えだし、義父の部屋にも面していて抑えたつもりでも燥《はしや》ぐ声が筒抜けだったか、地曳の居候部屋の四畳半をノックして義父が入ってきた。

ああ、良かった、ヌード写真集でもなく、我が派の機関紙でもなく、この五年を取り戻そうと、『月刊現代』、『文藝春秋』、歌の詩も曲も作って歌うさだまさしの『噺歌集《はなしかしゅう》』、俳優の加山雄三の『この愛いつまでも』のCDを座卓に積み、『週刊現代』を読んでいる最中だった。

「地曳くん、いや、失礼、地曳さん」

「あ、はい」

「真左ちゃん、ああ、いや、いや、真左彦と一緒に、ここにずーっといてくれて良いのだからね。いいや、いてくれた方が嬉しい」

顎こそ抉《しゃく》れてその真ん中あたりが窪んでいるけれど、やっぱり、おのれ地曳と息子の真左彦を部屋代も食費も無料で提供してくれる恩人であるわけで、地曳は畏まり、言葉の一つ一つの意味を読もうとしてしまう。

「ま、重荷《おもに》、いや、気楽に考えて欲しいのだけど、真左ちゃん、あ、あの、真左彦は、死んだ陽子の代わりと思うのか道子に懐《なつ》いていて……しかし、別れというのは実の母親とも厳《げん》としてあるわけで」

義父の伸一は、かつて見せたことのない瞼《まぶた》と睫毛《まつげ》のぱちくりん、つまり開閉をひっきりなしにさせ、言う。

「あ、はい」

「ま、七年前に腎臓ガンで死んだ、陽子と道子の母親も、わたしと結婚したのは二十八で、当時としては晩婚でしたわな」

「そうでしたか」

亡き妻から五度ばかり聞いた話だが、地曳は「初めて知りました」との気分を装う。

「そんで、道子が、この十二月で三十一歳になるまで、なぜか恋人も作らないのに、おおらか、安らか、何とかなるの気持ちでわたしは道子を見てきましたがね」

「は……あ」

「先先週、道子は職場を変えて、週六日のよいよい老人の面倒見の仕事。月収は、十万そこそこで地方公務員の初任給の八割ほど」

「そりゃ……ま」

「でも、男の職員はちっこくても社長だけ、他に男は誰もいなくて」

家族、とりわけ娘や嫁さん、おっと、息子と結婚した女の人は老いた父や母の面倒を見たり介護をしたりする現今の時代は、優しさに溢れているけれど、かなりの無理や皺寄せが女性達にきている……はずで、老人の介護にはまだ男が本格的に志願しないのだろう。

「んで、道子がやっと、見合いについて了承し、わたしがそれなりに探したら、既に二、三件が入ってきて」

義父の伸一の告げたい芯《しん》が、やっと地曳に朧気《おぼろげ》に見えてきた。

つまり、義妹の道子を「後妻として迎えるのか、否か」という極めて厳しいことだ。

「はあ、息子も道子さんに懐いているし、あ、それより、確かに女性としても魅力があるし……あ、いえいえ、俺の勝手な都合を口に出して」

義父は「道子についてどう思うか。結婚する気があるか、ないのか」と明白に告げてはいないのに、やはり、なお刑務所ぼけか、地曳は早道を急ぎ過ぎてしまった。

「そうかねえ」

同意とは少し違うが、短い言葉を義父は漏らした。しかし、短い言葉ゆえに、その望みや期待は大きいと、地曳は監獄入りの五年前の感覚に「おいっ、やっと戻ったぜ」となる。

それだけでなく、妻を腎臓ガンで失い、今は、この町内を含めて五つほどの町を縄張りに持つ駐車場や下宿やアパートとか紹介する不動産屋、この十日で読んだ新聞や週刊誌では「泡＝《イコール》バブルみたいな凄い好景気がくる気配」とあったけど、それには便乗できそうもない雰囲気、地曳は、義理とか、人情とか、捨ててはならぬ絆《きずな》みたいなものを義父に感じてしまう。

そうだった、同じ大学の二学年上で学生運動の初歩を教えてくれた北里高士先輩は「俺がこの組織に入ったのは、新しいコミュニズムの運動でこの社会を変革したいだけでなく、銭金や利用や競争の人間関係、アトム的個人個人の付き合いを根っこから変えて、涙と愛しさのある絆にしたいからだ。ヤクザ的な縄張り拡張とか資金稼ぎでなく、酷《むご》い警察と狡いK派を叩き潰す義理と人情の絆《きずな》だ」と言っていた。北里、北里先輩はやっぱり反佐佐派を選ぶだろうな。会いたいが、あの先輩も逮捕《ぱく》られて獄中……。

「地曳さん。動きだしている、いろんなことが。道子にも、真左彦にも、当たり前、きみにも」

かつてなく、ぎりぎりと頭と顎と上体を樫《かし》の木のように一直線にさせ、義父の伸一は当分は仮の地曳の部屋を出て行った。うへーい、生きていた時の闘争の直前の海原一人氏や小清水徹氏や北里高士先輩のような迫る力に満ちている。

しかし、簡単には決められない。

うん、まず、人見綾香と布団を一緒にしてから、それで道子とどうするか決めたらどうか。

これは図図しい上に腐った考えだ。一人の男、人間としては避けるべきことだ。そもそも、人見綾香が布団での共寝《ともね》を承諾するのか。

こんなことなら学生運動をやる前に、一人の男としての行為と思想が問われる組織に加盟する前に、遊んでおけば良かった——いいや、この思いもまた好い加減そのものの反省だ。

学生運動をやる以前、組織に入る以前にいろいろ遊んだという仲間は聞いていない——もしかしたら、もしかしたら、ここは弱さなのかも、我我の……地曳は解らなくなる。まだ監獄ぼけは続いているらしい。

3

刑務所の就寝は夜九時だが、昨夜は深夜二時半に布団に潜ったけれど、朝六時半には目が醒めてしまった。

うん、今日は日曜日、義父の伸一はいつもの通り私鉄の駅前の事務所へと出て行くはずだが、義妹の道子は職場はいつも他人に代わってもらい休みを取るからこの家にいる。ならば、早めに外へ出よう、そんなに今日の夕方五時の須山貴子と人見綾香に会うことが重要なことではないように、ラフな、もう婆婆ではとっくに流行らなくなったブルーのジーンズの上下姿で。

腰のベルトと、結んだポシェットに、しっかりと、現在の全私有財産の、刑務所時代の友達の山井淳の五万円を含め十二万七千円のうちの二万円と小銭九百円を入れる。

あれ、起こしてしまったか、隣りの三畳間の真左彦の部屋で木材の、そう、椅子の軋《きし》む音がする。

いや、木管楽器のオーボエの音でドレミファと音が出てくる、とっくに起きていたらしい。

大衆食堂が開く九時まではかなり距離があるけれど多摩川の土手を散歩し、それから図書館へ、そして須山貴子と人見綾香との渋谷の合流地点の喫茶店へと予定していたが、息子と多摩川の土手を一緒に散歩するってえのもなかなかためになるはず。

とんとんと、真左彦のドアを叩いた。

「良《い》いですよ、父さん」

ノックの音で父親と判別できるらしい、真左彦は。

「済まんな、朝早く起こしたようで」

「まあね。でも、学校より大事な勉強ができるからさ」

こう答える真左彦の椅子に座っているきちっとした姿、半畳弱の机の上に置くひどく分厚い本に、父親たる地曳は「ほお、お」と感心してしまう。こりゃ、将来は、東大か京大に入って学者になれるかも。しかし、東大と京大は、いつの時代も学生運動が盛んだし、心配だぜ——と、三十秒後に「親馬鹿」の意味が解り、つまり「子供は無事に育って社会人に」という安全思考を反省しかかった。そう、学生運動は音無しくなる一方だけど、いつかはまた爆発して欲しいから持続が大切。

「何を読んでんだ、真左彦」

「『聖書』だよ。今は『旧約聖書』の中のイスラエルの英雄のサムソンがデリラという女の人と会うところでさ」

息子の真左彦は、おのれ地曳のやっぱり種《たね》なのである、得意気に、右目と左目の少し離れている両目を真ん中へと近づける。

「そ、そ、そうか」

地曳は、狼狽《うろた》える。ユダヤ教の人人が幼い時から『律法の書』、つまり、クリスチャンが『旧約聖書』と呼ぶそれを暗誦《あんしょう》し、朗誦するという、まさに宗教中の宗教そのものを、中学二年の息子は熱そうに読んでいる。

大丈夫か。

いや、息子の真左彦は、どでかい新興宗教の教祖となって、信者をう、う、うーんと集め、従って、宗教法人なんだから税金はほとんど取られず、父親たるおのれ地曳に、どでかいカンパをしてくれるかも。

あ、ま、ま、待てっ。この思いは、単なる親に都合の良い子への過剰な期待だ。

それにしても、地曳だって、この五年の未決囚、未決と実刑の両方をやる余罪受刑、そして単純に懲役となった五年の月日で『旧約聖書』は律法の細かい制約が「どうもならん」と、でも「一神教の凄み」「彼《か》のイエスすらこれを大事に大切にしていた」と感じつつ読んだけれど、どうも、ユダヤ人、イスラエル人の民族の繁栄しか欲していない中身に「どんなものか」と判断した……してしまった。

なのに、息子の真左彦は、実に、春本を読む以上の熱さで……。

「あのな、えーと、えーと」

おまえは、自分で女の裸とか秘処を空想したり、エロ本を読んでやんないいのかと地曳は聞こうと考えた。

こういう振り返りの時だけは、亡き陽子のちょっぴり不満の眼がこの息子に蘇る。

「何？　父さん」

「あのな、真左彦。阿片《あへん》って知ってるか」

「知ってるよ、罌粟《けし》の実《み》から採る麻薬でしょ」

「へえ、勉強してるな。そんで、神とか仏とかを信じちゃうことを『それは民衆の阿片である』という考え方もあるんだ」

地曳は、実際は読んだことがないマルクスの『ヘーゲル法哲学批判序説』に出てくるらしい言葉を、なに、法螺や風呂敷を拡げるのがけっこう上手の東大生の久田から聞いたそれを、口に出す。

「神さま、仏さま、そうするとイエスさまも阿片の類《たぐい》になるんだね、父さん」

「まあな。いや、そうだ」

地曳は、キューバ革命に成功し、それに満足せずに、キューバの政治上の地位と美人らしかった医者との説もある女性と別れて世界の革命へと闘いに旅立ったゲバラを、我が派は見過ごすか黙っているけれど、地曳は尊敬の心以上のを持っていて、イエスについてはそれ以上とは言わないが、好意をかなり抱いていて、律法、細かい律法、厳しい律法の枠を越え、外れ、反抗して他者との愛を軀に賭け、十字架に死んだから……。ま、監獄で知ったことだし、未だ誰にも話していない……しかし、信者にはなる気は到底しない。ん？　未来は分からぬ。

「父さんは、でも、死んだ母さんの写真と位牌《いはい》を、毎日毎日拝んでるじゃないか、仏壇の中にあるそれを。しかも、仏壇の真ん中の上には仏さま、御釈迦さまの座って深く考えてる像、ちっこい青銅のそれが中心だし」

「えっ……まあな」

　うーん、安心をわずかにするが、息子は、宗教史、宗教と政治、社会、世俗について未だ無知なのだ。しかし、確かに、コムニストが仏壇に毎日両掌を合わせるのもさまにならない。しかも、死んだ陽子の心労の深さとか、いざとなると気は強かったけどここぞの時の気配りや、軀の豊かさや敏感さを思い出すと、なお、仏壇を前にすると、目ん玉の奥が痺れ、ついつい、いや、必然的に涙が滲んでしまう……のだ。

　ついついの涙は、もしかしたら、おのれ地曳へか。K派に海原一人氏が鉄パイプで滅多撃《めったう》ちされたことへのくわーっとした怒りと行為は自らも死ぬまで悔いは残らないけど、そして銃刀法で逮捕されたのもわずかな誇りだけど、監獄で陸《ろく》に勉強せず、監獄入りの前に実践的で、優れて勇敢なE以外にきっちりとした同志との関係を作り得ず……。今の今は、生活費も、アジトも、これからの先も、すぐに、即座には誰も手を差し伸べてはくれぬ。いや……被害〝妄想〟的に、なっているのかも。

「父さん、頭の髪を掻《か》き毟《むし》ってどうしたの。そうか、まだ三十代半ばなのに毛が薄くなって禿《は》げが進行してるんだな。それへの抵抗の刺激とかマッサージのつもりなわけだ」

「あ、いや。そうだな、マルクスという人とエンゲルスという人が書いた、もう、百三十年前になるのかな、『共産党宣言』ってのが岩波文庫から出ている。読んだらどうかな、急がなくても良いよ、そのうち、そのうち……にな」

　日本共産党を含め、そして我が派、その他の全ての中・小・零細の共産主義者の組織が疑わない、二十階建てのビルの十五階まで立ち、うんや、富士山の五合目まで立つみたいな鋼鉄の壁、新しい〝聖書〟、それが『共産党宣言』なのだ。

しかし、しかし。

地曳は、感じ、思い、考える。

一ヵ所のみ、かなり、引っ掛かる点、疼《うず》く傷、差別性がある。資本家階級への舐《な》め、憎しみ、ほんもんの実力的、暴力的、真情的な怒りがあるけれど、一ヵ所——ルンペン・プロレタリアートのこと。

「父さん、『共産党宣言』は読んだよ」

「え、ええーっ」

「だって、実の父親が刑務所に入っていて、間もなく出てくると知ったら、父親の人生を少しは知らなくちゃとね。僕、親孝行だろう、とっても」

「そ、そ、そう……だな」

中学一年で『共産党宣言』か。おのれ地曳は、高校三年の時だったのに。「親孝行」と言うより「こまっしゃくれてる」の表現がふさわしい。

「父さん、でも、百三十年ほど前の宣言文、格好《かっこう》を付けた文、権威は今じゃ全世界の三分の一の人の心を占める文だけど、時代が違うとしても、何もマルクスという小父《おじ》さんと、その協力をしたエンゲルスという人は解ってないよね」

「おいっ、それって、何だ」

自分の息子相手に、しかも、中二相手に、地曳は、くゎーっとなってしまう。おいっ、マルクスを「小父《おじ》さん」など、ソ連や中国やキューバ、ヴェトナムではそこまでは行っていないか、〝不敬罪〟になるぞ。北朝鮮だったら〝思想改造所〟みたいなところへと鉄の窓の付いた押送車《おうそうしゃ》どころか〝反革命を隔離する〟救急車で運ばれるかも知れんぞ——とは、やっぱり、普通では考えられないほど息子の大事な成長期に一緒ではなかったわけで怒鳴ることはできない。

「だって父さん、『共産党宣言』では『私有財産を持つことを止《や》めること』が最も大事な目的でしょ？」

「え、まあな」

確かに、二度目に読んだ『共産党宣言』では、まだ学生運動を始める前に「こりゃ、厳しいのだな」と驚いたけど、「共産主義者は、その理論を私有財産の廃止という一つの言葉に要約することができる」という一行の凍て付きのある寒さに震えたことがある。マイ・カーが欲しかった。それに乗せる、未だ現われない恋人を私有、いや占有、ううん大事にして持ちたかった……から。

「父さん、刑務所から出てきたばっかりで五年前の靴下とかトランクスとか襤褸《ぼろ》のスーツには愛着はないだろうけど、本の『資本論』とか、作者名は記してない『我が秘密の生涯』の全十一巻とかは他人に譲れないでしょ？　真鶴の爺さん婆さんの家だって、二人が死んだら伯母さんと分け合うしかないけど、家を貰うとか、値打ちの半分は『要《い》らない』とかは拒否しないでしょ？　だって父さん入ってる組織は貧乏なんで、カンパするしかないでしょう？」

「う、う、うぅ」

息子相手に、自ら知るけど、負け犬の呻《うめ》きみたいな声が出てしまう。

「人の、ごく素直な欲望だと思う、莫大な何億円とか、芝生の庭にプール付きの別荘とかは別だけどさ、私有財産は。僕だって、相撲の締《し》め込《こ》みとかは個人の財産にしたいし、畳の下に、女の人のヌード写真は沢山、隠し持ってるからさ。小遣いだって貯めてきたから四万三千円もある」

あーあ、そうだったのか、〝まじ〟で秘密のヌード写真集もあるのか、良かったあという言葉を地曳は差し控える。

「ま、個人のそれはそれで良いけどな、どでかい企業、銀行となると話は別なんだぞ」と父親たる地曳は言わず、日和《ひよ》ってしまう。「小さい欲が、積もり積もると、大変なんだ」とも言えない。私有財産が十二万円なんぼから、当面は九十万円ぐらいないと身動きが取れない。

「それにさ、『共産党宣言』で強く訴えて、ラストのラストでも叫ぶ『万国のプロレタリア団結せよ！』と強めのダッシュの印を文に打ってるけど、そんで、すんごく格好良いけどさ、共産主義の国《くに》と国ってそうはいかないよね」

「そう……かな」

「見てみてよ、父さん。ソ連と中国は犬猿の仲で、互いに悪口どころか軍隊の小競り合いまでやるし、アメリカとのヴェトナム戦争で勝って間もないヴェトナムはカンボジアに踏み込むし、中国もヴェトナムの国境を侵して行くし……」

まさか、父親を転向させることを目論《もくろ》んでるではなかろう、息子は。でも、かなり、的確な世界の今の大主流の共産主義への批判だ。うんや、スターリン主義への批判だ。

「だからさ、父さん。共産主義って、それぞれの国の旗や歌を愛しちゃうように、国とか民族の枠なんて越えられないんだし、それがごく当たり前だと思うな」

「真左彦。中国もヴェトナムも『一気に社会主義へ』でなくて『民族で団結し、民主主義を。その次に、社会主義へ』の二段階を踏む革命でさ……だから、民族愛が出過ぎて、おかしくなっちゃってる。そんで、父さんの先輩達が二十三年前の六〇年安保でな」

ありゃ、これは、太平洋戦争前がほとんど、戦後は十年ぐらいで終わったであろう、大老人の爺さま婆さまが囲炉裏を囲んで木の枝がパチパチ弾《はじ》ける中で、孫達に昔話、そして、その中で欠かせぬおのれの自慢話を語り、聞かすのと同じ、まるで、と気付く。

「あのさ、父さん、子供を誤魔化すような専門的な言いまわしはしないでくれよな。それに、そんな、訳の分からない用語を使ったら、ますます支持者は減るに決まってるよ」

息子は厭味《いやみ》をかなり越え、父親たる地曳に苛立《いらだ》ちと少しの怒りを含んだ顔を向ける。左目と右目がちょっぴり離れている普段なのに、両目に移動式の機械を内蔵しているかのように近付けている。

では、ないのか——息子の真左彦は、今の社会の眼《まなこ》と、市民の思いを、その根っこを、言葉では少し粗末《そまつ》としても告げているのだろうか。

「あとね、父さん」

「うん、何だ」

「『共産党宣言』は時代遅れだし、変に難しい用語が多くて困ったけれどさ、もう一つ、まるでおかしいところが出てきて、『あれーっ、知性、理性、激情のマルクスとエンゲルスが、あのねえ』ってところがあるんだけど。解説してくれないかな」

「どんなところかな」

五年前までは、自分の大学では「行動と理論が調和して、北里さんの跡継ぎ」などとも評されてその気になっていたけれど、九割五分が事実と違う。北里、北里さんは沈黙が得意で自らの〝武勲〟は曖気《おくび》にも出さなかったが、おのれ地曳の五倍から七倍の営為を対K派戦、対機動隊でやっている。ただ、これを知っているのは学生のトップと軍人のEである組織名・芹沢、それにおのれ地曳だけ……。理論の方だって東大生の的を射っての緻密《ちみつ》さとは異なり、早大生のはったりとは違ってこつこつとやっていて、いつか無理に借りた『ドイツ・イデオロギー』と『経済学・哲学草稿』は赤鉛筆や青鉛筆の線が何百ヵ所と引いてあり、ぼろぼろだった。

いや、不勉強のおのれについての泣き言を胸の内で呟いても仕方がない。

「あのさ、これは信頼している人から的を得ている批判を教わったんだけど、なるほど説き伏せる力があるんだよね。『共産党宣言』の中に出てくる『ルンペン・プロレタリア階級は腐敗物』とか、『生活状態から見れば、反動的策謀に買収される危険がある』とか、どうもだよね。そう、思わない？　『腐敗』とか『策謀』の熟語は大学生にも難しいと思うけどさ」

この息子は怠けなかったら東大か京大に入れるかもと、なまじ親馬鹿のせいではなく本当の客観的正確さのように地曳は思えてくる。「腐敗物」、「反動的策謀」など、地曳すら辞書を引かないとすらすら書けない……それより、中身だ。

「やっぱり、父さんもそう思うんだ。そう言えば、父さんはルンペン・プロレタリアートだし、刑務所の仲間もほとんどそうでしょ？　だけど、日本の社会も年功序列型の給料が変わって、四分の一ぐらいは臨時の社員とか、いつ首《くび》になるかも知れない人になる予想もあるんだってさ」

本当だろう……真左彦の話すことは。いや、待て、誰かに教わったんだな。ま、確かにここは問題の箇所で、しかし、ルン・プロの規定は「旧社会の最下層から出てくる」の修飾語があり、地曳が好意的に考えると、産業革命で、それまでの農村で暮らしていけなくなった人人を指すような……気もする。でも、やっぱり、ここのところは唯一つの傷という気がする。唯一つの傷でも、血を噴き出して半身が失血するごとき……。

「あのだ、お前に入れ知恵してる、いや、いろいろ教えてくれる人って誰なんだ、真左彦」

「塾の女の先生。独身で美人だよ。国立大学を出てる、もう三十歳で、離婚歴もあるけど」

「そりゃ。一度……御礼に行かないとな」

御礼より直に会って実物を見てみたいの心情だが地曳も父親、口には好色心を出せない。

「その塾の美人のカワシマユキコ先生は『社会勉強に行こう』って、先先週僕と塾の生徒二人を山谷《さんや》に連れてってくれたんだ。帰りに、安いけど、すんごくおいしい焼肉を御馳走してくれたんだ」

「そりゃ、やっぱり会って御礼をしなくてはな。いや、違う、えーと『山谷』って超安の旅館がいっぱいあるところか」

「そうだよ、どや街。日雇い労働者が沢山いて、活気と疲れが同居してたな。うーんと貧乏そうだったけど。何でもカワシマ先生は、そこであれこれ手伝いをしてるんだって、冬の寒い時の炊《た》き出《だ》しとか、衣類や薬を差し入れするカンパ集めとか、集会に出てビラを撒いたり」

こりゃ、このカワシマという美人はちゃんとした活動家だ。

「でもさ、教えてるのは英語なんだ、その女の先生。『共産党宣言』を奨《すす》めたのもその先生」

息子の言に、カワシマという塾の教師は反共ではなく、きっちりとした反権力の考えを持つ人間と地曳は判断する。活動家仲間では『宣言』と『共産党宣言』を略して話すが、「読みなさい」と言ったのだから、右翼でもなく、アナーキストでもないだろう。

うん！　だけど、気になる。

「『私有財産の廃止』を、絶対におかしいと言ったのも、そのカワシマ先生か、真左彦」

「う、う、うん」

きっぱりと首を息子は横へと往復させ、否定する。ほっ。いや……そのうだな。

「中学の社会科の先生。とても根性が据わってるんだ。『今の日教組《にっきょうそ》、そうだ、わたし達教師の組合は間違ってる。わたしは、五対九十五の少数だけれど、国を、祖国を、美しく誇り高い我が国を救うために闘っておるぅ』と授業中にも小さく叫ぶ、頼もしい先生なんだ。ミネという二十代の先生」

おいーっ、一九七〇年頃まで、十二年ぐらい前までは「教え子を再び戦場に送るな」のあの反省と生き生きした息遣いがあった日教組の中で、こうなのか。ただ、かつての日本の賃金と労働条件を決めていた総評《そうひょう》の中では国鉄の労組の次ぐらいに力と発言権はあったけれど、ついには親組合の打倒まで走り、やっぱりぽしゃっいいたが反戦青年委員会はほとんど組織化されなかった組合が教師のそれ。

ま、しかし、私有財産については、組織の仲間の中でも「麻雀のおんしゃの負けは五千五百円。次の赤提灯ではゲルを出せよな」、「おいっ、麻雀は麻雀だぞ、別だ」ぐらいは愛嬌があって微笑《ほほえ》むけれど「おんしゃの担当の機関紙代が三十万円以上も溜まっとる。機関誌は党の主張の命綱、何が何でも今月末までに集めろ」、「そないなこと言うても、わてかて、つい半年前に上京し、部屋代、下着や履き物の銭で精一杯やねん」と殴り合い寸前になるぐらいなのだ……。ちっこい私有財産でも揉めるのだから。

その上で、この「私有財産の廃棄」に目を付ける今頃の教師は……怖い。この後は……。

「そうか。んで、真左彦、『万国の労働者団結せよ』を愛国主義、民族主義の考えで批判したのも、そのミネ先生か」

「ちゃう、ちゃう」

塀の外では関西の土着語が流行っているのか、何となくリズムが良くて、こと
の真相をまぶす喋り方を息子は口に出す。

「半年前、目蒲《めかま》線に乗ってたら、下痢でウンチがしたくなり、途中下車して、うろうろした果て、寺に駆け込んだら、とても優しくしてくれた坊さんがいて、その人が、耳がすんごく遠い五十代の坊さんだったよ。『座禅が一番』と説く坊さんだよ」

「そうか。お前は、人生の先達にいろいろ出会っているな……幸せ、だわな」

地曳は「幸せ……だわな」ではなく「幸せ……だろうか」と疑問形で問いたかったが、おのれと息子との、ひどく短く、浅い、芯《しん》のない今までの付き合いを考え、続く言葉を呑み込んだ。

「そうだよ、僕、ちゃんとしっかり勉強した人生の先輩、苦労しながら働く人や、生きることと死のことを考える人には憧れるし、参《まい》っちゃうんだ。もう一人……人生の先生はいるけど、いつかね」

息子の思いは真っ当だけれど、その人生の先輩が戦争好きの国粋主義者だったり、大法螺吹きだっ

たり、ペテン師だったらという前提への疑いが息子になく、少し危うい気分を父親地曳は持ってしまう。

いいや、やっぱり、息子の真左彦との直の交流が淡過ぎて少な過ぎたのだ。

ここは、きちんと考え直さないといけない。活動再開はもっと遅らせるしかない。

自分の性欲とか女の気分が欲しいとかは二の次にして、真左彦を好いてくれて、きっちり生活や悩みと付き合ってくれる女の人と結婚を急ぐしかない。いや、それだけだったら躾と子育てのための女の利用だ、やっぱり心身ともに愛さないといけねえわな。

だったら、まずは働き口をもっと懸命に探さないと。無職の上に収入ゼロの男と結婚する女の人はほとんどいないはず……。

「あのな、父さんは夕方五時まで時間は大丈夫なんだ。二人して、蒲田《かまた》へ出て定食屋に入って、それからかなり歩くけど多摩川でも散歩しないか。」

「うーん、日曜ぐらい、学校と縁のない勉強をしたいんだよ。父さん」

「映画でも良《い》いぞ。芥川賞作家の宮本輝の原作で、小栗康平という監督の処女作品の『泥の河』なんて蒲田か渋谷でまだやってないかな」

「主人公の母親が船の中でウリマンするんだろう？　僕、関心ないよ」

女のヌード写真は好きなのだろうが、どうしても売春をせざるを得ない女の人には抵抗より強い反撥を息子は持ってるらしい。

一夜漬けならず一時間半の息子との交流は、どうも成果が上がらない。こちら側の、付け焼刃の付き合い、姑息《こそく》なる親子の対話のゆえなのははっきりしている。あーあ。

——侘しい思いや、これからの息子の多感な思春期を通り、人生的スタンスの悩める青年期を考えるとどう父親として対応すれば良いのか苦しい気持ちとなり、地曳は、玄関で靴を履《は》こうとした。三和土《たたき》に嵌め込んでいる無数の黒い玉石が、相撲の星取表の敗北の黒星を限りなく示すように目ん玉の奥をじわりと圧《お》してくる。

「御出掛けですか」

義妹の道子が敷居の板の床に畏まったように座った。

「あ、うん。夕方、人と会うんだけど、もう少し町をいろいろ見て、どう変わったかを……その前に勉強する」

「そうです……か」

夕方に誰と会うかは知っているはずの道子は、明るそうに、姉の陽子にはできなかった片靨《かたえくぼ》を右頬に沈めた。強がりではなく、心底から歓迎している雰囲気だ。

「うん。済まないけど、真左彦の今日の飯《めし》のことは頼む。今日は俺の番だけど」

「大丈夫ですよ。行ってらっしゃいね」

あ、姉の、いや、おのれ地曳の死んだ妻の陽子と別の性格だ、やや丸みを帯びた顔の周りの線をもっともっと緩やかに膨《ふく》らませ、座ったまま、深深と額を床に着けるほどに頭を垂れた。亡き妻は、同性の匂いなどを嗅ぐと、刑事並みとは言わぬが名探偵ほどに問い詰めた——当たり前、地曳はそんな暇も道徳もなく、無罪と言うより〝冤罪《えんざい》〟で、幸せだった。

「じゃあ」

「あのう、差し出がましく御節介《おせっかい》だったら許してね。もし、地曳さんが組織以外で収入を得たいとか、当面の半年とか一年のアルバイトを望んでいるのなら、わたしの方が父に伝えますけど……ああ見えても、半径四キロには顔が利くし、いろいろ知ってるから」

「ありがとう。また、改めて、その時はよろしく」

娑婆に出てきて困ったことは、刑務所での財布なしで現金を決して持たない暮らしに慣れてしまい、銭《ぜに》を持たずにスーパー・マーケットに行ったりとか十指に余るが、監獄の中ではサンダルと運動靴だけの暮らしで革靴に慣れてなく、革が堅い上に型通りで柔軟性に欠けて、塀の外ではきっちり過ぎてうまく足が入らないことも然《しか》りだ。実に面倒なのだ。やっと両足が革靴に収まり、道子に軀を向ける。

「では。夕御飯は外で済ますから」

「はい、さっきの言葉は取り消しです。ゆっくりと。うーんと遅く帰ってきてもオウ・ケイですからね」

亡き妻の高校からの女友達と会うと知りながら、仮りとしても道子は実に、おおらか、余裕の態《てい》だ。あ、もしかしたら、義妹の道子は俺との結婚などまるで視野に入れてないのかも。これも、刑務所ぼけなのか。そういえば、学生運動に参じるまで、水商売以外の女性に持てたことはなかった。否《いな》、水商売の人にも——と、想起してしまう。

違う、違うのではなかろうか。

おのれ地曳を見送る道子の表情が「顔で微笑み、目で怒る」の典型の眼差しの気もするのだ。両目の両端が鋭い角度で尖っている気がするし、何より、姉の陽子にかなり似ている目ん玉の黒さの中に「あんたア、どうしてくれんのよ」の苛立《いら》ち、不愉快さ、許せないの影が波打っている――これも感覚が監獄ぼけになったせいの思い違いか。

しかし、しかし、かなりの思いを無言の瞳に表現できる魅《ひ》く力を持っている。

しかも、ブラウスの襟許から垣間《かいま》見える首の下から胸の色の肉の白さ……。眩《まぶ》しい。だったら、太腿とか、尻の谷とか、あそことはどんな色あいか……。匂いか、暖かい温度か、しんねりした湿度か。

「そんでは」

幾度「じゃあ」とか「そんでは」と言えば済むのか、みっともないけれど、道子の顔付きをまじまじ見つめると、確かに亡き姉の陽子とは別の魅力として気が付く上唇の半分の裂け目の挑発する愛敬、両眉のゆっくり反り上がる不貞腐《ふてくさ》れを孕む危ない素晴らしさがある。

「行ってらっしゃあーい」

「うん」

玄関のドアを後ろ手に締めながら、地曳は「見合いは待ってくれないか」と再びドアを開けようとも考えたが、止《よ》した。今夕に会う人見綾香をじっくり見て、話してからだ。

あ、そうだ、できれば、息子の真左彦にあれこれ忠告し、教育してくれてる塾の独身の美人先生との評のあるらしいカワシマなんだかとも会い……。

と、ここまできて、地曳はおのれの余りの好い加減さと、良く評価すれば許容量の大きさ、悪く、いんや、正当に評して欲の深さに気付く。

でもな。

しかし、なんだよ。

息子以前に一人の青少年の現在と未来に関わることだし、人類史にとって愛と性は階級闘争以前の課題であるし……。

ああ、解んねえ。

4

夕方の渋谷は、五年前より幾分《いくぶん》、人が多くなっている。

忠犬ハチ公は、五年ちょっと前とまるで表情を変えず、何かしらを慕う心を訴えていた。当たり前だ、銅像なんだから変わらぬはず。

ゆったりした坂を登り、右に折れ、須山貴子と人見綾香の待つ、古めかしい喫茶店に入った。回りがラブ・ホテルだらけだが、男と女の激しさやねっとっりさを奇妙に浄化する音楽を奏でるところだ。学生運動の盛んな頃、東C《トンシー》で、つまり東大教養学部で集会があり、帰りに仲間三人と入ったけど軽い論争となり、ウエイトレスに「他の御客さまの迷惑になりますから」と追い出されたところだ。だから、ここで須山貴子と人見綾香と落ち合い次第、別の飲み屋へ行くしかないところだ。

いた、いた。

人見綾香だけがいた。

人見綾香は地曳の姿を見ると、伝票を手にして太めと評するか、グラマーと表現するか、ブラウスの下の乳房を揺らし、尻を上下に震わせる感じで出入口のレジへとやってきた。

「タカコ、これないんですって、お婆さんが階段で転んで骨折したそうで」

よっし。


――財布の中の万札と千円札と百円玉を頭の中で確かめ、少なさに滅入りながら、最初から〝飲んべえ横丁〟では礼《れい》を欠くかと、井の頭線寄り、道玄坂の上あたりの和風の小料理屋に入った。

「いろいろ大変でしょうね、地曳さんは。真左彦ちゃんのこと、住まいのこと、それに、そのう、そのう、政治組織のあれこれとか」

うむ、解っているこの人見綾香はと思うことを口に出し、綾香は、地曳の盃に酒を注ぐ。店内に満ちる煙草の煙が朦朦《もうもう》として、煙が垂れ籠んで酒に沁みるようだし、注文した鯵《あじ》のたたきも、良《い》い塩梅に煙に燻《いぶ》されておいしさを増しそうだ。

そうだ、長い間禁煙を強いられてきたが、再開するか。一っ走りして買ってくるか。人見綾香にそれは失礼か。いいや、そういうことより、煙草代がばかにならない。我慢だ。もっとも、石川啄木は誰ぞに「貧乏なら煙草を止《や》めなさい」と忠告され「煙草を止めたら、次は何を止めたら良いのか」と不満げな歌を作っていた……が、さて。

「御忙しいところを済みませんね、息子の真左彦のことを心配してくれたりして」

「いえいえ。ま、わたしも高校の国語教師、一年半後の真左彦ちゃんの入試に何か役立つかなあと。

だけど、もうすぐ二学期が始まるんで、準備もあって、けっこう忙しくて」

などと、地曳と人見綾香は差しさわりのないことから話を続けていく。

むろん、五年の禁欲生活が更《さら》にほぼ二ヵ月続いていて、どうしても恋情より性愛として標的として人見綾香を見つめる——見つめてしまう。

両目は先日会った印象の鬼百合が咲く寸前の未来に対して強気な印象を、再びよこす。ま、美型のこれまた寸前だろう顔立ちだ。鼻がちょっぴり高く筋張っているのが、どうもだろうか。ブラウスから垣間見える首筋は、運動部の部活も担当させられているのか浅黒い。裸に剥《む》きたい欲はあんまり高ぶらない。

いけねえわ、女性を、美醜とか、性愛の対象としてのみ考えるのは、女性差別じゃねえか。ああ、人類史の中の男は、こうやって二十万年前からの長い長い間、差別をしてしまってきたわけで……悲しくも、同罪で嬉しくもなる男の歴史……か。

人見綾香は店員を呼んで「冷や酒、といっても常温の二合をお願いします。それと、肉類の一切ない野菜サラダを」と注文した。

日本酒の二合瓶がくると早速、卓にあったグラスに、どぼ、どぼ、どぼーんと注ぎ、浅黒いが繊《こま》やかな肉をひくつかせ、飲み干した。

「学校でのストレスが凄いんで……ごめんなさいね。アメリカとかヨーロッパでは、そろそろケンエンケンの正当性を訴える裁判が出始めてますが……愛煙家は困るんですよね」

人見綾香は、卓に備え付けの灰皿をぐいっと引き寄せ、ブルーの包みの表装のハイライトから一本抜出し、うーん、ここは決めている、懐《ふところ》からマッチ、そうだ、マッチのちっこい箱を取り出し、煙草に火を灯した。

「あら、大事なことを忘れてた」

ふぅーっと煙草の煙を地曳の頭のてっぺんあたりに吹き付けて、人見綾香がわずかに背筋を伸ばした。

「あのね、わたしと貴子は、あなたの陽子さんが交通事故に遭って病院で息を鎖《とざ》した次の次の日に、池袋の先の彼女のアパートに行ったのよ」

「そうなんですか」

「だって、陽子さん、陽子は片付けが苦手で……ま、陽子の父さんとか妹さんの手前もあって……あら、わたし、陽子とは部屋の鍵を交換し合う親友だけどレズじゃないですからね」

「えっ、ま、そりゃそうでしょうな」

と地曳は答えながら、少し不安になる。

しかし、そんなのはどうでも良《い》い。昔、地曳の中学・高校の時には「将来の男の恋人、旦那さんとの予備・準備」なんつうので女同士のあっちの方の話は半ば公然と囁かれていた。相手が男でなかったら、この際、どうでも良《い》いっ。

「そんで、貴子と整理整頓してたら、枕許の三段の桐《きり》製の抽斗《ひきだし》の一番目に現金が一万五百円、二番に銀行通帳と、無警戒ねえ、通帳に挟んでる印鑑が出てきたのよ。現金はそのままにして通帳だけあなたに渡そうと持ってきたのよ」

「へえ」

「この前の『陽子を悼む会』では、分かるでしょ、地曳さんに渡せなくて。でも、はい」

やや古ぼけた角張《かどは》りのない通帳をスカートのポケットから出した。別に、ハンカチに包んだ三文判をハンド・バッグから出す。

「これは、これは」

少しばかり酔った眼で通帳を開くと、うーん、大分と前から、月月一万五千円の入金があり……ありゃ、その他を含め、計、百九十万九千円っ。高級ホテルを女の人と泊まって百日を過ごせるほどの金だ。街《まち》にまで出て俄《にわか》なる演劇をやっちまう寺山修司の短歌に『煙草《たばこ》くさき国語教師が言うときに明日という語は最もかなし』があるはずだが、修司は嘘つきだ。この人見綾香は、『最もうれし』だ。

「あら、やっぱり、今の地曳さんには貴重みたいですね。だったら、重いことを、わたしと貴子はやれたんですね」

「うっ」

地曳は、一万五千円の入金が律儀に綿綿《めんめん》と続く通帳を見て、思わず、堪《こら》えがたい痛さを胸の左上あたりに感じてしまう。

泣くな、泣くな、自分に強く忠告しても泣けてしまう。いけない……。

死んだ妻の陽子は、おのれ地曳の出所の暁《あかつき》を考え、組織で生きても、組織から外れても、当分は銭金に縛られないように思いを馳せていてくれた……のだろう。そして、出所の暁には普段は行けない高級ホテルに泊まって愛を語らい合おう……とも。

「そんなに百九十万が……感動なんですか。わたしなら、高校の月給と、週二の塾のバイトでもっと出せちゃうけど」

人見綾香は、やっぱり、解《わか》らんちゃんの高校教師だ。最後は小学生相手の塾講師だった亡き陽子と収入が違うのだ。

「あのですね、地曳さん。ふふっ、ほっほ、これ、真実の話なんですよ」

「はあ」

「陽子はね、『あたしが、急性ガンとか、大火とか地震で死んだら、あの人のことを頼むわね』と言ってたんですよ」

「ほお。息子のことは?」

「そう、そう……そこが大切よね。『変な宗教書、思想書、古典文学を解りもしないのに、無駄なのに、関心を持っちゃって、困るのよ』と、陽子は言ってたわ。『正統なる学問を息子に教えてあげてよ』とも」

「そう」

なるほど、真左彦は変なところが老成《ませ》ている。ま、しかし、中身を理解ができないとしても、地曳が買い与えた契機があるとしても、匂いを嗅ぐだけでも『般若心経』とか『歎異抄』とか『旧約聖書』とか『新約聖書』の本物を読んでおくのは、もしかしたら意味があるのかも。少なくとも、何も知らないで新左翼の党派に入ったおのれよりは増しだ——と、今朝方まで考えていた自分の考えを地曳は変える気持ちになりかけてくる。

そう、むしろ、真左彦が父親不在のゆえに、塾のカワシマという女講師は好ましいけれど、国粋主義者の中学の教師とか、反共精神の溢れている坊さんを畏怖してしまうのが……困るのだ。

「あのですよ、地曳さん。小学校、中学校、高校と、やっぱり基礎的な学問をきちんと身に着けて順序立てて勉強しないといけません」

「は……あ」

「小説で言えば、小学生にいきなり漱石の『こゝろ』を読ませても無駄。短歌だって小学生に『万葉集』とか与謝野晶子とか啄木とか寺山修司を習わせても駄目なんですよ」

「そ……う」

文学について地曳は関心はあって、でも中学生程度、それでも獄中では俳句や短歌など作っていたが、百人一首なんて意味が不明でも五七五七七の調べとかは心地良かったし、むしろ物心《ものごころ》ついた頃から親に朗朗と音読してもらう方が大事みたいな気がする。むろん、自分で朗誦すればリズムの感覚を軀の中に生かせるような。しかし、相手の人見綾香は高校の国語教師だ、ここは黙っておこう、おのれ地曳の不勉強どころか無知が曝《さら》されてしまう。

「濃密恋愛小説などは……どうなんですかね」

仮の名称の『陽子を悼む会』では、この人見綾香は、真左彦がアルコールを飲むことへとてもおおらかだったのでこの件もまた然《しか》りと推測し、ま、からかいを含めて地曳は聞く。あ、未《いま》だ我が派の女性は糾弾してはいないけど、女性に対する助兵衛の嫌がらせ質問……か、ポルノ小説については。

「大江健三郎の『性的人間』みたいな小説ですか、地曳さん」

「えっ、まあ」

いけねえ、大江健三郎の『個人的な体験』は、障がいを持つ自分の子供の問題を、愛人とかにふらつくが、とどのつまり、しっかと引き受ける話として読んだ。大学の先達の北里も、早大の任侠映画に嵌まり過ぎかとも映る帯田も「読め。読まねえと入社の資格はないっ」とけっこう厳しく言っていた——因みに「入社」とは組織に加盟することだ。しかし、『性的人間』は読んではいるけれど、性のテーマと価値は時代によって規定され、今となっては『個人的な体験』の方が重く残っていて、曖昧に、誤魔化すしかない。

「大江健三郎だったら、高一、高二は早くて高三ですね。それとも、下劣な川上宗薫とか富島健夫ですか」

あのね、煙草を吸うのは宜《よろ》しいけど、おのれ地曳の目許に煙を吹きかけるのは如何《いかが》なものか。しかも、口笛を吹くみたいに両唇を尖らせ、曲げて。むろん、川上宗薫と富島健夫の二人は地曳が中学三年から貪り読んできて、御世話になってきた、あっちの方のために。でも、でも、それより、直截的《ちょくせつ》な漢字や熟語や大人しか知らない言葉が出てくるけど分かり易く、写真も絵も刺激と直《じか》の願いがあるやつ、エロ本について人見綾香に聞いたのだ。

「それとも、春本ですか。文章はすかすか、味わいもなく露骨な上に単純、そもそも、人間の尊厳を踏《ふ》み躙《にじ》る汚れた精神に満ち満ちた、あれ、そう春本のことですか」

「えっ……そう」

「そうですよ。ああいうのを読む高校生は、いえ、中学生は、確実に国語力が衰え、弱くなりますね」

「そう……かな」

こう答えながら、もっと強く「違う」と地曳は言いたくなった。そうなのだ、K派に鉄パイプで滅多撃ちにされて殺された海原一人、海原氏が、死の半年前ぐらいに珍しくも二人で飲んでくれた時に告げたのだ。もちろん、主な筋の話ではなく、脇の、思い出話みたいなことを。

確かに喋った、「おい、地曳、おっと、組織の仲間はいないのだ、いや、客は二人きりだな、地曳。誰も聞いちゃいない、権力もK派も」との後に。忘れない、東大の哲学科を、その当時は学生の活動家も卒業するのは珍しくなくて、六〇年安保の指導者の島成郎という人など何と十四年もかけて東大医学部を卒業した事実があるらしいが、海原氏も卒業したことを両目の下と頬に羞じらいの桃色を浮かせて言っていたけれど——そう、「俺はな、小学校五年の後半で性に目醒めて、大変だったんだ。何が契機かと言うと、上級生の女子の運動会のブルマ姿で、次に、もっともっとだったけど、古本屋でエロ本を見て、読んでからなんだ。そしたら、興奮して、仰天する楽しさがあってな、次に、親父や兄さんの部屋に忍び込んで、読みに読んだんだ」と嬉し気に海原一人氏は教えてくれた。

うん、「それでな、学級で真ん中より少し上だった国語のテストで、急に半年で一番になっちまって。エロ本の文章を、時には国語の辞書を手にして熟読したからだよ。そうすると、社会や、算数や、男と女のことをも教える理科とかもじわりじわり成績が上がって。やっぱり読解力が勉強の基本だよな。かつ、好奇心が」とも。つまり、春本は、好奇心旺盛の頃の国語力の最もの宝だったようなのだ。

でも、やはり、大いなる親分は、畏怖する人は付け加えたな、「あのな、人間って、生物や動物を先祖に持って獣性《じゅうせい》ってあるし、消さないように大事にしないとな。と、共に併《あわ》せて聖なる性《さが》を持つんだな、人類は、虐《しいた》げられた人人や貧乏で今日の食《しょく》も入手できない人人と連帯しなくちゃならないという聖性、ま、この熟語はないんだろうな、問題かな、要するに同居だよ」と。

「あら、地曳さん、急に天井……じゃなくて宙空《ちゅうくう》を見据えて。蚊《か》か蠅《はえ》か……いないわね。もう一軒、地曳さん、行きましょうね」

人見綾香は、立ち上がった。

地曳は、一時間一〇分の人見綾香との飲みでそんな気分にならなくなった。なぜか。この人見が高見でものを言うせいか。そう言えば、これほど反撥だけとは決められないが文句を付けたくなる女は久し振りだ。

「あ、でも、息子の真左彦と長い留守の隙間を埋めないと良《い》けないもんで」

「そうなんですか。もっと、うんと、真左彦ちゃんの教育についてアドバイスしなくちゃね」

「その志だけで、嬉しい限りです」

地曳は、出入口の会計のところへ伝票を持って急いだ。

5

一九八二年の九月となった。

風に湿気が少なくなって、気温も「暑さとさようなら」と、この、二、三日で分かる。季節というのはまこと律義だ——もっとも、世界の気象学者のうちでは「産業革命以来の石炭・石油の燃料の消費などで、二〇二〇年頃は、北極や南海の氷が溶け始める地球の温暖化が進み、海洋の温度も上がってそのエネルギーをまともに吸って台風が狂暴化してくるだろう」の説を唱える人がいる——むろん、ごく少数の気象学者で、新聞、テレビ、週刊誌では滅多にお目に掛からない説だ。

　地曳は、党派の片方の意向を汲《く》んで、それを伝えにくるのが目的だろう、東大の何年生か、もう本郷には進んでいるけれど、水下《みずした》と会う必要があるのにたった二日間の余裕すらないくせに、なお、監獄ぼけをひきずりながらぐちゃらぐちゃらぐちゃらしている。

　ぐちゃらぐちゃらしてしまうのかこのまま、政治とか革命の活動に邁進し、関わり続けるのかの自問が一番。どうも、新聞やテレビの情報では労働組合のニュースが少なくなっている。つまり、大きな争議が起きていない。新左翼の中核派と我が派と、対K派との〝殺し合い〟は、時折、ごぎっ、と起きるが、長い間の世間の〝習慣〟みたいになって、新聞の隅っこに出るだけだ。

　これじゃあなと、国家の一方的な勝手で土地を奪われてしまったり、なお、踏ん張っている三里塚の小規模な集会に行った。夥《おびただ》しい人を集めたかつての戦いなどと無縁に、そう、「こつこつと耕し、こつこつと人に訴え、こつこつと土に根差す」の根性が参加した農民の日に焼けた顔の皺の凹凸に、しっかり、あった。やっぱり、胸底が、うるうるしてしまった——もっとも、その集会には我が派の常駐の活動家女性か、「えっ、あんた、地曳さんじゃないのお。公然の表《おもて》に現われて……」とだけ言い、言葉を噤《つぐ》み、「しっかりして下さいよお」とデモ行進の先頭へと行ってしまった。

　かつて、日大闘争と東大闘争の起きる前には「革命が起きるか、起きないかの問いはナンセンス。起こすか、起こさないかだあ、それとも眠っちゃうのかが重大だあ」が、ノン・ポリ、つまり非政治的な、しかし、戦闘化を帯びる可能性がある学生とのこちらの仕掛ける討論だった。けれども、うーん、情勢は、社会主義の要《かなめ》・芯・本体の労働者の労働組合の右への再編と統一で、難しくなっている。学生は、シラケすら通り過ぎて……そ、水道橋の日大と戸塚の早大のキャンパスに一昨日、静かに、靴音さえ抑えて行ったけど、かつては大学に付き物の立て看板は早大に二つだけで、それも「権力の走駆、中核派、解放派を粉砕せよ」と、ふふんっ、「てめえらは、中核派と我が派の百分の一か二ぐらいしか逮捕《ぱく》られてねえのにか」の腹立たしい怒り七割と、虚しさ三割を胸に抱いた。

組織の中に居続けて闘いを続行すべきか、どうか。殺された海原一人氏の無念を考えると、ああ、おのれ地曳は、どうして感情が高ぶってしまうのか――どうやら、活動家としては、あまりに理論、思想に疎く、むしろ個人的な、海原一人氏のおのれ地曳への思い、丁寧さ、誠実さに濃い思い、感情、感性が蘇り、思想とは別に突っ走る傾きがある。

もう一つ、切羽詰まってきたのは、再婚についてだ。人見綾香は、亡き陽子の自称親友で、陽子が「私が死んだら、頼むわ」と告げていたというけれど、眉唾《まゆつば》だ。いや、事実としても、ああいう型の決まった、高い地平からあれこれ宣《のたま》う女は、息子の真左彦の新しい母親としては、どうも、だ。いけねえ、息子のことを引き合いに出して、人見綾香を外してしまっている。しかし、やっぱり、息子は大切にしなけりゃ。おのれ地曳の不在の分《ぶん》も……しっかりとよ。

だから。

人見綾香と渋谷の飲み屋で別別に帰ってから「義妹の道子しかねえのかな」とは考えた、悪くはないのだ、実際は。亡き妻の陽子に似た目ん玉の黒さと、その黒さが思いによっての微妙に変わる良さ、陽子と少し異なって両唇の少し開けっぴろげのしどけなさ、太目だけれど、肉体の肉からわずかに炭酸ガスとか余計な脂肪を抜いたみたいな尻、いや、乳房も。

いや、もう一人、『共産党宣言』を息子に奨《すす》め、その、ルンペン・プロレタリアのかなり差別的で誤まてるところをきちんと指摘したというカワシマという幻の新しい妻候補の塾の講師がいる。会ってみてえな。


——我が母校への、かなりクールな客観主義者として〝観察〟〝見学〟に行った。「母校」とは言うが、ま、無縁とか、どうでも良いとかの感情が先立つ。なぜなら、大学に入ってほとんど初《うぶ》なままに、学問なんかよりヴェトナム戦争反対でそのヴェトナムに出かけて空爆をするアメリカの原子力空母阻止とか、学生を企業の労働力としてメインに育てる産学共同路線とかの熱い思いのある営為に共振して、学生運動へと走ったから、あんまり、いいや、ほとんど母校とかの意識はなく、むろん母校愛なんてえのは少しもない。少しもないのがおのれ地曳の誇りだ。

と、心して、東横線の鈍行しか止まらぬ駅から歩き、こんなに遠かったか、大学の門を通ると、先日、敵対するK派の警察以上の厳しい看視のあった早大をこっそり通行人の振りをして見に行ったのよりは、まるで、伸び伸びの雰囲気だ。タテカン、うん、立て看板も三つ並んでいる。

「自民党による改憲論議開始を阻止せよ」、「防衛力整備計画を徹底粉砕せよ！」、などと、下手な大きな文字だが、それなりの生真面目さとパワーがある。よっし、よっし。

ところが、立て看板の一つに「あらゆる差別を許すな。とりわけ、被差別部落民、『障がい者』へのそれは実力糾弾せよ!!」と「!!」の驚きマークの二つが付いているのがある。但し、少し、小さ目だ。

ああ、もう、始まっているのか、党派の中だけでなく、大学の拠点とか、労働者の主なところで、対立から、分裂へ……。そして、獄中に入れられているとはいえ、この大学の我が派の先達の北里、北里さんの意志が圧《お》しているとも映る……。やっぱりな。

なのに。

立て看板などないように、見ることもしないし、敢えて無視でもなく、タテカンの存在が透明人間、そもそも存在しないように、学生が通り過ぎて行く。授業へと急ぐのだろう、人数は多い。五年前と異なり、親の金回りが良くなったのか、身綺麗な格好をしていて、サマー・スーツを着込んでネクタイ姿も多い。

いや、授業など出なくても、サークルとか、自治会とか、非公認の集まりの学生がいるはずと思うが、ふらふらしたり、パンフレットを売り付けるとか、歌ったり踊ったりとか、独りで詩吟に酔ってる学生とかはいない。まだ二学期の授業が始まったばかりのせいか。

いるのは、タテカンから斜め三メートル右と、タテカンの文字の下に、たぶん我が派の学生らしい、目付きのきりりとしている男二人だけで、二人とも薄汚れたジャンパー姿だ。

でも、久し振りの我が派のタテカンの熱さと、我が派の学生らしさを七対三の割で交互に見入っていたら、

「あんた、誰れ？　年を食ってるから学生じゃないよな。私服？　K派？」

と、一人が、それこそ私服刑事とか、自らの拠点で見張っているK派のごとくに誰何《すいか》してきて、もう一人が、右手を上げてつかつか近づいてきた。

こりゃ良くねえ、知らぬ他人《ひと》を見たら警察かK派と予《あらかじ》め疑ったら、こちらに好意を持つかも知れない人人の闘うきっかけの端緒から拒否することにならあよ。

地曳は忠告しようとしたが、いんや、この地平まで、我が派の学生は警察や警察の背中から襲うK派との闘いで疑い深くなってしまったのだ……とも気付いて物悲しくなってくる。そう、看板をしげしげきちんと見る人があまりに少なくなっているから……地曳のこんな姿が目立つのだろう。

そしたら、自治会室やサークルのある並《なら》びから、ばらばらだが人が、学生だろう、風を切るように走ってくる。計四人だ。

「おい、てめえ、誰だあ」

「逃がすなっ」

「待てえっ」

逃げも隠れもしないけど、少しだけ、ほんのちょっぴり、地曳は安堵し、嬉しくなる。敵権力とK派への怒りと憎しみは健在ということではないか。

「それとも、あんた、脱落寸前の党内右派、差別者グループかあ」

最後に息急《いきせ》き切って参じた、学生にしては老《ふ》けて見える男が地曳のシャツの襟首を摑んだ。ブルーのサマー・セーターを決めている。

「あれーっ、地曳さんだっ。済んませーん」

「ま、しゃねえよな」、「時代が時代なんだからさ」、「でもだよ、市民とかノンポリ一般学生にはもっと優しく接しねえとさ」と地曳は先輩面して言いたくなったけれど、おのれを振り返ると五年振りの労働組合も学園も組織内についてまるで直《じか》には解っていない……のである。

「御苦労さまでした、地曳さん、丘村氏《おかむらし》」

銃刀法で逮捕《ぱく》られる前の、非公然・非合法を担ってる時のやばい組織内部の名に「氏」まで付けてぴょこんと頭を下げた。そうか、内部の妥協できない、互いに相手のグループを許せないところまでぎりぎりの瀬戸際にきていて、間違いなく「K派との死闘戦に勝つ、内部の差別については実力で糾弾」派に立っているのだろうサマー・セーターのこの大学の後輩らしき男は、地曳を党派の創設者の左左の方へと行かないようにと配慮しているわけだ。いや、オルグ、つまり組織化か。「丘村氏」を取って付けたように呼ぶのは。

「この丘村氏は、俺らの大学の先輩。つい先先日、監獄から五年振りに外へ出てきたんだ」

サマー・セーターの男が告げた。

「はあ、てっきり……桜田門の関係者かと」

「済みませんでした」

「ちょっと覇気《はき》を感じなくて、目許も、あのう、そのう……申し訳ありません」

三人が交交《こもごも》、形だけの詫びを口に出し、それでも三人目に喋った学生らしきは「覇気を感じなくて」だけでなく、なお、信じられないように両目を斜めにして地曳を見る。口を尖らす。ついに、頭全体を三十度傾《かし》げる。因みに「桜田門」とは、警視庁を中心としての警察との見えの隠語だ。

「丘村氏、今日は、現役の学生に『監獄での生活の仕方』とか『K派の反革命性の根拠』とか『差別を決して許さぬ党派性』とかを俺達に伝えようと？　有り難えことです」

サマー・セーターの男は揉み手とは言わないが、頻りに頭を下げる。

「あ、そんな立派なことは何も言えない。うん、便所に行きたいけど、ちょっと一緒に行ってくんねえかな」

この正門から一番近い便所は当たり前だ、知り尽くしている。でも、このサマー・セーターの男に少しだけ喋りたいことがあるし、そのほかにも。


——便所の便器が新しくなっていて、ぴかぴかに光り、清潔そうだ。

「あのな」

「はい、俺、組織名、アオバヤマです。青い葉《は》っぱに山《やま》と書きますけど」

警察やK派に特定され易いのに、相撲取りの四股名みたいな名前を告げ、たぶん、したくもない小便をするのだろう、やや迷惑な感情を額の二本の皺に示す。

「あ、これ。少額でみっともないけど、焼肉でも食って体力を付けてくれ」

先にカンパを渡した方が〝先輩〟の言うことは聞くだろうと、五枚の一万円札を、サマー・セーターの下のズボンの尻ポケットに突っ込んだ。亡き妻の陽子が文字通り汗水垂らし、節約して貯めた金を、一昨日、銀行通帳から下ろした。遺産のことだからうるさいのではと予測していたが、少額のせいか何も言われなかった。だから、続けて昨日再び下ろし、人生の初体験だった、「おい、真左彦、小遣いだ。エロ本でも、ポルノ映画でも、何にでも、使って良いんだからな」と父親らしい太っ腹を見せて、ま、あんまり無駄遣いは躾《しつけ》と教育の上で宜《よろ》しくないとは思いつつ五万円、貧乏な人人の心を忘れやしまいかを警戒しつつ千円札五十枚を渡した。

もっとも、息子の真左彦は「やったあ。僕あ、学校をサボって奈良の寺巡りをしたいと思ってたんだ。それに、法華経の本も買える、ヘーゲルの『美学講義』三巻も買える。父さん、ううん、親父って呼んであげるね。サンキュー、サンキュー」と言い、おいーっ、マルクスが熟読した当時の最大のドイツの哲学者のヘーゲルなんつう人の本は、父親たるおのれは一行も読んでねえ――との遣り取りを息子とした……が。

「丘村氏、生活が大変らしいと聞くのにカンパを有り難うございます。何か、考えごとを？」

「いや、しかし、でもな、右翼になっていない労働者、ノンポリの学生、普通の市民には、う、うーんと窓口を拡げ、優しく、丁寧にしねえとな。あらゆる人民が左傾化、うん、革命化する可能性を秘めてるんだからよ」

「あ、はい、改めます。気を付けます。ちゃんと指導します」

サマー・セーターの青葉山は、たぶん、党派内の最終の結節点へ向けてそれどころではないのだろう、形ばかりであろう深い御辞儀をして、外へと小走りに急いで便所から出て行こうとして出入口で立ち止まり、

「丘村氏、K派は甘くはないんですよ。もしかしたら、刑務所を出てからの生活全般を監視しているのかも。それだけ、丘村氏はきっちりしてたわけだけど、うーんと気を付けて下さい」

と、大便の方の個室に人がいて聞かれるのに大声を出し、再び、前傾姿勢で外へと走った。

第5章　今更ながらの……決断

1

同じ一九八二年の、同じ九月。

地曳が、中退した自分の大学へ行って現状を見て、わずかだったはずと思うが先輩風を吹かしてから一週間。

一昨日の朝刊には「労働省、去年に妊娠・出産した女性の労働者で退職したのは二二パーセントとの調査結果」とあった。十七、八年前の半分程度だ。それでも、女の人が人類の持続に不可欠な妊娠や出産で職場を辞めるしかない現実は厳しい。亡き妻の陽子も、東大闘争の前哨戦で取っ捕まった未決拘留中のおのれ地曳を抱え家計も苦しかったはずだが、いや、かえって楽《らく》ちんだったか、妊娠したら職場を辞めさせようとする上司の圧力や同じ労働者の眼があり辞めて、出産前まで小学校の一、二、三年生相手の塾の講師をやりだしていたっけ。偶偶《たまたま》、塾の経営者が、陽子の父親に塾の旗上げの資金を借りたその伝手《つて》で。だから、出産後四ヵ月したら復帰もできた。

だけれど、女の時代はなかなかこない。日大・東大闘争のピークの後にはウーマン・リブの闘いに勢いがあったのに――何が欠けていたのか、いや、不足だったのか。ウーマン・リブと労働組合の結びつきか。それもそうだけれど、やっぱりおのれ地曳を含めて男の冷ややか、かつ、からかい、そして舐《な》めた眼差し、江戸時代からの御上《おかみ》ばかりでなく庶民の感覚を引きずった、感覚というより感性……だろうか。二十万年ほどの人類史の中の男のせい……か。

――俄雨《にわかあめ》が、意志あるように朝に一五分、真昼に一五分、夕方に、二〇分降った日だ。秋がきっちりと進む感じをよこし、降り始めの赤ちゃんのおしっこのような音を静かに、晴れ続きの町に、私鉄の線路端の芒《すすき》に、地曳のビニール傘にやってきて、アスファルトすら湿りに嬉しくなってるだろうと非科学的に思ってしまう。

でも、時雨《しぐれ》には早い。時雨といえば、新潟刑務所の舎房や工場の屋根にやってくる秋十月半ば頃からの雨は、典型的な時雨と規定すべきなのだろう、毎日毎日、律儀に、日本海からの風を受けてか北方角から斜め七〇度ほどの角度でやってきていた。嵐のようではなく、おのれ地曳が高校生の時に流行ってアフリカのアルジェリアへと行きたくなった流行歌、そう『カスバの女』の詩に出てくる「浮気な雨にいー」ほど軽くはなく、強弱の差を持って降り、時に雷《かみなり》を連れ、しかし、熄《や》む時は、潔《いさぎよ》く、亡き陽子の叱りと泣き言の後の甘えのように、去っていく、あの驟雨《しゅうう》に似た……。

自然とか四季の移り変わりなどあんまり関心はなかった地曳だが、微かに思い入れが出てくるようになってきた。

つまり……だ。

釈放されてからの一と月、二た月の「官《かん》に命じられて動くより、そうだ、自らの意思で動く辛《つら》さ」は徐徐に後退し、やっと、おのれの意思であれこれすることに疲れをあんまり感じなくなってきた。

だからこそ気になるのか。

九月初めに人見綾香と別れたすぐ後に、店の出入口の道を隔てた真ん前に、まだ早過ぎる、目付きがヤクザ者とひどく似ていて、いちゃもんを吹っ掛ける感情を沁み出すような三十男、おさわりバーで値切ったり凄む風《ふう》の男の二人が地曳を直視し、すぐ顔を背け、京王井の頭線の渋谷駅方向へと、もぞもぞ消えたのだ。こういうことって随分久し振りだ。義父の家のある私鉄の駅の改札口を出ると、この二人がやはり狭い構内の外れでじいーっと見ていたのだ。

やっぱり、まだ、拘禁症状とは言わないけれど、五年の監獄暮らしで視野が狭くなったのか、疑い深い、〝母校〟の学生にアドバイスなどできないとも考えた。

一週間前は、その〝母校〟を、むろん、現《げん》の学生運動をこの目、この肌、この耳で知ろうとしたのが一番だけれど、後輩の青葉山という組織名としてはセンスのない男と別れ、私鉄の駅前まで、のったりの足で商店街など見ながら歩いて辿り着いたら、ありゃ、三人の若い男が、三人とも暑くはないのか白っぽいサマー・スーツで後輩達より決めている、五メートルの間隔を置いて一斉に背筋を伸ばした。おのれもみっともない、根性がなお足りぬ、心の中だけでなく、低い声でも「K派、K派だあ。いけねえ、包丁も剃刀《かみそり》も石ころすら持ってねえ」と焦《あせ》りに焦ったが、一人ずつ、地曳を上目遣《づか》い、「ふふんっ」の斜めの目付き、「この単純ゲバルト主義者め」の顎の極端な杓《しゃく》り上げをして、別別に散って行った。

これはK派の襲撃ではもちろんなくて、牽制《けんせい》、「音無しくしてろい」、恫喝《どうかつ》の意思表示なんだろう……か。

いずれにしても、監獄ぼけから権力の先端の警察の公安刑事とか、K派への警戒感がかなり戻りかかってきていると、かえって逆に、知らされて、煩わしさはあるが「よおっし」という気分になった。

今日は、二つか三つ齢上で組織の先達となる帯田仁《おびたひとし》と会う。

帯田は既に組織と「さよなら」して五年ぐらい、それも格好が悪いと言うか、あの人らしい情勢の読みの好い加減さで、海原一人氏の殺される一と月半ばかり前に自ら「さよなら」した。

しかし、一応は、現役の組織の人間に対しての気配りはしていて「N証券からの大切なお知らせ」という褐色ではなく淡い黄色の大型封筒の中に手紙文は入っていた。簡潔に「う、うーんと会いたい。別の人間とも会うが、このために上京する。次の五案のうち、おぬしの都合の良い日時を選び、返事を、自宅でなく喫茶店に、五日続けて詰めているから、TEL〇二五・二四六・××××へ連絡を。是非に、会いたい」とあった。

——早過ぎるが、公安警察やK派の尾行や監視も考え、二時間か三時間、それとなくこの二つの付け回しを切ろうと家を出ようとした。が、すぐに、義父の家に息子と一緒に暮らしているわけで、活動の形態は公然そのもの、「空《むな》しい努力」とも思ってしまう。

「真左彦っ、遅刻しちゃ駄目。ハンケチ、鼻紙は持ったのお。きみは、あんたは近頃、下痢ぎみなんでしょう？　便所に入ってからよオ」

妻の陽子が生きていたかと束の間錯覚に陥ったが、義妹の道子だ。たぶん、妻も同じようなことを忠告しただろうことを、道子は口早に、畳みかけるように言う。

「んとに、煩《うるさ》いんだからよ、道子さんはさ。男の十三、十四、十五は反抗期の始まりなんだぜ。だから、大目《おおめ》に見て欲しいよな」

このこのオ、真左彦め。何という贅沢で、高慢で恩知らずを言うかと、地曳は、熱くなりかけた。びんたの一つでも食らわせるか。

「分かった、分かったわ。今晩の料理の番はあたしでね、里芋《さといも》と大蒜《にんにく》たっぷりのカレー、野菜もりもりのキャベツのサラダ、牛肉のレアの薄焼き。きちんと夕方六時には帰ってきなさいよ」

「やったあ」

息子の真左彦が、敷居の板をぴょんぴょん、どどっと跳ねる音がする。

——この時だ、地曳が、道子と結婚する覚悟の三割五分ほどを決めたのは。真左彦は、実の母の亡き陽子ほどに懐《なつ》いている。陽子の妹の道子は、真左彦を煙たがったりしながらも、きっちりと面倒を見て、愛みたいのを注いでいる——からと。

そして、思う。

結婚相手を、容貌でもなく軀でもなく暮らしの面から考え始めているおのれは人間として成長したのではないのか……〝哀しい成長〟としても。

2

こんなに踏ん切りの付けられずにぐだぐだしているおのれ地曳を、公安警察もK派も真剣には尾行しないのではとも推測したけれど、帯田仁に迷惑がかかってはまずいと、例の通り多摩川沿いの長い道を振り返り振り返り歩き、電車に乗って発車間際に降りて追尾がないと確かめ、蒲田の映画館で小栗康平監督の処女作だがやや古い『泥の河』を観て「へえ、廓舟《くるわぶね》なんてあったんだ、高度経済成長の前まで、大阪では」と女の人生や少年の友情の盛り上がるところですっと外へ出て、続いて館外に出てくる者がないと確認した。良いところで映画の放棄は残念……だが仕方がない。思えば原作は法華経を拠りどころとして日蓮の思いや考えを持ってると聞く宮本輝、仏教というのは深いのだなと知った。

昼の三時に新橋のガード沿いの喫茶店で帯田仁と会った。

冬瓜《とうがん》にジャガ芋と南瓜《かぼちゃ》を合わせたような、煙っぽい労働者の町の川崎育ちなのに田舎っぽい帯田の顔付きは変わらない。

「ほれ、自家製の味噌。米は無農薬の酒米《さかまい》のどぶろくで、ま、なお犯罪になるわな」

帯田は黄色の剝《は》げたアルミの弁当箱と、新聞紙で巻いてある三合瓶をリュックサックから取り出してテーブルの上に置くなり、喫茶店の出す自らのグラスと地曳のグラスを両手にして便所に行き、すぐに空《から》っぽのグラスを小さく抱えて戻ってきた。

「おいっ、銘柄《めいがら》の候補は『エチゴセイザン』、ま、どぶろく、うめえんだぞ、一杯、飲《や》ろう」

どぼどぼと二人のグラスに、帯田はどぶろくを注ぐ。その液体は、地曳が考えた白く濁ったのではなく、澄み切っているとは言えないけども、青澄《あおず》んで、かつ、少年時代に幾度も凍てた朝に焚火をしてその火を水で消して立ち昇る白い煙が微かに滲《にじ》む色をしている。まずは、一と口を……。

「おっ、あっ、うんまいーっ」

地曳は、仰天する。みずみずしさ、この先を想像させるこく、荒荒しい野放図さ……あり、なのか……あるのであった。

「だろう? 地曳。三里塚闘争の不屈なる根性、精神、魂《たましい》が、俺に農業の、大地の、大いなる自然の、人類史より何十億年前から生きた植物の凄みを教えてくれたけど、副次的、いや、もしかしたら本来のことか、楽しみも知らせてくれたんだぜ」

とどのつまり冬瓜顔をもっと歪《いびつ》にさせ、帯田は得意気に頭を上下させて頷いた。


——帯田が、一九七七年、今から五年前に組織と「さよなら」した後のことは、こんなであったと告げた。

初めは、帯田のかみさんの実家の、北海道としては気候が珍しく温暖な、日高山脈の南の裾野へと行き、かみさんの父親が働きながら耕す農業のイロハを学び、手伝った。ビート、つまり根が円錐形で大きく砂糖の素《もと》となるやつ、馬鈴薯、大豆、大根、キャベツなどを植えて育てた。

日高山脈の麓で長女が生まれて嬉しかった。しかし、一町歩、三千坪、百アールの農業はあまり収益にならず、それに、かみさんとその妹さん二人とあれこれがあり、未練を思いながらこの地を離れた。

次に行ったのは、大学の同級生で長崎では幼児の時に被爆した大瀬《おおせ》良《ら》騏一《きいち》と書く新潟の新聞社の記者の紹介で、奥羽本線と羽越本線を結ぶ米坂《よねさか》線の村上《むらかみ》寄りの小さな町だった。夫が死に、息子二人も東京、大阪へと出てしまった六十五になる未亡人から農地を二町歩、つまり二百アールを借り、五アール半町歩を買い、初めは全て野菜だけ育てようとしたが、そこはそれ、やっぱり米作は支配政党の支持基盤となっていて有利、一町歩半を米、一町歩を野菜の畑としている。農繁期には、かつての住まいの川崎では一年に一度も皆な顔を合わせることがなかったのに、役にあんまり立たないとしても帯田の父、母、兄、妹と手伝いにくるし、大学の友人の友人のヤクザの子分、おっと侠客見習いとかなりそこねとか、それに声を落として言うしかないがかつての党派からの落ちこぼれというか消閑《しょうかん》した人間も応援にくるという。今年も先週に稲刈りを終え、昔の結《ゆい》ほどではないけれど近隣の農家の爺さん婆さん、帯田の家族、あんまり働かない侠客、ややか、かなりか、しょぼついてる元活動家と集まり、どぶろくの新酒で宴会をやり、童謡の『仲よし小道』や『炭坑節』や健さんが歌った『唐獅子牡丹』とか『インターナショナル』とか歌い、最後に讃美歌であるはずの『神ともにいまして』の「また会う日までえ　また会う日までええ」を合唱して解散したのだという。

「あのですねえ、俺も田畑を耕したくなったよ、帯田さん」

ついつい、その労働の後の楽し気な宴に地曳は魅き寄せられてしまい、口に出した。

「駄目、駄目だ、地曳。おぬしは、闘い切ってやり抜かねえとよ」

「ま……そうだけど」

「その上で、おぬしが死ななかったら考える。でもな、裏《うら》、つまり非公然・非合法の任務に、娑婆に戻ってからも付くだろうけど、表の三里塚の農民の不屈の魂を目で肌で匂いで耳でちゃんと勉強しておかないと農業は学生上がりには無理だぜ」

組織では、二、三年先達の帯田が説く。もっとも、あの激しい時代の二、三年の先達は、今の闘いの退潮期にとっては六、七年ぐらいとも思える。うんや、もっとか。

「それとな。おぬし、かみさんを喪《な》くしてるだろう？　息子は中二の成長期で難しい年頃と聞いてる。早く、伴走者《ばんそうしゃ》の女を見つけなきゃな」

「うん、努力だけはしているつもりだけど」

「そうか。何しろ、頑張れ。女はな、どうも外見じゃなくて、気持ちみてえ。心とは、ちぃーっと違うんだな、思想とか主義とかが入らない純《じゅん》な気持ちだ、情のある感性を孕《はら》んだそれ」

そんなに女性に持てたという噂はなかった帯田は、うーん、ここが早大の活動家の個性というか、負《ふ》の共通項だろう〝恋愛思想家〟みたいにはったりを嚙《か》ます。もっとも「感性」の言葉の定義は難しいが「感性の解放派」とか十二、三年前に、他党派から舐《な》めと羨《うらや》みの目で見られていたから、そのう……。

「と言うのはな、俺んところの農業の助っ人は有りがたいし喜びそのものだけどな、連《つ》れあいがいねえ、恋人がいねえのがくると、膵臓ガンでかみさんを喪くしたとか、独身で気軽らしく一と目、一と働きで引っ付くのがけっこういて、そうでなくても無農薬、ほぼ無農薬とかで、地域では胡散《うさん》臭く見られるんだ。二年前は、元活動家の女、ま、俺らじゃなかったし、むろん、マル、つまりK派でもないけど、どうやら遊び心で宝とも評すべき農家の長男を引っ掛けて、三日もしないうちに女がどろん。困るんだよな」

そりゃそうだけど、そんなことが常にではやっぱり困るとしても、もっとおおらかでも良いと地曳は考えてしまう。妻帯者と独身者の感覚の違いなのか。しかし、ま、青春時代のピークは同じ組織で迎えていて、思想的テーマではないような……。

「はあ、帯田さん……でも」

「いいや、つまり、早く、あの陽子さんの次のを探せや、探すんだな」

ここまできて、帯田仁は、宙空を睨《にら》んで黙り始めた。

しかも、冬瓜《とうがん》足す南瓜《かぼちゃ》足すジャガ芋顔に奇妙にも似合う、目ん玉の焦点の合わぬ虚無顔で、三分も五分も宙空を見てばかり。

「あのですね、帯田さん」

「あ、済まーん。組織を俺は根性ナシで離れ、それも、あの海原一人氏の殺される前とゆうみっともなさ……あれこれ言う資格はまるでねえのだよ」

「ま……はあ」

「その上で、高慢そのものと知り尽くした上で、聞いてくれるか、ただ一つの願いを」

「そりゃ、死んだ陽子との池袋駅構内の結婚式を取り仕切ってくれた恩義があるし……あ、あの時に、そもそも結婚式を提案した小清水徹氏は、どうしてるんですかね。『消耗した、負けた、脱落した』

との話は、組織内では一切ないけど、噂も聞かないので。いや、娑婆に出てきてまだ俺は四ヵ月未満だから」

「あの、ゲバルト首都圏ナンバー・ワン、『単ゲバで、理論はナンバー・エイト』の小清水氏は、ひたすら、耐えに耐え、対権力、対K派に底の底の気持ちで備えている……との半年前の印象だったぜ、地曳」

「そう」

「俺んところには、俺が現役の時に好い加減だったし、組織から離れてからの農業の利益はかすかすだけど、ひっそり内緒で、ま、あと十年経《た》てば合法となるはずだけどどぶろくの売り上げでかなり……それを当てにして、いろいろやってくる。それで、今の組織の現状が外から分かる」

なるほどなあと思うことを帯田は告げた。

「んで、帯田さん、『ただ一つの願い』って何なんですかね」

「うん、分裂は、何が何でも避けることだよ」

帯田仁が、両手を両膝に置いて畏《かしこ》まった風《ふう》にして、今さっきの虚しさで天井を見ていた団栗《どんぐり》のような両眼を地曳に据えた。

そう、K派に殺される前に、海原一人氏も熱く話していた……火傷するほどに、熱く。

「そりゃな、地曳。トップの人間に思想も感性もまるで似せていくとか、組織の中に異論がないとかはおかしいし、気持ち悪い。そもそも、新左翼は共産党の中から分裂してできたわけで。俺達だけだ、社民《しゃみん》・社会党の中から飛び出したのは」

「は……あ」

「しかし、それは熱い情勢の中でのことだ。ロシア赤色革命の前の社会民主労働党の中で、ブルジョア革命を追うメンシェビキを社会主義革命を目標とするボルシェビキが追い出して分裂した時も、すぐ目の前の革命を巡る緊迫した情勢があった」

「うーん、でも、我我が分裂しそうな大きな原因の一つは差別のテーマで深刻で、大きいと思うけど、帯田さん」

「そりゃそうだ。でも、うん、俺は学園闘争でバリ・ストか、はたまたピケ・ストかなんつうのを争いの課題にしてきた牧歌的な時代に組織に入ったせいか、差別問題には疎《うと》い……」

「ま、俺も……ですよ、帯田さん」

「そうか、勉強しとくれ。しかし、資本主義社会である限り、労働者、人民の中でも、良い労働商品であろうとして本工と臨時工、学歴、営業成績と、製造量の成績とかで競争し、互いに差別し合うぜ」

「だからこそ……差別問題はでかいのじゃないんですかね」

「ま、スターリン主義と俺達は毛嫌いするけれど括弧《かっこ》付きどころか国家社会主義みたいなソ連だってひでえと聞くな、地曳、ソ連は、な」

「へ……え」

古い世代の党員だった人は、何しろ差別のテーマが解っていないと地曳は軽い嗤《わら》いと、頑《かたくな》さに対する軽い批難と、然《さ》れど軽い同調を感じてしまう。ま、しゃあないのかも。こういうことに目覚めたのは、たぶん、狭山事件の決定的な差別そのものの逮捕、裁判で石川一雄氏が暗がりの拘置所に放られての糾弾や闘いは、今から十年少し前にやっと新左翼は取り組みだしたし、もっと古くからある女性へのテーマはやっぱり十年少し前にウーマン・リブの闘いが出てきてから。

確かに、五年の獄中生活で勉強したマルクスのあれこれにも、差別のテーマは階級の陰へと消されている……ような。獄中で、あれこれ、浅く浅く齧《かじ》ったマルクスの著作に〝差別〟の言葉と考えはない。ルンペン・プロレタリアートへの、逆はあるけれど。

「帯田さん、ソ連へ行ったんですか」

「ううん、行ってない。けども、大学の同級生以来の、イデオロギーなし、思想なしだが仁義に厚い友達、新潟の田舎のまた田舎としても土地を任せたい、売りたいの老いた老人を紹介してくれた大瀬《おおせ》良《ら》という地方新聞の記者が三分の一は取材、三分の一は怖いかみさんから逃げての遊び、三分の一は自分の欲の見学でソ連へ行ってんだよ、二ヵ月も」

「へえ」

地曳は「遊び」の帯田の言葉に、ロシアの女、女性は色白で豊満なのが多いしなアと束《つか》の間《ま》想像してしまい、「こりゃ、駄目だぞ」とおのれの頭を指で弾《はじ》く。どうも五年プラス娑婆の四ヵ月の間、女、女性と裸で交わり、楽しみ、貪《むさぼ》ることをしていないせいか、だからかえってコムニストとしてはおかしい思いへとついつい行ってしまう……。

「聞いてんのか、地曳。そんで、大瀬良は、うん、思想的には依然としてノン・ポリだけど文学に熱があって、まだ、作家を志してるけど、ソ連は共産党書記長の下、官僚群はせいぜい四、五千人と推測してたけど、実は五十万人以上七十万人ぐらいがいる話もあるそうで、彼《か》の国《くに》では珍しい自家用車、別荘を南部のカスピ海沿岸あたりに持っていて、だからこそ、ソ連共産党に徹底的に忠誠を誓い、異端や反対派の芽を摘み、実際に尽くし、普通の労働者や人民を監視し、搾《しぼ》り、蹴《け》落《お》とすことが心情で道徳にすらなっているんだそうだ」

「知らなかった……帯田さん」

「推定五十万人以上七十万人以下のこのソ連のスターリン主義者の貴族は、家族を含めると三百万人くらいだろうな、とりわけ蹴落とすことが生命力で、少数民族と低い学歴の人人へは凄い差別をするんだと」

「へえ……スターリン主義国家と言っても、もう少し融通の効く柔構造だと思ってたけど」

「これはあんまり、世界には知られていないことなんだよな。大瀬良のやつは『アメリカはジーンズやロックの魅力をソ連に吹き込まなくても、ソ連の実は赤くないのに赤いと思ってる新貴族に殺傷力のない爆弾三発でソ連は潰れるかも』と言ってるぜ。まさかな」

まさか、であろう、頑強で異論のわずかすら許さないソ連が潰れるなんてと地曳は考える。

「帯田さん、要するに、どんな社会になっても競争と相互分断はあり……差別は残るってえこと？」

「あのな、無論、現にある差別へは一つ一つ、徹底的に闘う必要があるけどさ……甘く考えない、やっぱり、階級が根本ってえ……こと……だろうなア」

何かK派が一時主張していたようなことに似てきている帯田の意思だが、K派はことごとく部落解放闘争すら舐め、蔑んでいたわけで違う……はず。

「だから、地曳。分裂は可能な限り避けて、内部で論争して共に成長するのがごく当たり前の体質にしねえと」

「は……あ」

娑婆に出てから正式な会議には出席していないが、ぅーん、ん、これは難しい。でも、ローザ・ルクセンブルクの伸び伸び自由、「労働者の中に革命性はある」の自発性を信じて、もっと追い求めるしか……ないような。

「そりゃよ、革命以前も以後も、性格の悪い奴、ちっこい組織で偉くなりたいやつ……いろいろあるはず……分裂で一方の大将になる、幹部になれると考えるやつも……悲しいけどな、出てくる」

帯田は、土を耕して植物を育て採取するだけではなまじ生きているわけではないらしい、組織から出て行く時より、ぎりり見つめている。

「あのですよ、海原氏が殺された件でのあれこれもあるわけで、帯田さん」

「うん？　俺は、恥ずかしい、あの人が殺される前に組織を離れたから良く分からねえ」

「ま、そうでしょう……ね」

「ただな、S《エス》、うん、つまりスパイ問題は歴史を検証しながら、広い眼差しで対応しねえと……しくじるぜ」

「はあ？」

「そこに焦点ばかり合わせると、要《かなめ》の同志の中に疑心暗鬼の気分が蔓延《はびこ》っちまう。よう分からんけど、その上で、海原氏の防衛、亡くなった海原氏から家族の連絡網の点検はきっちりやらんとな」

「えっ……そうですよね」

「だけど、ソ連だって、警察、国家の諜報機関、敵対する組織がロシア革命以前から潜入していたわけで、これは当たり前のことだぜ。日本だって当たり前だ」

「しかし、そのう」

「ま、本来の的《まと》の国家の転覆と労働者階級の権力のどでかい熱さ、動きの中で、S《エス》すら転向させるぐらいの心構えがねえとよ。むしろ、Sに拘泥《こだわ》り、Sにかこつけ、革命をやった同志の半分以上を粛清して抹殺し、独裁権力を打ち立てたのがスターリンだよな。何《なに》かと『何だか、何だかのスパイ』と口実にしてよ」

「うーん」

　確かにS問題、スパイについての対処は難しい。戦前の共産党も……しんどかったはず。

「あんな、陽子さんの次のが見つからなかったら、新潟の田舎のまた田舎の娘さんを紹介するぜ。男の子供のいねえ家は沢山あって、婿を欲しがってる。息子も連れてこいや、たぶん、野や山や川の新鮮さに気付いて、反抗期なんて吹っ飛ぶぞ」

「そんな、甘くはないはず、帯田さん」

「いけねえっ、次の人間と会わなきゃ」

　帯田は小学生の女の子が好きそうな文字盤にパティとジミィの少女少年が並んでいる腕時計を見た。

　そして、ぐんと声を落とし、

「おぬしが、海原氏の件の後に遣《や》り遂《と》げたことは……小清水氏から聞いている。本当、根性あるぜ。感謝すること大《だい》、大《だい》、大《だい》」

と言い、

「会議に遅刻しねえようにな、目覚まし時計だ」

と布製《ぬのせい》の袋に包んだものを渡し、そそくさと消えた。ここの茶店代も払わず。いや、良いのだ、うんまいどぶろくが飲めた。ありゃ、どぶろくの三合瓶も持ち帰っちまった。

――便所に行ってから支払いをと、トイレに入り、布袋の紐を解くと、小さい目覚まし時計の隣に、おいっ、しわしわだけど万札が。

万札は、五枚。千円札も十三枚で、この十三枚の千円札に……泣けてくる。

組織にいるからにはもう行ってはならないストリップ劇場が千二百円だ。えーと、五十回以上行ける。

3

喫茶店を出ると、夕方五時半を回っている。

秋の日は、確かに速さを加えて早く落ちる。ビルの作る影が長いし、濃い。おのれ地曳に早く主な課題を解決せよと迫るように映る。

国鉄の新橋と有楽町の間のガード下の店で、ひどく久し振りに飲むかと歩みを進めたら、ガードのくすんだレンガが目ん玉に入り、まだ敗戦直後の匂いが満ちていて鼻の穴を擽《くすぐ》る。やがて、頭というより肺あたりで脈を打って溜まってくるみたいだ。東京のど真ん中……なのに。

――蒲田で降りて改札口を通ろうとしたら、真左彦とその友達だろう、擦れ違おうとして真左彦達は改札口を抜けた。

「あ、お父さん、親父いっ、親父さま。俺達、これから夜の山谷《さんや》の勉強なんだよ、どや街に住む働く人について」

「うん、偉いぞ」

どうもこれからの革命運動の底も、厳しさも、社外工、臨時工、日雇い労働者の苦しみとパワーにあり、逆にこれらを妨《さまた》げるのは、それを客観的に他人《ひと》ごとのように見る本工や大企業の労働者の冷えた態度とか分断に甘んじることにあるような気もしてきて、短いけれど親子の嚙み合った会話が成立してしまう。

「俺の達《だち》っ子、紹介しとく。ノッポで羨ましいキムラくん、女に好かれるサタケくん」

良《い》いわなア、キムラは木村だろう、面皰《にきび》を七つばかり顔に浮かし、サタケは佐竹だろう、鼻の下の髭がけっこう濃くなりかけていてぼやぼやして青春の始まりを知らせる。

「ああ、それで、先生っ、川島先生、こっちへ、こっちですうっ」

改札口を既に通り抜けて、そのすぐ脇にいるこちらを見守っているような女を、息子の真左彦は呼ぶ。

ふうん、真左彦が言ってる通り、かなりしゃんの女だ。両目の黒さにシベリアの凍土があるような気分がある。それにその凍土が春になって溶け始める嬉しさみたいのを孕み、整った眼鼻だちで、額がかなり広い。

川島、確か、由紀子、年齢は三十で離婚歴があるとの息子の教えだ。無理して作る笑顔か、川島由紀子は端正な顔立ちを崩す、両目以外は。

おいっ、紹介すんのは真左彦、先生からだぞ。

そもそも、息子と友達が改札口で立ち止まっていては、他の人の迷惑だろうが。もう、二十人ぐらいが先に進めないで支《つか》えて、並んでいる。

地曳は、危ぶむ。

親馬鹿としても、この一人息子は、いろんなことに好奇心を旺盛に持ち、学校とか受験の勉強よりは自らの勉強を古典まで読み学んでいる。しかし――どうも、他者との関りとか、時と場合の読みに鈍いどころか、変だ。

「先生、俺達だけで行ってくる。さようなら」

やっと、息子一行が改札口を通り過ぎた。

「川島さんっ、あ、川島先生」

地曳は、かなりの根性を出して呼んだ。

「……はい」

川島由紀子は定期の入っている財布を駅員に見せ、戻ってきた。

「陸《ろく》な父親でないもんで、少し、息子について教えていただきたいのですけど。どうでしょうか」

父親とは、もしかしたら単に種付けしただけで立派なものかも知れない、地曳は、ほぼ好色なる精神はなく、川島由紀子に言った。

「もちろーん、オウ・ケイ。わたしの方が、真左彦さんのお父さんの考え、思想を知りたいし、刑務所暮らしの実情も知りたくて……飢えてます」

川島由紀子が喋る口許は普通の大きさなのに両唇がこりこりと固まって窄《つぼ》んでいて、おい、吸いてえなあと地曳は十割の非好色精神が早くも崩れかかってゆく。


——国鉄より京浜急行の蒲田に近い飲み屋街の一角の赤提灯だ。

今日は、我が派から「さようなら」して五年余りの先達、帯田仁のカンパでかつてないほど懐《ふところ》が豊かで、軀が傾《かし》ぐぐらいだ。帯田さんよ、感謝だぜ。話ほど、農業の仕事は儲からないはず。ま、どぶろく造りは、かなりの発想だし、実際、途轍もなくうんまいので、その儲けは、あるのかも。それでも……しんどいはずなのに、然《さ》り気《げ》なく……。たぶん、こういう帯田仁の義侠心というか心情こそ、我が派の心の核、脈脈たる流れ……。

「あら、わたしもオルグの対象なのかしら、とても熱心で、迫力があるわ、地曳さんの話。わたしには新鮮で、かつ、ずしーん」

いけねえ、要の息子、真左彦のいろいろ、あれこれの話はしていないのに、と地曳は引っ掛かるが、うーん、この川島由紀子は聞き上手、酒も強くてもう日本酒二合、麦焼酎のお湯割りをグラス三杯だ
——地曳が話したのは、格好を付けて「労働者階級の底辺がかなり厳しい目に遭っていて、ここの闘

いと、やっぱり本工の労働者の組織の変革が大事」の紋切り型の〝模範〟解答と、「刑務所は、一般社会を煮詰めた階級的差別社会で、一番上がヤクザ、二番目が詐欺《さぎ》犯、三番目が覚醒剤に絡む者、四番目が泥棒や窃盗、ビリが対女性犯。懲役の働く工場でも、地曳自身は新入り懲役への訓練で二週間しかいなかったが雑居房でも、運動会でも貫かれている。看守がこれを促すし、懲役犯も喜んでこれに従う」の二つだ。もっとも、後者では、実は一番目は左翼右翼を含めての政治犯で、実際のこと地曳は二年続けて第五工場の応援団長だったし、暇つぶしとは言え恥ずかしい……こと。そう、担当看守はこちらに気を遣い、嫌がらせの懲罰は一度しか食らわなかった。

いや、川島由紀子に語らせねば。

聞かねばならない必須事項は二つ。

「あのですね、川島さんは、組織、セクトに属したことがあるんですかね。あるいは、現に属しているとか」

「ありませんでしたし、今も党派性はナシですよ」

党派のゴリガンスキーなら、地曳の問いに答えなかったり、はぐらかすだろうが、即座に川島由紀子は答えた。よおっし、よし——とゆうのは、かつて組織に加盟していたり現に属している人間とは、どうしても論争して相手に負けないどころか勝とうとしてしまう癖《くせ》、党派性が心身の芯《しん》の一つになっているのだ。思えば、悲しい性《さが》。権力となあなあで、闘う党派を背中から襲うのが組織建設と戦略になっているK派以外とは、同じ闘う者として共通の思い、心情、あれこれがあって良いはずなのに……。

「だって、地曳さん、わたし、一九六九年の東大決戦の時はまだ高校生。それも群馬の田舎の」

「そうか。いや、そうですか」

　東京や神奈川や千葉では高校生がそれなりに騒いでくれていたけれど、確かに山だらけの群馬の地方では必ずしもそうはならなかったはず。

　いや、二つ目のだいじなこと。だけど、この質問は、やや邪《よこしま》とは自ら知っている。

「あのですね、ウーマン・リブの闘いなどきっかけにして……そのう、社会の矛盾に気付いたんですかね」

　やっぱり、良くねえな、この質問は。だって「はい、そうです」なら女としては遠慮したいとなり、「いいえ」なら、少しは脈があると男として言い寄ってみたいから……だ。それだけの魅力、いや、酔ったのか、それ以上の魅力を、この女は、ぎゅっと窄《すぼ》んだ二つの唇、目ん玉の凍土が溶ける前と後の黒さだけではなく、右手で頬杖を付くちょっぴりの倦怠の気分、何より、スーツの下のセーターを破る勢いの乳房の撓《たわ》みにある、確《しか》と……いや、やっぱり、女に飢えているのか、釈放されてから触れていないので、青少年期みたいになっている。

「ごめんなさいね。振り返るとウーマン・リブの闘いってそれなりに意義があったと思うけど、ううん、いっぱい役に立ったと考えるけど……男も女も働く現場でいろいろ、いろいろ、あれこれ、あれこれで苦しく、悩むわけで、やっぱり、女と男と共に労働者全体のテーマで問題を見つめた方が……と」

　うへーい、男と女、とりわけ女の側から立つと限界があり過ぎる川島由紀子の答だが、今の今、誘いをかけ易い雰囲気を作ってくれていそうで、地曳は、嬉しくなりかけた。本当の正解は、でも、たぶん、「労働者全体に重石《おもし》のように被さってくる搾取と隷属への強化は男女ともきついけれど、とりわけ女性に。採用、賃金、労働の中身と。それだけでなく、社会的な扱い、政治上の声とが位置の差別的な扱いを糾《ただ》し、女性としての望みをも闘い、捥ぎ取るべき。家庭内での洗濯、食事作りなどの役割もきっちり男女ともに分担すべき」と。

うーん、そうなんだろうけど、真っ当過ぎる。

「あら、地曳さんは質問したのに沈黙なんですか」

急に川島由紀子の声が地曳の耳に強く入ってきたのは、この店のカラオケをずっと独り占めしていた中年男がマイクを放したからだ。

「あ、ごめーん、川島さん」

「ううん、気にしないで。女と男とのテーマ、差別性って、党派に入ってる人ってみんな敏感なんですってね」

「えっ……まあ」

「でも、その原点は、原点にみーんな戻しちゃ駄目だけど……文学、とりわけ、庶民的な詩なんかには、あくまで抒情としても、あるみたい。歌いませんか。いいえ、歌ってよ、もう、就職試験の質問みたいのは、ごめんなさい、要《い》らないわ」

「はあ、済みません」

歌え、と言われても地曳はカラオケで歌えるのは健さんの『網走番外地』と『唐獅子牡丹』、誰の詩か世界をアルジェリアから問う売春婦らしい女の切なさを歌う『カスバの女』、そしてサトウハチローの詩の『長崎の鐘』ぐらいだ。うん、『長崎の鐘』の詩は、反原爆、妻への葬い切れぬ心、信仰の欠けらとあり、不滅……。

「ある、かしら、カラオケに」

川島由紀子は、かなり飲んでいるのに、どっしりとした足取りで歌詞カードのあるところへ行き、きっちり捲りに捲り、戻ってきた。

「迷惑ですよね、でも、忍耐です、地曳さん。その代わり、息子さんの真左彦くんの面倒はきっちり見ますからね。だけど、突飛《とっぴ》なところがあるから、お父さん、大変かも」

良く息子の性格をこの川島由紀子は見抜いている。

「この歌、一九四七年の秋にレコードになって、流行《はや》ったそうなの。敗戦後二年ちょっとの歌なんですって、清水みのるって人の作詞で、トネイチロウって人が曲を付けて、歌ったのは菊池章子とかいう女ですって」

「知ってますよ、俺の尊敬する人が好きだった歌です」

「そうなのぉ、歌のタイトルは『星の流れに』だわよね。聴いてくれる？」

小さい卓に向かい合っていた川島由紀子が、半身を乗り出して、地曳の耳の側《そば》へと、、、ぎりりと窄《すぼ》んでかなり蠱惑的な両唇を近づけてくる。

「歌の詩の主人公は、敗戦後に侵略した中国の奉天《ほうてん》から引き揚げてきた二十二歳の看護婦なのよ。日本に帰ってきても身寄りもなく、売春婦になってしまった哀しみと静かな怨みがあって……やるせないわ」

一九四七年は地曳が生まれた年だが、殺された海原氏は既に物心《ものごころ》がつく頃、……『星の流れに』を悲しく切ない思いとして刻まれたのだろう。

「ねえ、東京のど真ん中の有楽町と新橋の間の国鉄のガード下に行ったことあります？　一杯飲み屋もあるけど、どこかしら敗戦直後がまだ残っているガード下で、レンガもコンクリートもくすんでいて」

「あ、今日、二、三回目だけど通り過ぎた」

「そう、そのガード下で戦争で両親とかを失くしたり、はぐれたりして……の若い女の人が夜の女に転落してうろうろしてたんだって。高校三年の時、先輩と初めて入った高崎の小料理屋の四十ぐらいの女将《おかみ》がＳＰ《エスピー》のレコードを聴かせてくれ……教えてくれたわ」

川島由紀子の前置きは長い。えてして前口上が長かったり詳しかったりする人間の歌唱力は、えーと、低いけど、と地曳は笑いを堪《こら》えた。しかし、海原一人氏と同じ感性を持っていると、感激も覚えてしまう。

「星の流れにぃ　身を占ってえ　どぉこをねぐらのぉ　今日の宿ぉ……」

えっ、正調の上手さではないが、川島由紀子の歌は掠《かす》れながらきっちり音階を踏んで、詩を曲に託すにふさわしい低い響きがある。

「荒《すさ》ぁむ心でいるのじゃないがあぁ　泣ぁけて涙も涸《か》れ果てたぁ　こんな女にぃ誰がぁしたあ」

ふうむ、ＮＨＫの喉《のど》自慢なら鐘の二つぐらいだろうが、この歌の詩を選んだだけで頭が下がる。歌唱力だって、むろん歌姫の美空ひばりには敵《かな》いっこないけれど、女のフランク永井張りで、掠れて低音、微かな震え声も良くて聴き惚れてしまう。

「二番目も物悲しくて切《せつ》ないんだけど、ほら、ここのママもお客さんも『何してんだ』と見てて迷惑そうだから、省きます。んで、三番」

そりゃ勿体ねえと正直に地曳が感じることを川島由紀子は告げた。

「飢えてえ今頃ぉ　妹はどこにぃ　一目逢いたいー　お母さん、ん、ん　ルージュ哀しや　唇かめば、闇の夜風も　泣いて吹くぅ、ぅ　こんな女に誰がしたあ」

地曳の耳の穴の底から半ばへと、川島由紀子の歌声というより、清水みのるの詩が溜まって、よろめきながら、歌い終わっても木霊《こだま》し合う。

「あのね、地曳さん。わたし、軀を売る女を舐めたりしてるんじゃないの。でも、望まないでそうするしかなくなった女の命運って実に悲しいし、そういう社会や国家を、とりわけ戦争をしちまってこてんこてんに負けてしまって無責任な政治家や軍人を怨むってことに共《とも》鳴りして同じく震えちゃうんですよ」

「そ、そ、そうか」

「文学の愛《いと》しい魅力を知ったのが、今の歌なんですよ。ま、大学に入ると、詩とか短歌とか俳句の本質だと思うけど抒情だけではというより、抒情に溺れると……権力を持ってる人達、ちっこい権力を持ってる人人、何も持ってない人人との関係とか歴史が……どうしても見えなくなっちゃう」

川島由紀子の説に、詩とか文学については解らず、単に俳句と短歌と流行歌の詩についてだけは好きな地曳は戸惑う。組織の中だって、そして、この歌の詩の魅力を含めて文学論をちゃんと丁寧に説明してくれたのは殺された海原一人氏だけ。あ、どぶろく名人の帯田仁の大学以来の人の善い友達の大瀬良なにがしは「なお、作家を志している」とのこと。あれこれ、教えを乞いに行ってみるか、新潟へ。これからの革命運動には、文学も漫画も流行歌も必須という気持ちはおのれにある……のだし。

「地曳さん。わたしが離婚した原因は、というより『別れるっ』と宣告されたのは……ですよ、わたしが『星の流れに』を彼の誕生日に歌ってやって、それで自分でも、うっとりして、『ねえ、今晩、遊びませんかあ。五千円でオウ・ケイです、東京・大阪間の飛行機代の片道の半分で』と言ったから……なんですよ」

「え……へえ」

「彼、怒っちゃって『出て行けえ。そんなことしたんだろう？　えっ、おい。すべたあっ』て、凄い剣幕、差別丸出しで」

本当か？　川島由紀子の打ち明け話は。

でも、でも、『星の流れに』の詩の余りの切なさと理不尽の迫力、加えるに、掠れて時にざらつきのある声の真実性に旦那、おっと亭主、これもいけねえわ、夫が嵌《は》まり、詩と曲の真実性を全て全て丸ごと信じ……くわーっとなったのかも。

「俺、夜の女の人への差別性はないと……思ってる。少しのこだわりはあるけど」

地曳は、正直に言う。というより、大学に入って間もなく学生運動に参入し、そんな暇はなかった。むろん、ゲル、金も。もしかしたら、組織にとっては健康でも、個人にとっては不健全だったのかも。

せめて、トルコ風呂の女性と交わり、いろいろ勉強すべきだったのかも。

「へえ、あらあ、本音なのかしら、地曳さん」

「うん。俺、死んだかみさんが初めての女性だったし……無知で、女性には」

どうも、死んだ陽子に話が絡むと「女」が「女性」の言葉となるようだ。そう……か？

「だったら、地曳さん、わたしを買って下さらないかしら」

「ええっ」

「出所割引き、刑務所からの……にするわ。日雇いの労働者が一日七千円ちょっとだから、半分の三千五百円でどうかしら」

「そ、そ、そんなア」

「ホテル代は、地曳さん、お客さん持ち」

「金の問題じゃなくて、あのう、あのう」

地曳は、驚きを遥かに超えて、おのれの父《と》っちゃん坊やの丸顔が将棋の駒みたいに角張るのを自ら知る。

「やってみたいのよ。『星の流れに』の詩が小さくても、女の自分が流されていくのに嫌気《いやけ》が差しながらも根っこの女の、国家、社会、男を、地の底から怨む原点のところを」

川島由紀子が「原点」などという言葉で話すと、男の地曳は「ううっ」と胸の内で呻いてしまう。

しかし、今は一九八二年であって、いくら何でも敗戦直後の一九四七年とは時代が異なる……わけで。

いいや、川島由紀子のこの急な娼婦への変身は、即興のせりふ、演技、アドリブというやつか。

う〜む、だったら、この川島由紀子のアドリブは「俺と寝たい」という正直な欲求の婉曲なる表現かと地曳は嬉しくなって、店中を小躍りして走り回りたくなる。

待て、大学に入ってあんまり時を置かずに学生運動に熱中し、女は素人も水商売も知らずにきて、それはそれで立派と自惚《うぬぼ》れてきたけど、それでは働く女性の一番しんどい層の労働者を始めとして女の活動家の心が解らず、オルグ、つまり組織化などできっこない。マイナスのつけかも。いや、死んだ陽子のためには……実に、互いに良かったと言い得るけれど。

「地曳さん……あ、そのう、お客さん、急いで決心して下さいね」

川島由紀子は、ブラウスのボタンを肉付きが豊かだけど華奢《きやしや》な指で一つ、二つ、外した。おぞましいほど白い肉が現れ、乳房の上の上の方の裾の丸みを帯びた肉まで垣間見える。

「はあ……」

たぶん、おのれ地曳は、鳩の眼みたいな両目をして事態について解らず、驚いたまま、ぽか〜んとしているのであろう。

それでも、結論として、今の今が飲み込めない。そうか、この川島由紀子は、山谷の厳しい日雇い労働者の、明日が分からぬ労働をする女の気持ちを自分の肌で知りたいのかも。大学に入ったばかりの頃、遊びのその道に詳しいと自負していた同級生のKという横浜の黄金町のアパートに住んでいた学友が、「トルコ風呂も、お座敷売春も、雇い主や女将《おかみ》がいて女はきつい、重労働。例外は、減っているけど立《た》ちん坊《ぼ》で、これはヤクザも同情して見て見ぬ振りをして放っとく」と得意気に言っていた。今、川島由紀子は立ちん坊の娼婦と同じことをして、マルクスの嫌ったルンペン・プロレタリアートに似た日雇い労働者の気持ちを実体験としたいのかも……。そう……同じ心情になりたいのだろうか。

　こう考えると、川島由紀子なりの捩《よじ》れたり、照れたりの気持ちは解らないでもない——が、殺された海原一人氏の敗戦という歴史と女の置かれた社会性を二つとも貫いての『星の流れに』への共感の深さが、今更ながら凄いと地曳は考えてしまう。

「お客さん、葬式と法事と賽銭で、宗教法人だから税金も払わないでぼろ儲けしてる寺の住職が強盗に出会ったようなびっくり顔をして」

「は……あ」

「びっくり顔を変えたら、今度は、芥川龍之介とか太宰治みたいに深刻ぶって写真を撮る表情をして」

「ま、しかし」

「行きまひょ。愚図愚図せんとな」

　へえ、川島由紀子は関西出身なのか、歯切れは良いが関西弁にある〝余《あま》り〟の足りぬ余韻のない言葉を出した。いや、羞恥心を隠す……ためか。そりゃそうだ、群馬県出身だものな。

　——こんなに多いのか、即席の性愛を煽る賑賑しいラブ・ホテルはと地曳はしょっぱい気分と、いいや、人類史の維持のための必須の場所で祝うべきことの気分の間に揺れながら、「帯田さん、カンパ、ありがとさん。役に立たせてもらうぜ」と胸に呟《つぶや》く。

　それにしても何だかんだ言って、切羽詰まってくると金は入ってくるもんだ、とゆうか、亡き妻の陽子や、帯田の情や仁義がこうさせてくれているわけで、ふと、もしかしたら、コムニスム、共産主義にとっては、搾取とか、労働疎外とか、支配階級の打倒と労働者階級による独裁よりも以前の大切なことではないのか……の考えが、四肢や鳩尾《みぞおち》や心臓から頭へと集まってくる。

情と義理……。

もしかしたら、この川島由紀子も……また。

——割合こぢんまりした所に入った。

部屋に入ってベッドの頭にあるボタンを押したらベッドが浜辺に寄せる本物の波みたいに波打つのにびっくりしたり、ベッドの脇に警察の取調室にあるようなマジック・ミラーごとき大鏡があって落ち着かない。

川島由紀子も、演技ではないらしい、珍しそうに地曳に続けてベッドの頭のボタンを三度も押したり、大鏡を暫くきょとんとして見つめカーテンを閉じたり……だ。そもそも、川島由紀子は酒場の時と違って、口数が極端に減ってきた。

それでも、五年数ヵ月ぶりの生身の女の匂い、ひどく近くにある女の存在、そう、ワンピースの下には裸があると、地曳は我ながら十代半ばのような胸騒ぎと鼻血を零《こぼ》す寸前のように額から鼻奥が熱くなり、恥ずかしい。

——ところが、ところが、だった。

川島由紀子が自分で、さやさやとか、ささっささんとかS《エス》音の衣擦《きぬず》れの音を立ててワンピースを脱いでいき、これまでは実際には見たことのない藍色の目には鮮やか過ぎるようなスリップ姿となり、ベッドの上に仰《あお》むけに軀を横たえた、胸と腹筋あたりをせわしなく波打たせて。

けれども、地曳が、ブルーではなく、桔梗《ききょう》色でもなく、小料理屋の暖簾《のれん》を綺麗に、かつ丁寧に洗い晒した感じの藍色のスリップを脱がし、いけねえ、もしかしたら鼻血を垂らすかもと感激と表現するのがふさわしいものに胸底が拉《ひし》げられそうになり……。

が、なぜなのだ。

要の男の器官が……。


——いろんな姿勢で試み、川島由紀子の羞恥心をかなり侵して踏ん張り続けたけれど、頑なに駄目そのものなのだった。

おのれ地曳は唯物論者なのに、しかし、唯物論では説明のできない精神の優位、場合によって霊《れい》の魂《たましい》などがあるのかも知れないとすら推測してしまった……あの世で、亡き妻の陽子が「出会って二時間の女性とできちゃうなんて」の怒りが……。まさか、まさかそのものだ。

なお挑みながら、冷や汗の中で地曳は自らを分析する。

三十五歳、しかも、刑務所から出て三ヵ月は女とは性的なことはしていなくて、飢えているのに……若年性の不能なのか。違う、出所してから、三日に一度、自分で欲望は済ませていて、その場は亡き妻の陽子が八割、陽子には悪いと感じながらその妹の道子が一割、あとは何という思想の腐りか、ゆきずりの女……。

でも、自分で済ます時は「仕方ねえだろぅ、ムショ帰りだもんな」と諫《いさ》めるけれど、青春時代の初めほどの張り切り方なのだ。

待てよ。

もしかしたら、川島由紀子の、おのれ地曳を軀で欲しいとの照れ隠しのアドリブの演技、〝娼婦〟の呪文に嵌まったのかも。と言うより、戦争が起きれば、勝った側の女性については知らないけど、負けた側の女性の命運は悲惨そのもの……。娼婦と、国家や社会や男の強いる惨めさが、おのれ地曳の心情と頭の中できつく結び付いて……不能へ……か。そもそも、銭金で女性を抱くというのは……アウトだし。いいや、故海原一人氏の思いの欠けらが……。

――ついに徒労に終わった。

部屋を出る前に身づくろいや化粧をしながら川島由紀子が両眉と両目をだらりと下げて言った、

「気にしないで、地曳さん。わたしに、セクシャルな魅力に、ぅうん、女としての魅く力にかけているのが……主な原因なのよ」

と、溜息混じりに。

そして、ホテルの出入口への通路で、意気揚揚としている男と満ち足りた風《ふう》になよっ、と男の腕に縋っている二人連れが地曳達を追い越して行くと、川島由紀子が深くて尾を引き擦るように告げるのだった、「あのぅ、あのですね、地曳さん。そのぅ、元気にならない理由はわたしにあるとは考えますけど……もしかしたら……だから、精神分析の研究書とか医学書を勉強してみますから、また会って……いいえ、相談にのります」と。

気が付くと、公安の刑事の潜《ひそ》んでいそうな薄暗く小さいフロントだが、通り過ぎながら川島由紀子が明るさをちょっぴり取り戻したみたいだ。証しに、赤いパンプスの踵《かかと》の部分を脱ぐようにして歩く。

「あり……がとう」

「ううん。だけど、あのですね、結婚は懲《こ》り懲《ご》り、と言うより、しませんからね」

「あ……そう」

少し安心する、地曳は。川島由紀子が妻となって布団を一緒にする度に「わたし、夜の女、買ってくれるう?」と迫られても困る。人類史の初めから娼婦はあったらしいと大学の数回しか出なかった授業の教授が説いていたけど、やっぱり、女性が貧しかったり、境遇が惨めだからだ……。自ら進んで志すだろうか、ほぼ、ないはず。ゆえに、男の一人としての地曳の心、いや、男の器官まで萎縮させ続ける……だろう。

だけれども、厳しく、がっくりともする。川島由紀子の肉体はかなり豊かで、乳房、胴回り、天を向く腰と減《め》り張りが効いているのだ。その肉の色も褐色《かっしょく》とか弛《たる》みとかとはほど遠い。つまり、白く、弾みがある。

「あら、考え込んで……地曳さんたら」

ラブ・ホテルの並んでいる裏通りが続く中で、川島由紀子は、幾度か、いや頻《しき》りに石蹴りの遊びをするように地べたを赤色のパンプスで蹴り上げる。

「結婚制についても疑わしいと感じてるけど、その上……」

「何だろう、『その上』って」

「真左彦くんが息子になったら、困るもの。教育方針が出ないわ、ちょっと扱いにくいというのを通り越して……厄介で、危なくてさ、何か怖いことへと突っ走りそうで。新左翼の最もラジカルだった日本赤軍や反日武装戦線の〝狼〟グループみたいに」

「えっ、もう潰滅そのものだけど」

「嫌《いや》ねえ、地曳さん、とんちんかんで。左翼でなくて、別の訳の解らないところへ、真左彦くんって……行くかも。ううん、行く可能性がある……じゃなくて、そういう傾きが……そのう」

川島由紀子は、おいーっ、地べたの、石ころを、本当に蹴り上げた。危ねえーっ、と地曳は思ったが、直径三センチ、厚さ一センチ程度、人を傷つけまい……と地曳が判断した通り、ネオンの明かりの中でスナックの看板の上にごとっと落ちた。

「川島さん、真左彦のどんなところがやばい、いや、危ないのかな」

地曳自身が、どうも息子について、自分の不在のせいとは思うが、細かいことと大きなことの区別ができなく並列的に考えているような不安に駆られることが多多ある。でも、中学生なら、それは当たり前に成長過程で潜《くぐ》ること……。父親のおのれ地曳すら、良い齢で、ことの重さ軽さが解っていない……。

「母親になる気もないのに、本人の不在のところで喋ってごめんなさいね」

「そんなことは」

「だったら打ち明けますけど、真左彦くんは、自分の関心のあることだけに、拘《こだわ》り、徹底的に追い求め、体験でも深追いして、他《ほか》のことは放っぽり投げて無関心そのもの、それどころか『どうにでもなれ』なの」

「そ、そ、そうですか」

　こう答えながら、地曳だって、中学一年で一学年上の女生徒に恋い焦がれ、その他のことは勉強すらどうでも良くなったわけで、思春期、成長の旺盛の時には屢《しばしば》ある、ごく普通なことではないのか。

「ただね、彼、真左彦くんは、自分の関心のあることに極端に夢中になりながら、どこかでクール、冷めてるところがあって……将来は、研究者、学者向きかも」

「へえ、父親の俺とは逆、正反対だな」

「でもないところも、真左彦くんは持ってますよ。この前も、どや街の山谷《さんや》のリポートを書かせたら、まさか『資本論』の第一部、第七篇、第二十三章『資本制的蓄積の一般的法則』を実際に読んでいるはずはないのに、引用して書くのよね」

　うへーい、この川島由紀子は『資本論』を実際に読んでいるのか、いるらしい。地曳は、監獄で分厚い四冊の中の第一部『資本のナントカ』の第一篇の『商品と貨幣』を四、五ページ捲ったただけで小難しくて放棄している。全部読み通すなど、大人にとっても、大人の共産主義者にとっても苦役どころか拷問に等しいのではないか。

「いけない、『資本論』で傷ついたかしら。しようがないんですよ、あたしの大学のサークルは客観主義者の集まり、書物だけを通して社会を学ぶってのがモットオだったの」

「あ、そう……ですか」

「それでね、真左彦くんは『金持ちが儲けられるのは、賃金や労働条件の劣悪な産業予備軍、失業者を意図的に作っているからだ』と、的《まと》を突いたリポートを出したんですよ」

「それは……ま、労働者階級の底辺の苦しさ、明日も分からない不安、労働のきつさを息子が解ってくれさえしたら、全てＯＫ」

産業予備軍については、資本家にとっては労働力の安さの維持の安全弁だとする正しさにおいて、でも、あなたから教えられたからでしょう、と地曳は口に出さなかった。この心情は息子可愛さ、差別表現になるのだろうが親馬鹿《ばか》ゆえだろうか。

「だけどね、分析と分析の合間の文章なんて急に素朴になり、和らいで、楽しませてくれるんですよ」

「へえ」

「例えば、『じゃじゃじゃーん。しかしですぜい、失業してる人、ルンペンの人は決してへこたれない、すんげえ逞しいの。朝早く働きに行く時の土方姿とか、だぶだぶのズボンで膝下をきりっと締めてのニッカーボッカーの格好なんて凛凛《りり》しいこと。男色の気持ちの理解をしちまうのです』とか……」

川島由紀子の創作文ではないであろう、息子ながらあんまり上手な文章では……ないような。

うん？　もしかしたら、真左彦に入れ知恵してるのはこの川島由紀子と中学のスト破りの教師以外にも兄貴分みたいのなのがいるんじゃないのか……と地曳の頭を心配が過《よ》ぎる。

「だから地曳さん。真左彦くんは、詩人や歌人、場合によっては小説家になる手もあると思うけど」

「えっ……」

詩人や歌人で食えるわけがないし、小説家だって売れない奴が九割五分以上らしいし、老人作家なんて言葉を忘れる、出てこないで赤貧の暮らしと聞いている。親子二代でかみさんの紐《ひも》ってえのは、そもそも、どんなものか、道徳に反する……のでは。

「あら、あたしは国鉄で帰るから、ここで」

「そ……か」

「社交辞令としても、がっかりの表情をしてくれてありがと。それにしても……ね」

「ん？」

「地曳さんて、思いも感性も時代遅れなんですね、あまりに。女の心根を古い解釈でしちゃう、息子の躾や教育も『博物館入りのマルクス主義』に囚《とら》われちゃってる」

「う……」

「ま、時代に追いつけないから、人として、男として、地曳さんは……立派なんですね。じゃ、さようなら」

最後《さいご》っ屁《ぺ》を放つと表わすより「時代遅れ」にこの晩のみんなを煮つめたように言い、川島由紀子は肩を聳《そび》やかして人混みへと消えた。

4

綿《わた》というより、なお正月や縁日では的屋《てきや》のお姉さんが紡《つむ》ぐ、甘いけど頼りない口当たりのする綿飴《わたあめ》みたいなあっさりした雲が、ふうわり西空からやってくる。

同じ一九八二年十一月初っ端《しょっぱな》。

川島由紀子の件があって、ほぼ七日だ。

地曳は、あの唐突なる、物質より精神、肉体より思いの圧倒的な優位に怖じ気付いている。が、むろん、誰にも言えないし、打ち明けられない。

三日後に、属する党派の会議が待っている。あんまり中央集権的な組織でないというより、ローザ・ルクセンブルクの労働者の自然発生的な怒り、闘いへの奮い立ちが根っこにあるので、最もの幹部が集まるとしてもソ連や中国のスターリン主義的に上から下への決定も緩《ゆる》い——が、その会議へ、地曳はそれなりに構えている。

組織の創設者の佐佐氏の側近からは、先おとつい、いきなり、オルグ、説得に呼び出された。

へえ、とか、ほお、とか感じたけれど、九州大学を疾《と》っくの疾《と》うに中退したはずの、若禿のつるつるした頭を更に剃《そ》っての変に中年の男っぽい印象をよこす本名・島江田《しまえだ》がやってきた。理論家で、組織内では知られている。

「奴らは、組織内の差別糾弾とか、暗さが永遠の日程であるS《エス》摘発だけを声高に叫んでるけどな、労働者の本体など無視して、たった百人ぐらいで『武装蜂起だあっ』と跳ねたがるし、実際にやりかねない連中だ。それは分かってるな」

この島江田の言葉で、労働者は佐佐派が多いと改めて地曳は確信として知った。

他にもいろいろ用があるらしく、忙しいのだろう、地曳が大学時代は天とは譬《たと》えないが、どのつく〝偉い〟活動家、海原一人《かいばらかずと》氏の次か、横並び、島江田が腕時計を頻りに見ながら叩き込んでくるので地曳は引き気味になる。

「あのな、高倉だったよな、組織名は」

「うんと前は、そう」

「ま、いいや、紛《まが》い物《もの》の銃を一人よがりで持ってても迷惑なんだよな。組織全体が、蜂起でもない時世に銃による武装をしてると間違って推測されるんだよ」

「う……」

「あんな銃なら、俺達だって簡単に入手できる。でも、敢えて持たねえ」

「しかし……」

今は更にもっと緊迫しているのかも知れないけれど、海原一人氏が殺《や》られ、やり返さないと仲間は自らを信じる力を失い、同調者も離れてゆく切羽詰まった時、しかも、アジトで何人かと共にいれば反撃し得るが一人でいる時は死……。

そうか、刑務所から出てきた時に出迎えの本屋敷か久田が「あの件は、チャラにした」とはこのことか。

「じゃな、組織の増やし方と真の防衛も考えると良《い》いな」

〝偉い〟風を吹かせ胸を反らすだけ反らし、外で待っている防衛隊二人に行き先を指で示し、島江田は流行りのファミリー・レストランから支払いはせずに出て行った。

地曳は、そうか、未だ最終決心はしていなくて、なお、「分裂だけは回避しよう」が本音なのだが、組織内から見たら〝武装派〟なのだろう、だから、懸命なオルグはせずに島江田は様子見《ようすみ》とジャブを入れにきたらしい。

——きのうは、続けて、何派と呼んで良いのか、反差別の内部すら糾弾派と呼ぶべきか、対K派との妥協などあるはずもない武闘派と呼ぶべきか、ま、学生を取り仕切っている宮本派と呼んだ方が早いか、連絡があった。しかし、武装を担って対K派、ゲリラ戦をやり抜いているのはE、土方とも芹沢とも組織名を持っていたあの東北の私大中退の根性ある奴……のE派と呼ぶべきか、分からぬ。分からぬが、やっぱり、こういう組織の一大事の時にはEの実際に軀を賭ける武闘派とは無縁の理論派の東大生が現れるようだ。

左派と呼ぶべきか、要するに対国家とはゲリラ戦を闘い、対K派とは相手をぶっ潰すまでやり抜く決意で、組織内外の差別は実力糾弾をすると唱える方《ほう》は、夜陰に紛れるように羨ましいほど若い連絡役がきて、うへーい、これから泊まりがけで静岡や千葉や埼玉へと移動するのかと合流する前から疲れを覚えた。けれども、そんな甘ったれて、悠長なこたア感じるべきではねえ、おのれ地曳以外はみんな悲愴な構《かま》えであるはず、洗面道具を急いでショルダー・バッグに詰め、出かけた。

義父の伸一も、義妹の道子も、息子の真左彦も留守で、見送られずにほっ。

タクシーを三台乗り換えて夜、ターミナル駅近くに着いた。ここから歩きと電車かと推測したら、大きな果物屋の前で背中を叩かれ、振り向くとE、芹沢、今は別の名を持っているだろう軍事を取り仕切っているはずのあの男だった。東北の草深いところの生まれ育ちだ。軍人のゴリガンスキーなのに、剽軽《ひょうきん》な男だ。

実のこと、果物屋を通り過ぎ裏道に出るなり、この男は、裏道とはいえ人が通って目立つのに、

「んだっ、んだっ、んだ、んだど……」

と、左手を闇空へ、右手を腰に当てて掌《てのひら》を開き、踊り始めた。「んだ」とは東北の深いところで「はい」とか「YES」の意味か、東北土着語に目立つ「だぢづでど」の濁音の掛け声で、足をそれなりにリズミカルに踏んでいて、踊りに奇妙に似合っている。

「あのな、芹沢、みんな見てるぜ。そのうち、人だかりができちまう」

「んだっ、んだっ、んだ、んだど……もしゃ、地曳さんの出所祝いだものにゃ。ブトウで嬉しさを表さねえとしゃ」

「ブトウって？」

「相変わらず、ゲージツっこ、文化こに弱い地曳さんだにゃあ。んだっ、んだっ、んだお。そうだす、舞うに踏むで、舞踏《ぶとう》だじゃ」

Ｅ、芹沢は地曳の本名を連発するが〝裏〟の頂点だろうし、この際、黙っていよう。

「へえ」

「俺ホの隣の県の秋田出身で、んだっ、んだっ、んだ、んだど、ヒジカタタツミが始めたのだもしゃ……おしまいーっ」

そういえば、週刊誌かスポーツ紙で〝暗黒舞踏〟とかの記事を読んだ気がするけど、もっと高級な踊りじゃなかったのかと地曳はちょっぴりだけど白けてしまう。うんや、高級って何だ？　これもおかしい。

「あのですね、今、俺、クラチです。どうも、御苦労さまでした。出迎えも、きちんとした祝い金も準備できてないで。ごめんしてけれ」

へえ、旧姓、おっと、かつての芹沢は、クラチは「倉池」か「倉地」かとしていると分かるだけでなく、終わりの言葉以外はきちんと、東京地方語、標準語を話せるようになっている。訓練の苦労のほどが偲《しの》ばれる。アクセントとか言葉の調子も東京のそれになっている。維新後の日本国の〝脱亜入欧〟〝富国強兵〟の元の中央集権への邁進《まいしん》の中で、軍隊や税金の面では、進軍の命令や税の徴収の重さを知らせる言葉が大事ゆえに標準語ができたのだろう……か。

「済みません、仮称はJ《ジェイ》さんにさせて下さい。Jさん、つまんねえ舞踏の外《ほか》は何も祝いをしてやれねえで」

揉み手もせず、握手も求めず、擦れ違う人を気にせず、地曳よりちょっぴりだけ背丈の低い、えーと、クラチが立ち止まったまま、深く息を吸い、吐きを五、六度繰り返した。

「あのですね」

クラチが、たぶん、あのう、そのう、十人以上のK派を血祭りに上げ、国家の末端としても裁判所や検察や警察の建物に火炎瓶を数百本ほど投げたその男が、まじまじと地曳を見た。

あれ、ちっこいけれど丸みを帯びて清《すが》しい両目、顎は将棋の大駒のように角張っていたはずだが、数数の戦闘を経ても、やや和らいだか。まさか……な。久し振りにおのれ地曳と互いに無事で、命を保って、会えた嬉しさだろう……としておこう。

地曳は、「出所祝いは、このE、おっと、クラチの顔で十分だ。いいや、十分以上」と感じてしまう。

「あのな、Jさん。もうすぐ、もしかしたら、ラストの中央幹部会。十三人の定員のうち、二人は『出席しない』と日和見とゆうか、良く考えれば『分裂したくない』だども」

「うーん、俺も、分裂だけは避《さ》けたい……わ」

「俺も、そう……しかし、労働者革命に命を尽くす者には、どんなちっこい組織にあっても、譲《ゆず》れねえ一線があるだべしゃ。いんや、あると考えます」

「ま、そうだよな。俺も分裂は厭そのもん」

「それ、解る……けどもや。国家への、本気での攻撃を忘れてとか、組織内でも被差別部落民、障がい者の思い、暮らし、怒りを、じっぱり、うんや、きちんと受け止めないと……左翼、共産主義者としての腐敗だどっ」

「う、う、うっ」

裏の小道での遣り取りだが、かなりの要《かなめ》の要を、クラチは口に出す。

「しかも、あの百人力、五百人力の海原一人さんの殺しへのやり返しもしねえ……など。許せねえ」

裏道の緩《ゆる》い坂へと登りながら二人は話し、連絡役は流行《はや》ってなさそうな焼鳥屋の前でうろうろし、また、E、即ちクラチと地曳は坂を下る。

「だけど、あのな、左派と言って良いのか、要するに宮本とおぬしの主張には、労働者革命の本体の労働者が少ねえんじゃないか」

地曳は、革命運動は六〇年代後半から、一九六七年の佐藤首相のヴェトナム訪問阻止の闘いを初めとして三派全学連のそれ、そして、全共闘の森林火災ほどではないけれど野火のような闘いがあり、一九六九年の東大安田講堂決戦から守りに入ったと、冷静に考える。それから、ずるずると下降を始め、単発的には鋭くて鋭さが度を越えての一九七二年の連合赤軍による浅間山荘での銃撃を散発的に含む闘い、一九七四年の民間人も犠牲にした〃東アジア反日武装戦線〃による三菱重工爆破の件をほぼラストとして対国家のでかくて迫力のある闘いは、ぐぐーんと減り、と共に、対K派との通称内ゲバへと……のめって行ってきた。

暗い。

しかし、今、自分達が頑張り切るのなら……。

そう、対国家とは、衝撃的ではないとしても、精一杯の反抗を。労働者を搾《しぼ》って従順にさせる資本家には、徹底抗戦を……。

うーん、その労働者についてだと、地曳は飲み屋街の裏道の小さな坂で考え込む。

「…………」

E、クラチも「労働者はどうなのか」というテーマを地曳がぶつけてから、幅五メートルもない裏道で、左手を頭の後ろ半分に寄せ、黙りこくってしまっている。

地曳とてきつく感じる、思う、考える。

コムニスト、共産主義者には、労働者階級とは、クリスチャンの神と神の子のイエスの在りようほどに重い。重すぎる、ぐらいだ。

然《さ》れど、今の今の、現実は……。

結成までには半月ぐらいかかるらしいけれど、総評、つまり、社会党左派と共産党の支持者の多い組合の全国連合に対して、民間の大手の労組の四十単産以上が結集して新しい、資本と仲良く〝なあなあ〟の連合体を作るという話が現実に迫っている。

「あのですよ、ごめーん、かつての高倉さん、えーっとJさん。Jさんの考えて拘ることは大切中の大切」

「え……うん」

「その上で、会議の参加者は、たぶん九人。採決になったら、一人、一票は、あのですね、重い。頼んます。俺は出席する権利がねえだもしゃ」

「うう……うん」

このE、クラチのためなら「了解、当ったり前」と言ってやりたかったけれど、やっぱり引っ掛かる。

無期懲役や死刑を引き受ける我が派の最もの軍人魂を持つE、クラチだ、いや、あと五、六人はいるはず、こういう根性の据わった人間こそ、「さよなら、そんじゃ別別の道に」とか、別れに、あっさり、潔いらしい、サラリーマン風の態で、裏道の坂へと登って右に折れ、消えた。

——別れて、地曳は、刑務所から出所以来、今日からの現実に引き寄せての深刻さとしては初めてぐらいに考えた。

一つ目は、やっぱり、思想と呼ぶほど立派ではないと自覚しているけれど、このまま党派に属して、営為と共に、五年前までのように息急《いきせ》き切って走るのか。

労働組合や学生を含む人民に六〇年代後半みたいなパワーが速さを加えて落ち込んでいる時代に……か。

いいや、だからこそなのだろう。

組織温存の守りではなく、何とか次の闘いの隆盛に向け、可能な限り軀を賭《か》け……。かの童謡の『かなりや』の詩を作った西條八十の演歌の詩で、侠客的とするよりは右翼チックな印象のする村田英雄の歌う『王将』にある「……将棋の駒に　賭けた命を　笑わば笑え……」ごとき心情だ。幻《まぼろし》であれ、貧しさと労働のきつさに喘ぐ日本、世界の人と共にの、そう、ヘーゲルの『美学講義』だったか七ページ読んで、放棄したが、その美学のつもりだ。生き方として、現実が酷く厳しければ厳しいほどに、生きざまとしての美学は輝く……のではないのか。

うーむ、背伸びか、強がりか、おのれへの酔いか。

でも、やるしかねえ。駄目になって崩れるか、無期懲役か、無期懲役か死刑か、敵対するK派によって身動きできぬ肉体になっても。

考え込んだ二つ目は、息子の真左彦のことだ。余りに遠い戦国時代でも、すぐ先の第二次大戦後も、戦《いくさ》の後に残された子供達は辛《つら》く、しんどく、淋しかったはず。でも、逞しく成長したとも聞いている。それでの、彼《か》の海原一人《かいばらかずと》氏さえ、長男の六歳の時に海原氏は殺されているが、地曳と二人で飲んで深酔いした時は「長男とは六年間で会って過ごしたのは、えーと」と指を折りながら、「七ヵ月だったな。完全に〝裏〟に回ってからの二年間は、三度だけ」と侘し気、かつ、自らを叱るように告げ、いわんや下の長女に付いては「この二年間で、たった一度」と両目の下の肉をあの人らしくなくでれんとさせて語り、「あのな、やっぱり、子供には無尽の愛情を注ぎ込まんとな」と付け加え、その果てみたいな両目の下げ方をした。どんな仁義のない暴力にも屈せず、朗らかで、理想を六十度の角度で常に見上げているような人なのに。

なるほど、しかし、欧米の思想の軸のキリスト教の主人公であるイエスは、確か『ルカによる福音書』だった、監獄の読書の記憶にきつく残っていたところには「もし、だれかがわたしのもとに来るとしても、父、母、妻、子供、兄弟、姉妹を、更に自分の命であろうとも、これを憎まないなら、わたしの弟子ではありえない」と記してあった。原始キリスト教が、圧倒的大多数のユダヤ教の中の極少数の異端だったとしても、この言葉は仰天するほかはなかった。頭脳不明晰、記憶力テキトウのおのれ地曳が、この箇所を七日間、百回以上読んでしまい、覚えてしまったぐらいだ。が、やがて、おのれはコムニスト、なるほどキリスト教の基盤から生まれたのだろうが、共産主義者。その上で、凄え至言《しげん》としつつ、海原一人氏の人として、父としての悶えに共感……した。

息子の真左彦は、義妹の道子の不断に見ての通り、あの風変わりだが本当の的《まと》を撃っていた塾の教師の川島由紀子の観察通り、「大きなテーマとどうでも良いテーマを並べてしまい、その重さや小ささを区別できない」感じそのものなのだ。

組織で、活動を久し振りに再開するとしても、何とか時を準備して息子と直の感覚、言葉、場合によっては親子喧嘩をきっちりして付き合おう。

考え込んで、でも、相手がいるわけで、おのれ地曳が決心しても意味があんまりない三つ目のこと。結婚することだ。死んだ陽子の後添《のちぞ》いと表現するとロマンチックな響きがするけれど、かなり切実な問題だ。

やはり、女の人の温もり、裸の見事さ、時に見当違いの意見と文句付け……とは、人類史の起源から、男の憧れだったような気がしてしまう。ま、従って、男による女への差別に満ち満ちた……。しかし、なあ。

でも、女が欲しい。青春時代の恋心三分《ぶ》性欲七分《ぶ》でなくて、五分五分で。それで、亡き妻の友達の人見綾香と会って幻滅し、息子の塾の教師と偶偶《たまたま》会って、おのれ地曳より詳しく深い社会や歴史の分析まで知って降参したけど、どうもそこいらに敗因があるのか〝失敗〟し、もちろん、おのれの〝時代遅れ〟はとことん知らされたけど、どうもなのだった。

亡き妻の陽子の妹は、陽子にひどく似た匂い、雰囲気があるけれども、そして時折、おのれ地曳は自らの欲望の処理の素材にしてしまうのだが、どうも女としてのエロティシズムに欠けているような。だから、地曳の自慰の空想のシーンも、もう一歩二歩三歩、迫力が足りないのだ。つまり、その空想は、三十歳を一つほど越えた道子が、地曳の部屋に浴衣姿で深夜に訪ねてきて、一方的に、「ねえ、努《つとむ》さん、あたし、淋しいの」と言って浴衣の腰紐を解いて迫る場面で……うーん。女性差別が、もしかしたら組織内部でも実力糾弾される時世《ときよ》がきていて、実際に吊《つる》し上げられるのか、男への据《す》え膳みたいで、どうもなのだ。その上で、しかし、九回のうち、一回は、なぜか道子は現れる。

やっぱり、再婚の課題は後回しなのか。

息子の真左彦が道子を、かなり慕っていて、実の母だった陽子ほどだから……とは、いかぬ。

考えねばならぬ四つ目は、生活費のことだ。これは、同じ仲間が、ほぼ九割七分が苦しんでいるはずだ。〝裏〟の任務の構成員は胃痛や極度のストレスやで苦しみ、仲間に告げないとしてものたうち回ってる……はず。その〝裏〟のボス、親分、取り仕切り役のE、クラチはもっと呻いているはず。ま、兵士の方がきついのは、かつての日本共産党の党員、いや、敗戦後五年ぐらいして井上光晴が『書かれざる一章』で不平と泣き言で記した通り……。

義父の伸一からやり方を学び、不動産業で稼ぐか……。ううん、おのれに、利潤を得る、儲けを得るのセンスはまるでない。

答えは……ないようだ。

でも、しがみ付いても、なおの志《こころざし》で。

もっとも……志で革命が成功すれば、もう、とっくにだろう……し。

5

秋が深くなるのだなと感じてしまう。

鯖雲《さばぐも》と呼ぶのか、南西の空に、海辺にひたすら打ち寄せる波みたいなくっきりした形の雲が、雲の塊《かたまり》と表すよりは、冬への準備の十二分の足並みのように貼り付き、ゆっくり西へと動いている。

俺も、せめて、この鯖雲みたいに、一つ一つ、個別のことへ熱を注ぐことが必要と、地曳は、義父の家へと小一時間の散歩から帰る。

属する組織が分裂するか、何とか一緒にやってられるかの会議が二日後に待っている。だから、明日からは朝に、遠い甲府まで出る。そこのホテルで連絡を受け、埼玉か、千葉か、群馬か、神奈川かへと移る。

せわしない明日以降が待つから、今日はゆっくり、多摩川、昔ながらで呼べば六郷川《ろくごうがわ》の枯れ草を掻き分けて季節外れで繁っている芹《せり》、ほんの少し茎が五センチもないクレソン、そして、どうしても胸底が痛んでしまう野宿者のところどころ破けたブルーのテントの住まいを見つめ、義父の家へと帰ることにした。午後三時だ。土曜なので、息子の真左彦は塾で留守、息子のために少しは役に立とうと久し振りに小説の文庫本を三冊買った、小さな駅周辺に必ずといってある小さい書店で。再読だが、夏目漱石の『こゝろ』、川端康成の『雪国』、野坂昭如の『エロ事師たち』だ。「今頃、こんなの読んでんの」と息子に舐められそうだが、少しは活動家としての、というより人間の幅を広くしないと。序《つい》でに、寺山修司の歌集『田園に死す』も買った。

――義父の家の玄関のドアを開けると、義妹の道子が地曳と息子の部屋へ続く階段の上の方で「あら、早いんですね、お帰りなさい」と言い、顔だけを振り向けてよこした。

おっ、濃密恋愛小説に出てくるみたいなむちむちっぷりの太腿から尻への肉が見える。もっと屈んで見よう。

いけねえ、これは〝覗《のぞ》き〟と同じで、モラルについて拘《こだ》わればブルジョア的道徳違反だろうが、いいや、コムニストにも共通する項《こう》の罪に入るのか解らねえけど、女性差別ではないのか。

でも、激しく胸の思いの底を圧《お》し、男根を含む骨肉を熱くさせる太腿の裏が見える。やや薄暗いのに、太腿の裏は肉が余って太く、かつ鮮やかに白い。生活感の溢れる粗《あら》い布地の、かなり古びた紺色のスカートの奥に……。駄目だ、目を背けろ、奥に、暮らしの感覚と反対の、薄地の下着が、淡いヴェージュ色のそれも垣間《かいま》見える、「ちゃんと決断せよ」と小さく叫ぶみたいに。

「あら、どうしたんですか」

不思議そうな表情を義妹の道子がした。

「済みません……済まない、道子さん」

「なんでえ？　あっ、下穿《したば》きを、わたし、曝《さら》しちゃってんだ、いっけないーっ」

雑巾を手にして、いきなり、道子が立ち上がってしまった、「下穿き」など古く色気のない言葉を口に出し。

地曳は、決心した。あれこれ贅沢を言ったり、迷ったり、女としての魅力を探すのに苦労してる場合ではない。

地曳自らの性の欲望のことがある。下手《へた》に溜めていたら、とんでもねえ女性差別〝事件〟を組織内外でやりかねない。性への欲望以外だって、おのれ地曳は過激派で組織の人間だけれど、そして道子はど素人の人間だけど、何とか二人で折り合いが付き、闘争以外の二人の共通の楽しみも作れ……そうだ。

息子の真左彦も、道子を実の母親の死んだ陽子みたいに慕い、時に反撥していて、それを含んで大切と考えている……だろう。

活動資金は無理そうだけど、親子三人の食費、住居費は何とか工面してくれそう。

よっし、と、地曳は階段を駆け登った。

だが、地味なスカートと正反対の太腿と下着を見ての急な接近は、いかにも現金な性格が出てしまうと、歩みをゆっくりゆっくりにする。

「道子さん、ちょっと、話が……折り入って」

地曳用の部屋の引き戸を、開けた。

「あら、茶の間で、ちゃんとした御茶を淹《い》れて差し上げますよ」

この鈍さは演技ではなく、本来の地《じ》の性格なのだろう、喜ぶべきことだ。地曳は、女の鈍さの魅力に気付いてくる。あ、いや、そういえば、道子の姉の亡き妻の陽子もまた……男女の仲について鈍かった。だから、ちゃんと出会った夜に、新人歌手が〝頭に血が上がり〟〝のぼせ〟るみたいにおのれ地曳と……できちゃったのだ。

道子は、すんなり地曳の部屋に入ってくる。

「えーと、明日から、いろいろあって、どうしてもやりたいことがあって、暮らしのパターンが変わりますけど、宜しく頼みます」

「そう、なんですか」

「はい。明後日の会議が勝負で、そこできっちり、本格的に。真左彦の、今までの面倒見は真底で感謝してます」

「あら、可愛い上に生意気で、好奇心も豊かで、わたしの方が追い付けてないけど、大丈夫、任せておいて」

あんまり汚れてない雑巾二枚を右手と左手に分けて持ち、ごく今まで通り普通の態で道子は立ったまま返事をする。

「それでも、過激派っていろいろ、あれこれあるんだけど……アジト、隠れ家を作って、ここへ帰らないとか、実際にやってしまったことはしゃあないとしても、こと、事件を捏造《ねつぞう》されて、そのう、監獄生活が長いとか」

「あーら、短い人間の人生、いろんなことが詰まっていそうで過ごし甲斐がありそう……良《い》いんじゃないのオ」

「はあ」

「そもそも、国家を担う人、その法、モラルって、国家が立派と思い込んでる偏向してる人達のもの。んで、戦前は大、大、大失敗。わたしは、それに、思いだけの反対とか抵抗とかの甘ちゃんでなく、きっちり刃向かって、身と心を賭ける人って……背伸びもあるんだろうけど、単純に立派、ううん、素敵《すてき》と感じちゃいますよ」

ええーっ、おいっ、道子のいうことはよいしょではないのか、本音《ほんね》……とは思えねえ。

「は……あ」

「お義兄さんて、でも、世の中に単純に反撥して、青春時代とほとんど変わらないようで……ごめんなさい、時代に追いつかないし、とんちんかんで、鈍い上に鈍いし、そこに魅《ひ》く力《ちから》を持ってますよね」

「えっ、あ、そう」

道子は、要するに、おのれ地曳自身が一割五分から三割知っている〝時代遅れ〟〝鈍い〟を誉めてくれている……らしい。

いんや、急がないと。

道子の上着に掛けている短いエプロンの下で、乳首が出っ張り、時に、まことに優雅に、譬《たと》えの表現を許さぬよう揺らぐ。

「えーと、ですね。俺の思いがあり、真左彦がひどく懐《なつ》いていることがあり……」

生活費のこととかも言わねばと考えの端《はじ》にあったけど削り、一応は、胸を反らすだけ反らす、地曳は。

「あーら、今更、感謝されても。それとも、わたしの好きな次郎《じろう》柿でも買ってきてくれたんですかあ」

道子が、地曳の両手だけでなく、あちこち周囲を見渡す。この鈍さの深さは、かなり……本物だ。

「それで、道子さん、申し出るのがとても遅れ、済みませんでした。ごめんなさい。あのう、そのですな、えーと」

「何なんですか。ごめんなさい、地曳さん、部屋を掃除しないこと？　汚な過ぎるんですよ。ま、プライバシーもあるだろうし。真左彦は、部屋の掃除をすんごく嫌うから……同じでしょう？」

この道子の鈍さを通り越した情勢へのオンチは、すんごく、力に溢れている。溢れすぎとしても。

「いえ。はい。あのですね、俺は、道子さんと結婚する決意をさっき……いえ、決意をして久しく……どうですかね、頷いて……同意して、受け入れてくれないかな」

よっし、言った。

「あら、もちろんですよ。父ちゃん、喜こぶわあ。真左彦は、もっと生意気になるみたいで心配だけど」

「そういうわけで、それでは、婚姻の証しをこれからすぐに」

本音を口に出すまで一五分もかかったけれど、地曳は、おずおずを装いながら、ぎりりと申し入れた。

「ええっ、こんな汚い小部屋でえー？　あ、お金を心配してるんですね。任せて下さい。んで、せめて、箱根か、越後湯沢か、伊豆のホテルにて……」

道子の「ホテルにて」の言葉が三十一、二歳ぐらいまで結婚しなかった、結婚できなかった女心がいじらしくあり、地曳は、かなり躊躇《ためら》った……が、やっぱり、肉への欲はそれを超えてしまう、あっけらかあと。

「いや、道子さん、心と心の紐《きずな》の刻印は、早くしないと」

続けて「神や、神の子のイエスや、仏さまが急《せ》かし、祝うのだからさ」と地曳は続けようとしたが、そして、神などが「いるか、いないか」は唯物論、とりわけコムニストにとっては「いない」であり、戸惑いつつ、言葉を噤《つぐ》んだ。

「あのう、地曳さん、この汚い、パンツもアンダーシャツもある布団……で、ですかあ。何か、熱いロマンとかでなく、大切なエッチにも重ならない気分で、す、す、助兵衛って雰囲気で……ですかア」

道子の気持ちは解るけれど、地曳は、道子の背中に手を回して逃げられないようにして、俯《うつむ》く顔を上げて「よっし、余裕を持て、おのれ、俺、地曳よ」と自らに言い聞かせ、両唇に唇を重ね、強く吸った。

よっし、予測した以上にぎごちなく下手糞そのもんの道子のキスの受け方、返し方だ。あのね、口あんぐりで、鼻穴を拡げて重い風邪を引いたような息をして……。

こら、おのれ地曳よ、道子が初《うぶ》と喜んでいちゃ駄目だ、しっぺ返しを食らうぞ……いけねえ、女に初《うぶ》とかを求めるのは差別だわな。うーん、差別、差別、差別で、おのれ地曳の頭ん中、全身の体毛が強ばり、毛穴が耳穴みたいなっている。

6

空の晴れ方が奇妙にすかっとしていて、乾いて単純に青い。

道子と交わり、細部の互いの務めなどは詰めていないが、地曳なりに新しい伴侶と歩み始めて、すぐ次の日、甲府のホテルで組織から連絡を受けた。

翌日、横浜の海辺の工場地帯を走る国鉄のちっこい駅の傍で、迎えの車に拾われた。

車には、学生運動一本槍から我らの学生を束《たば》ね、今は、労働者を含む全国の指導部の一人、創設者の佐佐の向こうを張っている本名、宮本が乗っていた。

「ちゃんと尾行を巻いてきたやろな」

「久し振りい」とか「よう無事で監獄から帰ったな」とか「軀の調子はどないや」とかが出てくるかと思ったが、宮本は現実の緊張感のある言葉で出迎えた。

車は、ぐるぐると辺りを回り、やがて急発進し、川崎の場末の町で止まり、宮本は、喫茶店へと地夷を連れて行った。

二人の注文したコーヒーがくる前に、宮本はテーブルから半身を乗り出し話し始めた。

「あのやな、頭取《とうどり》は、このK派と権力との厳しい時代に、な、な、何のや、自宅のかみさんに会おうとのこのこ帰ったことがあるのや、この夏に。部落差別も障がい者差別も解っておらんのに内部通信を書きたがり、その資料代二万円を財政担当に要求したんやでえ、銭湯は一回百九十五円だから、百回以上入れる値段をや」

「頭取《とうどり》」とは内部の符牒《ふちょう》でトップのこと、党派の創設者である佐佐のことだが、地夷には、何かしら細《こま》かい話だわいと感じてしまう。

「頭取の子飼いで頭でっかちの島江田は、どない立派な理論を振り回してもあかんのや、とどのつまり、差別者やでえ。内部の差別者への糾弾を『刑務所』と表現したり、K派との闘いを日和って、とどのつまり闘争からの脱落、逃亡者。せやから独身のまま、組織の女四人に振られる魅力のなさなのや」

痩せ顔の宮本は目ん玉は大きくて、それを菱形にして、小声としても他者が目の前には不在のように喋る。五年プラスアルファの間は、組織と関わることのできなかった地夷に、現の人物を良くいえばリアリズム、普通で評するのなら細かい、細か過ぎる点においてどんなものか、指導者としての思いが過《よぎ》る。

「脱落・逃亡派の労働戦線の代表面《づら》をしとる佐藤、おっと、カワノは党派が突っ走ろうとすると『俺は純粋労働者だア、労働者階級の全《まった》き一員だア』と制約してきたけどや、奴《やっ》はミシンのセールスマンに過ぎんのや。ま、奴のために、わいは十年以上、このことを隠し、口を噤《つぐ》んでやったけどな」

宮本は身を競《せ》り出すだけでなく上半身を伸ばしたまま、文字通り、上からの眼の位置を固め「これが、対立、そして分裂への真相《しんそう》やでえ」の、良くいえば現実の迫る力、普通では「わいは、力がありよるのだ、あんたより」の態《てい》をちらちらさせる以上のものとしてよこす。しかし、佐藤さん、おっと、地曳より十二、三、四歳も齢上の〝生粋の労働者〟のはずがセールスマンだったのか……でも、しゃあないのではないのか、敗戦からそんな時が経《た》ってない時、何しろ食うための職が必要だった……はず。それより、労働運動を取り仕切る幹部だけでなく党派の幹部については、略歴を正直に示す必要がある……のでは。いや、対国家とその一つの機関の公安警察の調査もあり、内緒にしておく方が正しい方針……なのか。ううん、やっぱり、違う。党派の人間が、幹部をどれだけ信頼するか、場合によっては批判するのかは大事中の大事で、それは略歴で三割ぐらい分かる、情報は一般の党員に開かれてないと駄目……なような。そう、それを指導部の一員として「口を噤《つぐ》んでやった」というのはどうもおかしい。むしろ、きちんと党派の人に公にすべきことで、隠してきたのは、フェアでない。

「そんで、あいつ、表《おもて》、公然の佐藤の奴は、そんな失敗であらへんわ、公安の察《サツ》がうろうろしとる東京地裁で、ひっそり、裏《うら》、非公然の明大の浦島《うらしま》が裁判の傍聴に行ったら『やあ、やあ、元気しとるぅ？』と握手を求め、除名もん……」

地曳が、宮本の話よりは、人物だけについてこれだけ細かい文句、批判、非難を投げつけることの原因を、やっぱり哀しい、それだけ生身《なまみ》でもある組織の分裂の危機へときたことによる論議の細かさにあるのかと思いをうろうろさせている間も、宮本は、逃亡とレッテルを貼られてもしゃあない右派と規定しては可哀想か、地曳も自身が可哀想になるけれど、喋り続ける。相手の人物の欠点をことさらに、いや、細かく分析し、いきなり拡大し……。「おいっ、聞いてるのやろか」も聞かず……。

「ん……ぐっ」

細かい、右派の幹部の人物評と批判を喋り過ぎて喉が渇いたか、カップに残ったコーヒーばかりかグラスの水を半分飲み、一旦、本名、宮本は口を閉じた。

「あのう、えーと」

「わいの組織名はシンカイ、深い海やて。ま、現《げん》のことには、謙虚にならんと、えーと、地曳」

「ま、そう。だけど、世界の現状はどうなってるのか、とりわけアメ帝とソ連、それにアジアは、日本は、についての核心を……知りてえな」

皮肉、小さ目の揶揄《からか》い、我慢してのちっこい批判を地曳は投げた。

「そないなことは、機関誌に書いてあるやろが。しかも、基調はわいらが握ってやっとるし、わいが、直に、機関誌の責任者の森に会うて指導したり、手紙で指示しとるのやで」

うーむ、機関誌は大切の中の要、党派員だけでなく、同調者やシンパへの誘い、まるでノン・ポリの素人の人人への訴え……とある。しかし、これから、もしかしたら分裂する直前か、まさに分裂の会議の寸前で、こういうでかいテーマへの浅い構えはどうなんだろうか。

「だったら、脱落、逃亡者を志向してるらしい右派への批判は、その根っこは？」

「当ったり前やろが。被差別部落民の苦しみを更に差別によって増加させる人間を実力で糾弾するのは正義そのものやねん」

うん、ここは、十分以上に同意できると思うことを宮本、おっと深海は言う。地曳は、急に信頼したくなる、神奈川県の西の端の海と山に囲まれて生まれ育って、ほとんど実情は知らずにやってきた分《ぶん》、石川一雄さんへの「予め犯人は部落民」とする警察による見込み捜査や、事件後の徹底的な水も漏らさぬ家宅捜索で出てこなかった万年筆がその後の捜索で出てきたとしたり、何しろ偏見、差別心に満ち満ちたやり方が国家とその機関の警察、検察、裁判所なのだ。

「権力や一般民の差別を実力で糾弾するのやから、部落差別や障がい者差別を学んだりして知ってる我が派の人間はうんすけ許せん……し、徹底して被差別の同志から糾弾を受け、新しい、目覚めた思想を持たなあかん。そうやろ、ごく真っ当、正義そんもんの主張やで」

宮本、もとい、深海は、地曳より五センチぐらい高い目のところをきっちり維持し、喋る。

「おい、地曳、高倉、そ、組織名ここで新しく付けんとあかんな」

深海は顎を杓《しゃく》って、一方的、勝手に、頷く。

「薄《すすき》、枯れ尾花だな、ススキだよ、植物の」

喫茶店のボックスの目の前の花瓶に挿《さ》してある、もう間もなく冬で、その枯れ方に哀しげなラストを預ける薄《すすき》にちょっぴり感じ、地曳は時を置かず答える。

「変な組織名やな、売れへん詩人のペンネームみたいやねん。ま、良い。K派については、断乎、やり切る……これやな」

だから、どちらかというと労働者より学生の方がK派とは死ぬか生きるかの闘い、党派闘争、普通では内ゲバをやり抜いてきたわけで、その頂点に立った深海は、かなり力を込めて言う。

「同じく大事中の大事は、S《エス》の摘発やねん」

宮本こと深海の言うS《エス》とは、スパイのことだ。ロシア革命の蜂起の時にはうようよと国家の密偵のそれはいたらしい。日本の警察も、戦前の日本共産党への潜入を含め、かなりの技《わざ》と粘着力をもってやった。たぶん、敗戦後の今も……。K派も、競合する他党派を潰して自らの組織の拡大だけが戦略となっていて、これが巧みさを越えてゲージツ的とも評されていて、実際、我が派の実の一番の海原一人氏もこれによって……。

深海の考えには説き伏せる力が、一定《いってい》、ある。

しかし、しかし……ここへの、のめり込み、泥沼への溺れもまた、肺炎や化膿や結核に効果のある抗生物質への耐性菌ほどに怖い。組織が、疑心暗鬼となる。スターリンがソ連の実権を握った後のやり方……権力基盤を安定させるための夥しい〝スパイ〟の汚名を着せて。

でも、でも……。

「えーと、薄《すすき》君、国家権力のSが組織にいたら、組織の要がバレるのや、やろうとする戦術も漏れてしまうのやて。そいで、共謀共同正犯で、組織の要は逮捕《ぱく》られるんのやでえ。K派のSがいたら、海原さんみたいに、かみさんと会うのを事前にバレ……殺《や》られるわいな」

スパイのことになると、宮本、深海の舌は天才とは評しないが図抜けた秀才ほどに回る。

「あの……や」

両目の位置を高くしたまま、深海は、ぐいっと、声を低くした。

「あんな、T大の所沢は、K派へのコンプレックスが目立っておるのやが、実兄がK派にいたのや。

こちらの調査で、分かったわ。せやから、どうも、K派との集団戦になると急に張り切るんえ。怪しいと思わへん?」

「そうかな。むしろ、兄弟喧嘩をしてもこっちにきた意義とか誠さとか凄さを評価しねえとさ」

「あん? 甘いのや、地曳、えーっと、薄《すすき》、そない甘いことを、警戒心もない甘いことを口に出したらあかん」

「そう……かな」

「他にも、東Cの本屋敷は二年前に、デモでお巡りを小突いた上に顎にパンチを入れたのに、あんな、起訴猶予やで。おかしいと思わへんか、いくら、こっちへきている男としても」

「本屋敷は小柄。元元《もともと》東大教養学部の知性派、腕力はないし『小突いた』は単に腕なんかを振り払っただけ、『顎にパンチ』は逃げる時に、追ってくるな、と腕を振り上げただけ……じゃねえの」

「きみは、革命的警戒心がまるでなっておらへんね。刑務所出所症候群や」

うーん、ん、なるほど「刑務所惚け」は「惚け」が差別表現らしく駄目、「出所症候群」となる……らしい。おのれ地曳も、出所して二ヵ月は自らをこう規定していたっけ。

「えーと、そもそも、きみの死んだつれあいは、西武線の外れの専門学校の卒業で、そこにはK派のサークルがあったんや。むろん、知っとるわな」

「あ、そう」

「良《よ》お、調べてみい、薄くん」

まだ、かなり上からの、外からの自分の考えを〝知らせて〟〝教えて〟〝注入したい〟らしいが、移動の時間がきたらしく、宮本、今は深海が立ち上がった。つまり、自分のかみさん、あの死ぬ前の妻すらK派として疑えと言ってとるのか。あーあ。

「あのな、深海。俺は、分裂だけは避けたいが本心、というより願いだぜ」

ここはしっかり告げておかねえとやばいと、地曳は少しの勇気と、物悲しいとしても真情を口に出した。

「ほんま、解っておらへんのやな、君《きみ》は。逃亡したくて堪らん、党派闘争はこれ以上はやりとうない、差別的心情を持っとるものやから組織内部の糾弾は止《や》めまひょは、頭取派、佐佐派の方や。こちらは、奴らが組織の外へ出ていかんように必死やて」

深海の言い分は、深海ら左派の優位性の現状を地曳に知らせる――が、頭取派だけではないけれど主に頭取派の人間批判を具《つぶ》さ、こと細かに、地曳は好きだが十九世紀の西洋画家のクールベやゴヤやドーミエの写実画みたいに語って描くやり方を知り、どうも信頼できないと感じざるを得ない。

「やっぱり、五年なんぼの監獄で症候群が、地曳、薄《すすき》、効いとるわ。ま、待ったなしで次の任務をしてもらうつもりやが、学生の今はトップの子安《こやす》にあれこれ留守の時のことを聞いとくのやな。ま、子安は甘ちゃん、役立たんのやが」

伝票を地曳に渡し、深海は喫茶店のドアを押した。

地曳は、この時、組織が分裂したらこの深海がキャップになるのだろうが、かなり組織内が暗くなるし、こと細かなことばかりが問題になり、それは止め処《とど》なくなり、無間地獄《むげんじごく》になるような……。まさかな。いや、もっと、更に分裂が必然……のような暗過ぎる気分が……。

忘れ物がないかと、やや急いで喫茶店に戻ると、うーん、枯れる時が華《はな》の薄《すすき》が穂を垂れながら喫茶店内の気分を何となく決めていた。

再び外へ出て、そうか、おのれ地曳が、海原一人氏の報復戦でその突出した闘い方や気転の利き方以来から、好意どころか敬意を深く持っているEは、なお、今日の会議に出る資格はないらしいが、いざ採決になった時のことを気にしていた。うーん、Eは、自動車に乗り込む目の前の深海の実行部隊のナンバー・ワン、しんどいだろうなアと吐息をついてしまった。

7

あんなに午前も昼も晴れていたのに、会議のある神奈川県の端に着いたら、かなり冷えた、強さ弱さの差のある雨に変わってきた。

佐佐の到着が遅れ、会議は予定より一時間四〇分過ぎてから始まった。

「そうか、地曳くんは久し振りの出席だね。御苦労さん、監獄暮らし」

開会の辞は佐佐のこういう言葉で幕が開き、逃亡・脱落派というか、労働運動を大切にし過ぎて〝まあまあ派〟というか、要するに右派のみんなだけでなく、内外の差別は一切許さず、K派と闘い続ける左派というかの全てが、歓迎の心情を表してくれた。やっぱり、こういうのって嬉しいと地曳は思わずにはいられない。

「国家権力の横暴なる抑圧は許せない」の思いが、右派だろうが左派だろうがコムニストにはあるのだ。掛け値なしに、温かい。

が。

けれども。

しかし。

日本史、世界史にとっては胡麻粒《ごま》よりちっこい芥子粒《けし》にもならないだろうが、地曳、そして、党派にとっては分裂するかどうかの一大〝事件〟の会議なのに、ことは、あっさり進行し、あっけなく終わってしまった。

つまり。

十五人の幹部のうち、八人が出て、中学高校の生徒会や、大学の自治会、労組の大会と同じで、成立した。でも、Ｅの読みでは九人のはず、一人の欠席は基幹産業の労働者、分裂に嫌気が差して出てこなかったのだろうか。

「それで、内部の差別の問題は、小委員会に労働者党員を二人ほど増やし、討論を深めるということで」

佐佐が、さらりと切り出す。が、地曳は実情は知らぬが、要するに内部糾弾を収めるための考えとは分かる。

「待つのや、頭取。そないな話は、事前の打ち合わせにもあらへん」

すかさず、宮本・深海は噛みつく。

「ま、ゆくゆく、討論を深めることには誰にも異議はないはずで、次に、Ｋ派との件は、粘り強く闘い、でも、力を溜めに溜め、一気に。これで、現状の一番良い方針ですな」

佐佐も六〇年安保の主流派で共産主義者同盟《ブント》の周辺で闘った御仁、なかなか尻尾を摑ませない。

「何ゆうてんのや。人は出さん、ゲルも出さんを一年以上やっとるのに」

ふうむ、財政も既に別別なのかと知らせ、宮本こと深海は当たり前だろう、甲高い声で抗議する。

地曳は、生粋の軍人のＥの額の深い皺、困惑の田舎者の戸惑い顔を思い浮かべ、やっぱり、分裂はさせない方がベストだが、心情は反佐佐派になってしまう。たぶん、組織の中で、一番に弾圧が厳しく、戦闘も激しく、アジト代とか日日の食費とか武器入手代とか交通費で苦しんでいるのは反佐佐派で左派の非公然非合法の軍事部隊だからして。

「ま、いろいろあって組織は成長するんですな。えーと、今日は、ここにくるまで権力かＫ派の追尾が我我にあって……緊張しているし、分散した宿泊の方が危険を排除できるし、残念ながら、思い切って会議は終わり」

頭取は、深海派が文句を付けられないような「敵の尾行」を理由に会議の終了をあっけらかんと言った。

「待って。俺の一〇秒の意見を聞いてくれ、労働者の同志も、学生の同志も」

地曳は、これだけは言っておかないと海原一人氏に、おのれ自身にも済まないと立ち上がった。

「分裂だけは、避けねえと。分裂は、地獄谷への自らの落っこち。しかも、一度すると、繰り返しちまう」

前者は佐佐へ、後者は深海への思いで地曳は、聞かれてはまずい話なのに、ついつい、本音を絞り上げた声に託してしまった。

「おいっ、地曳、遅れた出所祝いしようや」

右派と決めつけてはなお、早い気もするけれど、四十代半ばの五十人の中小企業で労働争議を起こして闘い続ける、正直言って地曳が「格好良い」と思っているYが立ち上がりざま、呼んだ。

「獄中で女房の死を知らされたってな。奢《おご》るぞ、飲みに行こうや、高倉」

同じく右派になるのだろう四国の元学生、今はやっと踏ん張っている労働組合の全国的な組織である総評《そうひょう》の地方組織にいるAが誘う。

YもAも歳《とし》を食ってるというより、合法の現場にいて警戒心は練れていないのだろう、地曳の本名や昔の軍人としての組織名を口に出した……けれど、やっぱり、心底に近いところから、おのれ地曳に関して心配していると分かる。

が。

学生代表の子安《こやす》が寄ってきて、

「あのですな、明日の早朝、E、おっとクラチが会いたいと言ってます。それに、ここいら、たぶん権力と思うけど、様子がおかしいのがかなりいて……このまま、移動を」

と、ひそひそ声で告げて腕というより、腕の真ん中の肘《ひじ》をぐいっと摑んだ。

――この後、合同の会議はついになかったから、対立が煮つまる時というのは、ごく簡単に物ごとは終わる……らしい。

乱闘、内内ゲバにならなかったことだけは幸せだったのか。いや……その後に。

8

次の日、暗いうちから子安に案内されて組織の手配した車で一時間半走って尾行はないと判断し、静岡のある駅の茶店《サテン》に入り、しかし、連絡役が「PM二時に熱海のAホテルのロビーへ」とのEのメモを渡した。

あんまり間違いのない推測だが、きのうの決定的で、かつ、あっけない会議の後か、今朝、宮本・深海は、主だった部下を集め、会議の中身についてと以後のことを話したはず。たぶん、おのれ地曳についてもこと細かに分析し、指針についてとかを話したか、討論したであろう。

かっきり二時に、E、やっぱりおのれは非公然・非合法向きではないのか、現《げん》の組織名を思い出すのに一分もかかってしまったけれどクラチが現れた。将棋の大駒以上に角張った両顎に汗が浮いているから、急いできたのか。だけど、空豆《そらまめ》みたいなつぶらな二つの眼は、きりりさと、のんびりさを同居させている。

「地曳さん、あ、いや、薄《すすき》さん。きのうの会議は、あっさりして、こちらもあちらも真面《まとも》な議論もしねえで、どうやら『さようなら』の雰囲気だったらしいけんど」

「ま、そんなところ」

「ま、淋しくはあるどもね」

地方の喫茶店であることより、店の主人の好みか、やや褐色がかった色のかかるガラスが側面と裏の壁となっている。が、外からはこちらが見えないガラスとは、この店に入る時には分かっている。

その外は、これが木枯し一号か、道路の向こうの神社の銀杏《いちょう》の黄色い葉が強い風に吹かれてガラスに叩き付けられている。そ……う、おのれ地曳の気分を表しての光景か。分裂……という。

「そんで、本来は、薄さんを含めて討論すべきだと主張したけど……不在でやってごめんしてけれな」

「いいや。どうも、俺は、咄嗟の反射神経が鈍いし、長いスタンスのそれも駄目で、やっと塀の外について、家族、世の動き、ほんの少し組織の現状が分かりかけてきて……済まねえな」

「どんして、あ、いや、どうして」

クラチは、ええ、面倒臭い、言葉に出すわけじゃねえし、Eで頭の中では行こう、Eはトマト・ジュースを注文し、根性ある軍人おっと戦闘者は喉仏がごついものか、尖らした。

「薄さん、高倉さん、地曳さん。もし、納得するのなら、こんな役割を……と」

「言っとくれ、考える」

「まだ家族のことで安定してねえ地曳さんだし、娑婆のあれこれも慣れてねえ……から、けんど、一九七七年の海原氏の仇討《あだう》ちへの決起は、やっぱり、勇気を促す導火線、実際も、俺は見たけど、立派そんもん」

「えっ、評価のし過ぎだ。むしろ、おぬしの指示と動きで助けられた……んだ」

「そう言ってくれると……。んで」

「うん」

「青空を見上げる会、約《つづ》めて青空会《せいくう》、聞いてて知ってるとは思うけんど、当分の間は軍事組織の参謀とゆうか相談役に」

「ふう……ん」

活動費、生活費のことがすぐに気になったけど、みっともないし、地曳は聞けない。そもそも「参謀役」は我ら新左翼の中にあっても、ヤクザや町内会ではあるまいし「相談役」などあって良いのか。

「会議は、月一回、出てくれたら。他は、機関紙への軍事論文、それに内部文書の執筆だも」

「俺、理論にはからきし弱いぜ、おいっ」

「良《い》いの、良《い》いの、気にしねえで。あと、やっぱり、自分の生活費、部屋代は稼いでくれたらにゃあと……願います」

「そうだよな」

「労働者や人民を搾《しぼ》るとか騙すとかがなければ、どんな稼ぎでも。むろん、完全な非公然スタイルの生活でなくてもOK《オウケイ》で。ま、青空会《せいくうかい》のメンバーが逮捕《ぱく》られて、そんなことはねえべどもしゃ、げろったりすれば、共謀共同正犯で……監獄は長いだべいけんど」

「だけど、俺みてえに、新しいかみさんや息子について心配したり、べたべたしてるのが組織の重い人間だったら、みんなが舐めて嗤《わら》うだろが。組織が、脆《もろ》くなるぜ」

本音を、地曳は口に出した。

「逆、逆だべしっ。暮らしの感覚、かみさん、子供、お父《ど》、お母《が》を抱えて悩みこ持つ人が組織で粘り、踏ん張り、頑張ってる姿こそ、仲間が大地を感じ、生活感覚に安心を持つべしゃ。大事なことでやあ」

津軽の土着語を、たぶん、特訓に特訓を重ねて東京地方語へと変えつつあるはずのEが、津軽言葉を丸出しにして、ゲバルトで失ったか上の前歯二本の谷間から唾を飛ばした。

　地曳も、思う。

　任務は別別で違っていても同じ仲間の人間に、かみさんとの愛や喧嘩に悩み、子供の躾《しつけ》や教育で頭を抱え、家賃、食費、娯楽費、本代で苦しむ者がいてこそ、腰の座った頼もしさや安らぎを感じると。もしかしたら、明日は真っ先に党派闘争、内ゲバで殺され、警察に取っ捕まったら死刑か無期懲役か二十年かの刑が待つ戦闘員にすら……底の底あたりに、この俗っぽくて廉価《れんか》で月並みの〝暮らし〟が温《ぬく》く押し寄せてくるのかも。

　否《いな》、か。あまりに激しい国家へのゲリラ戦や妥協なきＫ派との戦闘ゆえに、妻子はいなくて、いても別離を強いられてきたから、少しの蔑《さげす》みと、ちょっぴりの悔いと、羨ましさに感じ入ってしまうのか。

「あのな、えーと、えーと」

「クラチだども。クラチのクラは倉庫の倉《くら》、チは池のチ」

「そう。踏ん切りが悪く、ぐじゅぐじゅしている俺だけど、きのうの会議に向けて、というより、仲間の足を引っ張りかねえなと……心配しながら、ちょっぴりと真面目に再出発しようと」

「ふひーっ、地曳さん、おっと薄《すすき》さんらしくねえだ。そもそも、糞真面目、堅物《かたぶつ》は旧日本軍人に似合っても、これから国家を転覆する者とは別でしゃ」

「そう……か。それで、前のかみさんが死んだし、自分のためと、息子のことを考え、再婚を三日前に決意して、前のかみさんの妹と結婚することにしたんだ。その儀式も、二人だけで済ました」

「うわーい、目出てえでしゃ。まんじゅうこにがんもを埋めただか。べべしたどもにゃ」

どうも不可解な言葉をE、倉池は連発し、この間もやった、やはり理解が至難の踊りを「んだ、んだっ、んだよオ」と立ち上がってやり出した。

「あ、いけねえ、目立つもんな」

標準語、いや、東京地方語に戻り、Eは、「嬉しいこと、楽しいことがあると、お父《ど》、お母《が》がやったことを、ついつい」と頭を掻いた。

でも、でも、地曳には喜びがやってくる。

当分、やれるところまでやってやろうじゃねえか。

「地曳さん、薄《すすき》さん、その心構えで、この二、三年は、ゆったり、だども、広く、深くやんべし」

じっとり汗ばんだ両手で、Eは地曳の両手を引き、その内側に自分の両手を重ねた。推定、国家のどこかへ三百発以上の火炎瓶を投げ付け、K派十五人ほどを倒しただろうそのEの手の甲は風邪ぎみが心配だ、火照っている。

——昼酒は、労働者や人民の感情と生活と違うなと考えながら、地曳はEと共に苦労して開いてる酒場を探し、飲んだ。

飲んだ果てに、地曳は、

「俺は、役立たずだけど、役立たずなりにやる」

と、良《え》え格好《かっこ》しいもかなりあったがEに話し、カラオケで、たぶん不世出の詩人であろう阿久悠の『津軽海峡冬景色』をEに歌わせ、自分も歌った。

――そう、組織内のごたごたは辛いが、中国に残された日本人孤児がやっと去年に来日できたように国家は戦争とその準備好きで人人に冷淡、昨秋には炭鉱がなお爆発して労働者が悶えて死んでいるし、やっぱり、成功は薄いけれど労働者革命は必要……と地曳は思った、E、倉池の歌声から漏れる、ベクトルの違うとも思う熱い息を感じながら。

第6章　流れながら、崖っぷち

1

人間を支え、人間が立つ平べったいプラスチックの板が、動く度に、窓ガラスをT型の薄い洗剤をたっぷり湿らせたスポンジを左右と上下に扱《しご》いて拭く度に、揺《ゆ》れる。

そうでなくても晩秋の風は、春風や夏の嵐ほどではないけれど、気まぐれに強くなり、十九階の屋上から吊るされたロープと結ぶプラスチックの板を揺する。

下を見ることは、しない。学生運動を始める頃のアルバイトの経験から新たに一年半前にこの仕事やり始めた時、まだ五階の窓拭きだったのに、十九階のあまりの高さに、人間がちびた鉛筆ほどの小ささで立ち止まり、歩く姿に両足が竦《すく》み上がり、震えが止まらず、その果てに引き攣《つ》って強ばり、仕事にならなかった。が、慣れてくると、地上から平らなプラスチックの板が吊り上げられる時だけ、地べたを国家権力の一部隊の機動隊として睨み付け、仕事場の階にくると無視、いや、怖さに取り付かれるので、見降ろさない。それに、今は、安全対策として、同僚から笑われるが、吊るされた鋼鉄のロープに麻の紐を結び、それを腰に巻き付けている。

危険なのは、むしろ、薄い洗剤の入った馬穴《ばけつ》と、それを洗う大き目の水の馬穴が転落して、通行人を殺傷してしまうことだ。これは、プラスチックの板に馬穴を幾重にも縛り付けて避ける努力を、地曳も、現場の親方もきっちりやっている。


——今は、一九八六年十月下旬。

国の機関の要所要所を襲い続け、ま、この一年ぐらいはやはり全国の、学生運動の萎《しぼ》み、労働運動の馴れ合いによる音無しさゆえか、その襲撃は減っているが、そして、K派との党派闘争も少し緩《ゆる》んでいる。

というより、もっと大きなこととして、一九一七年のロシア赤色革命の衝撃や、先の第二次世界大戦の辛酸さと結果としての東欧の偽物《にせもの》臭い赤色化、一九四九年の中国革命の成功による建国の開始の驚愕から時が経ち、ヴェトナム戦争の生生しさに一度は先開発国の若者が日本での一九六九年の東大安田講堂攻防戦のピークと共に総反乱したけれど、鎮静化して久しい。そういえば、米ソの対立も、イデオロギーは空念仏《からねんぶつ》となり、時折、大韓航空機が撃墜されたりして痛ましいことは起こるが、オリンピックのボイコットとか、みみっちい。

日本を含めて世界の労働者や人民が既成の体制に慣れ親しんでくると、結局、左翼、いわんや過激派、あ、いや、新左翼の基盤は淡く浅く薄くなるということなんだろう……か。

そ、何だかんだと評し合っても、左翼の根っこのロシア革命によってできたソ連がどうやら頑《かたく》なそものになって、おいっ、この四月にはチェルノブイリの原発で大事故があったらしいけれど、きちんと詳《つまび》らかには明らかにしていない。「さよなら」を組織に告げて農民をやっている帯田仁の大学同級生の地方記者に聞きに行くか。序《つい》でに、ブンガクなんつうについてのイ、ロ、ハも教わり、その同級生は、幼児の時に長崎で爆心地四キロ以内で被爆しているとのことで、以後のいろいろ、あれこれをも。

ま、でも、今年五月は、昭和天皇在位六十年の祝い一色の中でのサミットに対し、地曳の心中では同盟軍と密かに思ってる中核派が、度胸満点、怒り溢れる「翼付き弾」を迎賓館に五発ぶち込んだし、その前の三月には、うん、火炎弾をアメリカ大使館と皇居に、よっし、まだ党派として生きているのだな、ブントの戦旗派が。ふへっ、我我もまた、確《しか》と、ちっこいけれど。

そう、悲観する客観的条件はたっぷりとあっても、新潟の深いところに三里塚の闘う農民の万分の一を学ぼうと土を耕しどぶろくを造っている帯田が兄貴分とするかボスとするか小清水徹氏の言葉を語ったことがある、「六〇年安保の四、五年後の大学キャンパスは大火の焼け跡みたいやったが、日韓闘争で『一点突破、全面展開』『感性の無限の解放』を合言葉に全力を尽くし、へとへとになる頃、早大の学費・学館の闘争があって火事となり、ヴェトナム反戦と結んで大火へと花が開いた。苦しい時こそ、勝負や」と。

うん、日本労働運動の要《かなめ》、むろん、労働運動全体を纏め、右の同盟《どうめい》に対し左の総評《そうひょう》の中軸でもある国鉄労働者の闘いが待ったなしにきている。国は、国鉄を赤字を理由に、ま、これは経営当局側の問題だが労働組合にありとして、吉田茂内閣以来の最強と評される中曾根康弘内閣ができ「戦後政治の総決算」、その大きな環《かん》として「行政改革の中心は国鉄改革」を標的に据え、国鉄を分割し、民営化せんと必死。ええっ、ここまでK派はやるのかと考えるけど、この「国鉄分割、民営化」は、K派主導の労組が国鉄当局と〃労使共同宣言〃を結ぼうと、これに当然反対する国労を叩き、まるで当局の召し使いどころか犬のポチみたいになっている——四年の間、なお、ちゃんとやってくれているかみさんの道子さえ「へえ、こんな労組ってあり得るのかしらね。あら、あんたが敵としているK派が圧倒的主流派なのね」と、今までが不勉強というか、今更にだが、いじらしいことを口に出したっけ。

こんなことを高層ビルの窓ガラスを拭きながら考えると、おのれの腑甲斐《ふがい》なさがじんわり炙り出されてくる。

軽い思想や思い付きの戦後史や、それより重く差し迫った国鉄決戦は大切だが、自らの暮らしをもちっと考えよう。

——そうか、四年が過ぎたか。我が派の彼、そうだ、軍事組織の彼、E、今は倉池から幾度か名を変えて奥山《おくやま》となっているが、四年前に言った「この二、三年は、ゆったり、だども、広く、深くやんべし」の二、三年を越え、まる四年を地曳は暮らしてしまった。

と、いうのは。

四年前に、Eと意志一致してから、アジトを蒲田《かまた》近くのアパートにしたが、一年ほど過ごすと、地曳が息子の真左彦との長い不在の時を取り戻そうとか、新しい妻の道子ときちんと話し合い愛情を高めようとかでアジト以外で会うゆえか、どうも、警察らしいのがうろうろし、実際、アジトにきた軍事組織の一人が三日間も尾行され、Eの提案で「思い切って偽装公然の生活を。会議は年三度出てくれたらなあと。俺との打ち合わせは、ここ、頼むども、二た月に一度、しっかり、銭《じぇ》んこと時間を惜しまねえで、怪しいのを振り切って」となった。

だから。

今の住まいは、義父の伸一の家だ。義父は「うん、来月から、家の裏の空いた土地に家を新しく建てよう」と、地曳と道子が婚姻届けを出した夜に切り出したが、死んだ姉の陽子より気が利くと評すべきか、それともナントカ簿記専門学校を出ていて商才を身に着けたのか「お父ちゃん、そのお金、真左彦のこれからのこと、そうそう、努さんの就職のこととか職探しとかで入り用だから二割、ううん、四割、貸してよ。返済は、こんだけ親孝行したんだから、お墓の中にね、必ず返すから」と、え、え、偉いっ、小切手で五百万円をふんだくった。因みに、喫茶店のコーヒーが一杯、三百五十円だ。

道子は、前の妻の陽子より遣《や》り手《て》で、タクシー代、宿泊費、電車賃、交際費、上納費とカンパについての持ち出しは文句は付けないし鷹揚《おうよう》だけれど、「あら、この靴、修繕に出せばあと半年持ちます」、「映画鑑賞は、映画館やビデオでなくテレビで観ましょうよ」、「このトランクス、まだ穿《は》けますね、わたしが接《つ》ぎをして穴を塞ぐから」など、厳しい。

でも、道子は、家の中、とりわけ二階のかつての地曳の居候の部屋、今は夫婦の部屋が外からは見えないようにと、植木屋に、常緑樹でどんぐりを結ぶ樫の木を緑のカーテンみたいに植えてもらっているし、惜しむところに金を惜しまないらしい。

高三の真左彦は、けっこう音に敏感で、夜の自動車の音、隣りの犬の鳴き声、電気冷蔵庫などの唸りなど気にしていて、過敏かなと心配するが、新しい母親の道子は防音の厚い厚いゴムを、小さな窓の縁《ふち》を含めて取り付けた。

いずれにしてもアジト代なし、住宅費ゼロは助かる。

だけれども、生活費は、といっても、活動費も含むわけで、切《せつ》ないほどしんど。
E、奥山との約束ごとを、地曳の済まねえなとか仁義とか任務の心持ちで、一と月、裏、非公然の活動家の生活費十万二千円の四人分、約五十万円を稼ぐのが大変なのだ。
三年半前は、深夜に終電に乗ったら、網棚《あみだな》や座席の隅に、読み捨てた週刊誌、漫画誌が、一車輌に十冊から二十冊、急いで五輌を探すと百冊ぐらいになると知り、どでかいザックを背負いそれを集め、次の日の朝早くから夕方のラッシュにかけて、段ボールの上に重ねて約八割引き百円均一で売り始めたのだ。元手《もとで》が零《ゼロ》なので、儲かる、儲かる。一日、公務員の初任給の十万なんぼの三割、三万円ぐらいが入った。でも、資本主義下の中小企業より下の零細企業家の心情が解りかけたけど、同業者が出てきたり、的屋《てきや》の露天商が凄んで「俺っちの庭《にわ》だ」と売り上げの半分を求められたり、ついには、制服のお巡りだけでなく私服の刑事までやってきてあれこれ問い質してきて、こりゃ、やべえ。止《や》めた。

それで、時間給は他のバイトより二割五分高い、深夜の病院や老人ホームの清掃係をやったが、裏の活動家を支えられるのは一人半。

ところが、やっぱり再婚して良かった、妻の道子が本格的に会計士の資格を取ることに挑み、取った。地曳には義父にあたる伸一は町の不動産屋で、いろいろ税金のことで相談にくる人も多く、その伝《つて》で、多くは老いた男や老いた未亡人だけどかなり多く、地曳が少し請け負うことにした。それが増えて、地曳がやがてほぼ全てやることにした。会計学などやったことはないけれど、おしえてもらう度に丁寧に道子の爪先から項《うなじ》まで愛し、白色申告、青色申告とも熟《こな》せるようになり、月十五万以上の収入となった。なんでえ、とどのつまり、家族がらみの零細企業とはいえ、それに負《お》んぶってえことは、資本主義の末端を支えるしか……生きていけないいっつうことかとも思い、落ち込んだ。

それでも、収入は足りない。

だから、清掃会社の紹介で、バイト代は二・五倍という、危険を背に負う、高層ビルの清掃役をやり出した。

今は、裏の活動家五人分のゲルをE、奥山へと直に、時に代わりにくる女性の活動家に渡している。

しかし、何とか十人分を、地曳は欲《ほっ》して久しい。むろん、資本主義とは、甘くなく……。滅入る。

こんなに滅入るのなら、きっちりと、非公然非合法の一員としてやりたい……ぐらいだ。

でも、日日《ひび》の暮らしの中身がある。簡単ではない。

——日日の暮らし……か。

二番目の妻、かみさんの道子が十日前、

「あんたあ、努《つとむ》さん、わたし、妊娠四ヵ月だってえ」

と、地曳が、履物《はきもの》屋の帳簿を、売上げ伝票やあれこれの領収証を元に三ヵ月分を記していると、昼の三時に帰ってきて、おい、おいっ、腹の子供に良くねえ、二度三度四度とジャンプした。畳の響きに、道子の喜びの心情が、ずしん、ずしん、ずしーんと地曳の体内に入ってくる気がした。

地曳とて、家の中を走り回りたいほど嬉しい。これで、前の妻の陽子とは、今のかみさん道子は〝同格〟で、ま、なお、死んじまった陽子は忘れ難いし、重いけど、ちゃら。

でも、しかし、非公然非合法の組織の仲間が生活して活動できる金は、一人分ぐらいが……減っちまう。半年前に、彼らと言っちゃいけない、同志の、八ヵ所に分かれたそのうちの一つのアジトに行って一日過ごしたけど、朝食は、ワカメの具《ぐ》の味噌汁、ぱさぱさの細い目刺しが一人分二匹、キャベツの千切りが手の平ほどの量だった。昼飯は、即席塩ラーメンにもやしが小皿一つぐらいに葱《ねぎ》の刻んだのが親指ほど。晩飯は取り返して蛋白質を多くして豪勢だろうと推測したり期待したけれど、今時にこんな塩っぱい干物《ひもの》があるのかと考え込む鮭《さけ》のそれ一と切れにもろきゅうに沢庵《たくあん》に生《なま》の小松菜。おのれ地曳ができてほやほやの軍事組織にいた、八、九年前の時より、おいしさは分からないとしても、カロリーや蛋白質は五割減……なのだった。海原一人氏が死す前に軍資金を作り、面倒を見ていたせいか。違う……ような。時代なんだろう。過激派、おっと新左翼を、有言無言で支える人民の海が細っているのだ……。

あ、いや、日日の暮らしについてだ。

息子の真左彦のこと。

四年前、地曳が死んだ陽子の妹の道子と「結婚する」と真左彦に告げたら、狂喜、おっとととお、差別表現となるので、えーと、喜悦《きえつ》の気分で歓迎すると思いきや、最初は息子のくせして父の地曳を睨み、すぐに、小学生みたいにけんけんし、やがて俯いた。

「おい、真左彦……」

「話しかけないでよ、父さん」

「なんでだ」

「だってさ、死んだ母さんは、父さんを唯一人の男、旦那さん、夫と思い……父さんに会うために新潟刑務所へ行く時に死んだんだよ」

「そ、そ、そう……だけど」

「うんと世話になった道子叔母さんだけど……感謝してるけどさ……それとは別だろう、父さん」

地曳すら、体内の百分の五、心の中の百分の十ほどは気になり、引きずってることを真左彦はぼそりぼそり言う。

いけねえ、その時、前の夕方に抱いて、結婚を誓い合った道子が、るんるん気分で、童謡の『象さん』を鼻歌に託し、はたきで隣の客間の鴨居などの塵《ちり》を払いながら、近づいてきた。だから、真左彦と、道子との結婚についてのあれこれの話し合いとゆうか考えの交叉は、まるでしていない。互いに、やはり、何か、交わえないわだかまりを抱えて……いる。

その真左彦は、高校三年。来年、大学受験が待っている。

なのに、真左彦は、地曳が見る限り、勉強に熱中していない。困りもん。

ただ、健康のことをきっちり考えているらしく、珍しい、体操とかストレッチじみたことに時を費やす。まずは座禅というやつから始める。釈迦像や、禅宗の名僧の結跏趺坐《けっかふざ》の像のように座り、両手の指先を密着させ、ゆったりした呼吸ながら、腹がかなり大きく出っ張り、深くへこむ。祖父となる伸一や、新しい母の道子や、父たる地曳の目の前では目立つようにはやらないけれど、自分の部屋ではかなり熱心にやっているようで座り方、顔付きの鼻先の尖るような変な真面目さは一丁前だなと親

〝馬鹿〟地曳には映る。たぶん、受験勉強の集中力にもプラスになってるだろうと思ってしまう。

ただ、少少過ぎた一生懸命さが気になり、地曳が「おまえ、恋愛成就を祈念してんのか。それとも大学合格か」と聞くと「父さんて、御利益《ごりやく》宗教しか知らないんだね」と嗤《わら》いを投げ掛け「おのれと、他の世界の、宇宙や絶対者との合一は有り得るのかの瞑想をしてんだよ」と後の質問を拒むのだった。

そのうち、ヨガというのか、両足を揃えてきっちり伸ばして座るとか、座禅の姿でもことさら胸を膨らませ喉をひくひくさせたりさせることをやるようになった。むろん、地曳がテレビで見てうすぼんやりと知っていたヨガの動作もする。両手を重ね空へと上げて足を交互に前へ出すとか、どうも生きた死体が畳の上で静かとしても柩《ひつぎ》に入るのを拒むような両手両足を拡げて仰向けポーズを取ったり、両足をきっちり揃えてから片足で立ち両手を重ねて立ったままとなる松や杉の一本の木のようと表するよりは文字通り木偶《でく》の坊《ぼう》みたいに。

息子のその顔はマラソン選手のラストの競技場でのようでもあり、手の指先まで緊迫しているのを五日前に見て地曳は聞いた、「あのな、軀には良いのだろうけど、まずまずにした方が。かえって疲れ、受験勉強どころじゃなくなるだろうに」と。「父さん、邪魔しないでくれ。あのね、父さんの世代の過激派も典型だろうけど、『時代が進化する、機能的であれば洗濯機どころかコンピューターも大歓迎』ってもう古臭い考えなんだぜ。近代以後の文化思想の批判、ポスト・モダンの考えを知らないと」と真左彦は〝木偶の坊〟ごときポーズを取ったまま答えた。

地曳とて、少しは新聞などや、非公然・非合法スタイルを隠すために公然合法の会議や集会の要《かなめ》には月一度は出るわけで、「ポスト・モダン」についてはちょっぴりだけ知っている。なるほどマルクスは「歴史の進歩」を熱く信じていたし、地曳を含むコムニストは薄められてはいるが然《しか》り。しかし、近代と切断された現代などは有り得ないし、ポスト・モダンの考えは、うーん、一知半解としても現代の現の今の歴史や矛盾に答えられない……ような。

その四日前に、息子がヨガを終えて仏間から自室へと戻って行く時に、仏壇の前の隙間に置き忘れたのか一冊の本があり、タイトルは『虹の階梯――チベット密教の瞑想修行』で、書いた人は中沢新一でかなり知られた宗教学者と、チベット密教のグル、導師のケツン・サンポだ。でも、中沢新一は宗教学者だから、へんなことはアジらない……はず。うん、あくまで「はず」だけれど。

2

その翌年、一九八七年の一月下旬。

寒《かん》入りなのに、雨が二日続いて、しかも傘の隙間から頬を打つ雨粒は冷え切っていて重さがあるように感じてしまう。

今夕は、E、奥山と会い、場合によっては裏の会議に出る。だから、今日は、ガラス拭きの仕事はしない。

それにしても、いや、Eとの話で情勢の分析は出てくるだろうし、世の中のできごとを整理しようと、地曳は古新聞を押し入れから引っ張り出したり、週刊誌や月刊誌のスクラップした記事を読む。

しかし、四年半前に刑務所から出てきてから知ったことだが、おのれ地曳は「情勢や歴史を解明するのに極めて鈍《どん》」、「人と人との関係、とりわけ男と女の関係に鈍で、自分の息子についても鈍《どん》」なのだ。もしかしたら、二十年前の三派全学連が羽田で衝撃を作った若者が、大物のクロマグロ狙いの魚釣りのために一万人ぐらいが一人一人小舟を操《あやつ》って海原へでたものの、やっと小さな島へと漂流の果てに千人ほどが辿り着いたまま過ごしてしまい、生き延びてしまった百人の一人の中年となったのがおのれではないのか。

地曳は今年の七月、四十歳になる。〝不惑〟の齢など孔子の大法螺か、忍び笑いをしながらの冗談だったのではないか。悩みは濃くなるばかり。

去年の晩秋から、今年の正月を振り返る。

十二月に、鳥取地方裁判所、東京地方裁判所が続けて、退職勧奨や昇給率での「性による差別」は法に反していると判決を出した。当たり前のことにやっと裁判所が動いた。でも、遅過ぎる。

去年の暮れの暮れに、防衛費の予算案が対GNP（国民総生産）比一パーセントを越えた。平和憲法も台無しと嘆く戦争経験のある老人の声が生《なま》で聞こえてくる。ま、〝平和〟とは何か、黙って他国同士の戦争を見ていて許されるのか……の文句を付けたくなるとしても。

正月は〝空前の占いブーム〟と「朝日新聞」で記しているけど「うお座」「蠍《さそり》座」の星占いや「運勢占い」の雑誌が書店の先を占めている。若者がブームの担い手の主人公だが、どうやら、「自分は考えない、悩まない、苦しまないで誰か偉い人、畏怖すべきと評判の人、権威ある人の決定を待ち、望んでいる」との、占い師のある人が語っていることが本当に近いような……息子の真左彦は、大丈夫か。学者としては〝権威〟ある人の宗教本を読んでいたけど。〝権威〟こそ、しかし、先の大戦の前も、大戦の最中も、今も胡散《うさん》臭い。取り繕い方も、ミケランジェロ、ダ・ヴィンチ以前の芸術的な技を使うし、居直り方も、上手だ。

もう一つ気になるのは、物価の値上がりがかなりで、ブル新や週刊誌の核「〝狂乱〟物価の出現」で商品の値上がりや土地への投機が尋常でなく、資本主義経済の分析をできるおのれ地曳ではないし、懐《ふところ》はちっとも豊かではないけれど、景気が熱を帯びて急上昇しているとのこと。〝真面目〟らしいと世間では評されている月刊誌の一部では〝バブル景気〟つまり〝泡みたいな経済情況〟という言葉が出てきた。そりゃそうだろう、義父の伸一は町の不動産屋としてもこういうことに敏感で「地曳くん、我が家の土地は七十坪で二千八百万円が、四千万ぐらいになったんだ」と嬉し気に喋っていた。

逆に評したら、貧乏人、プロレタリアートは、うんと、厳しい暮らしになるということか。もっとも、官公労の組合員、大企業の労組員も、マイ・ホームを持ち出し始めて既に何年か。

うっ、〝階級〟の概念が曖昧《あいまい》、幻《まぼろし》に……か。

そんな、そんな。

――例によって、タクシー二台を乗り継ぎ電車の出発直前に降りたりをして、E、奥山と埼玉の外れの古い喫茶店で会った。

「あのですねえ、アメリカ帝国主義はきっちりしとるわね、日本にオレンジの輸入を認めさせる細かい芸をしたり、リビアを攻撃したり、ソ連とのレイキャヴィク会議を決裂させたりしてさ」

まるで東北の奥の言葉をEが出さないのは防衛役二人を傍らに置いてるからだと地曳は分かる。

「ソ連も、去年のチェルノブイリの原発事故にしらーっで相変わらずウルトラ官僚主義に秘密主義。ま、どうやら、これまた秘密中の秘密らしいけど、共産党員や官僚群が普通の人民が持てない自動車や別荘を持って、命懸けでソ連中枢を守ってるらしい……から」

　今や、佐佐派との分裂で人数的には動員数で四百対二百で勝ち、こちらの頂点に立っている宮本より、このE、奥山の方が遙かに増しとゆうか話が広くて豊かだ。人物批評などでなく、世界の情勢についてのテーマを四《よん》コマ漫画にしてそれ以上を差し出すのだから。

「中国も胡耀邦《こようほう》総書記が解任されてさ。うーん、国共内戦の時には第18集団軍の政治部主任だって」

　我が派の軍を担ってキャップのEは、残念そうな表情を、広い額というより禿げのそこに皺を作る。ま、でも、軍を指導した人物とはいえ、スターリン主義者のゴリ……であるわけで。

　日本国内について、次に語るのかと思いきや、Eは、四角張った両顎を両手で擦《さす》り、

「あんな、Kさん、Oさん、ここから歩いて七分《ふん》のところに江戸時代からの火の見櫓《みやぐら》があって面白い、見物したらどうかな」

　E、奥山はそれなりにしっかりした東京弁で、しかも、党派に入ってまだ二、三年の同志に「さん」付けして呼ぶ。人と人との関係性を口に出したのでなく、非公然非合法組織として関係性、〝上下〟を権力とか、K派に発覚しない配慮だ……ろう。

　防衛役が消えるや、Eは、相撲取りが土俵の外で塩撒きを終わって睨み合いに入る前のように両肩に力を入れ、座りなおした。

「あのだべしゃ、本名で呼んでごめんしてけれ、地曳さん」

「うん、まるで気にしねえ」

「んだすか。んで、んで、また、分裂、とゆうより、たぶん、除名の果ての飛び出しを決心してると推測するけんど……ことが、進みだしているのだもしゃ」

津軽言葉を急に口に出し、Eは告げた。

が、が、がーん。

また——なのか、分裂が、また？

「元東C《トンシー》の本屋敷と、古参の労働者幹部の河野《こうの》が引っ付いて、『もっと、労働者の運動、組織、感性を大切にしろ』とな。それで、党派内でフラクションを形成し一年も経っている……ではあ、はあ、はあん、はあ、んだす」

Eは、自身の厳しさ、侘びしさ、哀しさを隠し切れないのか溜め息ばかりをつく。いや……地曳の心情を見抜いて、同じ心の波を作って落ち着かせようとしているのか。「フラクション」とは平穏《へいおん》な意味では「細胞会議」、硬い感じでは「同じ党内での反対派の集合」とでも訳すのだろうか。

「本屋敷と河野さんの旗上げの……原因は？　奥山」

「一つは、本屋敷自身が噛んでる裁判で、んだ、あんだの大学の先達の、実に勇敢、根性の据わっておる北里さんの件を、何とはあ、んだ、裁判所で……自身を守るために不利な証言を」

「えっ」

地曳はそういえばと、刑務所を出所した時か、誰かが「どじの本屋敷さん」と片言《かたこと》を告げたことを何となく記憶している。この件だったのか。

「それを、本屋敷はこの件をうんと拡大されるのを恐れているべしゃね。他にも……あるだもにゃ」

組織が分裂とか、内側の反対派が出る時は、それまで口を噤《つぐ》んでいた悪口が、過去の曝きが、こと細かな罪業が、急に、俄に、湧き上がる。これは、コムニスト、共産主義者が、どうしても逃れられぬ一九一七年のロシア革命以後、とりわけスターリンが権力を握った後から常態化してしまう、あの戦中の国家の弾圧に耐え抜いた日本共産党すら――いや、いんや、あらゆる人と人との集まり、組織が、熱ければ熱いほどにどこでも、なのか。

「他にも？　奥山」

「トップの宮本の女癖《おんなぐせ》……だべい。防衛役の女、隠れ家を借りた家の……あれこれ」

「ま、でも、宮本は前のかみさんと別れてから独身、挑戦する資格はあるし……パワーがあって」

地曳は、九年半前に銃刀法で取っ捕まる前にも、出所した時以後も、こういう宮本の話はひそひそ声で聞いてきたけれど、ちょっとやり過ぎと感じはしたが、おのれだって妻の陽子に死なれた後、新しい女の人を求め続けてきたわけで……。

「地曳しゃん、んだか？　だども、あれこれ、いろいろ、宮本にはあるかもしんねえけんど、あんまり大騒ぎしねえで……頼むども」

E、奥山が深深と頭を垂れた。

地曳は、軍事委員会に所属しているが、正式なメンバーではないし、それを指導するというコムニスムの政治指導部からも宮本の意向か、外されている。

その上で。

しかし、でも、しかれども……と重たい。

——家に帰ってくると、夜の十二時を過ぎているのに、新しい妻の道子が白菜の漬物とお茶漬けを持ってきてくれて、嬉し気に言う。

「真左彦はね、予備校の大学模試のテストで、百点満点中、数学五〇点、英語七五点、生物、化学四五点、日本史・世界史が九〇点、国語が、びっくりしちゃう九五点だってさ。真左彦は、ヨガを、ヨーガと長引かせて言うけど、ヨーガが効いて集中力がアップしたみたいなの」

道子は、出っ張った腹を一と撫で二た撫でして、実の母親のように自慢気に告げた。

「だから、東大の文Ⅲ《ぶんさん》の文学・哲学・歴史なんかを学ぶところは合格率六割、京大の文学部もそう。やっぱり、お姉ちゃんの血が流れてるのかしら」

と。

そして、続けて、喋る。

「あなたが好きな帯田仁さん、早稲田でしょう？　それに、尊敬している小清水徹さんも。そこは、八割五分の合格可能性なんだって」

「あのね、帯田、帯田さんはカンニングで入ったと自慢してるんだから参考にならないよ」と地曳は答えようとしたが、それはそれ、カンニングも神技とは評しないがかなりのもの、いや、カンニングで合格は自虐のポーズなのかとも思うが黙した。

次の日、登校前の真左彦に玄関先で会い、「成績が凄え上がったってな。入試まで油断しないで、それより軀を大切にして頑張っとくれ」と励ました。

「うん。でも、俺には、九州大学とスタンフォード大学を出たのに、大学の講師にしかなれていないキノカワさんが二た月に一度、仏教、インド哲学、ユダヤ教、キリスト教と教えてくれるし、大丈夫。その上で……どうも力が湧かない毎日なんだよ」

真左彦は、急ぐというより、そそくさと、父たる地曳に背を向け、外へと歩み始めた。

おいっ、何だ？

九州大学とスタンフォード大学を出たキノカワって男は。

真左彦が、変なところで老成《ませ》て、仏教を含めて宗教に普通ではない関心を抱くのは、このキノカワという人の影響か。待て、その以前に「生きる意味」を問うて聞いた……「力《ちから》が湧かない毎日」と打ち明けていた。青春が本格的に始まる時に特有の悩みだろうか。おのれ地曳も高二から高三にかけて、ニヒリズムの感情に圧《お》され、やり切れなかった。救いと脱出の道は、性欲と食欲だったけど。

指で数えると、両手の十本には足りない年数の真の付き合いが真左彦とだ。無駄で楽しい遊びも話もしていないおのれ地曳なのであり……嫉妬《しっと》と悔しさが湧いてくる。

でも、しゃあない。

いや、取り戻せる。

第7章　現の活劇が役立つ……生とは？

1

一九八七年十月初《しょ》っ端《ぱな》。

今年もそろそろ終わろうとしている。

どうも新潟刑務所から出てきてから、いろんなこと、先妻陽子への悼み、組織の分裂とその後も続く分裂というより小さい反乱、息子の今さらながらの躾《しつけ》と教育、今の妻の道子の女児の出産と地曳には激しく厳しい動きが続くのだが、感覚ではこの五年半はあんまり凹凸がなく、神奈川県の外れの真鶴の少年時代に風呂の火の源である薪《まき》となる櫟《くぬぎ》の木を横に鋸《のこぎり》で切っても切っても同じ木目《もくめ》の顔のよう、そう、かつて金太郎飴というのがあってどこで切っても同じ模様が出てくるみたいに、ことが似ている。

この思いは四十歳になってからで、昔なら、もう初老のせいか。

時代が、どこを切り取っても、過ぎた景気とか、首相の交代とか、管理社会へと進むのに強さ弱さがあっても似ているせいか。

そもそも、時、時間とは何なのか。

現世人類が現れて二十万年ぐらいとされているが、その先の先の地球の誕生どころかもっと前は？

〝ビッグ・バン〟で宇宙がはじまったとの物理学者の説だろうが、その前に時間や空間がなかったはずはなく……。

そう考えるとマルクスが考えた史的唯物論もごくごく短い間のことのような……。

いんや、現に貧困や戦に苦しんでいる人人に、荘子的な考えを比較しても役に立たねえ。


——組織のことは、今年の初めに東大教養の十年生ぐらいの本屋敷と数少ない労働者を囲い込んでいる河野のグループが党派から出て行って戦闘部隊が少なくなり、それなりの決心をして対国家権力に向けて、その一つの機関を襲った。地曳は火炎放射機を握って直接に参加したが、引き金を引いてもノズルから炎が出ず、失敗だった——三日後に、E、奥山に聞いたらノズルにも開閉のスイッチがあり、そこでの気付かぬ駄目軍人の地曳の失敗だった——国鉄が廃止になった四月一日の三、四日後のことで、これへの怨みや憎しみを籠めたが、かえって焦りゆえのミスを生んでしまった。

続いて四月半ば、K派を、ある大学の溜まり場のサークル室へと襲撃に行った。レポ、連絡役の直前の報告だと九人いたはずが五人しかおらず、そのうち三人が逃げ、一人を襲おうと鉄パイプを仰向けのごく若い男に振《ふ》り翳《かざ》そうとしたら、既に、同じ戦闘隊が三人、若い男というより学生だろう、それも、一、二年生の足、頭、顔へと鉄パイプを振り降ろしていた。

若い学生は頭から、額から、顔から濃くて泡をも含んだ血を出しながら小さめの口をぱくぱくさせ、両目を見開いていた。〝襲撃者〟〝犯人〟を見る目でなく、「生きたい」という、両目の限界ほどの真ん丸だった。実態でなく、形式的な隊の長の地曳は、後で問題にされるだろうと知りつつ、

「よおっ、止《や》めー。引き上げるっ」

と小さく叫んだ。

次の日に、新聞に、ひどく小さく「また、また、内ゲバか」と一番隅っこに、十五行の記事で「重傷」とあった。「重体」でないことに少し以上の安堵を覚えたおのれ地曳とは何者か……。焼きが回ったか。それとも、思想的な腐りか、思想そのものの限界か。

——九月に道子が出産した子は「未来子《みきこ》」とした。くりくり眼が、どこにも焦点が定まらず、だから、行方が定まらぬゆえあどけなく「可愛いっ」と感じてしまった。だったら、K派の若い学生の眼は……。

——息子、長男の真左彦のこと。

溯ってこの年の四月、東大の文Ⅲ《ぶんさん》は落ちたが、早大の一文の東洋哲学科に入った。ここはなおK派が強く、地曳は冷やりとしっ放しだ。

地曳自身は、資金稼ぎの高層ビルのガラス拭きと、狭い地域の零細企業の帳簿を本人に代わって細かい領収証などと睨《にら》めっこして記入することと、何だかんだで月七日は組織の活動で過ごすので、と

っくり息子と無駄話を含めての会話は、努力してもあんまりできない。

それに、新しい妻の道子との間の赤ん坊の未来子が笑うようになってから、その笑いが良くて、家にいると未来子の顔を見たくなって気が取られる。道子に「要《い》らないんです、おむつをそんな二十分に一回も替えるなんて」とも文句を付けられている。

息子の真左彦は、十五年ぐらい前までは大学の新入生の〝五月病〟と規定され「大学に合格したのは幸せだが、授業から得るものは期待外れ、ぼんやり、場合によっては鬱《うつ》の気分に陥って大学に行かなくなる」と評されたような古いことをし始めて大学には滅多に行かなくなった。

それでも。

真左彦は家の中に閉じ籠もるのは一日三時間、それもぐちぐち悩むのが少なくなって「生きる意味とは？」とかは問いの外へと意識は行ったのか。悩みに悶える風《ふう》はなく、座禅の瞑想と、ヨガのあれこれを目立たぬように生真面目にやっているとの妻の道子の見方だし、地曳の観察だ——ただ依然として宗教書は読んでいて『虹の階梯——』の他に、講談社学術文庫の『阿含経《あごんきょう》入門』を読んでいるのが、便所に忘れていたので分かる。

ただし、週四日は、何の用事があるのか、大学ではないとザックの薄い膨らみで分かるけれど、出かけて行く。

行きがけ、帰りがけに、妻の道子も地曳も聞くが、あっさりと、嘘ではないだろう「瞑想や、ヨガの友達や先輩と合流して、互いの習熟度を学び合うのさ。うーんと珍しく、大先生がきて一緒に勉強し合ったり、大先生の話を聞いたりもすっけど」と答える。

大先生とは、アメリカのスタンフォード大学で学んだキノカワとか名乗る人か。

いずれにしたって、理科系じゃあるまいし、しかも文学部、授業よりはサークル、自ら自身の勉強の方が人生総体には役立つはずと地曳は考えた。そう、学生運動の先達の、K派に角材どころか欠けた牛乳瓶を浴びてなお頭に何ヵ所も禿げた傷を持つ小清水徹氏も、帯田仁も学部は政経だったはずだが「学生は授業より、遙かに大事にして大切な経験を積むべき」、「あの大学なんかのセンコウは学生より解っちゃいねえ。授業に出たら、もっとアホになる」と向《む》きになって叫んでいたっけ。

それで。

一九八七年十月下旬、早くも凍てつきが、青春時代とは異なって首許のシャツとかシャツの袖口とか靴下から情け容赦なく凍みてくる日。

ガラス拭き働きから家に帰り妻が取って置いた朝刊を読んだら、昨日の十月二十日には総評の加盟人数を超えて五百三十九万人、五十五単産の労組、とりわけ民間労組の大半が加盟している「連合」が成立した。そう、でも今月の六日には、国鉄の分割民営化への闘いで、当局の犬のK派と右派の連立による組合と国家と当局の攻撃を集中的に受けた苦しみ悶え闘う国労の組合員が八十六人自殺に追いやられ、その遺影を持つ組合員の集会があった。既に、今年の四月一日には、国鉄、日本国有鉄道は廃止され、分割・民営化されている。

ああ、何て、不条理……。しかし、生生《なまなま》しく、本当で、目を瞑《つぶ》れない、確《しか》とした現実。

すぐに十二月下旬となり、へえ、馬券を有馬記念だというので近所の寿司屋の主にノミ屋に頼み買ったが外れ、一番人気は落馬、人気薄のメジロデュレンが一着にきて、おいーっ、連勝複式の払戻金は一万六三〇〇円の大穴。

この三日後、E、奥山改め反町《そりまち》と二人で忘年会と称して反省会と来年の指針を話し合ったら、「あいづうっ、有馬記念の馬券を『言って、命じたのに買ってねえ』と我が部隊の一人を責めたけど、自分の金も出さずに良《よ》お言うだあ。博打《ばくち》の銭《じえん》こぐらい自分で直に出すべし。ふざけんでねえっす」

と、E、反町は、組織のてっぺんに立つ宮本と推測される人間の狡さ、高慢さに眉根を上げ、ひくい、ひくく痙攣させた。なるほど、馬券ぐらいは自らの金で出して買うべきだろう。

それより。

おいーっ、このE、反町とトップの宮本は、いずれ対立し、どうにもならなくなるのではと、文字通り、事実上の党派の分裂によっての終焉……がと、予感におびえた。それは、避けてえ。しかし、どんな……方法が？　学生の半面では代表の本屋敷と、労働者の心だけは体験していた河野が組織から出て行ったのは、戦略とか路線ではなく、人間の好みや嫌いから……のような気がしてくる。宮本と、E、反町もまた……。

2

一九八八年は、正確には去年、野口悠紀雄とか言う人が初めて使った〝バブル経済〟がなお続いていて、一ドル百二十円余の戦後最高値を記録したニュースで始まった印象だ。地曳の少年、青年時代は一ドル三百六十円の固定相場制だったから、何だかんだいって円というのは、日本経済は、頑張った……んだろうな。

二月には、どこかの週刊誌が「戦後第三次宗教ブーム」と書き、その中心が「新新宗教と呼んでふさわしい小宗教団の乱立、神秘的かつ呪術的な要素を持ち、ロックコンサート感覚のイベントをやる」とあり、「若者層にかなり浸透」とも記してあり、地曳は、どうも学生運動や社会主義・共産主義より新新宗教に傾く若者や時代に頭を傾《かし》げ、やがて、息子の真左彦へと思いが辿り着き、肝臓あたりが苦《にが》い。

三月には米国航空宇宙局が地球を取り包むオゾン層の破壊が進み「日本上空でもオゾン減少がシビア」と公表した。

六月から七月にかけて、リクルートが政界・官界に公開後に値上がり必至の未公開株をバラ撒いていたと発覚した。どうやら、資本主義とゆうのは、資本家側が政・官を金で〝釣る〟のが本質中の本質で宿命らしい。

おいっ、ではなく声を低くして、おいおいーっと小さく呻《うめ》くべきか、いや、おのれ地曳だって「世間、風俗を知るために」と自分すら誤魔化し九本は観た、日活、にっかつロマンポルノが『天使のはらわた　赤い眩暈《めまい》』で六月末に打ち切られてしまった。無念、残念を通り越し、もしかしたら日本の若者は性愛への焦《こ》がれを失ってしまったのではとひどく不安になる。そしたら、日本での革命を目差しているおのれ地曳らの後続も減り続ける……男と男や女と女の関わり合いも大事だけれど、男と女、女と男のテーマはどう考えても最も大切で神聖にして、おっと神聖などと、コムニスト、唯物論者が考えるのは如何《いかが》なもんか、えーと要するに人類維持の最大の要だ。

　でも、あれは二年半ぐらい前か、まるで真っ白で無実としか考えられない石川一雄氏のことを含め、ま、組織内での差別糾弾についてちっとは勉強せんといけねえと、大阪と奈良の境にあるところで五日ほど被差別部落民の暮らしや思いや感性を学んでいた折、ある二十二、三の青年から「あのでんね、女性に屈辱的な思いや苛めたりは差別そのもんやと考えますけど、友達、仲間は官能小説やSM《エスエム》雑誌をけっこう熱く読んでおるのもおりま。どない、考えますかあ」と、こちら、地曳を党派のゴリガンスキーとやや早とちりして聞いてきて、地曳は冷や汗を背中ばかりか太腿と股間に掻きながら「それは、男の個人個人の好みがあるし、そ、相手の女の人が了解すれば許される、いや、そのう大いに結構な……という気がすっけど」と、しどろもどろに、党派の〝正しい〟考えはあるはずがないが、答えたっけ。

　もっとも、前の妻の陽子に、もう十八年も経つか、保釈になって出てきた時、「な、後ろ手に縛って……駄目か」と申し入れたら、「ざけんじゃありません。アブノーマルを受け入れる余裕はお互いにないでしょう？」と拒まれた。

　うん、同じ今年の一九八八年の七月の初め頃、米国の経済誌が「富豪世界№1は、西武鉄道グループの頭領の堤義明」、「世界十位以内に日本人五人」と報道した。地曳は感じた、日本は金儲けとなると凄いのか、バブル経済とゆうこの時だからなのか、堤義明は節税の名人というより儲けのゲージツ家ゆえにか――いずれにせよ、日本は資本主義、利潤についての嗅覚と儲けについて〝優秀〟なんだろうか、もしかしたら、偶偶《たまたま》で、ある時代のできごとにすぎないのか。

——ところが。

その一九八八年、七月下旬。

「父さん、かつての塾の川島先生から伝言のメモだよ。慌てて、先生、便所で書いて、がっちり、糊《のり》とテープで封《ふう》をしてさ。何を書いてんのかな」

大学二年生ともなると、「人生の役に立たない」からと授業は滅多に出ないで、しかし、進級試験をきっちり受けてるらしい息子の真左彦が、あの銀座の真ん中にある「鳩居堂」製の封筒を渡した。

やはり、おのれ地曳は、アホで、楽観主義者だ、川島由紀子から「婚外の恋愛をしたい」の申し入れかと、押し入れで封を切った。

《前略ごめんあそばせ。

息子さん、真左彦くんの件でおはなししたく。

八月一日、or二日、or三日、PM七時半、蒲田の目蒲線の改札口でお会いできませんか。

御返事は、自宅の〇三・五七八九・××××へ、よろしく》

と、短くあった。

ほんと、男というのは過激派であろうが、世界史の文豪のゲーテであろうが、大画家のピカソであろうが、小説家の島尾敏雄や近頃肩で風を切ってる渡辺淳一であろうが、性愛への感情は激しいと、自らを許す気分となるけれど、川島由紀子の本音は「敗者復活戦を許します」ではないのか。

蒲田の東口の喫茶店で待ち構えていた川島由紀子は、アイス・コーヒーを一と口飲むなり、大きいのに唇にたっぷり肉が詰まって魅力的な口をぎゅっと引き絞って語りだす。

「地曳さん、息子の真左彦くんと、きちんと付き合わねばいけませんよ。そもそも、真左彦くんの人生の二十年の半分ぐらいは、父親としての地曳さんは留守だったでしょうに」

「え……そう」

「それで焦《あせ》り過ぎて、子供の心、情、思いを消して、立派な人間、古臭い党派の男だけの匂いのする義理と人情に価値を置く、男にしたいと……その歪《ひず》みが出てきてます」

「えっ……うん」

ここまでは、おのれ地曳の父親としての腑甲斐《ふがい》無さを川島由紀子は、前奏曲のように突いて、地曳は予測できた。

けれども、川島由紀子は、地曳の危惧よりもっともっと行き先の果てを見ていた。

「地曳さん、真左彦くんは、かなり、ではなく決定的に危ない新新宗教に嵌まりだし、もう、どっぷり」

「えっ……」

「去年の夏は、その凝り固まった怪しさを通り越した宗教の、神奈川県の丹沢の山での合宿に、わたしまで誘ったんですよ。ま、親しみを籠めたものと……思ってたけど」

そういえば、去年の六月から七月にかけての頃、真左彦は、リックサックではなく、目立たない黒褐色のカバンを持って、一週間ぐらい消え、音沙汰を零《ゼロ》にしたことがある。洗面道具とか、本類や、下着を詰め込んだのか、カバンは偶《たま》に大学に行くより分厚く、パンパンに膨れていた。

「地曳さんっ。真左彦くんは、『座禅と、ヨーガは、人のやる気のなさ、虚無を消して、凄まじい力《ちから》、パワーをよこすんですよ、先生。そこには、古代仏教以前以後を含んでの真理があります。ねっ、一緒に丹沢の合宿、勉強会に行きましょうよ』とかなり強引に誘って」

「はあ」

「むろん、優しく、我慢しながら、丁寧に、断りましたけど」

川島由紀子が、眉根を逆「ハ」に吊り上げているが、それはそうだろう。

「今の今、六日前には真左彦くんは『先生、来月の八月は、霊山の富士山の麓に合宿所を作って、出《しゅっ》家《け》した信者が寝泊まりを一緒にして、もっと修業と解脱《げだつ》に勤《いそ》しみ、人人、俺みたいに出家を躊躇《ためら》う人人の救いもやるんだってさ。先生、今からでも、遅くありませんよ。真理と別の生き方は、リンネから解放されず、ジゴク、ガキ、ドーブツの三悪趣の苦界に陥りますから』とひどく目ん玉を光らせ……迫ったんですよ」

川島由紀子は、豊かな両乳房と顎を反らし、上下させ、言う。

仏教、密教、新宗教には無知な地曳は、それでもいろいろ頭の中から知識を引き出し、リンネは「輪廻」、ジゴクは「地獄」、ガキは「餓鬼」、ドーブツは「動物」と分かった。

「それで、地曳さん。その富士山の麓の合宿場、溜まり場、でかい拠点に、真左彦くんが合流し、入ったら、もう大変。その前に、父親たるあなたが阻止しないと」

「えーっ、ま、信仰の自由は……あるわけで。いや、そのう」

「なに、あま言ってんですかあ。真左彦くんの信じてる教祖は、変な宗教雑誌に載ったりして、やらせを含めて、座禅しながら空中浮遊と称して、三、四十センチ飛び跳ねる人なんですよ」

「あ、あの男か」

「そう。んで、わたしも、十日間も訓練して、座禅の真似して、ヒップの肉の弾力と尾骶骨の硬い発条《ばね》を、えいっ、やあーっとやったら、スポーツ・ジムのコーチから『やりますねえ、二十センチ強、跳ねましたよ』と笑いながら言われたわ」

ま、空《そら》へ跳ぶのは人の憧れとしても、三、四十センチを写真によってどこかしこで宣伝する教祖は好い加減より、駄目。よしんば一メートル跳ねて、何になるのだろうか。そもそも、写真は、写し方によって、どうにでもなる。それより、この〝空中浮遊〟に参る人人が出てくることが地臾には不可解だ。これを奇蹟を為す人とか、流行《はや》りらしい超能力者の証とかの怪しい教理の拠りどころにするのだろうか……。

「地臾さん、頰杖を付いてぼさーっとしてる暇はないんじゃないですか」

「ま、そ……うですよね」

かなり切羽詰まった川島由紀子の迫り方に、地臾はおろおろよりはうろうろする感覚になる。宗教については、政治的に無色な学生をオルグ、組織化するために、既成宗教団体の経典を読んで、あくまで、けちょんけちょんに批判するために読んだだけだ。それも、浅く、最初の二、三ページと、勝負だあと文庫や新書の真ん中を開き、ラストの結語を読んだぐらいなのだ。

うん、マルクスの『ヘーゲル法哲学批判序説』だったか、「宗教、それは『民衆の阿片である』」で、全ての宗教についての答と信じたからだ。

それでも『法華経』については原始仏教以来の孤立をかなり気にしての〝方便〟から出発するのに対し「どうもなア」と感じ、『無量寿経』については阿弥陀さまに出世する前のナンダカ菩薩が「誰をも地獄にやらない、地獄にやるようなことがあったら、自らの悟りなんぞ要らない」で「あっ、こりゃあ」と思い、『歎異抄』で「悪人こそ救われる」で、だったら、阿漕《あこぎ》に労働者を搾って利潤のためには兵器をうんと作り戦争をやりたい資本家が真っ先に救われるのかとなり、『般若心経』のひどく短い経典で〝空《くう》〟などに拘《こだわ》っている場合か、米軍の枯れ葉剤を含む空爆や、なかなか責任を認めなかった水俣病の原因作りについてはどうなんだと腹が立った。

ま、釈迦の一番古い言行録という説もある『ブッダのことば――スッタニパータ』は、詩みたいなリズムがあり、ゆったりと「犀《さい》の角《つの》のようにただ独り歩め」のリフレーンを繰り返す中での人の生死への余裕たっぷりの見つめ方がある気がした。

小乗仏教という規定は大乗仏教側が勝手に決めたというが、小乗仏教側による仏陀の直の言行を記し、おいっ、息子の真左彦も読んでいた『阿含経《あごん》』は、まるで読まずにきた。ただ、真左彦のことが気になり『阿含経入門』をぺらぺら捲ったら「我が身これ不浄なり」の旨が目に入った。淡いが奇妙にきつい言葉が記憶に残っている。

「聞いてるんですかあ、地曳さん。わたしは、あなたの息子さんの真左彦くんがとっても可愛いし、いろんな才、独学でも図書館を通ってまで追求する、自分以外の場の経験を大切にする、作文は、ま、ちょっと物好き過ぎて、あのぅだけど読み手をどっ、き、ーんとさせる……わけで。ま、女の子には不思議にも持てないで苦しんでるそうだけど。言ってたわ、『高校時代は四人の女生徒にアタックしたけど、洟《はな》も引っ掛けられなかった。大学に入ってからは、顔を見ただけで逃げられる。だから、大学はあんまり行かない』と」

「あ、そう」

「そもそも、宗教の経典は偏って独りよがり、みんなですよ」

どう考えても、おのれ地曳より、国立大を出た川島由紀子の方がこの方面でも博識で詳しい……。

待て、キリスト教の信者の必読する教典に『旧約聖書』と『新約聖書』がある。新潟刑務所の初めの頃に『旧約聖書』の『ヨブ記』を読み、信仰に熱心な者が罰され、疑いを持つヨブの友人は不幸へと導かれる……。あの不条理。ほんとか、教典なんつうて。ありゃ、小説、ブンガクと評するもんではねえのか。

それに『新約聖書』のどこかの章だったか『マルコによる福音書』だったか、イエスが十字架に吊るされる死の寸前に「わが神《かみ》、わが神《かみ》、なぜわたしをお見捨《みす》てになったのですか」の、おい、こんな言葉を、少なくとも『聖書』なのに記して良いのか。この、あまりにも絶望の言葉は……。なお、ぎょっと、背中だけでなく鳩尾《みぞおち》と男根まで氷をぶっ掛けられる驚きの気持ちになる——おのれ地曳だけではなく、仲間は、権力に火炎瓶のみならず爆弾を仕掛け、党派闘争で幾人も打倒してきたわけで……その刑は、最果てで死刑。しかし、でも、キリスト教の大本ほどの希望の無さの思いは出てこないのは当たり前……。この絶望の中でも、イエスは、なお志《こころざし》を……。

「困りますって、地曳さん。話に集中して下さい。真左彦くんが、間もなくのオウムなんとか教の合宿に出る予定なんですよ。そこで在家か、出家の決心を迫られ、たぶん出家に」

「はあ、出家？」

「そうです、教団の専従になったりして世俗からは離れ、普通の仏教では僧侶、キリスト教では神父とか牧師に」

「ええっ、そりゃ困るっ」

「だから、セクト、共産主義の細かい組織に入って、組織に慣れ親しんだ人は、時代遅れ、役に立たない駄目人間が多いんですよ。ノン・セクトを突っ張ってるわたしみたいの方がきっちり分析できてんです」

「そう……」

「あの麻原《あさはら》なにがしは、いろいろ苦しんだ半生はあるんですが、勉強、研究は継《つ》ぎ接《は》ぎだけで、真理への芯《しん》がゼロ。でも、人数は増えていて、自信を持ったら、どこへ行くか」

「へ……え」

「根っこの摂理とゆうか、原理がないの。だから、突っ走ったら怖い。それに、もう、脱会者への嫌がらせが執拗《しつこ》くて大変らしいの。少しでも教団の邪魔と勝手に判断したら、邪魔な人物だけでなく家族まるごと消しそうだし。自分達の主張をアピールするにはまるで普通の一般の人も皆殺しにする……気分が溢れているんですよ。他人の救いと言って、赤《あか》の他人を含めてその他人を傷つけたり、監禁したり、殺したりすることを厭《いと》わない……どころか、信仰の価値にしています」

「やばいわ……な」

「そうよ。富士山の麓の合宿行きは、真左彦さんのことですよ、断、断、断固、止めさせないと」

新宗教とか新新宗教を胡散臭《うさん》いと考えるのは川島由紀子より以上の地曳だが、コムニスム、マルクス主義の生誕だってキリスト教の基盤から……地曳は大事のことと思いながら戸惑いを感じる。

「決心しなきゃ駄目っ、地曳さん。真左彦くんを富士山の出家を主にした教団の合宿に行かせないようにしなきゃ」

「え……うん」

「地曳さん達は、他の党派の人間を含めて、拉致《らち》、監禁は御手《おて》の物《もの》でしょう？　スターリン主義を批判しながら染まったのかしらね」

川島由紀子は、ドヤ街の山谷《さんや》で、いろんな党派と交流して、我が派についても情報が豊からしい。でも、他党派、つまりK派をまさにゲバの最中、戦闘中を除いて拉致、監禁したことはない。小清水徹とか帯田仁の大学時代は、逆に、されたことはあったと聞くけれど。いや……差別に対しては、……それとS《エス》のかなり疑いの濃い者には……。どう、同じ党派以外の人間に話すべきか……重いテーマだ。

「そうです、地曳さん。真左彦くんを、当分、オウムなんだか教から断絶させることが第一です。次に、オウムなんだか教の誤りの根を勉強して迫ることが第二。第三は、真左彦くんの欲望、楽しさを見つけて、そこへのエネルギーへと父親として持っていくこと……でしょうね」

「う……うーん」

「はっきり、させて下さい。あの、あのぅ……ちゃんとやってくれたら……性の復活戦も考えますよオ、まじに」

魅力的、いや、蠱惑《こわく》的の表現の方がふさわしい、川島由紀子がトーンを落としてにっと笑った。

その気にならない。

おや、おのれ地曳は、やっと父親らしくなったと自らの両頰を撫で、頭まで撫でた。

それでも。

川島由紀子の無理に作った笑顔が、ぅ、ぅーんと嬉しい。息子の真左彦を本当に可愛いと思ってくれているのだ。そうか、真左彦は同い年ぐらいの異性には相手にされない、持てない、振られてばかりらしいが、年上の女は別らしい。

いや、それより、真左彦をどうするのか急がねえと。尻を四、五十センチ宙へと持ち上げて何の人人の救いか。あまりに、下らねえ。高校総体とかオリンピックの新しい競技じゃねえのだ。

3

川島由紀子から、息子・真左彦についてのシビアな忠告を受け、「もう少し、話していきますかあ」と誘われたが、四十歳を越すと男の一人としての地曳は好色や性欲より別の方角への関心が向くと解る、さらりと「嬉しくも厳しいアドバイス、感謝。涼しくなったら、また、会って下さい」と別れた。

別れ際に、川島由紀子は「急いだ方が」と後ろ髪を引かれるようにして地曳に告げた。そして、序《つい》でのように「真左彦くんって、作文が変に上手なの、山谷の労働者の暮らしの一つ一つにリアリズムがあるんです。だけじゃなくて、嘘、そう虚構のスケールがかなりで、女の子とのラブ・シーン、失恋なんて、『代わってあげたい』と、読み手が思わず前のめりになっちゃうぐらいの迫力なんですよ。父親たる人は、そこいらも見つめてあげなくちゃ」とも付け加えた。

　そのまま……。

　地曳は、一度だけ行ったことがある、西武池袋線の江古田駅から歩いて一〇分の息子のアパートを訪れようと考えた。

　でも……。

　一度だけ行った時にすら、どうやら同じ新興宗教の、いや、近頃では週刊誌や月刊誌は「新新宗教」と囃《はや》し立ての六割と警戒の心情四割で記しているその信者らしきのが、二十代後半か、真左彦の部屋に二人いて、狭い部屋の真ん中に胡坐《あぐら》をかいて奇妙に落ち着いた形で座り込み、このアパートの主人の息子の父親たるおのれ地曳を、実に、実に、異邦人どころか宇宙人がきたように醒め切った両眼で迎えたのだ。否《いな》、迎えたのでなく「ドシロートのわからん男め、消えろ」と二人ともまるで同じように目ん玉の芯と鼻の両翼に刻みつけていた……ような。

　下手《へた》に真左彦の部屋に行ったら、宗教論争で挑発され、宗教については不勉強なおのれ地曳はたじたじとなり、場合によっては負けるかも——うーん、海原一人《かいばらかずと》氏が生きていたら、きりりとした方針を出してくれたのかも。あの人は『法華経』、『コーラン』、旧約と新約『聖書』にも詳しかった、動機は「宗教は民衆のアヘン」の勉強だとしても。

しかし、強引に真左彦をアパートから連れ戻そうとしたら、信者のゴリノスケとゲバルトになるかも。

よっし、一と晩か二た晩ぐらいは待とう。

二番目の妻の道子とも相談しなけりゃ。

そうだ、息子の真左彦を住まいの江古田のアパートから離しても、新新宗教の奴らはそれなりに組織としての力や網があり、かえって、信者ばかりのアジト、場合によっては公然の教会や道場みたいなところへと連れ去るかも。

「ああ、ああ……ああ」地曳は、ついつい、自ら、長く、深いと知ってしまうほど溜め息をつく。

そうでなくても。

獄中で、死に顔を見れずに失った先妻の陽子の痛手を負って塀の外へ出てきたら、既に組織にとっては最大のマイナスの分裂に面していて、組織内へのウチヅラは取り繕《つくろ》えても、外、労働者や人民に言い訳《わけ》が立たず……。

何か、人生の残り半分は、絶望、うーん、それは、ちいーっと違うな、希望の薄さへの日日への歩みみてえな……。

しかし、新しい妻の道子がいる。もっと、性愛を深めねえとな。だけじゃなくて、二人の生の共通のテーマとの格闘を一つ一つ大事にして……。

娘の未来子《みきこ》が生まれ、その育ちはやや速さが鈍いが、それでもちゃんと育っている。

息子の真左彦――これが問題なのだ。

三日後、E、国家とK派を撃つ非合法の先端なので名前はころころ変わり覚え切れない、駄目な革命党派の人間、おのれ地曳努だ、そのEと会う。場合によっては、いや、可能性からいえば、六割から八割、確信的な信者と真左彦の奪い合いになる……から、助っ人を頼むか。ううん、コムニスム、共産主義の実現を目指す組織が、新新宗教をぶっ叩くというのは、どうも、だ。信仰の自由は、やっぱり、ちゃんと「安全を保証するから、伸び伸びと」だろう。

待て。でも、敗戦前は、中国大陸への侵略の軍隊にはいつも新聞記者と浄土真宗、日蓮宗の坊さんがいた。キリスト教だって、天皇を現人神《あらひとがみ》として認める教会がほとんどだった。これらの宗教は敗戦後、かなりの自己反省をやったはずだが、新興宗教、新新宗教はどうなのか。戦後にできたので、新しい形のファシストの道を歩む可能性が、かなり、大《だい》だ。

息子の真左彦が、これから本格的に入ろうとするところは？　ヨガと、教祖の尻上げの「空中浮遊」の、その後者で引き付ける姿が、もう、既に怪しいのに。

よっし、やるっきゃない。

4

次の日の早朝、妻の道子に息子の〝危うさ〟を話してから、書店を回り、図書館に行き、一度は読んだ『ブッダのことば――スッタニパータ』、そういえば神奈川県の西の外れの真鶴《まなづる》の実家で葬式や法事の度に坊さんが唱えていたっけ、これだけはごく短い『般若心経』。今度は、改めて真宗を含めて浄土宗系の教典『浄土三部経』、そして政界にも力を与え、かつては宮沢賢治も熱中したはずの『法華経』、などを読み始めたけど、最初の二、三ページで御手上げ……。唯円編とゆぅ『歎異抄』だけは、どきり、どきーん。なに？　二度目だが、落ち着いて読むと、「悪人こそ救われる」っつうてか。ならば、救済されるのは公安警察が最初か、K派が次か。うんや、我我も……、もまたか。いや、もっと人間一般について……深い。

とどのつまり、仏教書の俄《にわ》か勉強で息子及び教団に敵《かな》うことはできない。いきなり、唯物論、マルクス主義でか？　これは、たぶん、オウムなんだかのゴリの信者も息子も受け付けまい。受け付けても、妥協してきたり、納得するはずもない。

——いけねえ、川島由紀子から切羽詰まった忠告を受けて四日目だ。急がねえと、本当にやばい。息子が富士山麓の教団合宿に参加し、洗脳されかねない。しかも、この合宿は最初の共同生活の開始と聞く、集団の酔いが教祖の絶対的なカリスマ性を更に激しく醸《かも》しかねない。

うん？　洗脳？　ま、コムニスト、共産主義者も、政治的な素人、ノンポリ、シンパには、自らの主張をまくし立てる……が、それは、テレビ、新聞、週刊誌で既成秩序を何だかんだ守ることを言うのと同じ……とりわけ、おのれ地曳達は、ローザ・ルクセンブルクの主張の〝自発性〟を信じているわけで……〝洗脳〟とは異なる。

解らねえ。

――解らないまま、アルバイトの高層ビルの清掃の事務所に電話をかけて休み、同じくアルバイトの中小零細企業の帳簿付けを好い加減に済ませ、そうだ、週二回はやっているゲバルトの訓練をと、腕立て伏せ、家の中の緩《ゆる》い走り、重めの樫《かし》の木での上段から攻めと、とりわけ喉元と鳩尾への突きをやっていると、コロ、コロ、コロ、コーンとチャイムが鳴った。

くそっ。

いつもは、玄関のドアは、地曳自身は開けないようにしている、妻の道子と息子と義父の帰りを除いて。

しつっこく鳴る、チャイムが。

もしかしたら、刑務所を出てからの△人の鉄パイプでの襲いの件で、刑事《でか》か。他にも、あれこれやっている。△とは「カク」と読む。権力にばれないための暗号だ、かなり姑息な。

魚眼レンズを覗く。

髪の形こそ、今《いま》さっき床屋へ行ったようにきちんと七・三に分けて整っているが、顔はすぐにでも他の人と組んで漫才をやりだしそうで両目が左右に離れ、鼻は愛敬のある団子鼻、口はだらしなく開きっ放し。長い間の感覚で、最もの敵の警察の顔とは違う。たぶん、K派とも違う。

ドアを開けた。

「済みません、事前に電話もせずに、いきなりで。どうも、あの新新宗教に、盗聴されてるような気もして」

「そ……う」

「盗聴」されるなど、地曳の業界では当たり前だが、ストライプの夏の薄い背広を着ている人間も気にするのか……。

「わたくし、こういう者です」

名刺入れを兼ねているのか分厚い財布を懐《ふところ》から出し、訪問者の四十歳に一つ二つと映る男が名刺を出した。

「亜細亜学術研究所国際宗教学主任講師　紀乃川英世」

とあり、住所は東京の豊島区、TELも明記してある。

あ、息子の真左彦が時折口に出す男で、おのれ地曳の判断では「入れ知恵」をしてるキノカワだ。

「ま、玄関では……上がって下さい。息子の真左彦が御世話になっているそうで、ありがとうございます」

地曳が、上り框《かまち》にスリッパを並べると、紀乃川英世はそそくさと敷居に踏み込んでくる。が、くるりと背中を見せて自らの靴を、きちんと外へと向けて揃え直した。どうやら〝普通人〟の常識は持っているらしい。

「かなり急がないと真左彦さんの命運が危ないので、端折《はしょ》ります。時間単位で切羽詰まってるんです、富士山麓合宿に真左彦ちゃん、おっと真左彦くんが参加したら遅くなる……んです、お父さん。あ、お父さんの地曳さんですよね」

普段は居間で、客がくると客間になる八畳の部屋の椅子に座るなり、紀乃川は喋りだした。

「はい、父親の地曳です」

「あのですな、結論じみたことから話しますと、真左彦ちゃんが入ろうとしている教団の麻原ナニガシは危うい。わたしも、当初、彼の兄弟と較べての育ちの酷さ、視力の弱さからくる苦しみと差別、そこから出てくる信念に注目し、ひどく畏れたのですが。インテリはそういう人間に弱い。地曳さんもそうでしょう？」

「俺は、入試はごく標準の難易度の大学の中退、インテリの自覚はないけど。大学で授業に出たのは三十日もないわけで」

そうなのではあるが、地曳とて、麻原ナニガシが視力の弱さを抱えていると聞くと、身体や精神の〝障がい者〟、被差別部落民、在日の朝鮮人や韓国人と知ったり、聞いたり、みたりすると、まずは畏《かしこ》まってしまう、刑務所から出てきてからの正直な感性だ。こういうテーマと存在の厳しさと、政治や社会への戦略は、全て一致でなくずれるのもおのれの真っ当な感覚だ――因みに、K派に殺された、東大哲学科卒の海原一人《かいばらかずと》氏は知識人としての自責《じせき》の思いはかなりだった。早稲田の小清水徹氏はインテリの自覚は二～三割。帯田仁は、まるでゼロで、それが誇り……。

「グル、教祖の奴《やつ》の最初の感動とゆうか、確かな思いは、まずは、阿含経《あごんぎょう》ですな。強い弱視での精読による、挑戦はしんどかったはず」

「そう……なんでしょうね」

「中国を経ての日本の仏教ではスリランカやビルマのそれを小乗仏教として、阿含経などを『自己の宗教的完成を優先して、他者の救済を軽く見る』としてますが、現代の研究では『論理的』と再評価の気分が出ています」

「ほう。いやあ、良く勉強、研究を為《な》されてますな」

「はあ、ま　九州大学の哲学科を卒業し、アメリカのスタンフォードで宗教学を専攻してきたもので。いえ、あくまで、インテリの自己を否定しながら」

紀乃川は、やはり、一九六八年、六九年をピークとする全共闘運動のどこかしらに噛んでいたらしく〝自己否定〟という言葉をすんなり出した。

「阿含経は釈迦の実際の人生らしきについてのいろいろが詰まっていて、真理だな、と思うところがリアリズムでもって著《あらわ》されてます。が、しかし、けれど、一般の人人の諭《さと》しと出家僧への諭《さと》しにかなり断絶があり、正直に評すると、出家僧が偉く、一般の人人を……えーと、え、と、舐めてるというか、軽視が……あります。え、いや、釈迦は、カーストの重層的差別に対して、平等を強調してるんですがね」

「あ、そうなの」

「そう。これを、阿含経を真面《まとも》に信じると、修行僧、出家僧が偉くなり、一般の人人を軽んじて、どうにでもしてしまう発想がどうしても出てきてしまいます」

うーん、これは左翼にとっても同じ、レーニンの、延《ひ》いてはスターリンの前衛党万能、前衛からの労働者への〝外部注入〟の考えを正しいとしてしまう、我が派を除けば。いや、我が派すらもう、それは建て前になっちまってる……のか。

「その上、彼、麻原ナニガシは、原始仏教が、いろんな土着宗教、とりわけヒンズー教との混在の中から出てきたこともあり、シバ神を異様なほどに高く評価していて」

「シバ神？　紀乃川さん」

「そう、ヒンズー教の三主神の一つ。仏教に入っては大自在天《だいじざいてん》となります」

「ふうん」

確かに、この男、紀乃川英世はきっちり勉強しているようだ。メモを取り出さなくてもすらすら、解説する。

「しかし、そのシバ神は、ヒンズー教では『破壊と創造の神』なんですよ。つまり、破壊が先にあり、次に創造です、地曳さん」

「えっ、そう」

地曳は、イタリアの共産主義のグラムシあたりが出発点で、もう音無《おとな》しくなった構造改革派の「改良から、そろそろ革命へ」など信じてなくて嘘くさいと嫌い、いきなり労働者革命を考えているけれど、いや、地曳以外の我が派の人人、中核派、共産主義者同盟《ブント》の分かれ過ぎた各派も然《しか》りで、それとシバ神はまことに似ていると思ってしまう、「破壊、次に新しい社会、輝かしい革命へ」が。

「地曳さん、『自分達の過激派と同じ』と少し安堵しながら思ったでしょう？　甘くないんですよ。麻原ナニガシは、桁外《けたはず》れの自意識の過剰で、同じ教祖でも頭抜けた神格性を欲し、カリスマ性を求めるパワーが超のつく凄まじさとしてあり、自ら、自らの部下の教団でのエリート集団の出家、その、ぐーんと下の一般の信者とどでかい階層を作り、出家の部下には絶対忠実、一般の信者や普通の市民には『幸せになるためには罰を、傷を、死を』と、とんでもなく図図しい考えへと走っています。この凄まじい教祖の傲慢《ごうまん》さと、出家達の狂信性は見過ごすことができません」

「う、う、うーん」

そういえば、普通の一般人のおのれ地曳が息子のアパートを訪ねた時の二人の信者、間違いなく出家二人のよこした地曳への憐《あわ》れみと蔑《さげす》みと舐《な》めのきつい目付きがいきなり眼前に現れる。

「そう、六日前に、息子の真左彦ちゃんと会った時も、彼はなお、教団の合宿へ行くか行くまいか、かなり躊躇《ためら》ってました」

「どんな点で？」

聞きながら、地曳は、かつてなく深いところで、泥沼の底の見えないところでの反省をしてしまう。こういうおのれの質問は、息子ときちんと付き合って話し合っていたら、出てこないはず……のような。

「真左彦ちゃんの合宿に参加したい理由の三分の一は、ヨガから始まって人の自らの自然の体力の蘇生に気づいて、ここいらで宇宙的真理を知り、体現したいとのことです。でも、心情の三分の一に、迷い、どうもなあもあって、出家の信者が警察の私服もそうなんだろうけど見張り、監視の隙がなく息が詰まるとのこと。残りの三分の一以上は、宗教以外のことをしたい……つまり、真左彦ちゃんも悩んでるんですよ、お父さん」

紀乃川が息子を「ちゃん」と呼ぶのが気になるが、真左彦自身も単純にこの教団に「バンザーイ」ではないと知り、少しだけ、ほっ、となってしまう。

「紀乃川さん、あのうですね、うちの息子を心配してくれて、可愛がってくれて、う、うーんと感謝してるけど……どうして？」

「えっ、えっ……それは、そのう」

「もちっと、息子については気合いを入れて付き合うつもりなので、正直に」

「あ、はあ、はい。出会って、そう、彼の、真左彦ちゃんが中学一年の時からたった三月《みつき》の時に、わたしについての随筆というか小説というか、三十枚を書いてくれて、読んだら、ひでえ、いえ、ひどく面白く、それから、真左彦ちゃんを……あのう、そのう、右頬の笑窪も可愛くて、魅力があって」

この紀乃川は〝立派〟にも国立の九州大学を出てアメリカのかなりの大学でも学んだというから、少なくとも文章については主語、述語、修飾語などきちんと理解しているのだろうし、いや、その前のテーマなどが明白と分かったのだろうから、うーむ、真左彦は作文は一丁前《いっちょうまえ》以上らしい。

しかし、どうも……なのだ。

もしかしたら、もしかしたら、未だ、極左のおのれ達にも、普通のマスコミでも〝差別〟とは騒がれていないけれど……。よっし、真正直に聞いちまえ。

「紀乃川さん、真左彦を少年愛の対象としてアドバイスや面倒見を？」

それはそれで良いだろう、ギリシャ時代の哲学者だけでなく庶民もそうだったし、戦国時代の日本も然《しか》り、江戸時代は文化にまでなったわけでと思いつつ、地曳は「NO！」とか「まさか」とか「違いますうっ」の答を予測し、期待した。でもな、フランスの哲学者で、構造主義の旗頭としても力があって「正常と異常」の区別を法ではなく、権力者や人人が規範制を求めるおかしさで問題としたフーコーも、同性愛者だったからこれらの矛盾に気付いたわけで……。

「済みませーん、はい、わたし、真左彦ちゃんが中一の時から、宗教のテーマで品川の公民館の一室での講演の時に見た時から、一と目惚れでして……真理を求めて止《や》まない二つの瞳、片笑窪、しなやかなのにタフな腰の肉……」

今の世の中では、こういうことを打ち明けるのは大変、しんど、厳しいわけだけれど、紀乃川は、おのれ地曳を過激派ゆえに、理解し、包容し、当たり前の一つとして見ると思い込んでるらしい。しかし――真左彦の父親としての地曳は、こんぐらかる感情に陥る。

「んで、紀乃川さん、真左彦とは……えーと、えーと、そのう、できちゃってんだ」

真左彦の部屋には、春本は数少ないが、それなりにあり、同性愛のはなかったので、逆に、几帳面ほど秘密にしているのではという心配、危惧を抱きながら、紀乃川の咎をひどく聞きたい。ついつい固唾《かたず》を飲んでしまう。固唾《かたず》を飲む、など生まれて始めて頭に浮かんで、口に出す言葉だ。そう、場合、情況によって自身のぐんにゃりした唾さえ異物みたいに固くなる……のだ。

「地曳さん、激しいコムニストでしょう？　革労協、社青同解放派でしょう？　少年愛、ホモ・セクシャルに、検事や公安警察みたいに責める聞き方は止《や》めて欲しいのですが」

「あ……済まーん」

「求めに求めて七年半、そして、泊まったのは三度。しかし、彼、真左彦ちゃんは、断断乎《だんだんこ》拒否……の悲しい、わたしの人生でした」

「あ……そう」

やっぱり、父親としてはひどく安堵してしまう。でも、一人の社会変革の活動家としてはどうなのか。ブルジョア社会の常識に規定されてる……人間だわな、どうしても安らぐ気分へと放たれてしまう。しかし、息子がそうであったとしても、きちんと相手を探し、見つけたら……それで祝うべきこと……だろうに。

「もっとも近頃は、彼、真左彦くんも青年となり、少年の初初しさの、あのぅ、魅力を日日……失いつつあり」

紀乃川はホモ・セクシャルでもいろいろな好み、ジャンルを暗示する。当たり前だろう。

「んで、紀乃川さん、近頃は、あのだよ、真左彦は」

「あ、はい。彼、真左彦くんは、『女に持てない。洟《はな》も引っ掛けられない』と、すんごく、悩んでます。もしかしたら、新新宗教への関心も『女を与えてくれる奇蹟を起こしたい』みたいな心情からか……も」

紀乃川は真左彦の呼び方を「ちゃん」、「彼」、「くん」と心情の移り変わりを表現するが、客観的にことを観《み》る目はしっかりしているようだ。

「お父さん、地曳さん、急がないと。今日、明日、あさってには、真左彦さんをアパートから引き離さないと。あそこは、アジトどころか、事実上の末端の細かい教会になり始めてます」

「そ、そうなんだよな」

「真左彦さんを、どこかへ強引に。場合によっては教団の連中と暴力沙汰に……。しかし、地曳さんは、敵対する党派をやっつける、いんや死へと至らせるぐらいの腕力はあるはず」

「うっ」

「わたしも、実力は使えないけど、レポ役、はい、見張り役、ことの前後の車の運転などやります」

両肩を強ばらせて揺すり、紀乃川は言い切った。

――紀乃川が帰ると、地曳は、息子の真左彦が、ホモ・セクシャルとはいえうんと年上のかなりのインテリゲンチャに愛を求められたり、かなり年増の川島由紀子に可愛がられたり、人間としての魅力を自ら育ててきたと嬉しくなってしまう。

だけれども、息子の真左彦の、たぶん、最ものパワーは同世代ぐらいの女、いんや、誰ぞがうるさいかも、女性にあると、やはり青春前期に女に持てなかった地曳は、自身では、きっちり推測した。

――その日、新潟の外れで、三里塚闘争のエッセンスというより抓み食いをしているらしい、元早大生の帯田仁に、窮状と、当分の親子の居候《いそうろう》の願いを手紙にして速達で出した。もちろん、危ない宗教に息子が躊躇《ためら》いながら嵌まりつつあること、異性に持てない悩みを抱えていること、親馬鹿ながら作文だけは上手らしいこと、趣味は映画鑑賞と音楽を聴くこと、食い物は鯵と鰯の刺身、卵焼きが好きなこと――などを記し。

5

暑くて、寝苦しかった。

が、心の、精神の緊張は、青春時代みたいに、かえって睡眠を濃く煮つめるのか、朝五時に目醒めた。これが、もうひどく好い加減な共産主義者の残《のこ》り滓《かす》とも規定できないけれど、少なくとも長い間に塾で真左彦の面倒を見てくれた、こう規定しては済まないのか「底辺労働者の解放」を念じている川島由紀子の忠告、そして、少年愛、ホモ・セクシャルゆえに、かえって重さと真実味のある紀乃川英世のひどく慌てたアドバイスが、地曳に効いてきている。

二度目の妻の道子の手を握って三〇秒、地曳は、がばっ、と起き上がった。

道子が、手を握り返してよこした。

へえ、夫婦とは性の交わりだけではねえんだよな……など、今更に感じながら、地曳は、動き易いが目立たない、ぶかぶかのズボン、丸首のTシャツに薄い褐色のジャンパーを着る。

「あなた、もしかしたら……乱闘、奪い合いに……これ、持っててよ」

前夜からの話し合いと雰囲気で解っていたのか、道子が枕の下に然《さ》り気《げ》なく置いてあった、三十五センチほどの棒を出し、手渡した。ありゃ、もう、ほとんどの家庭では使われなくなった、胡麻や豆を潰して擂《す》る、擂《す》り粉木《こぎ》の、それなりに逞しく、固く太い棒だ。

「相手を鉄パイプで倒すより、この棒の方が……罪は軽くなるはず……みたいな」

「おいっ、あのな……嬉しい気配りだぜ」

こう告げて、むらむらする性への欲より、こういうのもあるのだなと確認し、先妻の陽子もそうだったわなと地曳は、今の妻の道子の浴衣を毟《むし》り、脱がした。

——その、すごく、気分の良い果てに、道子は、

「これ、真左彦のアパートの合鍵です。それに、わたし達の未来子のことも、あれこれ考えて、心配して下さいよ」

と、告げた。

すまーん。

しかし、父としてのおのれは監獄と非公然の暮らしで真左彦に父親として為すべきことをまるでしてこなかった……取り返したい。

6

地曳は、真左彦が小学校五、六年の時に、その繊細にして神秘がかった深さの音に憧れて音楽の先生に学んだと聞くオーボエを入れていたという筒状の布の袋に、義父が「実は山椒《さんしょう》の木より黒黐《くろもち》の木の方が粘りがあって丈夫」と自慢している擂《す》り粉木《こぎ》を入れ、腰に吊るしている。

真左彦のアパートの前の二百メートルの、未だ開いていないスーパー・マーケットの前で、かなりの立派な車できた紀乃川と落ち合い、紀乃川をアパートの斜め前の電信柱とゴミ箱のところに待たせ、アパートへ直行した。

——真左彦の部屋に入った。

うへーい。二人でなく、三人も教団の信者らしきが、がばっ、と跳ね起きた。

「わたくし、地曳真左彦の父親です。息子は用があり、ここから出て、別のところへ行きます」

地曳は、一応、常識的なことを告げた。

けれども、すぐに、教団始まって以来の重い合宿へと心が膨《ふく》れ上がっているのか、

「なあにぃーっ、こん、地獄行きの屑《くず》人間があ」

「高貴にして貴い、グルさまの一滴の御恩も知らねえ、婆婆の人間めがあ」

「チャクラも知らん馬鹿者め。超能力をほぼ得ておる我らに、生意気にも」

三人とも、中身は、宗教心に満ち満ちてはいるけれど、どうも、啖呵《たんか》を切るにしては自らの信ずる道以外の人への説得力が不足し過ぎている。俺達も、きっちりと注意しないといけねえわ。かえって、地曳の方が反省しちまう。

でも、待てない。

地曳は、息子の真左彦を見る。

暑いので、アンダー・シャツ一枚の上半身の姿で、テレビの活劇を見ているような余裕と、もしかしたら実の父親だけが見抜いて知っているとの表情か「親父い、もっと、ちゃんと反撃を」の気分を顔だけで出して地曳を見返す。

でも、ここが第一の勝負だ。

「真左彦、帰るぞ。ついてこい」

こう喋って、息子の顔をしっかりと見ると、微かだが、上下に、縦に、五センチほど振って、頷《うなず》く。

「ん、では」

地曳は、下半身はパンツ一枚の真左彦の腕を、強く、引き上げた。

「親父い、待ってくれよお、嫌《いや》だよお」

真左彦が、父たる地曳の予想の別の動きをして、ごねる。おいーっ。だったら、この作戦は諦《あきら》めるか。

「だってさ、親父い、父さん、やっぱり、真夏でも、上半身にはサマー・ジャケット、下半身にはジーンズぐらいは。待ってえ、必ず、ついて行くから」

息子のどうもややとんちんかんなのはおのれの血か。息子の真左彦がこう告げた途端、教団の信者らしいのが、ばらばらに三人、地曳に、肉体的に絡《から》んできた。

肩に肩をぶつけたり、頭の後ろを叩いたり、鳩尾《みぞおち》にけっこうな力の入った拳《こぶし》を入れたり……。あっ、痛えっ。

それで、擂《す》り粉木《こぎ》を仕舞っている袋の入口の紐《ひも》を解《ほど》き、手にするなり、一番自信有り気で齢も三十を越えていそうな男に直進し、鳩尾《みぞおち》に水平に突きを入れた。宗教者への〝弾圧〟かなと怯《ひる》みが掠《かす》めたが、内ゲバ、おっと党派闘争の慣れか、軀がごく自然に動いた。

「ふんぎゃ」、猫を踏んづけた時とほぼ同じ声が返ってきて、一人が両手で腹を抱え、畳の上に蹲《うずくま》った。

二人目が、念力《ねんりき》をおのれ地曳へとかけているのではないだろうが、両手を握って拳骨《げんこつ》を作り、唸り声を出して睨み付けてくる。

いかに〝邪宗〟といっても、それなりに自分の救済と他者の救いは思っているはずとの戸惑いが過《よぎ》ったけれど、機動隊やK派とのことが今まで積み重なっていて、軀は動いてしまう。地曳は、擂り粉木の丸い先端で、二人目の顎に下から上へと突き上げようとした。思惑は外れ、鼻下をどっ突いてしまい、あれよ、と思う間に、夥《おびただ》しい、細かい泡を含んだ鼻血が溢れてきた。ごめーん、と、胸の内に吐いて、いや、躊躇《ためら》っていては駄目と振り返った。

　きょとんとしたり、制止の姿になっているだろうと推測した息子の真左彦が、おいっ、既に着替えていて、あれーっ、万才の格好をして両手を上げ、飛び跳ねながら両手ごと右へ左へと振っている。つまり、この今の流れを〝嬉しい〟としているのだ。

　いけねえわ。

　三人が、狭い流《なが》しから、包丁を右手に翳《かざ》してやってくる。ん？「死んでもらい、だから、天国へ行かしてやるーっ」と、この戦闘の最中なのに、はっきりした言葉を吐きつけてよこす。やっぱり、宗教学者の紀乃川の現状分析と予測にあんまりずれはないらしい。

　うんや、相手は、包丁が武器。出刃《でば》でもなく牛刀でもなく、菜《な》っ切《き》り包丁の和らかい刃が救いで、柄《え》を両手で握り締め、剣道みたいに大上段に構えた。

「親父いっ、危ないっ」

　真左彦の小さいけれど差し迫った叫びが後ろからやってくる。よっし、教団より父を選んだのだなと、地曳は小躍りしたくなる。が、そんな場合じゃねえぜ。この三人目は、眼《まなこ》の芯に、うろうろしない思い詰めの黒さがある。たぶん、おのれ地曳が学生運動に馳せ参じた頃の二、三年のように……。殺しちゃならん。この男のためにも、我が党派に迷惑をかけないためにも。

「シバ神も、悟りも知らん、俗人めがあ」

　と、踏ん切りが付いたように、包丁を柄《え》を震えながらも、じわり、間を詰めてくる。

地曳は、海原一人氏の殺された直後の軍事組織で、済まない、生半可に剣道の術や極意の本を読み漁り、「先の先」を同志、仲間に話したけれど、それ、だあっ。

地曳は、三人目へと直進し、相手の包丁を持つ手首を下から叩き上げ、的《まと》がうろたえ、た、たその時に、その頭を擂り粉木で横殴りの一撃を右の顔に与え、二撃を左の頬に加え、三撃を鼻の上へと当てた。不惑を過ぎようとしているのに、どうしても軀は、対警察と対K派とのことで覚えていて……しまっている。

「やった、やったあ。親父って、親父だよっ」

真左彦が、二度三度とジャンプする。

「それどころじゃないだろう。荷物を纏《まと》めろ、早く」

地曳は急《せ》かしながら、どう考えても新宗教とか新新宗教へと魅かれる若者や人人は、新左翼よりずっと多いと知らされ溜め息をつく。

息子の真左彦が、急に、おのれ地曳を父親として〝立派〟と思い直してくれた嬉しさはあるが、我らコムニストも、あのキリスト教の始祖のイエスを信じる人も、やっぱり、思い込み、自らと他者の救いへの熱さはあるのだろうし……。

——待たせていた紀乃川の車に乗り込み、いきなりさっきの信者達の「思いへの過ぎた熱さ」が込み上げてきて、切《せつ》なくなった。

三人は大丈夫だよな。入院とか、死とかはないはず……。

——しかし、地曳は引っかかる。本来、共産主義と宗教は同居できるし、しなければ……。宗教の中身によるのだろうな。いずれにせよ、息子はオウムなんとかを拒んだから、結論は良いのだろう……。待て、俺達も、宗教じみているのかも、累累《るいるい》たる党派闘争の屍、更にまた党派内部で自らのみが正しいと、分裂とか睨《にら》み合い……。

7

冷房が効き過ぎるくらいの中で、紀乃川が運転する車は、越後湯沢へ急ぐ。

上野はもちろん、大宮、高崎などの首都圏内外の大きな駅では教団の見張り役が網《あみ》をかける可能性がある。上越のトンネルの向こうの、出所した時に寄ったこともあり越後湯沢にはわずかとしても土地勘がある。これから息子を居候《いそうろう》させてもらう帯田仁の家は、新潟の外れの村上《むらかみ》の三面川《みおもてがわ》の中流あたりなので近いし、心理的に連絡が取り易い。

いけねえ、明後日、あさってのPM七時には、津軽生まれの育ちにして単純、勇猛、果敢な、〝仕事柄、しょっ中、名を変える、えーと、しゃあねえ、Eだ、やつと会う予定だ。解ってくれなくて、またまたEをがっかりさせて、組織の志気にマイナスを与えなけりゃ良いが、延期しよう。息子、真左彦のために……これはおのれ地曳の利己主義かとも思うが、ほとんど親子して遊んでやったり、説教臭いことをしてやったりの生活がなかった……おまけに真左彦は実の母親も早く喪っていて……。人類の、種付けした男、父親の任務だ、あと、二、三年は。いや、父親の不在のぶん、四、五年は。

その真左彦は、やっぱり捨てることは、できなかったのか、教祖の著した『超能力「秘密の開発法」

――すべてが思いのままになる』を捲って、時折り、「あーあ、こんなことか、文章にすると」と言ったりして、突然、笑いだした。紀乃川が高速道路なのに車をのろくするほど。

「親父い、いや、父さん、紀乃川さん、あのグル、導師のことをこう呼べと言われてくせになっちゃうけどグルは『宗教の主なる目的は超能力を開発すること』って説いてらあ。そうか、それがヨーガで教え込まれた尾骶骨の中にあるクンダリニーか。下らねえ、つまんねえ、ヨーガが汚れるって」

と。

「そうなんだよ、真左彦ちゃん、如何《いかが》わしいよね、超能力の開発なんてさ。良く解ってるなあ、真左彦ちゃん……真左彦さん、えっと、真左彦くん」

車の中で、ありがてえとも思いつつ、やや警戒しながら、紀乃川の真左彦へと話す中身に耳を欹《そばだ》てていると、地曳が分析し切れないことをなお紀乃川は喋る。

「違うって、紀乃川さん、そもそも、腰を宙に浮かべて『超能力だあ』と自慢しても何もならないからだよ。『超能力』を獲得したって、どれほどのもん？　山谷《さんや》のルンペンの人達に仕事をやれるわけでもない、野宿の人達を叩き出し、見殺しにしてる区役所や都の人を懲《こ》らしめられるわけでもない。意味がないよな。俺、超能力なんて欲しくもねえ」

おお、と思うことを真左彦が口に出した。

「さすがだねえ、真左彦ちゃ……くんは」

紀乃川の運転が危しくなってきて、車が左右にぶれる。

「そんなこたあ、ねえって、紀乃川さん。ま、但し超能力で女の人のハートを撃つのなら、また考えるけどさ」

ぽいと、教団のグル、導師と呼ばれている人間の本を、紀乃川は迷惑ではないのか、前の運転席の脇に真左彦が放った。

「あのさ、父さんが、最初に擂《す》り粉木《こぎ》棒でボディ・ブローを送った人、東大の理学部を出たんだって。法螺《ほら》じゃないと思う、宇宙史に付いて喋ってたもん。お父さんが二番目にノック・アウトしたのは、京大の哲学科卒業だって。包丁を持ち出した三人目は、俺の大学の理工学部卒でさ。考えちまうよな、ちぇっ。頭でっかちの人は、軀を動かす単純な喜びを知らないから、知ったら、のめり込むんだろうけどさ。ヨーガのあの新鮮な縮《ちぢ》こまりからの解放の気分も吹っ飛ぶぜ」

真左彦が舌打ちをする。

そうか、新しい宗教には、かなりの知識人が集まってきていると地曳は気を引き締めた、実力の喧嘩、ゲバルトが弱いのも宜《むべ》なるかな。

「そう……東大、京大出身か……そうか」

紀乃川は、自身の九大と比較してるのか、車のスピードをやけに上げた。知識人は知識人なりにしいんどいらしい。

――越後湯沢に着いた。

「紀乃川さん、本当に、心から、ありがとう。では、ここで」

目当てのホテルの三百メートル前の坂の下で、地曳は、深深と頭を下げた。そういえば、刑務所を出てから、心からの感謝で頭を下げたことは……ほとんど、なかった。

「え、ここで？　地曳さん」

「はい。親子の話し合いもあるし」

実際に、せっかく、すんなり思い通りになったので、地曳はクールに言い切る。

紀乃川の両目は、真左彦の周囲や、うんと向こうの山山を見る姿に前のめりになっていたけれど、車に乗り込み、Uターンした。その心情は……解る。でも、おのれ地曳は真左彦の父親であり……難しい。

8

ここいらは、日本で一番に美味《おい》しいと評される米《こめ》が実るところなので暗示にかかるのか、稲穂の垂れて熟する心地良い匂いと、温泉の淡く軀を擽《くすぐ》る匂いが交互にやってくる。

越後湯沢の、一応は温泉付きの宿に息子と泊まりながら、宗教の話はほとんどせず、映画の話でちょっと古いが伊藤俊也監督・十朱幸代主演の惚け老考古学者と世話をする息子のかみさんがテーマの『花いちもんめ』について嚙み合い、檀一雄原作・深作欣二監督・緒形拳といしだあゆみ主演の『火宅の人』について揉め、「にっかつロマンポルノ」シリーズの今年六月の打ち切りのラストだった石井隆監督の『天使のはらわた・赤い眩暈《めまい》』について父親たるおのれ地曳の圧倒的というよりは主観的でコムニストのモラルではなく一方的な「エロスは不滅、これに制約や弾圧はしてならぬ。が溺れてはいけない」の勝利に終わり、めでたし、めでたし。しかし、「にっかつロマンポルノ」に客が集まらなくなったのは、たぶん、アダルト・ビデオのせい。だったら、新しい通信機器が出現したら、今なお元気のある活字の濃密恋愛小説雑誌もまた消えるか？　組織の女性同志に糾弾されないためには、これ以上、あれこれ悲しむことは許されないとしても、やっぱり、男にも、最近売れ出しているレディース・コミックの健闘を含めて女にも、活字によるエロスは人類のために必要そのものなのに。そもそも、視覚だけでの刺激に頼るのは危ない……。

てなことを夜遅くまで息子の真左彦と話し、朝を迎えた。

そうだ、と、学生運動の先輩、前の妻の陽子との〝結婚〟を取り仕切ってくれた帯田仁に連絡をしようと部屋の電話へと近付いた。

「親父。いけねえ、昨日《きのう》から、父さんに統一するって決心したんだ。父さん、郵便局の本局が近くにあると昨日、見て分かった。俺、電報を打ってきてやるよ。電話だと盗聴されるかも知れないしさ」

そう、仲間のEからも「そろそろ自動車電話とか、慣れてくれねえと駄目だもしゃ。NTTは、やがて、現物《げんぶつ》とバッテリーは重いけど、携帯電話ってえのを売り出すはずだべい」と、三月《みつき》前に言われている。黒い電話が据え付けてある家を留守にしても通じるから……便利ではあろう。

でも、おのれ地曳には拘《こだわ》りがある。

おのれの属しているところの戦略は、もう余りに古いのかも知れないけれど「反戦・反ファッショ・反合理化」だ。三番目のスローガンは、世界の〝進歩〟に逆行しているように世間さまには映るとは分かっている。でも、「反合理化」は、一九六〇年安保の前から始まり、ほぼ同時に闘いが進行し「去るも地獄・残るも地獄」と言われながら、汗・血・肉・生死をかけた三井三池の炭鉱労働者の呻《うめ》きを含んだ叫び。

労働現場だけでなく、運輸、通信、情報、あらゆる産業で、機械化、自動化が進めば進むほど労働者は困る、働きが単純化を含めきつくなる、管理され易くなる、搾《しぼ》られる。

だけではなく、人類史が怪しく、危なくなる。人間の値打ちが、直《じか》の働き、遊び、無駄の偉大さが……消える。機械に負んぶして、人間が苦しみながら、楽しみながら、自ら考えなくなる。機械に任せて、直《じか》と直《じか》の交流をしなくなり、他人が解らなくなる。

ぐだぐだ考えた後に、地曳は、

「父は、古いものの中にしがみついて、良さを深く掘るつもりじゃけえの」

と、菅原文太の演じた『仁義なき戦い』の広島弁を、我ながら下手糞に真似て言い、部屋の受話器を手にする。

「あのだよお、江戸時代には電話はなかったんだからね。過激派は時代錯誤がひどいけど、過激派の中でも時代遅れで自己批判とか、自己改造とか求められ、心配だなア、監禁されたり」

こんなこたあでは自己批判を求められはすまいけど、必ずしも的《まと》を外していないことを真左彦は口に出す。

「もしもし、俺……」

「分かってるぜ、速達が、今さっき届いた。そうだな、特急も止まるし、村上駅の改札口で、夕方六時に会おうや」

帯田仁は、単純な性格通り、あれこれ言わず電話を切った。

9

稲穂の匂いより、海のかなり乾いた塩《しお》っ気《け》の匂いがやってきて、村上の駅に着いた。

「うーん、父さん、海の匂い、それも、どでかいアジア大陸の匂いも伝わってくるよね……良《い》いよなあ」

あ、と思うことを息子の真左彦はホームで海方角へと背伸びして大声で言う。なるほど海の向こうはソ連のナホトカや北朝鮮の咸興《ハムフン》などの都市だろうが、どでかい大陸だ。これを意識して息子が広い人間として成長してくれたら……。

そしたら。

駅舎の外の線路端の柵越しに、帯田仁が、

「おーい、こっち、こっち。良くきてくれたなあっ」

と、両手を拡声器替わりにして叫んだ。

見知らぬ女の人もいる。帯田のかみさんか、ちょいと見は反美形だが、両唇が厚く外へ捲れていて、奥の深さがあるような。

もう一人、帯田と同じ年格好だが、サマー・スーツは着ているが下はポロシャツで、真四角の顔に金槌《かなづち》で叩き潰したような平べったい鼻の男も突っ立っている。

――改札口を出ると、息子は、帯田仁が居候をさせてくれる主とすぐに判断できたらしく「わたし、地曳努の長男の真左彦です。ふつつか者ですが、よろしくお願いします」と、ちゃんと直立し、父親にはしたことのない頭の深い下げ方をした。うーむ、息子はおのれ地曳より、この社会に少し悲しいけれど適合できるのかも。そもそも、ふつつか者とは「不束者」と書くのか、父親よりも言葉が豊富と、親馬鹿の幸せにちょっとの時間だが酔ってしまう。

「ま、あんまり堅苦しくなく行こう。俺、帯田仁。きみの父さんと一緒の組織にいたんだけど、度胸と根性がなく、十年ぐらい前に抜け落ちてしまった。農作業やどぶろく造りを手伝ってもらうけど、ま、好い加減にやっとくれ」

子供は娘が二人いるとゆうことだが、帯田は、自分の子供のように真左彦の肩を叩く。

「あたしは、帯田のつれあい、奈美です」

やっぱり、この女の人は帯田のかみさんだ、嬉しそうにして、真左彦と地曳に頭を下げた。夫の帯田の話だと「若い頃、ウーマン・リブに関心があった」とのことだがその雰囲気はまるでなく、農家のおかみさんという感じで安心してしまい、「おいっ、おのれ地曳努っ」と自らを叱る。もう、あのウーマン・リブの運動も組織も見当たらないが、自分達より、社会のいろんなところへその心は拡がっているわけだし……。

「僕あ、帯田の大学以来の友人で、オオセラキイチら。仕事は、地方新聞の記者で職場は新潟市。趣味は、女房から逃げて遊ぶこと、濃密な男と女の恋愛小説を書くこと。あ、小説の方は、月四、五万ぐらいにはなってるすけ……。真左彦くんとやら、きみも書いたら良《え》えすけ。女房も、今日、ここへきてえと言ってたけんど、長男がこの頃、再生不良性貧血で寝込んで……これなくなってのん」

土着語をすんなり出す感じが素朴で何となく好ましいオオセラキイチ、そうだ、帯田仁からいつか、大瀬良騏一と書くと手の平に指文字で教わった男だった、長ったらしい自己紹介だけれど、良く良く考えれば中身が詰まってることを話した。あっ、こん男、幼児の時に長崎で被爆してるとも帯田から聞いたことがある――だったら、その子供は有り得るのかも。

息子の真左彦は、帯田のかみさんに畏まって頭を下げ、うん？　とりわけ大瀬良騏一という人には頭を臍まで垂れ、その上、握手まで求めた。おい、紀乃川が真左彦に一方的に惚れたと推測していたけど、真左彦自身に……そもそもの大本《おおもと》があるのか。じゃ……ねえよな。

――軽トラを、帯田のかみさんが運転し、泥つきスコップとか、草刈り機とか、ちっこいシャベルとか、二、三年前ぐらいの枯れ葉が詰まって見え隠れするでかい紙袋とかと共に、荷台に、帯田、大瀬良、おのれ地曳、息子と乗った。

「真左彦くん、新潟は、田中角栄元首相以前から、工事天国、建設極楽の土建事業の先進県中のナンバー・ワン。でもな、山の麓《ふもと》の道は凸凹《でこぼこ》だらけ。気い付けろよな」

相変わらず、問題の本質の核を撃ちながらも瑣末《さまつ》な細かいことに気を配れるけれど、その中間の実体について不得意らしい帯田が、あ、いや、これは、実は我が組織のほとんどが共有している欠点なのかも――つまり、帯田仁は、いくら何でも、軽トラックから振り落とされるはずもないことを注意する。

「帯田から聞いたすけ『趣味は映画を観《み》ること、得意は作文』って本当ら？　文章でも短詩型文学？　論文？　エッセイ的なもの？　小説？」

なまじ社交的ではないところから踏み込んでくるみたいにして、地方紙の記者が聞いてくる、大瀬良が。

「えっ、あ、はあ」

うえーい、息子の真左彦が、幼稚園児のように頬っぺたを桃色に染めた。そうか、この顔も初めて見るが、初初しさも持っているんだな、しかし、もう大学生、ちょっとみっともねえとも父親の地曳は考える。

「俺、早大の一文の東哲《とうてつ》だけど、哲学は『荘子』と『コーラン』と『旧約聖書』と『新約聖書』と、えーっとカント、『般若心経』と『歎異抄』で十分以上と。あ、それと、ノサカの『エロ事師たち』の性愛への虚無、田中小実昌の『ポロポロ』の書くということの以前の人の営為のニヒリズムとそれを越える地平で十二分以上だと」

おお、お。いっちょ前に息子は質問に答えた。

「ふうん、かつての早稲田の文学部の連中は、三分の一が学生運動志願、三分の一が遊びに熱中、残り三分の一が作家への志《こころざし》らったけんど、学者志願は珍しいらったすけ……でも、僕より知っとるのん」

「そうですかね。わたしは、ジャーナリスト志願です。でも、小説もつまらないのを二本書いてます」

「よっし、早めにそれを読ませてくれっしゃ。そんで、互いに誉め合い、貶《けな》し合い、切磋琢磨し合おうや」

ジャーナリストとしても、小説家の卵としても遥か先達なのに大瀬良騏一は優しさに溢れた言葉を出す。

頭を頻りに下げながらも、ふと、のように息子の真左彦は東方角の山岳の連なりに目を投げ、それから、道の脇を流れる清流に目をやり、止め、じいっと見つめ、

「色が、すんごく魅力的ですね……青さに、澄んで濃い藍色が走ってる」

と、独り言のように呟《つぶや》いた。

「だろう？　きみ、地曳真左彦くんは解ってるなあ。晩秋になると、この川に恋がれて鮭が戻ってくるら。昔……この三面川《みおもてがわ》のせせらぎの色合いに目と心情がそっくりな女の人が……いたら」

大瀬良騏一もまた、川を見つめた。ん？　かつての恋人のことか。

10

三十分ほどで帯田仁の家に着いた。

てっきり古民家ふうの家屋と推測していたが、地曳の実家の真鶴で屢《しばしば》見かける地方的なごく普通の平屋の家だ。但し、かなり古ぼけている。

軽トラの音で分かるのか家の中から、腰の曲がった老婦人、近くに床屋などないから自らの手で剃《そ》るのかつるつるつる坊主頭の老人、五十絡みの両肩を怒らせてる初老の男と出てきた。

えっ、おいっ、十代後半、二十代初っ端と映る若い女が四人、四人もだ、続いて出てきた。もとい、一人だけは二十代の終わり頃か。

そうか、帯田仁への速達で息子が「女性に持てない悩み」を抱えている旨《むね》を地曳は記している。帯田はここいらに気配りして若い女をきっちり集めてくれたのだ。それも、大した実力で、四人とも、越後美人のたぶんこれが共通性だろう、色白、ぽっちゃり、目鼻だちがはっきりしているとの感じだ。新潟刑務所時代に、同じ作業班の自称すけこましの秋田出身の三十男が「美人の出どころの一番は俺《おら》ほの秋田じゃねえびょん。秋田は二番、三番が、南蛮の血がいくらか混じったべしゃ、長崎。一番は、ここだもの、新潟だあ」と告げた通りだ。

いけねえ。

息子の真左彦が、父親のとぼけた眼の判断では四人の女に釘付《くぎづ》けになっていたと思ったら、「うひょうっ、ひょっ、ひょっ、ひょおーいっ。かわいこちゃんばっかしだあ」と、いきなり、軽トラの荷台で三回、四回、五回……と飛び跳ね、地べたへと飛び降り、家の玄関へと直行し始めた。

「あのなっ、真左彦くん」

帯田仁が、息子のズボンのベルトをぐいっと摑んで、呼び止めた。

「あのな、言いにくいけど、きみのお父さんや、地元の新聞記者で万年三流半作家の大瀬良とは違って、おじさんは女性に持てて困った。だから、持てる戦略、核心、そう骨法《こつぽう》に詳しい。知悉《ちしつ》してる」

二、三歳年上の活動家だった帯田は、ノンポリ、素人、見知らぬ人間のオルグつまり組織化を、きっちり知っている。帯田仁が女に持てた話はあんまり聞いたことはないが、まず、息子にボクシングのジャブとゆうよりは、催眠術師みたいな暗示の言葉をかける。

「それでいくとな、真左彦くん」

　ぐっと、帯田が声を落とした。

　逆に、傍らにいる地曳は耳穴を研《と》ぐ。

「一対一とは別で、一対多数の場合は、欲望を必死に堪《こら》え、物欲しそうな顔は決してしない。それぞれ、無理をしてでも、静かに嬉しさの心を目と表情で送るんだ。平等に、短く話を振って、四人の競争心を最初はわずかに、微かに、やがて波立てるように煽《あお》るんだわな」

「帯田さん、本当に過激派だったの？　ホステスさんのスカウトとか、女の人に貢《みつ》がせるぶっとい紐《ひも》みたい……ですけど」

　息子の真左彦が誉めというより皮肉じみたことを口に出すと、あれ、軽トラの運転をしていた帯田のかみさんが、帯田の脇腹を肘で小突いて、怒ってはいなくて、焼きもちを焼くふうでもなく、小さい励ましをしている。

「これから、六十分間ほどきみの歓迎会をやる。手品とか、世界と日本の映画のナンバー・ワンを短く紹介するとか、得意なところをあっさり、見せびらかすんじゃなくて控え目に淡く短くやるんだね」

「はあ……難しいですよね」

「うん、しゃあねえよ。君だっても女知らず、たぶん童貞なんだろう？　チャンスがきたんだから。場合によっては本命の恋人ができるわけで」

「そ、そ、そうですよね」

「宴の終わる頃か、終わった後の解散間際に、本命に、重さを感じさせないように、次の逢瀬《おうせ》を、デートの申し込みをソフトに切り出すんだ」

「あ、はい」

「本命は一人の女にしろ。俺は、若い時、二た股をかけて大失敗したことがある。それと、ここいらには夜這いの風習は、江戸時代は分らんが、ない。するな」

「は、はーい、帯田さん」

急に盛りのついた雄犬《おすいぬ》みたいな真左彦が、やっと、少し、落ち着いてきた。


——家の中は、土間《どま》こそなかったが、十畳の居間兼客間兼何でも有り部屋の板の間の真ん中に、四角い囲炉裏《いろり》があった。真夏なのに、木の枝の熾火《おきび》が小さい炎を出し、天井から吊るした鉤《かぎ》には大鍋が吊るされ、湯気を出している。天井には、煙出《けむだ》しのけっこう大きな四角い煙突《えんとつ》みたいのがあり、あれっ、もう夜がくるのか、藍色の空に星一つが見える。

鳥肉と牛蒡《ごぼう》が目立って踊る大鍋の湯煙を囲んで、自己紹介から歓迎会が始まった。

今時《いまどき》、御膳が出て、期待したどぶろくではなく、清酒がグラスに冷やで注がれている。

せっせと、帯田のかみさんと、二十代初めの女三人と、三十寸前の女が、漬物や卵焼きを出し、へえーっ、串に刺した鰯《いわし》を一匹丸ごと囲炉裏の熾火の傍に立てる。これも、地曳が帯田仁に速達で書いた息子の好みだ。

腰の曲がった老婦人と、つるつるに頭を剃った老人は夫婦だった。「子供三人は、埼玉、東京、千葉に。孫の顔を見るのは二年半に一度らてーっ」と地曳と息子の真左彦を睨み付け、冷やり。

肩を怒らせていた五十男は「わいは、六〇年安保の忘れもしねえ六月十五日のデモで、樺美智子さんのすぐ後ろの次に次に、確かにいたらあ。あ、そのう、帯田くんは、その心情と志を引き継ぎ、この新潟の果てで、無農薬の野菜、肥料と農薬を普通の一割にして奮闘して米作り、なにより、米文化の華《はな》のどぶろく造りでたぶん日本の三番ぐれえのを醸《かも》し出し、立派のしーっ。ゆえに、その友人の地曳くんも立派、息子の、あ、名前は、名前は……忘れたがあて、立派なはず」とやや長い自己紹介をした。

若い女の一人目は村上の町からかなり遠い新潟の大学へと通ってる十九歳、「将来はあ、東京に出ましてえ、テレビ局に勤めたいんですーっ」と語尾を引きずって東京地方語で喋った。

次の若いのは、隣りの隣りの集落に、住んでいて「もう、農業を継ぐ人はいなくて駄目らろう、どんどん人と家が消えていくらて」と整った顔を顰《しか》めた。息子の真左彦は、ぐいっと背伸びして両目を、やっと生まれて初めてのように父親似でない、つまり、とろんとした目付きではない視線を送った。

三人目は、かなりの美人そのもの、でも、若過ぎるか、「高校二年、大瀬良先輩の出た村上高校です。県立です。数学と英語と物理が得意なんで、もちろん再来年は国立大学に入るつもりだがあて」と、終《しま》いの語尾だけはここの土着語で愛敬だけれど、うーん、私立大学など洟《はな》も引っかけないような誇りに満ち満ちて、胸を張る。

四人目の、どうも、あと一年ちょっとぐらいで三十歳になるみたいで、そのう……。

「帯田さん御夫婦に呼ばれてもないのにきてしまったらて、大瀬良さんに『東京で新しい宗教に嵌まりそうだった青年が、父親と一緒に逃げ隠れて遊びと農業の見学にくるすけ』と教わり、興味を持っちゃったもので、許してくれっしゃ。村上の町に割合近い海辺の瀬波《せなみ》温泉の貧乏ホテルの娘、タケミ、シホコといいますのん」

良く良く見ると、むろん新潟の女の人で雪のせいか色白であるが、敗戦直後には流行っていたような両目はぱっちり、鼻は低いが、両唇は窄《つぼ》んでいるのに分厚く、美人とは評し難いが魅《ひ》く力《ちから》がある。

いや、攻勢をかけるのは息子、真左彦なのだ。でもなあ、年が離れ……過ぎ。

「あんなあ、タケミの一人娘、土産《みやげ》なしの手ぶらでただ食いをしにきたらあ？　なにしろ、青年時代に、同じ共産主義者同盟《ブント》だった美人中の美人の女《おな》ごが京都から遊びにきて、二人であんたの爺さんの経営するホテルに泊まったら、高《たけ》え、高えこと」

昔、昔の六〇年安保の元活動家は、責めていながら自らを誇ることを言い、茶茶を入れる。

「ごめんしてな、小父しゃん、いえ、青年、その通り、一日十本のバスに遅れそうだったすけ、土産は持ってこられなくてのん。代わりに、本当の青年とそのお父さんに、わたしの家から晴れた日には見える佐渡の気分を」

頼まれたり、乞われたりもしていないのに、タケミシホコという女は、淡い鶯《うぐいす》色の筒状の袋から、木管楽器らしきを、あれ、これはオーボエだ、約七十センチの長いそれを出した。

窄《すぼ》んでいるのに捲れ気味で厚い両唇を尖らせ、シホコと名乗る人はオーボエを吹奏する。

『砂山』だ、北原白秋の詩で、「海はア荒海いーっ　向こうは佐渡よオ……」と、思わず地曳は声を出したくなる。曲は中山晋平と山田耕筰の二つがあるはずだが、今は山田耕筰の方……。

へえーっ、繊細さも哀調さも決まっている。

オーボエが終わると、タケミシホコの演奏に対して案外に批判的な意見が多い。ま、既に敗北が決まっていると分かっているのに明治維新政府、とりわけ薩摩・長州に刃向かい反撃した河井継之助、太平洋戦争に反対したがいざ開戦すると必死になって最期は事故か自死かブーゲンビル島の空で死んだ山本五十六と、伝記や小説を読むと、かなりの批判精神を持っていたのが新潟人だ――おっと、コムニストのおのれがと連合艦隊司令長官の山本五十六などと地曳が俯いても、タケミという人への批判は止《や》まない、「佐渡が見えるのは、せえぜえ一年に三十日ずら」、「西洋楽器より、琴とか三味線を稽古《けいこ》するらあ」、「年増の姉さんには童謡は似合わねえすけ、な」などと。

そしたら、息子の真左彦が批判を封じるがごとく立ち上がった。

「わたくし、地曳真左彦といいます。早大二年、東洋哲学科で学んでますが、ガッコは滅多に行きません。独り善がりになるかもとか、偏《かたよ》るかもと畏れながら独学の方が身に着くと。どうか、皆さま、よろしくお付き合い下さいますように。とりわけ、帯田仁さん、奈美さん、御二人の好意で……ここに、一週間いられるか、二た月、三月《みつき》といられるかは御二人の思い次第ですので、よろしく、よろしく考えて下さいますように」

闘いへの決起を呼びかけるとかとは無縁の、町会議員や市会議員の選挙演説みたいだが、一応は無難に息子は喋った。

次は、帯田仁の歓迎の言葉だろうと考えたら、息子は、なお、続ける。

「タケミシホコさんから暖かく、繊《こま》やかで、雅《みや》びなるオーボエの『砂山』の吹奏をいただき、大いなる感謝の心を覚えました。御返しに……」

息子の真左彦は、つかつかと囲炉裏を半周し、タケミシホコの前に行き、頭を深く下げ、オーボエを受け取り、自席に戻り、吹き始めた。

あん？　親子って、あんまり一緒にすごしてこなくても血ということで音楽への好みが似通うものか、息子は頰をひどく膨らませ、へこませ、汗ぐっしょり顔中に浮かせ、童謡の『雨降りお月』をやり始めた。詩は野口雨情だが、曲自身は中山晋平のだ。「雨降《あめふ》りお月さん雲《くも》のかげエ……お嫁《よめ》にいく時きゃ誰とオゆくウ……一人でからかさささして行くウ」の詩は、日本のついこの間までの女の、女性の結婚の強いられたり、自らの思いでない他律性の哀しみを歌っているような……。いや、なお就職、就職してからの女性の厳しさを含めて結婚への道の険《けわ》しさ、恋愛一本では辿り着けぬ地平を。

しかし、おい、真左彦、一番年増の女の人をか？　いいや、社交辞令だろう。待てえ、小学校で実母の陽子を喪い、そこからうんと年上の女にではないか……そういえば。

――ちっこい宴が終わると、うーん、こんなに息子のことばかり注視していてはどこかおかしいと気付きながら見ていると、大瀬良騏一へと真左彦は上司に胡麻を擂るホワイト・カラーのサラリーマンのように、真っ直ぐ近づいて両手での握手を求め、あ、そうか、「済みませーん、ごめんなさい、俺の小説を近近読んで下さい」と言っている。なるほど、大瀬良へのかなりの気配りは、確かに性格がざっくばらん、新聞記者をやっているのに青春を引きずってる翳りがありそうな性格が確かにあるとしても、文学絡みなのかと、もちろん、ホモ・セクシャル絡みではないと父親としてかなり差別性を持つとしても少しばかり安堵した。実際、地曳は中年になって肋骨が浮き出てきた痩せ気味の胸を両手で撫で降ろした、七回も。

　もっとも、家の外に出ると、ええっ、やっぱりか、タケミシホコに近付き、こんな周到な息子だったか、ズボンのポケットからちびた鉛筆と紙切れを出し、何やらメモをしだした。

11

　次の日。

地曳は、組織の今や軍事の要《かなめ》のＥの連絡員のいる喫茶店に、村上駅近くの喫茶店からＴＥＬをした。

三十分して、直にＥから電話が入った。

「そんですか。宗教学者の有名なのは、みんなオウムを誉めているけど、そんなもんではねえべしゃな。やっぱり、新興宗教もアヘン、民衆の」

　Ｅは、溜め息混じりに言った。

「えーっと、名を忘れただあよ、えーと、実は、吾《わ》にも十四の娘がいるのだもの。一年に二度か三度しか会えねえべ、だから、扱い、いんや、付き合いに苦労しとるごも」

「えっ、そうか」

「吾の顔を見ると『消えてくんないかしら、帰って欲しいのよ』とつれねえで、『落ち着かないのよ』と眉を逆立て……でやあ、そうだで、羽田《はねだ》さん」

Eは、地曳と一と月前に取り決めた地曳の組織名を呼ぶが、うーん、哀しい話だ。

「おまけに、娘は、中学のヤンキーの頭《かしら》……喝上《かつあ》げ、傷害で三度も補導されているども」

地曳と一対一で話す時、Eは土着語を連発する。

「んだよお、んだから、吾《わ》、俺《おら》の分《ぶん》も、じっぱり、時間をかけてや……愛情こを注いでくれなして。自分の子供ということよりも、これからの世界を背負う少年、青年のために……だども、羽田さん」

「えっ、あ、そう……だわな」

「どうせ、今、組織で本格的に羽田さんが構えても、ああ、危ねえ、また、分裂の……あのだべしゃ、あのう、兆《きざ》しだもの。本当に分裂すると、狙われるのは、順番から推し測ると、一番は例の戦略的方針よりは自分の威《い》が通るかどうかと人間の好き嫌いで考える宮本、いけねえだもしゃ、M。二番は、俺《おら》。三番は羽田さん」

「分裂の兆《きざ》し」を軽く告げるが、E本人も辛《つら》く、苦しいのだろう、口調に乱れが出てきている。

う、う、う、待てえ、あん、またかあ、分裂は。

「一と月、二た月でも、息子と付き合ってくんろ、羽田さん。ゲルも、大丈夫だべか。いんや、今回は、俺らの方へでなく、羽田さんの暮らしの、それ」

「何とかなる。今、この電話でOKかな、盗聴について。息子の携帯電話だけど」

「たぶん、大丈夫だびょん」

「十年ぐらい前に我が隊列を抜けた、帯田さんところに今はいて、何とかなりそう」

「ええっ、あんサボリばっかりだったけど、労働者階級を組合の中に必死に見つめていた人かあ」

いきなり、Eは関東弁になった。

「俺《おら》も、ふへっ、遊びに行きてえどもにゃ。ほだら、ゆっくりとだべい」

再び、元の津軽言葉に戻り、Eは電話を切った。

Eは、けっこう、軍事組織を担う党派の人間に厳しいのに、おのれ地曳には優しい。なぜだろうか。

そうか、やはり、真左彦にE自身の娘を重ねている。それに、海原一人氏が殺された直後のこれ、ここっの煮つまった戦闘にある。義理固いとゆうか……。任侠映画に、遅れて嵌まった、人情に染まる古い男が……本当のところか。

12

帯田仁の二階の六畳に三週間と少し泊まらせてもらい、その上、毎日毎日飯も食わせてもらい、二日に一度の風呂も入らせてもらった。

息子の真左彦は、帯田に顎を抉《しゃく》られ、草むしり、草刈り、シャベルなどの農機具の手入れ、害虫除《よ》けを毎日、毎日、やっている。

とりわけ、懸命にやっているのは、農薬をぎりぎりに減らしているので、ウンカの一つらしいがセジロウンカ退治だ。この四ミリほどの虫は深草色をしていて黒い斑《まだら》を背にしている。息子は「今日は、八百五十九四、潰し切ったあ」と自慢気に告げたりするが、姿勢が背を屈め続けるので辛かろう。

しかし。

夕方六時四十分になると、息子の真左彦は、このくそ暑いのに、自宅から届けさせたサマー・スーツを決め、帯田のかみさんのバイクを借りてどこかへと突っ走る。ほぼ間違いなく、石油発掘の折に湧き出た温泉が無尽という瀬波《せなみ》へ、そう、武見志穂子と書くと分かった、今のところ、二十八歳九ヵ月の女のところへ。別の女のところへも行ってるのではという落ち着かない気持ちを父親の地曳は抱いたけれど、帯田仁が「あの娘の三軒隣の旅館は、大瀬良と仲良いヤクザの父親のやる宿で、いろいろ話すらしい。あの娘、毎日、かっきり夕方六時五十五分にデートに出かけるそうだぜ」と言う。

——自宅の妻の道子からは「あの直後に、一度、新興宗教の人が五人きて、五日後に、三人、十日後に二人、三週間後の今は、音沙汰なしですよ」とのこと。

というわけで、地曳は、息子を残し、東京に帰ることにした。もう息子は新しい宗教にはまるで興味がないらしい。逆に、新しい宗教の出てくる原因、旧宗教との関係あたりに目を向けだしている。大学の単位とか、その先のことを地曳はどうしても心配するが「うちの大学は、とりわけ一文二文《いちぶんにぶん》は、入るのは緩《ゆる》いし、卒業も『好い加減で、どうぞ』だけが良いところ。しかし、ですよ、帯田夫婦に教わって農業って手もあるなと。だって、親父い、人類って飯《めし》を食わないと生きていけないし、安全でおいしい食糧の確保って一つの国だけでなく世界の国国の最大の根っこだもん」と、一旦の別れの前の日に饒舌に捲し立てた。

更に、息子の真左彦は付け加えた、「紐《ひも》ってのも魅力的だよな。俺、武見志穂子さんの旦那になって、ホテルのフロントに立つのは一日三時間にしてもらって、残りは、近くの耕す人がない荒れた農地を再び生き返らせての片手間農業、そんで、売れないのを承知で小説でも書いてさ」と。こういうのを

〝ノーテンキ〟と評するのではないのか、いや、差別的表現だろうが、えーと、「超楽天家」が正しい表現か、面倒になるが、たぶん、かつての学生運動の大波の反動なのだろう、軽過ぎる考えだ……。

それでも、息子と三週間以上も過ごせたことに地曳は、嬉しさを感じた。

——帯田仁夫妻が、日曜とゆうこともあって小三と小学校入学の二人の娘と共に、日本海に近く、もう山形県はすぐの村上駅まで送ってくれた。

「きちんと育ってきたじゃねえか、真左彦くんは。付き合う相手に気配りできる、みんなじゃないけど過半数の人を喜ばせる即席吹奏はやる、これっと思った女にはぎりりと迫るし……でも、あの、武見って女の処女膜は分厚かったろうな、なんせ、寄ってくる男を、あれでプライドが凄く高くてよ、悉《ことごと》く肘鉄砲をくれてたんだってさ」

十年前と異なり、こんな発言をしたら組織内の女、女性によってたこ殴りされて自己批判書の二、三枚どころか二十枚は必至……みたいなことを帯田は朗らかに喋る。いや、こういう語りこそ、もしかしたら、原始時代からの人類の男の、女も含め、健康さかも……知れない。

「な、大瀬良が言ってた。うん、奴《やつ》も、長崎の原爆で夫を亡くした母親、去年は自分も被爆した母親を白血病で喪くし、今年の春は息子が厄介な再生不良性貧血になって、ま、因果関係は不明としても……過敏になって、しかも気を落としてるんだけどな、『地曳さんの息子の小説を読んだけど、一本目は駄目ら、濃密恋愛小説のつもりだろうけど、読み手がその気分にまるでならねえすけ。体験があまりに少ないさけ、あそこ、秘処のことばかり半分以上らて』だとよ」と、うーむ、やっぱりなと思うことの要所を帯田仁は知らせた。

が、帯田は「二本目は、かなりのできと大瀬良は感心してたぜ、『新興宗教に染まって行く主人公と、恋人との違和の感情の襞《ひだ》、そして主人公のもう一人の別の人格の葛藤が、素材としてもかなりらてーっ』とな」と告げた。

そうだったら、良いが。

おのれ地曳は過激派なので、他の人の人生についてはあれこれ論評できないけれど、息子の真左彦がごく普通の労働体験をして、収入も他人《ひと》からのカンパでなく……きちんと恋愛し、そして妻と子を愛し……。うーむ、こういうのを、十年前は「プチ・ブル的現状へのしがみつき」などとも批難していたが、愛して愛し足りない息子には……しかし、どうなのか。

ただ、息子の真左彦が年上の女性に魅き寄せられるのは、やっぱり、実の母の陽子の死が関係してると改めて知った。「甘えたい」の気持ちが頭の中ではなく、全身の肉と肌と……であるのだろう……。「しっかりしろい」とか「超えろ」とか父親としては喝《かつ》を入れたくもなる……。けれども、仕方ないのだろう。おのれすら、現の妻の道子を抱きながら、陽子を……。

「あ、それとな、地曳。俺んところには、三里塚の不屈なる農民のインパクトもあるんだろうが、元俺らの党派の人間だけでなく、現役もくる。ま、本音は資金援助と……そのう、いろいろぶーたれて、愚痴じみたことを打ち明け、癒されてえのかな」

「だろう……と思います」

「それでいくと、おいっ、この前、教祖の佐佐さん派と別れたばっかりで、次のも始まってるらしいじゃねえのか」

うーん、最近、おのれ地曳が知ったばかりのことを、帯田は織《お》り込み済みだ。

「あのな、地曳。二十年、三十年、流血と死人を出して築いた組織も、分裂一回で半分以上が元も子もなくなるんだぜ」

「そ……う。海原一人氏が殺される前に言ってた」

「だったら、命懸けて分裂阻止をやるしかねえだろう、地曳」

「う、う、う……」

「確かに、今は親分の宮本の眼《まなこ》、方針は、ま、昔から、国家や権力でなく、内側の生ぬるい奴《やつ》らへの批判、対K派の戦術に極端に偏っていたし、いるんだろう。内向きの、小さな革命家だもんな」

「う、うーん」

帯田の告げる七割から八割は当たっている。

でも、でも、二割から三割は、対K派への武装闘争があり……難しいところかも。然り、宮本の阿《あ》漕《こぎ》なほどの情勢の分析の細かさ、内部の人間への責任の問題視は、党派闘争の殺しを含む厳しさからくるのだろうし、革命運動自体が学生運動や労働運動の沈静化によって、世界のコムニスムの力の減退によって、仕方ないのかも。情勢が、宮本みたいな指導部を呼んで、作る……のだ。

「おいっ、地曳、晩秋には、どぶろくの新酒ができる。飲みにきてくれ」

良い笑いを頬に作り、地曳は、村上駅の手前、三百メートルで降ろされた。帯田は公安警察について、配慮をしている。

第8章　不明な明日も、銀河は

地曳努が息子をオウムなんだか教と奪い合いをしてからほぼ一年半、一九九〇年二月下旬だ。

長男の真左彦は、電車で五十分もすれば山形県へと入る村上の町で、大学は中退し、武見志穂子と結婚して十ヵ月が経つ。温泉ホテルのフロントでの働きの三時間は本人の願い通りだったが、ルームの掃除や帳簿付け、その他でやはり計十時間は費やすしかなく、やりたいらしい小説書きは一日三時間ぐらいしか取れないし、帯田仁のどぶろく造りの手伝いに熱さを感じて忙しいと手紙や電話で聞く。どぶろくは、地曳も何となく解る米と水の良さも然《さ》ることながら、酒母《しゅぼ》という発酵のきっかけの菌と、本格的に米を酒に転化する麹《こうじ》が重要らしい。それと、どぶろくは生きものなので温度管理も。去年の秋に、帯田の手伝いをしながら、息子は独自のを醸《かも》し、大評判を得て、それが社交辞令とは思わなかったところに危うさがあると父たる地曳は思う。こういう自己自身に自惚れてしまうところが、新しい宗教のオウムなんとかに巻き込まれた弱さなのだけれども。もっとも、自らを客観的に解らぬ若者は増えてきそうだ。たぶん、家の黒電話ではなくまだ一キロ弱の重さの携帯電話は付属する機能が増えてもっともっと大変化するだろうし、そしたら、どうなるのか、青少年は……。

いんや、既に不惑を過ぎたおのれ地曳すら、携帯電話には頼っていないのに自らを解っていないのだからして……。去年の一九八九年からの一年は目紛《めまぐる》しく変わっているのに、ついていけない。革命党派の一員にはなお踏み止まっているけれど、それは組織から脱けたら仲間が悲しむだろうという情が八割ほどだ。残りは、もしかしたら共産主義は今は実にしんどいけれど、辛抱強く粘って国家と闘い続け、K派を抑え込んでいれば、もしかしたら闘いが爆発して青少年のために生きるかもという思いからだ――そもそも、党派内の佐佐派との最初の大きな分裂を経てから、少数の党員が結び合い意識的に脱けていくのが起きている。もしかしたら、新しいトップの宮本とその支持グループがいびり出しているのかとも考えるが……。

地曳の暮らしはほとんど変わりがない。週四日は高層ビルのガラス拭き、二日は、義父が紹介し持ち込む零細企業や個人事業主の帳簿の面倒見だ。

――それにしても、去年一九八九年の日本と世界のどでかい動き方には仰天した。一月に昭和天皇が逝って平成という元号になり、二月にリクルートの前会長が逮捕され政界まで汚染塗《まみ》れとはっきりしてきたのは驚きでも小さかった。日本の漫画のストーリー性を開拓し、ヒューマンな思いに裏打ちされて人間存在の底の底まで追った『火の鳥』、『ブラック・ジャック』を描いた手塚治虫が死んだ。

六月に、中国の首都北京で、戒厳部隊の兵士が天安門広場に集結した人民に銃を乱射。一説によると死者二千人。中国共産党に率《ひき》いられたとしても、中国革命は農民、労働者、学生の人民そのものの支持と参集によって成立し得たのに。

同じ六月。ええっ、美空ひばりが死んじまった。若い、五十二だ。少女時代から人熱《ひといき》れの中で懸命に歌い続けてきてその熱《いき》れが病を齎《もたら》したのか……。神奈川県の西の外れの真鶴《まなづる》に住む母のトヨが老い惚けてなお「いつかまた逢う　指切りでえ　笑いながらに　別れたがあ、あ」と歌う『悲しき口笛』、「一人ぼっちがあ　好きだよとお　言った心の　裏で泣くう、う」の『悲しい酒』を歌った、歌ってくれた、あの、ひばりが……。

あん？　どうしたんだろう？　第二次大戦の勝利国のソ連によっての力が大きいがその申《もう》し子みたいな東欧で、十月に入るとポーランド共産党が解散へ、ハンガリーが「共産」の党の名を「社会」の党へと変更、東ドイツのホーネッカー議長が退陣、十一月になると、東ドイツの西側へと「行かせないっ」のベルリンの壁が市民によって壊された。これって、東欧がソ連から離れていくばかりでなく、大本《おおもと》のソ連すら崩れゆく前触れ、それも「歴史の必然」みてえな鋼鉄の意志のあるできごと……ではねえのか。東ドイツのベルリンの壁が崩されたその日か次の日か、「ソ連学校の優等生」と呼ばれ、おい、三十五年間もブルガリアの共産党幹部だったジフコフという共産党書記長兼国家評議会議長が辞任した。

東欧の〝自称〟共産主義者、事実上スターリン主義者は雪崩《なだれ》と評するよりは嵐の豪雨でダムが決壊して奔流となる洪水のごとしだろう。次は間違いなく、ソ連も崩れる、たぶん、官僚主義や〝赤い貴族〟や指導部に思い入れをして従順な人人を抱えながら……。事実、今年一九九〇年、二月の先日、ソ連共産党書記長兼最高会議幹部会議長以下、「共産党の一党独裁制を放棄」とした。間もなく、ソ連共産党は日本の民社党ほどの影響力も失うはず……。

地曳は、新幹線の終着駅の新潟で白新線《はくしん》、そして羽越線《うえつ》に乗り換え、間もなく村上に着く。途中、警察らしきもK派らしきも尾《つ》いてくる気配はなかった。それはそうだろう、思想の確信がどこかへ散り散り、古びて苔生《こけむ》すほど。この一年半は戦闘にも一回しか加わっていない。それも、連絡役、レポとして……。でも、どうしても、後ろを警戒して振り返る、ドアの閉まるほんの直前にいきなり電車を降りる癖は抜けない。

村上に行くのは、長男の真左彦に会いたいのはもちろんだが、真左彦の便りだと「どぶろくの新酒の一番酒は今年の新米のとれた十一月の下旬、二番酒が正月用の暮れ、三番酒の寒仕込みがそろそろできるので、味の良し悪しを酒好きから評論されたい。とりわけ、帯田の小父さんと俺のどっちがおいしいか、その本当を知りたいわけ。他意はありません」とのこと。「他意」とは何のことか、父親には解らぬが。

村上駅に列車が、のんびり着いた。

雪は予想したより少ない。そうか、冬の日本海からの烈風が雪を吹き飛ばすせいか。

地曳は、列車が出発する寸前に、ホームへと降りた。心の中で繰り返してしまう、悲しい癖だ、警察とK派の尾行を切るために。

「いっけねえ」、ナップザックの肩紐の一つがドアに挟まれた。慌てて、思いっきり引っこ抜いた。「あーあ」と、無事に紐が抜けたが、溜め息が出る。思えば、この一年半、戦闘の現場に出たのが対国家との、大中小のなかの中《ちゅう》くらいの件で一回だけ、何だかんだいって労働者や学生の闘いがパワーをぐいぐい、ぐんぐん減らすと党派闘争、通称内ゲバの回数もぐーんぐーんと少なくなる。ただ、先の天皇の葬いの件では、そのう……一度、意を決して出撃し……しかし、掠《かす》りもしなかった。Eからの命《めい》も願いもなかったけれど、志願した。やはり、先の大戦の責任はあるし、そもそも、あまりにどでかい権威が存在すると人人はどこかで縮まり、人民による、人民によっての社会、政治、文化を伸び伸びと築くことができなくなる……。しかし、肉体は老いてきた。普通の労働者が普通の労働現場で四十過ぎは大丈夫だろうが、革命組織の軍事組織ではきつい……。足手纏いだけになるはず……。ええかっこしいで一年に二回の会議も出るのはすっぱり止める……か。

やっぱり根本から退《ひ》く潮時か。

また、分裂というか脱落が始まっているし……。十数人だが、中には、部落差別を闘い、闘い、闘い抜いて自分達の組織のなあなあ体質を問い、変えかけた仲間もいる……。

根っこから反省し、一旦、党派を脱けるか……。だろうな……。いんや……。ううん、やっぱり。

「おいっ、地曳いーっ、よくきてくれたな」

ホームに雪はないが、溶けた雪があって滑りそうになると帯田仁が支え、迎えてくれた。

「今日は、名勝負になるぜ。俺の工夫に工夫を重ね作り続けてきたどぶの名酒『ムコウはサド』と、おめえんとこの息子の急に腕を上げた『オレのシホコ』の勝負だよ」

帯田は長靴姿で張り切っている。『ムコウはサド』は『向こうは佐渡』、『オレのシホコ』は『俺の志穂子』と記すのだろう。どぶろくは、なお、酒税法違反だけど、お巡りを鉄パイプでぶん殴ったり、K派をこてんこてんにした罪科に較べればあまりに微罪《びざい》。うーん、もっと早くにこういうことに挑戦していたら、帯田に限らないけど、日本の人人、世界の人民に大いなる望みを差し出すことができたかも……微罪など屁《へ》でも思わない挑戦心、冒険心って冷静に考えれば大切だ。

――改札口に息子の真左彦も、新婦と呼ぶにはどこかで「待てーっ」の声が聞こえる気もするが、志穂子もいない。

軽トラがするする寄ってきた。真左彦を連れてきた時に初めて会った文学好きの大瀬良騏一が、車の窓を開け放ち、手を振った。

運転しているのは女だ。何か、純都会風《ふう》の女だ。狼《おおかみ》みたいな野性味のある双眸で、それにふさわしく右の八重歯が白く食み出している。

「わたし、大瀬良のつれあいのムラサキですぅっ。ムラサキは色彩の紫です、よろしくぅっ。ほら、あんた」

この紫という女は、新潟の地方紙の記者で、小説でアルバイトをしている人の善い大瀬良騏一のかみさんらしい。威張って胸を反らしに反らす。それにしても、大瀬良は記者の仕事はうまく熟《こな》しているのか、校了というのか記事を入稿するはずのずっと前の午後の四時に、暇《ひま》だ。

――『武見ホテル』という、波音に曝《さら》されて、ひっそり密会をする男と女にはうるさいのではと思うところに着いた。でも、耳を欹《そばだ》てると、荒くざわめくのが七つ続くと、静かに泣くように歌うのが三つきて、心地良い眠りにも、男と女の裸での抱擁にもふさわしい波音だ。

——五階のエレベーターを降りると、大広間から「きゃっ、きゃっ」、「すごいーずら」、「ケンちゃん、もっと見せてくれなしてよ」、「駄目らろ、それ、約束違反すけ」、「なんして、そんげん、むちゃを」などなど、幼児から、小学校六年生ぐらいまでの囂《かしまし》く甲高い声が響くというより轟いてきた。

「あのな、地曳。二人の餓鬼んちょを育てるうちのかみさんと、おまえんちの息子の嫁さん、おっと妻の志穂子さんと、うん、ここの新しい社長の志穂子さんは妊娠七ヵ月、新潟の花の古町のマンション住まいで二人の子持ちの怖い大瀬良の女房と、もとい、おつれあいの紫《むらさき》さんと、それに、俺の『何もしない農業、農薬も使わない、使っても極限的に零《ゼロ》に近く』に賛成し、賛成しなくても、お互いに雑草刈り、稲刈りなど助け合う人達と、そのかみさん達が……月四回、〝子供会〟をやって、歌ったり、遊んだり、親の批判を言い合ってるんだ」

しまりのない説明を帯田がしているうちに、どぶろくの味の決定の場らしい、かなり広い十六畳のルーム、和風の部屋に入った。

——十一人ぐらいの老人と中年、そして青年に毛が生えた四人ぐらいがいる。あれ、息子が最初に逃げて宿を貸してくれた帯田仁の歓迎の席にいた六〇年安保の六・一五で樺美智子《かんばみちこ》さんの後ろの後ろの後ろあたりにいたことを生涯の宝のように誇る初老の人も。もっとも、こう自ら語る人は、多い。

——一丁前に、長四角の座席の、床の間の掛け軸を背に、我が、駄目息子ながら、何とかいろいろなことを経てきて「これからっ」と望みたくなるのだけれど、その真左彦が「では、どぶろく新潟一の決戦を始めます」と声を張り上げた。「新潟一じゃなくて、村上一だろうが」と父親としては考えるが文句を付けられない。

正確に計算すると帯田仁と真左彦を除いて、地曳を含め、十三人分《ぶん》の茶碗とコップが対《つい》で膳に並んでいる。投票用紙の五センチの正方形画用紙の紙も。

それぞれの茶碗とコップには、どぶろくに似合わないと思うが、セロテープで「空」、「海」とちっこいラベルが貼られている。


——ちゃんとした利き酒は平べったい猪口《ちょこ》に注いで、側《そば》に水を置いて舌を洗って次へとか聞いたことがあるけれど、ここでは、ラベルなしの褐色の一升瓶から、どぼどぼと茶碗とコップにどぶろくを帯田仁、真左彦、小母さん達が手分けして注ぐ。

「今年の凍ては大したことがなかったがあて。どぶ、いんぺ、濁り酒、どぶろくも今一つさけに。『空』も『海』もきりっとした冴えがねえすけ」

六〇年安保で樺美智子さんの後ろあたりの隊列にいたと自慢するおっさんが厳しい意見を言う。

「そうら、我らの町の名酒『〆張鶴《しめはりづる》』には余りに遠いらあ。どっちも、駄目らて」

腰回りが大相撲の貴花田寸前みたいな四十半ばと映る小母さんが口を尖らす。

「そうらあ？　おめえたちの舌は、ハンバーグ、スパッゲイ、ドーナツで汚され、日本人の心と魂を失《な》くしとるらあっ。両方とも、すんげえうまいのん、ん、ん」

八十歳を過ぎてると思われる老人が舌を「んちゃ、んちゃ、んちゃーん」と鳴らし、割り込む。

地曳には、清酒に慣らされてる舌と喉と鼻に、『空』の酒、『海』の酒、どちらも、ひどくおいしく感じる。米《こめ》が荒荒しく、かつ、素朴に生まれ変わって、瑞瑞《みずみず》しい味がする。香りも市販の清酒より、遙かに植物っぽいものがある。「薄濁っている」とのどぶろくなのだろうが、布で漉《こ》したのか、微かに青さがあり〝ロマン色と土着色の重なり〟という言葉を作りたくなる。

ま、強いていえば『空』の方が、清酒的な辛さやきれいがあるが、『海』の方は、昔に流行ったラムネ的な爽《さわ》やかさがあるけれど、やや甘い。

——司会を当事者の真左彦が降り、大瀬良騏一のつれあいに代わり、投票用紙が開かれた。

「『空』の方の勝ちですね、九票です。『海』も善戦四票です。『空』の造り手は、どなた?」

隙のない言い方を大瀬良のかみさんが告げると、それはそうだろう、真左彦のどぶろくの指南役である帯田仁が、ほんのわずかよろめきながら立ち上がった。

「俺が満票と予想してたのに、『海』の地曳くんに四票も流れ……反省してしまうらあ。けんど、地曳真左彦くん、よおっく学び、うんと研究したすけ。今年の寒《かん》のどぶろく造りは、米《こめ》を蒸《む》す時間を短くして、辛《から》いのに挑戦したけど。うん、これから、これから。切磋琢磨し合って、過激で究極のおいしさに挑もう……な、真左彦」

おいっ、帯田は、帯田仁先輩は、姑息に村上語の語尾のみ盗み、おのれ地曳より父親然として真左彦を見て、優しく、しかし、厳しさも眉間の皺に刻み、言う。しかも「真左彦」と父親みたいな呼び方だ、あのですな。

——そしたら。

おい、おい。赤ん坊にも毛の生えた三つ四つの幼児《おさなご》、五つ六つの保育園か幼稚園に通いそうな子供、小学一、二、三年ぐらいの目ん玉に好奇心をいっぱい詰めた子供、既に大人の世界を先取りして互いに突っ張るふうに肩を上げ下げしている小学校の上級生らしきが、ぞろぞろ、秩序などそもそもこの社会にはない方が正しいと伝え、訴え、叫ぶように押しかけてきた。どこに子供がこんなにいたか、全体で、三十人ぐらいか。

「みんなあ、あと三十分もすると、急にちゃんと銭を出してくれる御客さんがくるすけーっ。いつもより、少しだけ、静かにらて。いいかあ」

息子の年上の妻、ここのホテルの新社長の志穂子が叫ぶ。

が。けれども。しかし……。子供達の好奇心や遊び心は、そんなもんで制止できない。

「この膳を四つ、五つ、六つ重ねて、跳び箱ごっこをやろう」

「おいっ、この筆ペンで、おめえの猫面《ねこづら》をライオン面にしてあげるっしゃ」

「へえ、こんなにコップのあるがあて。男のみんながコップにちんぽを入れて、誰にも邪魔されねえで、正しく、大きさの較べっこをみんなでやるっしゃ」

まことに威勢が良いとゆうか、乱暴とゆうか、否《いな》、アナーキーで将来が楽しみなことを小学校上級生らしいのが交交《こもごも》言い合う。

「狡い、狡い、父しゃん、母しゃん達は。こんなおいしいのを普段も飲んでるわい」

小学校三年生ぐらいの女の子が、コップに残ったどぶろくを、やばい、飲み干したと思ったら大声を出す。

　地曳は「うんと幼い子に、酒はやべえ、中学生になってからだ」と教育者に急になったように構《かま》えた——が、束《つか》の間だった。「大人になるまでは、茶碗半分から」、「そう、コップ半分までにするすけ」とそれなりに自ら戒めることを知っているし、そもそも怖さ知らずの活力がある。それに、我が派の軍人のゴリガンスキーのEは、「五つの五月五日の節句の日にだば、お父《ど》、そんだ、父親から『酒っこを飲めねえ男は他《ほか》の味も深あく知れねい』、『女《おな》ごに騙される』、『これだべっ、と、思う女ごに気をでかくさせ手を出せなくなるだもしゃ』って無理遣り米《こめ》の一合升《ます》で飲まされたもにゃ」と言っていた。大胆で、とんでもなく度胸のある人間は、幼い頃からの酒の特訓から生まれる……のか。まさかであろう。Eの青森の父親と同じことを地曳の父親も言ったけど、おのれ地曳は根性なし……だ。しかし、昔の父親は躾《しつけ》の奥深さを知っていた、これで戦争に万歳しなかったら、もっと……。

　そのうち、酔いのせいで、子供達はもっと生き生き威勢良く動き回りだし、六人ずつ二列と、やはり、六人ずつの二列が向き合い、

「ふるさと　もとめて　花いちもんめ……勝ってうれしい　花いちもんめ　負けてくやしい　花いちもんめ」と音声に統一の取れてない遊びを始めた——そういえば、この日本の古くからの童歌《わらべうた》は意味が解らぬ、地曳には。しかし、リズムがかなり良い。そうか、意味性より、歌の調子が幼な心を快くさせる……のだろう。神奈川の西の外れの真鶴の幼稚園時代におのれ地曳も楽しくて、女の子を含めて遊んで楽しんでいたっけ。ううっ、ここ重大だわな。

　おいっ、人生って、意味性より、活力があって、楽しくて、みんなと仲良くってえのが大事なのか

も……待て、早とちりしてはならねえ、おのれの今までの人生のほぼ九割のように……。

「あのな、これ、持ってくれ。これも」

帯田仁が、半分しか残っていないどぶろくの一升瓶の『空』の方を地臾に預け、どんぶりに入れた蕗《ふき》の薹《とう》らしい煮物を渡した。

「客がきている……はず、別の部屋へ」

芋面《いもづら》と評したら悪いし、下手をすると差別的な表現か、要するに冬瓜《とうがん》みたいな顔を少しばかりの緊張と、逆に嬉しさを孕むようなものも帯田は入れ、なおも、子供達が「んきゃあ、きゃっ、きゃっ」、「すけべえーっ」、「わあーい、大人達は放って外で遊ぶらあ」との声を背に、部屋から廊下へと出る。

「帯田さん、子供達が物怖《ものお》じしないで、伸び伸び、闊達、奔放なのを見て……俺も、決意をしかけてるん……だよね」

かつて我が派について、でも「さらば」をして、つまり活動家としては〝潰《つぶ》れ〟て、破産したから帯田仁に話し易いのだわな、これ、安易で良くないと思いつつ、やっぱり、地臾は口に出してしまう。

「地臾、子供達の遊びの場はやり始めて一年三ヵ月だ。もっと過疎で家が三軒だけの村落の子や、障がいを持ってるいろんな子も二ヵ月後、暖かくなった頃に入ってもらう」

「はあ」

「しかしだよ、遊び塾の塾長の大瀬良のかみさんと、おまえんとこの息子のかみさんが頑固というか、昔ふうの教育に凝《こ》って困るんだけど、月一回は『万葉集』の口誦《こうしょう》、『新約聖書』、『論語』、おいっ『荘子』まで、餓鬼の餓鬼んちょに声を出させて学ばせ……どうしたら良かんずら」

もしかしたら、ここが我が派の昔からの弱さ、もしかしたらちょっぴりの良さか、地曳の泣きと、子供達の生き生きした動きによっての決意など視野に入れず、帯田は自分の思いを先行させる。

「あのう、帯田さん。俺、餓鬼どもの自由そのもので迫る力をこの眼で耳で肌で知り……組織は卒業、おっと、止《や》めようと」

「おいっ、いろんな奴がカンパやアジトの名義を借りにくるけどさ、俺は、その度に、胸が半分に窄《すぼ》むんだ、『組織から脱けなきゃ、良かったのに、根性ナシの俺、おのれ、帯田仁め』とよ」

「あ……そうですか」

「でも、半分ぐらいは三里塚の農民魂に学んで、可能な限りの自然農法をやる意味、農民の権利の不屈な主張を、余りに不完全ながら受け継ぐ幸せはある……でもなあ。早まるなよ」

　エレベーターではなく、階段を登り、帯田仁は一升瓶と左手のグラス四つを乗せた盆とのバランスによろよろする。そうか、四十六歳になったはずだし。

　ふーむ、これが、濃密恋愛小説に屢屢《しばしば》出てくる「布団部屋」か。足音で分かるのか、向こうから引き戸が開いた。この地では、春はまだ先なのに、冬の凍てた匂いでなく、微《かす》かな青黴《あおかび》の匂いが湿りと共にやってくる。六畳だが、布団のスペースより板の空《あ》いた広さがあり、え、おいっ、帯田仁の兄貴分の小清水徹先達が黒い顔に顎を角張らせ、しかし、目許をはっきり緩《ゆる》め、いたっ。

　子供の勝手に遊びまくる会みたいな親方のきつい感じの女の人の父ちゃん、夫の地元紙記者の大瀬良騏一も山積みの布団の脇で畏まって正座をしている。

「これが寒仕込《かんじこ》み一番人気のどぶですわ。隣のコップは二番人気。ど素人のわからんちゃんの人気があって」

帯田仁は、よほど密造酒に誇りをかけているらしく突っ張る。だけど、とても良い気分をよこす突っ張りだ。

「うーん、うまいわな、両方とも。なお、同じ組織にいて、ほとんど会えんかった、済まんな、えーと組織名は忘れよって、昔の名で、地曳くん。元気……でやっとるん？」

「いいえ、ノンです。軀だけではきちんとしている……つもりですが。血圧は普通、糖尿病の傾向なしです」

どうしても地曳は頭を下げ気味にしてしまう。学生運動と、その延長戦というのは不思議とゆうか、当たり前か、大学がどこかではなく、闘いの戦歴、弾圧の証としての獄中暮らし、如何なる主張をしてきたかで尊敬の度合いが決まる。A、B、C、Dの地曳の心の中だけの内緒の評価では、A、それも超Aが小清水徹先達だ。だったら、だからがゆえに、自分なりに決心を真正直に打ち明けたい。いんや、打ち明けねばならぬ。内向きになって久しく、たやすく分裂へと進んでしまう組織は辞《や》め、自由、のびのび、野放図な子供や青年達と遊び、悩み、遅ればせながら成長したいと。中身は、ぼんやりとしていても。

「悪いな、地曳、大瀬良。小清水さんは大阪からやってきて、さっきここに着いたばかり。しかも、今夜はここに泊まる余裕がなく、あと四十分もしないうちに帰るしかなくてよ……聞きたいこと、自分の思いは手短に、早めに頼む。あのなあ、大瀬良、おまえ、二十年振りだろ、小清水さんに会うのは」

ひどく肩を強ばらせて黙る地方紙の記者の大瀬良に、帯田は促す。地曳が、帯田から、切れ切れに、長い間に聞いた記憶では「長崎の原爆で被爆。早大で幾度か小清水さんにオルグされ、組織化されたがノンポリに毛は生えたけど、ノンセクトのまま大学を卒業。でも、心情的に、社青同解放派に五と中核派に三、ブントに二の思いを寄せていた」とのことだった。

「はい。切ない初恋の人を失った頃に重なりますら。あ、小清水さんに時間がないとのことで、考えを……いいですけえの」

こう、大瀬良は切り出した。

「わたしゃ、もう、心情三派ファンじゃないけど、青春時代の刻みがあるすけ。んで、小清水さんや帯田の社青同解放派、原水爆の核にぎっとなる中核派、ちゃらんぽらんでついにきちんとした組織をつくれなかったけど不思議な魅力を持つ第二次共産主義者同盟《ブント》に、しっかり、頑張ってとの胸の中でのかなり熱い応援をしてましたがのう」

「大瀬良、短く、短く、頼む」

「帯田、すまん。地方紙の記者だから、全国的な視野が欠けているかも……でも、東欧のおしきせ、ソ連のどでかい圧力の元の共産主義は去年のベルリンの壁の崩壊でお終い。本体ソ連の解体も、ごくごく必至、当たり前。そこへ、我が日本の、反帝は納得されるけど、反スターリン主義と主張しても……敵、相手が不在になるわけで」

「おい、大瀬良、中国共産党は人民に鉄砲を向けて元気だぜ。それと、もっと簡潔に」

「ごめーんすけ、帯田。要するに主要打撃の的《まと》の半分を失《な》くし、内ゲバばっかりの過激派には、誰も信《しん》を与えねえらて、ここから、脱却しねえと話にもなんねえら」

確かに普通の市民、労働者にとって、熾烈を極めてきた党派闘争、通俗内ゲバは〝異常〟に映る……だろう。累累《るいるい》たる屍の……丘どころか山。

「あのな、大瀬良。原因があるんだよ、内ゲバには。K派は戦略論がまるでなくて、組織論が全て。それで、他党派を解体して自分んところだけ大きくなるってえのだけが戦略なんだ」

帯田はとっくに組織を脱けているのに、口を尖らせ、眉根にかなり窪んだ溝を作る。

「一九六六年の早大闘争で、もう、それはノンポリの吾《わ》にも見えていたら。けんど、本格的に革命をやろうとしたら、観客、やがては味方に馳せ参じる人人もきっちり視野に入れねえと……大相撲は土俵の力士だけでなく客がいて成り立つすけ。野球もグラウンドの選手だけでなく客がいてこそ……」

大瀬良が腰を上げた。

「だけんど、でも、しかし、青春時代に、小清水さんから大江健三郎の『個人的な体験』を読んだらと勧められ、被爆体験は記憶にないのに吾《わ》と母親の心情が解り……失敗したけど、純で切《せつ》ない恋愛ができたと感謝しとりっますらあ」

完全に大瀬良が立ち上がった。

「三人で、重たく切実な話があるだろうし、小清水さんも急いでいるから、ここで吾《わ》は。あ、地曳さん、息子さんはもしかしたら小説で食っていけるかも。俺の、いや、吾《わ》の夢を叶《かな》えてくれそう。しごきながら、可愛がりますらて」

大瀬良が出て行った。

「あいつ、大瀬良は、学生時代の年上の恋人が忘れられねえみたいだな。ま、ノンポリなのにブタ箱、留置場に二十三日も入れられて、デートの日には間に合わなくて……恋人に自殺されちまったから」

へえ、そういうことがあったんだ、もっと聞きたいと地曳は思ったが、時がないのか、帯田仁は話を別の方向へと振り始めた。

「地曳、おめえ、小清水さんとまだ同じ組織なのに、会うとか話すとかはねえんだろう？　小清水さんが、敢えて幹部の会に出ねえのは『一《いち》党員、党派の底でやるっ』の思いからだぜ。解ってんのかな」

六割は理解可能だが四割は「どうも、なあ、任務放棄っつうのじゃないのか」の考えに地曳は陥る。

が、有り得るし、どんどん細くなる組織だが、太い時も然《しか》りが小清水徹氏だった。

「いや、怠けてばっかりの俺《わい》やから、見逃してくれへんか。今は、えーと、北《きた》の彼、大迫《おおさこ》と年三度は会《お》うて飲むけどや……彼は娘の件から、どこかしら元気を失《な》くしておる……と聞いて、心配しとる。俺で良かったら、言いたいことを正直に、存分《ぞんぶん》に」

大迫とは、また組織名を変えたEのことだろう。ということは、話は筒抜《つつぬけ》け——いんや、筒抜けで大いなる正解だ。

ゴリガンスキーで幾多の戦闘を潜った小清水先達ではなく、その〝子分《こぶん》〟をずっと続けていた帯田が、腕時計を見る。

時がない。地曳は、深呼吸をして、考えを単純に整理する。うーん、整理……できねえ。

しかし、しかし、ここは。

「小清水同志」

ああ、もう〝同志〟という擽《くすぐ》ったくも、楽しい、信頼し合いの言葉もこれっきりか。

「うむ」

「俺、組織を止《や》めます」

「う、う、う、そうか。理由があったら言《ゆ》うてくれへんか」

冬でも褐色の黒みを帯びた顔から、小清水先達は、汗の粒を額《ひたい》と目の下に浮かべた。

「この新左翼、マスコミ用語の過激派の冬の時代に、三年前ぐらいに大きな分裂をしたと思ったら、今また、分裂の進行……限《き》りがない。これを繰り返していたら、対国家、対K派以前に自壊しちまう。付き合い切れんというより、別の考え、異論を含めて成立し、成長して逞しくなっていくはずの我が党派が、少しの反対派も許さないで細く、細かく、パワーを失って……分解してゆくと」

地曳は、何となく、ここの目的も獲得目標も定かではないのに、アナーキーそのもので、楽しさと好い加減さが同居している子供達のわけの解らぬ集まりみたいな場と社会を頭に入れていると自ら知りながら畏れ多い小清水先達に告げた。

まあ、今では最も古参で信頼も厚い小清水徹先達に真実に近い心とか思いを告げ、地曳は、どうしてか、すっきりの気分より、澱《よど》みが押し入ってくる。食うや食わずの最貧民の軍事部隊とその回りは、どうやって暮らし得るのか。ことの捏造《ねつぞう》を含めて捕まったら、懲役十五年、三十年、場合によっては無期の党員はどうやって人生を納得できるのか。いんや、死刑すら……。頭《こうべ》が垂れる。

でも、その上で。人生で一番に出会えて嬉しかった海原一人氏の「分裂こそ最悪。避けねばならん」の言葉と思いが湧き上がる。

「俺《わい》も気になって、気になって仕方がない分裂の続きの傾きや……。組織が未熟、指導部が細《こま》かいのでみんなそうなるのや……とか……があるかもしれへんな」

長い長い溜め息を、小清水徹先達はつく。

「地曳くん、党派を止《や》めるのは、我我の組織論のぶっとい背骨、ローザ・ルクセンブルクの思想から推測して自由。ただ労働者の工場での喘《あえ》ぎ、障がい者が家で町で施設などでの苦しみを知りながら、どないな場所、時、場合でも忘れずにや……伸び伸びと」

小清水徹先達が、この人に珍しく、のろのろ、何かに後ろ髪を引かれる人みたいに立ち上がった。

いや、出入口の引き戸で、少し、よろめいたか。いろいろ……あらあに、小清水先達にだって。

「俺《わい》は、どんな駄目な組織になっても、脱《ぬ》けへんで。一人の党員として、希望だけでのうて駄目を見つめ、軀で経て……それが大切な任務やて。但し、内部の人間を一人でも殺したら脱けるつもり……でんね」

小清水先達が、出入口の戸で立ち止まり、

「地曳、おぬしの大学の先達の北里くんは懲役九年、まだ先だが、出所の際の励まし金はたんと作ってやらんとあかん。頼むわ」と廊下へと消えた。

「だあ、だあ、駄目みてえすけ、布団部屋は大人がおるわいら。お医者さんごっこは畑の中の小屋でやるらあて。当ったり前、あたしがお医者、おいっ、ケン坊は重病人、ついてくるっしゃ」

帯田と地曳が布団部屋を出るなり、七、八歳ぐらいか、女と男の子供がいて慌てたように階下に走って行った。さすが、人類の殖《ふ》やしと維持は女が担《にな》ってきていて、それがすんなりと表へ出る時がきたらしい、女の子が主導だ。

しかし、この女の子を含めて、ここの子供塾の目的は必ずしも明白ではないし、世話をする大人が自らの保育園や幼稚園や小学校の頃の先生にいびられた経験を忘れていそうだけれど、全体として我儘を孕んでの伸び伸び、物怖じを少しは欲しいとしても闊達そのもの、何とかなりそうだ――というより、餓鬼んちょは黙っていても、すくすく育ちそうだ。

親馬鹿としても、大いなること、中なること、些細なことの区別する力に欠けていると思っていた息子の真左彦だって、ちぃーっと怖いけど年上の女をものしたし、人類は、あと四、五十年は持ちそうだ――甘いか。


――明日から、どうしようか。

そうだ、新潟刑務所の〝獄友〟の山野井淳は確か長岡で小料理屋、ここから二時間、会いに行こう。そう、こすくなくて、汚なくない、少しずつの稼ぎの知恵をもらおう。

――「屋上がある」と帯田仁が言っていたので、新潟の二月終わりの寒さでも知っておこうとてく、てく階段を登った。

やがて夜がくる手前の暮《く》れ泥《なず》む時、シベリア大陸から日本海を経ての荒い風のせいか、空に黒いのも灰色のも雲がなく、ありゃ、本当だ、くっきりと西の方角に空の藍色と区別されて漆黒の佐渡島が見える。だったら、やあ、もしかしたらと首筋が痛くなるほど空を見上げて探すと、何て久し振りか、真鶴の半島の三つの大きな岩のある岬で高校三年生の時に見上げて以来だ、天の河の星の群れが、もう既に、帯状に、乳色となり、南東から北西へと溢れるように、流れるように、星の洪水みたいに淡さと濃さを混じえて地曳を、地曳だけでなく地球上の全ての人を見つめている……ような、生者だけでなく夥《おびただ》しい死人や墓の中まで。

地べたから、次は何の悪戯《いたずら》か遊びか、子供達の燥《はしや》ぎ声が湧く。制止する大人の声があるけれど子供達に釣《つ》られ笑い声となる。

うん、明日も銀河は見てる、何とかなる。

《完》

●この小説は次の資料を参考にしたフィクションである。

一、『昭和二万日の全記録』のvol17、18、19（講談社）
二、『オウム真理教事件Ⅰ　武装化と教義』（島田裕巳著、トランスビュー）
『オウム真理教事件Ⅱ　カルトと社会』（島田裕巳著、トランスビュー）
三、『悔悟　オウム真理教元信徒　広瀬健一の手記』（高村薫序文　朝日新聞出版）
四、『オウムと全共闘』（小浜逸郎著、草思社）
五、『オウム真理教の精神史』（大田俊寛著、春秋社）
六、『阿含経入門』（友松圓諦著　講談社学術文庫）

小嵐九八郎（こあらし・くはちろう）
1944年、秋田県生まれ。早稲田大学卒。『鉄塔の泣く街』『清十郎』『おらホの選挙』「風が呼んでる」がそれぞれ直木賞候補となる。1995年、『刑務所ものがたり』で吉川英治文学新人賞受賞。2010年、『真幸くあらば』が映画化。『蜂起には至らず　新左翼死人列伝』（講談社文庫）、『ふぶけども』（小学館）、『水漬く魂』全5巻（河出書房新社）、歌集『明日も迷鳥』（短歌研究社）など著者多数。近年は、『悪武蔵』『我れ、美に殉ず』『蕪村――己が身の闇より吼て』（ともに講談社）、『天のお父っとなぜに見捨てる』（河出書房新社）、『走れ、若き五右衛門』（講談社）などの歴史小説、また新左翼小説『彼方への忘れもの』『あれは誰を呼ぶ声』（アーツアンドクラフツ）を刊行。

ここは何処《どこ》、明日《あした》への旅路《たびじ》
2021年3月3日　第1版第1刷発行

著者◆小嵐《こあらし》九《く》八郎《はちろう》
発行人◆小島　雄
発行所◆有限会社アーツアンドクラフツ
東京都千代田区神田神保町2-7-17
〒101-0051
TEL. 03-6272-5207　FAX. 03-6272-5208
http://www.webarts.co.jp/
印刷　シナノ書籍印刷株式会社

落丁・乱丁本はお取り替えいたします。
ISBN978-4-908028-58-8　C0093
